RETROUVEZ-LA
VIVANTE

OUVRAGES ÉCRITS PAR LISA REGAN

En français

Jeunes disparues

La Fille sans nom

La Tombe de sa mère

Ses Ultimes Aveux

Les Ossements qu'elle a enterrés

Son cri silencieux

Reste calme

Retrouvez-la vivante

Sauvez son âme

Ton Dernier Soupir

Chut, ma puce

En anglais

Detective Josie Quinn

Vanishing Girls

The Girl With No Name

Her Mother's Grave

Her Final Confession

The Bones She Buried

Her Silent Cry

Cold Heart Creek

Find Her Alive

Save Her Soul

Breathe Your Last

Hush Little Girl

Her Deadly Touch

The Drowning Girls

Watch Her Disappear

Local Girl Missing

The Innocent Wife

Close Her Eyes

My Child is Missing

Face Her Fear

Her Dying Secret

Remember Her Name

Husband Missing

LISA REGAN

RETROUVEZ-LA VIVANTE

Traduit par Vincent Guilluy

Bookouture

*À la regrettée Jennifer Jaynes, avec toute mon affection.
Tes mots me manqueront.*

1

Avant le début des incidents, le père d'Alex l'emmenait souvent en aventure dans la forêt. C'était le terme qu'il utilisait, mais Alex découvrit bien vite que, pour son père, une aventure consistait à s'asseoir sur un vieux tronc ou à rester allongé dans les broussailles toute la journée, en observant des oiseaux à la jumelle. Francis, son père, n'était pas souvent gentil avec lui. Alors, à chaque fois qu'il l'emmenait dans la forêt, Alex faisait extrêmement attention. Il prenait toujours l'air intéressé, faisait toujours ce que son père lui demandait, dès qu'il le demandait, et exactement comme il le lui demandait. Après une aventure où Alex avait fait de son mieux pour lui obéir, il reçut en récompense sa propre paire de jumelles. Elles n'étaient pas aussi grosses, aussi belles que celles de son père, mais Alex se plut à imiter ses mouvements, à observer faucons, buses et chouettes. C'étaient les oiseaux qui intéressaient le plus son père. Ceux qu'il appelait les rapaces.

— Ce sont des oiseaux de proie, lui apprit-il. Des chasseurs. Ils ont une vue fantastique. Ils peuvent repérer leur cible de très haut dans le ciel. Ils attendent le bon moment, et ils frappent ! Ce sont des oiseaux très intelligents.

Alex ne savait pas très bien ce qui les rendait intelligents, mais il savait que l'intelligence comptait beaucoup pour son père. C'était un mot qu'il employait souvent. Il n'aimait pas les gens qui n'étaient pas intelligents, et Alex vivait dans la terreur d'être jugé inintelligent par son père. C'est pourquoi il avait toujours sur lui un carnet et un crayon, exactement comme son père. À l'âge de six ans, il commençait à apprendre à lire et à écrire. Il ne pouvait pas encore écrire autant de mots dans son carnet que son père, mais il se mit à dessiner les oiseaux qu'ils observaient.

Un jour qu'ils étaient dans la forêt, près d'une clairière, son père aperçut un grand rapace dans le ciel. Il volait si haut qu'Alex ne sut dire quelle espèce c'était, mais son père lui affirma qu'il s'agissait d'un faucon.

— Regarde bien, fiston, dit-il.

Il ouvrit la sacoche qu'il avait emportée en quittant la maison, et en sortit un serpent. Alex eut un mouvement de recul, buta contre une branche au sol et tomba à la renverse. Sa tête alla cogner contre un arbre.

— Aïe !

Son père, à quelques pas de lui, resta debout, immobile, serrant le serpent frétillant dans son poing, et fusilla son fils du regard.

— Relève-toi ! gronda-t-il.

Alex se releva tant bien que mal. Il porta la main à sa nuque et sentit quelque chose de gluant. Ses doigts étaient rouges de sang. Il n'osa pas le dire à son père, qui attendait qu'il reprenne sa position, de plus en plus rouge de colère au fur et à mesure que les secondes passaient.

— Pardon, papa, marmonna Alex en revenant au côté de son père.

Il regarda la clairière puis leva le visage vers le ciel, malgré l'élancement de douleur fulgurant dans sa nuque. Le faucon se rapprochait de la cime des arbres.

— Regarde, dit son père.

Il jeta le serpent vers le centre de la clairière. Immédiatement, l'animal se remit à se tortiller pour fuir dans la direction opposée. Tout à coup, le faucon fut là, tout près, ses grosses serres pointées vers le bas comme des lances, ses ailes immenses bien écartées. Il s'empara du serpent qui remuait dans l'herbe et remonta sans effort dans le ciel.

Le père d'Alex contemplait, admiratif, l'oiseau qui disparaissait au loin.

Alex sentit un liquide chaud, épais, couler sur sa nuque.

— Papa, dit-il doucement. Je crois qu'il me faut un pansement.

Il porta de nouveau la main à l'arrière de son crâne et cette fois, lorsqu'il la montra à son père, toute sa paume était ensanglantée. Son père baissa les yeux vers lui, et l'émerveillement fit place au dégoût. Pendant un long moment, il dévisagea Alex, une moue méprisante aux lèvres. Puis il secoua la tête, soupira et s'éloigna. Momentanément abasourdi, Alex le regarda s'éloigner. Quand son père se retourna et cracha quelques mots à son adresse, il était déjà loin. Mais Alex l'entendit aussi clairement que s'il avait hurlé à son oreille.

— Petit imbécile.

2

Une truffe humide et froide frôla le bras de Josie. Puis vint un gémissement plaintif. Comme elle ne répondait pas aux efforts que faisait son Boston Terrier pour l'obliger à se lever, ce dernier sauta sur le lit et se mit à lui renifler les oreilles et le creux du cou.

— Trout ! grogna-t-elle, en se tournant vers le chien.

Il la regarda de ses yeux marron mélancoliques, puis souffla et s'assit, les oreilles dressées, sa petite tête noire et blanche un modèle de sérieux. Sans même ouvrir la gueule, il poussa un nouveau petit gémissement. Elle le gratta sous le menton.

— Quelle heure est-il, mon gars ? demanda-t-elle d'une voix ensommeillée.

En vérité, elle n'avait même pas besoin de jeter un coup d'œil à son réveil, sur la table de chevet, pour savoir qu'il allait sonner dans dix minutes – qu'il *aurait* sonné dans dix minutes, plutôt, si c'était un jour où elle travaillait, mais aujourd'hui elle n'était pas en service. Depuis six mois qu'elle et son compagnon, Noah Fraley, avaient recueilli Trout, une certaine routine s'était installée. Le chien les réveillait juste avant que le réveil sonne, Josie le faisait sortir, lui donnait à manger, puis ils partaient tous les trois courir un peu avant que les deux êtres humains n'aillent se préparer à aller travailler. Même les jours de congé, Trout insistait pour garder cette habitude.

Josie et Noah étaient tous deux policiers à Denton ; elle était inspectrice, lui, lieutenant. La ville, nichée dans les montagnes de la Pennsylvanie centrale, couvrait près de soixante-cinq kilomètres carrés. Dans le centre, là où se trouvaient les commerces, le commissariat, le bureau de poste et l'université locale, rues et bâtiments étaient denses et organisés en un quadrillage classique, à l'exception du grand parc municipal. Le reste de la commune consistait surtout en zones boisées, rurales, desservies par des routes étroites et sinueuses. Denton avait beau être une petite ville, la criminalité n'y était pas inexistante et la police municipale avait de quoi s'occuper.

Josie roula sur le côté et secoua gentiment Noah par l'épaule.

— Il est l'heure de se lever.

Elle n'obtint qu'un vague grognement.

— Allez ! insista-t-elle.

— Tu veux bien allumer la cafetière, s'il te plaît ? marmonna Noah.

Josie s'assit au bord du lit. Enthousiaste, Trout sauta à terre, remuant la queue, et courut à la porte de la chambre. La jeune femme éteignit son réveil, passa sur le palier et descendit l'escalier. Vingt minutes plus tard, Trout avait mangé, Josie et Noah avaient avalé une tasse de café et enfilé leur tenue de jogging. Josie, agenouillée dans l'entrée, essayait de convaincre Trout, tout frétillant, de se laisser passer le harnais, tandis que Noah remontait chercher son téléphone.

— C'est la même chanson tous les matins, mon petit gars, murmura-t-elle. Tu sais que tu dois rester tranquille pour qu'on puisse y aller.

Le chien ne pouvait contenir son agitation. Il sauta pour lui lécher la figure et le harnais retomba. Josie se mit à rire, ce qui ne fit que l'exciter davantage. Il se mit à sauter partout, remuant sa petite queue, et finit par se cogner à la console de l'entrée. La console était petite, il n'en fallait pas beaucoup pour la faire bouger. Trout buta de nouveau contre la console, qui glissa de quelques centimètres. Deux jeux de clés et une paire de lunettes de soleil tombèrent en cliquetant.

— Merde ! fit Josie en ramassant les lunettes avant que Trout ne les piétine accidentellement.

Noah descendit l'escalier en trottinant. Voyant Josie avec les lunettes à la main, il demanda :

— Ta sœur n'est toujours pas repassée les chercher ? Elle a dû s'en acheter une nouvelle paire.

Josie les reposa sur la console, avec les clés, et tenta une nouvelle fois de passer son harnais à Trout.

— Noah, on parle de Trinity, là. Tu as une idée du prix de ces lunettes de soleil ? Est-ce que tu connais cette marque, seulement ?

Noah s'agenouilla à son tour, et pointa le doigt vers le sol devant lui. Obéissant, Trout le rejoignit et s'assit, laissant Noah attacher sans difficulté harnais, collier et laisse.

— Traître ! maugréa Josie.

— Pourquoi est-ce que je connaîtrais la marque des lunettes de Trinity ? demanda Noah.

Josie leva les yeux au ciel, puis ils sortirent et se lancèrent au petit trot dans la rue, à la suite de Trout.

— Ce sont des Gucci ! Elles doivent coûter au moins 300 dollars, peut-être plus.

Noah s'arrêta brusquement, obligeant le chien à faire de même. Trout les observa avec curiosité, les oreilles dressées.

— Il y a des gens qui mettent 300 dollars dans une paire de lunettes de soleil ? demanda Noah.

Josie lui prit la laisse des mains et repartit. Quand Noah la rattrapa, elle répondit :

— Oui, les présentateurs de journaux télévisés des grandes

chaînes nationales, par exemple. Trinity est une célébrité. Elle peut s'offrir des lunettes de soleil à 300 dollars.

Noah secoua la tête.

— Elle est toujours présentatrice ? Quand est-ce que tu as eu de ses nouvelles pour la dernière fois ?

Josie sentit une pointe de désagrément lui piquer l'estomac.

— Il y a un mois, dit-elle doucement.

— Donc tu ne sais même pas si elle est toujours enfermée dans ce chalet ou si elle est rentrée à New York ?

— Je crois qu'elle est toujours en réclusion volontaire, fit Josie. Ça fait plusieurs semaines qu'elle n'a parlé ni à nos parents ni à notre frère.

— Elle est fâchée avec tout le monde, alors ?

— Non, seulement avec moi, soupira Josie.

— Tu peux me dire ce qui s'est passé ?

Josie prit quelques enjambées d'avance sur lui.

— Non, je n'en ai pas envie.

Trout fit une pause pour renifler un poteau téléphonique, obligeant Josie à s'arrêter. Elle sentit le regard de Noah peser sur elle avant de relever la tête. Il y avait de l'inquiétude dans ses yeux noisette.

— Josie, je sais que cette dispute entre vous te turlupine. Dis-moi ce qui s'est passé. Tu te sentiras peut-être mieux si on en parle.

— Je ne crois pas. Et puis, tu as assisté à presque tout.

Noah releva les sourcils.

— Tu parles ! Je rentrais d'une garde de nuit. J'ai à peine commencé à lui parler qu'elle a piqué une crise. Ensuite, je suis sorti promener Trout. Et je ne sais pas ce qui s'est passé entre vous deux mais, quand je suis rentré, Trinity était déjà partie. Depuis, tu es malheureuse.

— Je ne suis pas...

Noah leva la main pour la faire taire.

— Je sais que ça te déplaît de l'entendre, mais tu es chiffonnée. Tu n'es pas toi-même. Je comprends que tu veuilles attendre qu'elle fasse le premier pas, et je comprends mais, en attendant, on devrait en parler. Je peux peut-être t'aider.

Trout en avait fini avec le poteau téléphonique et tirait sur sa laisse. Ils se remirent à courir.

— Tu ne peux pas m'aider, dit Josie, le feu aux joues en repensant à ses derniers échanges avec Trinity. Et non, je n'attends pas un geste de sa part. Mais elle ne répond ni à mes coups de fil, ni à mes messages. Elle m'ignore totalement.

— Alors tu devrais peut-être aller lui rapporter ses lunettes de soleil. Aller la voir à son chalet pour l'obliger à te parler.

— Je ne peux pas faire ça.

— Mais quoi, alors ? Tu vas rester là à ruminer, garder ses lunettes de soleil hors de prix bien en vue sur la console de l'entrée, pour te rappeler sans arrêt que tu es malheureuse, sans même essayer de te réconcilier avec elle ?

Oui, c'est exactement ce que j'ai l'intention de faire, voulut dire Josie. Mais elle demeura silencieuse et prit encore quelques foulées d'avance sur lui en tournant au coin de la rue.

— Josie !

Elle ralentit et croisa le regard de Noah.

— Tu veux vraiment savoir ce qui s'est passé ?

3

UN MOIS PLUS TÔT

Pour une fois, Josie s'éveilla avant Trout et, se retournant, elle le découvrit profondément endormi, sur le lit, à la place de Noah. À chaque fois que celui-ci travaillait de nuit sans Josie, le chien dormait à côté d'elle. Elle savait que Noah ne voulait pas qu'ils prennent l'habitude de le laisser dormir sur leur lit, mais elle aimait tendre le bras et caresser son poil lisse et tiède. Le soleil filtrait par les fenêtres de la chambre. Elle gratta le crâne du chien entre ses deux oreilles.

— C'est l'heure de se lever, mon gars.

En bas, la sœur jumelle de Josie, Trinity Payne, était assise à la table de la cuisine, face à son ordinateur ouvert. Sans lui accorder un regard, Trout fonça jusqu'à la porte du jardin pour qu'on lui ouvre tandis que Josie, en allumant la cafetière, prenait le temps d'observer sa sœur.

Josie l'avait rarement vue autrement que prête pour les caméras. D'habitude, même tout juste sortie du lit, elle dégageait une aura de glamour très télégénique. Mais ce matin, elle était en pantalon de survêtement, des chaussettes dépareillées aux pieds. Sa mince silhouette se perdait dans un sweater NYU informe. Josie disait souvent en plaisantant que les cheveux noirs de Trinity étaient si brillants qu'on pouvait s'y voir comme dans un miroir. Pour une fois, ils étaient gras, tirés en queue-de-cheval informe, comme si Trinity avait oublié de finir de se coiffer. Pas maquillée, elle avait des écouteurs rouges dans les oreilles et se mordillait la lèvre inférieure, les doigts sur la souris de son ordinateur portable.

Josie prépara deux tasses de café – elle et Trinity l'aimaient de la même façon – et contourna la table pour rejoindre sa sœur. Elle déposa un des cafés près de l'ordinateur et ôta un écouteur de son oreille.

— Hé ! dit Trinity en lui lançant un regard agacé.

Elle voulut reprendre l'écouteur mais Josie lui retira le second, et les débrancha de l'ordinateur.

— Mais qu'est-ce que tu fais ? couina Trinity.

— Tu es encore en train de regarder ce truc ? Trinity, il faut que tu arrêtes.

Sur l'écran, une vidéo défilait. Maintenant que Josie avait débranché les écouteurs, le son emplissait la cuisine. C'était la fin d'un reportage que la chaîne de Trinity avait diffusé, à propos d'une jeune femme de l'Arkansas qui avait fait la une pour avoir décroché vingt-deux offres de bourse des meilleures universités du pays. Au bout de la séquence, l'image revenait sur Trinity et son coprésentateur, Hayden Keating. Ils étaient assis côte à côte à une table ronde, souriant de toutes leurs dents.

« Quelle jeune femme remarquable. Son avenir s'annonce brillant, commentait Keating.

— Oui, jusqu'où ira-t-elle ? renchérissait Trinity. Visiblement, elle peut choisir n'importe quelle université. C'est presque ridicule qu'elle ait envoyé vingt-deux dossiers d'inscription, vous ne croyez pas ? »

La première fois que Josie avait vu ce passage, elle n'avait pas perçu la tension qui avait surgi sur le visage de Hayden Keating, mais elle l'avait revisionné tant de fois que, maintenant, le léger raidissement de sa mâchoire, ses dents serrées et son sourire forcé étaient douloureusement visibles.

« Ridicule ? répondait-il avec un petit rire dédaigneux. Je trouve ça plutôt fantastique. »

Trinity souriait et agitait la main, comme pour atténuer ses propos.

« Oui, bien sûr, c'est fantastique. Je voulais seulement dire qu'une jeune femme aussi intelligente, aussi talentueuse, aurait pu se contenter de postuler à l'université de son choix, au lieu de dépenser autant d'argent pour envoyer son dossier à vingt et une autres universités dans lesquelles elle n'ira pas. À combien se montent les frais de dossier à l'université, de nos jours ? De mon temps, ils étaient déjà très élevés. On peut supposer qu'ils n'ont fait qu'augmenter. »

Quelques instants de silence pénible suivaient. Puis Hayden Keating se raclait la gorge et se remettait à lire le texte de son prompteur.

« Et maintenant, nous allons rejoindre notre météorologue pour un nouveau point sur les températures à venir. »

Josie tendit le bras pour mettre la vidéo sur pause.

— Il faut que tu arrêtes avec ça, dit-elle.

— Que j'arrête ? Ce commentaire va me coûter ma carrière.

Trinity se leva, faisant crisser sa chaise sur le carrelage de la cuisine, et se mit à tourner en rond avant de poursuivre :

— Je n'arrive pas à y croire. Un commentaire idiot, et ma vie est fichue.

— Je suis sûre que ce n'est pas si grave, dit Josie. Ce que tu dis n'est pas si dramatique, vraiment. J'ai entendu d'autres présentateurs de journaux dire des choses vraiment déplacées. Faire des commentaires racistes ou malveillants. Ce que tu as dit n'est ni grossier ni injurieux.

Trinity s'arrêta et lui lança un regard noir.

— Pas injurieux ? Tu as une idée du retour de bâton que la chaîne s'est pris, pour ça ? J'ai présenté mes excuses à l'antenne, publié un communiqué, et les gens sont toujours fous furieux.

— Ils vont se calmer, dit Josie. C'était il y a deux semaines.

— Je n'ai jamais passé deux semaines absente de l'antenne depuis que je suis coprésentatrice, Josie. C'est fini. Hayden me l'a dit. À moins d'un miracle, la chaîne va me remplacer. Ils sont déjà en train d'essayer d'attirer Mila Kates. Ils la veulent depuis des mois. Maintenant, ils ont une excuse pour se débarrasser de moi et ils vont lui proposer une somme ridiculement élevée pour prendre ma place.

Elle grogna et leva les yeux au ciel.

— Ha ! Je n'arrive pas à croire que j'aie prononcé ce mot-là. Je ne veux plus jamais redire « ridicule ».

Josie s'assit et commença à boire son café.

— Mila Kates ? demanda-t-elle. Je croyais qu'elle était sur une chaîne câblée.

— C'est le cas. Mais un type la harcelait, tu te souviens ? Il a débarqué, armé, un jour où elle faisait un reportage sur un événement caritatif pour des gamins malades, et a menacé de tuer tout le monde si elle ne repartait pas avec lui. Elle a réussi à désamorcer le problème, à le calmer, le temps que la police arrive et l'embarque.

— Ah, oui, ça me revient. J'ai vu ça aux infos. C'était il y a plusieurs mois.

— Mais ça a tout changé, répondit Trinity. Ça a été toute une histoire, et c'était *son* histoire ! Cette affaire de harceleur a été pour elle ce que l'affaire des jeunes disparues de Denton a été pour moi il y a cinq ans. Celle qui m'a fait connaître, et qui m'a valu de décrocher mon job.

— Et ta chaîne t'a envoyée ici en reportage pour marquer les cinq ans écoulés depuis ces événements, objecta Josie. Tu n'as pas été virée.

Trinity prit un air dubitatif, leva vaguement le bras.

— Tu vois des producteurs ou des techniciens, ici ? Oui, ils m'ont envoyée faire un reportage. Je l'ai tourné et livré il y a une semaine. Mon équipe est rentrée à New York, mais je suis toujours ici. On ne m'a pas rappelée, et on ne le fera pas.

Josie se retint de discuter plus avant. Sa sœur avait sans doute raison, et chercher à la rassurer sans argument solide se servirait à rien. Elle se contenta de répondre :

— Trinity, tu peux trouver du travail sur n'importe quelle chaîne de télévision. Depuis cinq ans, tu as couvert les plus grandes affaires du pays. Tu en as même résolu certaines.

Trinity pointa l'index vers Josie.

— Non. *Toi*, tu les as résolues. Et je les ai révélées au grand public ensuite. Je ne suis l'héroïne d'aucune histoire.

Ce fut au tour de Josie de prendre un air dubitatif.

— Il me semble pourtant me rappeler que nous avons été des personnages centraux dans une histoire, il n'y a pas si long-temps. J'ai accepté d'apparaître dans ce fichu épisode de *Dateline* pour toi. Je ne voulais pas, et c'est toi qui as insisté.

Lorsque Josie et Trinity s'étaient croisées pour la première fois, près de six ans auparavant, Trinity était correspondante d'une chaîne de télévision nationale. Puis une source lui avait fourni de faux renseignements, et on l'avait placardisée. Elle avait fini sur une antenne locale, la chaîne d'information de Denton, WYEP, où elle avait travaillé à des reportages de terrain. Après une année chez WYEP, elle avait joué un rôle capital aux côtés de Josie pour démanteler un réseau de crimi-nels dépravés, lors de la célèbre affaire des jeunes disparues de Denton. L'histoire avait propulsé Trinity à son poste actuel.

À l'époque, elles ignoraient qu'elles étaient sœurs. Elles n'étaient qu'une policière et une journaliste souvent en désac-cord. À vrai dire, Josie ne supportait pas Trinity, qu'elle trouvait trop ambitieuse et toujours dans ses pattes, en quête de la moindre exclusivité. Des qualités que Josie avait, avec le temps, fini par apprécier. Deux ans après l'affaire des jeunes disparues, on avait découvert des ossements humains derrière le parc de mobile homes où Josie avait grandi. L'enquête tentaculaire qui avait suivi cette découverte avait, en fin de compte, permis de déterminer que les deux femmes étaient sœurs. À l'âge de trois semaines, Josie avait été enlevée à sa famille. Une femme cruelle, malfaisante avait kidnappé Josie et mis le feu à la maison des Payne, laissant croire à tous que l'enfant avait péri dans l'incendie alors qu'elle l'élevait à quelques heures de route seulement de sa sœur jumelle. La réunification de la famille Payne, trente ans plus tard, ajoutée au fait que Josie et Trinity non seulement se connaissaient avant de savoir qu'elles étaient sœurs, mais avaient travaillé ensemble sur une affaire célèbre, s'avéra une mine d'or pour la télévision. Trinity, avec ce CV des plus romanesques qu'elle était toute prête à partager à l'écran, s'était taillé une solide place de coprésentatrice et semblait indéboulonnable.

Jusqu'à aujourd'hui.

— Arrête ! dit Trinity. Une nouvelle chasse l'autre en vingt secondes, maintenant. Plus personne ne s'intéresse à notre histoire de jumelles séparées à la naissance.

Josie ravala une réplique sur l'utilisation de leur histoire tragique par Trinity pour faire avancer sa carrière, et se contenta de répondre :

— Trinity, tu es une très bonne journaliste. Tu ne resteras peut-être pas sur cette chaîne, mais tu trouveras un point de chute ailleurs. Les choses vont s'arranger, j'en suis convaincue.

— Oui, elles vont s'arranger pour Mila Kates. Et moi, j'aurai de la chance si j'arrive à reprendre mon ancien job chez WYEP.

— Franchement, Trinity, tu surréagis, dit Josie.

— Tu crois ça ?

Comme Josie ne répondait pas, Trinity posa sa main sur sa poitrine, doigts écartés.

— Il me faut un gros truc. Plus gros que l'affaire des jeunes disparues. Plus gros que le harceleur de Mila Kates. Pas une affaire que tu résoudrais et sur laquelle je me grefferais. Mais une affaire que je dénicherais moi-même, et qui soit autre chose que du réchauffé.

— Je croyais que, déontologiquement, les journalistes ne devaient pas être le sujet de leurs reportages.

Trinity leva les yeux au ciel.

— Oui, bien sûr. C'est ce qu'on nous apprend à l'école, mais ça n'est plus forcément vrai. Regarde Mila Kates. Ou ce type, là, qui travaillait pour notre plus gros concurrent. Il a écrit un livre sur la façon dont ses propres patrons ont essayé, pendant toute une année, d'étouffer une de ses affaires, et maintenant il est célèbre.

Josie se souvenait de ce journaliste.

— Mais il travaillait sur un sujet vraiment explosif. Une histoire de harcèlement sexuel dans l'industrie du spectacle, c'est bien ça ?

— Oui.

— Alors que s'il avait couvert un concours de cuisine dans une petite ville, il ne serait pas célèbre. Il lui a quand même fallu un bon sujet.

— À moi aussi, évidemment ! s'exclama Trinity. Il me faut un truc pour lequel toutes les chaînes seraient prêtes à tuer – au sens figuré, bien sûr. Quelque chose que personne n'a jamais fait. Je dois trouver quelque chose. Quelque chose de vraiment...

— Terrible ?

Trinity la fusilla du regard.

— Ambitieux. Explosif.

Le ton de Trinity, la lueur dans ses yeux déplurent à Josie. Ce n'était pas de l'ambition, c'était du désespoir.

— Je pense quand même que ta carrière n'est pas menacée. Tout ce que tu as fait jusqu'ici tient la route.

Trinity tendit le doigt vers elle.

— Tu te trompes. Tu crois sans doute que je suis folle mais je te jure que non, Josie. Tout ce à quoi j'ai travaillé est menacé.

— Tu as fait *un* commentaire maladroit, Trin. On a vu des célébrités surmonter bien pire.

Un grattement se fit entendre à la porte du jardin. Trinity se leva et alla ouvrir à Trout. Le chien trottina jusqu'à Josie, lui donna de petits coups de tête pour se faire câliner. Josie caressa le poil soyeux derrière ses oreilles.

Trinity revint s'asseoir face à son écran, se prépara à visionner une fois de plus la vidéo. Josie tendit le bras et referma l'ordinateur portable.

— Ça suffit, dit-elle. Arrête de penser à ça. Va courir. Prends une douche. Fais quelque chose qui te vide la tête.

Trout les fit sursauter toutes les deux en se mettant à aboyer. Une seconde plus tard, malgré le vacarme, elles entendirent la porte d'entrée s'ouvrir et se refermer.

— Ce n'est que moi, annonça Noah.

Trout fonça dans l'entrée. Josie entendit Noah lui faire fête et les griffes du chien cliqueter sur le plancher. Puis son compagnon apparut sur le seuil de la cuisine, cheveux bruns en bataille, des cernes sombres sous ses yeux noisette. Il avait à la main une petite boîte emballée de papier kraft.

Josie jeta un coup d'œil à la pendule.

— Tu rentres tôt. La nuit a été dure ?

Trout dansait autour d'eux, et jappa jusqu'à ce que Noah se penche pour le caresser encore.

— Gretchen est déjà au commissariat. On nous a signalé une fête sauvage hors du campus. Quand on s'est rendus sur place, les gamins se sont éparpillés. J'ai passé la nuit à ramasser des mineurs alcoolisés.

Satisfait, Trout alla chercher sa gamelle de nourriture vide dans l'angle de la cuisine, et la traîna jusqu'aux pieds de Josie. L'œil toujours sur Noah, celle-ci dit :

— Tu as dû bien t'amuser. Combien d'entre eux sont de futurs enseignants ?

Elle remplit le bol du chien et le reposa à terre.

— Tu veux dire, combien nous ont suppliés de ne pas dresser de PV pour ne pas ruiner leur possible carrière de profs ? Quatorze.

Josie secoua la tête, et indiqua la boîte, un peu plus petite que sa paume, que tenait Noah.

— Qu'est-ce que c'est ?

Il baissa les yeux sur la boîte puis regarda alternativement Josie et Trinity.

— J'ai trouvé ça dehors. Elle est adressée à Trinity.

Trinity tendit la main et Noah sourit en ajoutant :

— C'est ta manière de nous annoncer que tu t'installes chez nous ? Tu te fais envoyer tes colis ici ?

Trinity repoussa sa tasse de café et se mit à déballer le paquet tout en répondant :

— Je ne reçois pas mon courrier ici.

— Mais c'est le deuxième paquet en une semaine.

— Bon, oui, j'ai demandé à mon assistante de m'envoyer quelques affaires du bureau. Où voulais-tu que je les fasse livrer ?

Il y avait de la tension dans sa voix. Noah leva les deux mains.

— Détends-toi, je disais ça pour rire, c'est tout. Ce n'est absolument pas un problème.

Puis il sourit largement et Josie comprit qu'il allait encore plaisanter.

— Au fait, j'aime beaucoup ta « nouvelle décoration » dans la chambre d'amis...

Mais Trinity ne l'écoutait plus. Elle examina le contenu de la boîte, pâlit. Puis elle la repoussa et but d'un trait le reste de son café.

— Où as-tu trouvé ça ?

— Je te l'ai dit, elle était là, dehors.

— Il n'y a pas de timbre dessus. Où était-elle exactement ?

Josie jeta un coup d'œil par-dessus l'épaule de sa sœur et

constata, elle aussi, qu'il n'y avait ni timbre, ni tampon, ni adresse d'expéditeur.

— Qu'est-ce que c'est ? Qu'y a-t-il là-dedans ? demanda-t-elle.

Trinity serra la boîte contre sa poitrine.

— Rien d'important. Je suis seulement curieuse, parce qu'elle n'a pas été postée. Où l'as-tu trouvée, Noah ?

— Dans la boîte aux lettres, au bout de l'allée. Là où on reçoit notre courrier habituellement, tu vois ?

Trinity saisit son ordinateur portable de sa main libre, et regarda Noah d'un air furieux.

— Ça te gêne que je reste ici ?

— Trin, il plaisantait, dit Josie.

— Tu crois ça ? demanda sèchement Trinity en se tournant vers elle. Alors pourquoi est-il venu fouiner dans ma chambre ?

— Mais je ne suis pas venu fouiner. Je suis simplement passé devant l'autre jour et la porte était ouverte.

Trinity serrait toujours son ordinateur et le petit paquet contre elle. Elle avança d'un pas vers Noah pour lui dire d'un air de défi :

— Tu ne veux pas de moi ici.

— Mais pas du tout ! protesta Noah.

Une seconde passa en silence. Trinity le dévisageait comme si elle hésitait sur la conduite à tenir. Puis elle dit :

— Quand on ne veut pas de moi, je le sens.

— Mais de quoi tu parles ? répondit Noah. Ne sois pas ridicule.

En entendant ce mot malheureux, Josie grimaça. Elle savait que sa sœur allait exploser. Trinity devint toute rouge, les lèvres pincées. Josie tenta de désamorcer la situation :

— Trinity, tu sais bien que tu es toujours la bienvenue ici. S'il te plaît...

Avant qu'elle ait fini sa phrase, sa sœur quittait la pièce, hors d'elle. Josie et Noah l'entendirent monter lourdement l'escalier. La porte de la chambre d'amis claqua et fit sursauter Trout, qui leva la tête de sa gamelle. Il regarda Josie et Noah, l'air inquiet, les oreilles dressées, jusqu'à ce que Josie le rassure.

— Tout va bien, mon gars.

Noah leva les mains.

— Je suis désolé. Mais je plaisantais, sincèrement.

— Je sais, dit Josie. Mais elle traverse une sale période.

Noah plissa le front.

— Tu penses qu'elle va se calmer ? Elle a l'air bouleversée.

— Et pas qu'un peu.

Josie jeta un coup d'œil à l'horloge du micro-ondes. Elle devait se préparer à aller travailler.

— Je vais aller lui parler. Tu peux t'occuper de promener le chien ?

Noah la suivit dans l'entrée et s'empara de la laisse de Trout, qui le suivait de près. Josie monta l'escalier, les jambes lourdes tout à coup. Elle n'avait jamais vu Trinity comme ça. Elle songea un instant à appeler leur mère, Shannon. Elle avait passé trente ans avec Trinity, la connaissait bien mieux que Josie, ayant traversé avec elle bien des hauts et des bas. Mais Trinity n'était pas allée se réfugier chez ses parents pour panser ses blessures. Elle était venue chez elle. En posant la main sur la poignée de la porte de la chambre, Josie entendit qu'elle s'affairait à l'intérieur.

— Trinity ?

Elle poussa la porte, qui refusa de s'ouvrir.

— Va-t'en ! cria Trinity.

Josie poussa un peu plus fort, et comprit qu'elle était bloquée depuis l'autre côté.

— Tu as barricadé la porte ?

D'autres bruits lui parvinrent. Des papiers qu'on ramassait, des chocs sourds. Jetait-elle ses vêtements au hasard ? Enfin, la porte s'ouvrit et Trinity lui fit face, livide. Ses yeux bleus débordaient de colère – d'autre chose, aussi. Avant que Josie puisse deviner ce que c'était, Trinity déclara :

— Dans quelques minutes, je ne vous dérangerai plus.

— Trinity, franchement... tu surréagis. Tu peux rester ici autant que tu veux. Tu le sais. Noah plaisantait.

— Mais tu sais ce qu'on dit sur les plaisanteries. Elles contiennent toujours un fond de vérité.

Josie ouvrit la bouche pour répondre mais l'état de la chambre, derrière sa sœur, la laissa pantoise. Sa valise était ouverte sur le lit, pleine de vêtements et de chaussures. Un carton de rangement, posé sur la commode, face au lit, débordait de feuilles imprimées. Un second carton gisait au sol, renversé. Son contenu, papiers divers, vêtements, bijoux et articles de bureau, s'était répandu au sol. L'écran de télévision que Noah avait fixé au mur était couvert de Post-it colorés et annotés. Et des articles de journaux et des photos s'étalaient sur les murs couleur coquille d'œuf. Josie ne comprit pas immédiatement tout ce qu'elle voyait. Elle indiqua une série de photos affichées au mur derrière Trinity.

— C'est un squelette ?

Trinity se détourna et recommença à s'affairer, arrachant les coupures de presse des murs et les fourrant dans le carton posé sur la commode.

— Ça ne te regarde pas, répondit-elle à Josie.

Josie fit un pas dans la chambre et faillit trébucher sur un talon aiguille Louis Vuitton.

— On dirait un poste de commandement militaire, ici. Qu'est-ce que c'est que tout ça ?

Trinity continuait à arracher les pages des murs avant que Josie puisse comprendre de quoi il s'agissait. Elle crut reconnaître quelques pages d'un rapport d'autopsie, d'autres qui semblaient être des rapports d'enquête. Elle tenta d'en lire quelques mots avant que sa sœur ne les fourre dans le carton. Elle parvint à déchiffrer les mots « profil psychologique » sur la dernière page que Trinity retirait, laissant de petits bouts de papier déchirés dans son sillage. Puis sa sœur s'attaqua aux Post-it. Josie ne put en lire que quelques-uns avant qu'ils atterrissent dans le carton déjà trop plein.

« Symétrie ? »

« Meurtres en miroir ? »

« TOC ? »

— Trinity, qu'est-ce que c'est que tout ça, bon sang ?

Trinity ferma le carton, entreprit de redresser celui qui s'était renversé et d'en remettre le contenu en place.

— Je te l'ai dit, ça ne te regarde pas.

— C'est ça, ta grosse affaire ? Celle qui va te faire regagner les bonnes grâces de ta chaîne de télévision ?

Trinity, sans répondre, se mit à ramasser les vêtements et les chaussures qui jonchaient encore le sol pour les fourrer dans sa valise.

Josie croisa les bras sur sa poitrine et dévisagea sa sœur d'un air grave.

— Trinity. Ça ressemble à une affaire de meurtre. C'est bien ça ? Tu t'attaques à une affaire non résolue ? Tu ne veux pas aller te coucher, plutôt ? Tu en as besoin. Tu n'as pas dormi de la nuit. Quand j'aurais fini ma journée de travail, tu pourras descendre tes cartons et on regardera ça ensemble.

Trinity l'ignora, enfila ses talons aiguilles Louis Vuitton et tira sa valise, qui heurta le sol avec un bruit sourd. Josie resta immobile dans l'encadrement de la porte, jeta un bref coup d'œil à sa sœur.

— Tu t'en vas comme ça ? En survêtement et talons aiguilles ? Tu es encore une célébrité, tu sais. Et tu veux rentrer à New York dans cette tenue ?

— Pas à New York. Plus rien ne m'attend là-bas. Et ni mon allure, ni mes vêtements n'ont plus aucune importance. Plus rien n'a d'importance.

— Mais tu vas où ? Chez nos parents ?

— Tu es folle ? Non. Je vais louer quelque chose. Un endroit loin de tout. Un chalet dans la forêt, par exemple. J'ai besoin d'être seule.

— Je ne pense pas que tu devrais rester seule en ce moment. Je t'en prie, reste un peu, va dormir, et on s'occupera du reste ensemble.

— C'est facile pour toi de dire ça, hein ? Tout marche toujours bien, pour toi. La grande Josie Quinn. Je devrais la laisser s'occuper de tout et régler mes problèmes.

Josie eut l'impression de recevoir une gifle.

— Mais qu'est-ce que tu racontes ?

Trinity pointa un ongle long et manucuré vers elle.

— Tu retombes toujours sur tes pattes, toi. Ton commissariat était sens dessus dessous et tu as fini par être nommée cheffe. Puis tu as perdu ton grade, mais tu as gardé ton boulot. Tu résous toutes tes enquêtes. Tu attrapes toujours le coupable. Ça doit être chouette d'être aussi parfaite.

— Parce que tu crois que je suis parfaite ?

— Tu es célèbre, et tout le monde t'aime. Tu mènes une brillante carrière, quoi qu'il arrive, quoi que tu fasses ; tu as une belle maison et un compagnon merveilleux. Tu as tout. Ta maison est toujours pleine de gens. Amis, collègues, famille. Les gens qui devraient te détester – comme Misty, la petite amie de feu ton ex-mari – t'aiment quand même. Moi, je n'ai personne. Personne !

Chacune de ces paroles était un coup au ventre pour Josie. Elle était sonnée. Elle parvint tout de même à balbutier :

— Moi, je suis là pour toi.

— Oh, bien sûr, maintenant, tu es avec moi. Mais où étais-tu, avant ça ? J'avais besoin de toi. Les choses auraient été différentes si tu avais été là, mais tu n'étais *pas* là !

Une bouffée de colère s'empara de Josie.

— Tu sais très bien que ce n'est pas ma faute.

— Et qu'est-ce que ça change ? s'emporta Trinity. Tu n'étais pas là ! J'étais seule ! Et maintenant, tu as une vie parfaite et, moi, je n'ai plus rien. La seule chose qui m'importait, la seule qui ait jamais compté, vient de m'être enlevée. Et tu ne comprends pas. Ma propre sœur. Ma jumelle. Mais comment pourrais-tu comprendre ?

Josie tendit à son tour le doigt vers sa sœur, imitant son geste.

— Tu n'étais pas seule, Trinity. Tu avais toute ta famille. Notre famille ! Tu sais ce que j'avais, moi ? Un placard ! Ma vie était un enfer. Un véritable enfer. Tu as grandi dans une belle maison, avec deux parents aimants et un gentil petit frère. Tu n'as jamais manqué de rien. Tu as toujours eu de l'argent. Tu as toujours eu de quoi manger et un toit au-dessus de ta tête !

Josie releva ses cheveux sur le côté et indiqua la longue cicatrice, ancienne, qui courait de son oreille à son menton.

— Personne ne t'a jamais maintenu la tête pour essayer de te défigurer, si ? Alors ne joue pas à qui a eu l'enfance la plus malheureuse avec moi, parce que tu vas perdre !

Trinity baissa les yeux, alla jusqu'à la porte, écarta Josie de son chemin et remonta le couloir d'un pas mal assuré, traînant sa lourde valise derrière elle.

Parvenue en haut de l'escalier, elle se retourna vers Josie.

— Tu n'as jamais pensé qu'on aurait mieux fait de laisser les choses comme elles l'étaient avant ? Oui, nous avons le même ADN, mais ça ne fait pas de nous une famille. Nous n'étions pas faites pour être sœurs, en réalité.

— Trinity...

— C'est la vérité. Tu ne m'aimais pas, avant d'apprendre que nous partagions le même ADN. Tu me détestais, même.

— Il y a eu une période où je ne t'aimais pas, c'est vrai, reconnut Josie. Mais c'était avant que j'apprenne à te connaître...

— Mais tu ne me connais pas. Pas vraiment, la coupa

Trinity. Depuis combien de temps sommes-nous « sœurs » ?
Trois ans ? Et qu'est-ce que tu sais vraiment de moi ?

— Je... je...

— Quelle est la pire chose qui me soit arrivée ? Hormis la
perte de mon poste de présentatrice, bien sûr.

Josie se creusa la cervelle. Trinity avait raison. Ce qu'elle
savait d'elle était superficiel. Elles n'avaient jamais pu avoir de
conversation intime où on révèle ce qu'on a sur le cœur, où on
partage chaque détail de sa vie. Mais Josie n'avait eu ce genre de
conversation avec personne.

— La pire chose qui t'est arrivée, c'est d'avoir été débarquée
de l'émission du matin, sur le câble, quand on t'a fait passer de
fausses informations.

Trinity mit la main sur sa hanche.

— Faux. Et quelle est la meilleure chose qui me soit
arrivée ?

— Obtenir ton poste de présentatrice ? hasarda Josie
timidement.

Les yeux de Trinity brillaient de larmes. Elle répondit,
d'une voix brisée :

— Faux.

Le cœur lourd, Josie suivit sa sœur qui traîna tant bien que
mal sa valise jusqu'à sa Fiat décapotable rouge et la jeta sur le
siège passager. Trinity effectua deux autres allers-retours pour
embarquer ses cartons et son sac à main. Elle posa les cartons en
équilibre précaire sur la valise, jeta son sac à main Gucci
marron dans le carton du haut. Josie la supplia de rester, de
discuter de tout ça, mais Trinity ne lui répondit pas.

Quand elle mit le contact et que le moteur de la Fiat se mit
à rugir, elle abaissa sa vitre et jeta un dernier regard à Josie.

— Nous ne sommes pas sœurs, Josie. Pas réellement. Je
pense qu'il est temps d'arrêter de vouloir à tout prix quelque
chose qui n'existera jamais.

4

— Waouh, dit Noah tandis qu'ils rentraient dans la maison. Je ne savais pas que ça avait été si dur. Je suis désolé.

Dans l'entrée, Josie débarrassa Trout de sa laisse et de son harnais. Le chien trottina jusqu'à la cuisine pour boire. Noah prit Josie dans ses bras.

— Et tu ne lui as plus parlé depuis ? dit-il en déposant un baiser sur le sommet de sa tête.

Josie posa la joue contre sa poitrine et marmonna :

— Non. Je n'ai pas arrêté de lui téléphoner, de lui envoyer des messages, mais elle ne m'a jamais répondu.

Il la relâcha et ils montèrent à l'étage prendre une douche et se changer. Dans la chambre, en ôtant son t-shirt, il reprit :

— Tu en as parlé à Shannon ?

— Bien sûr. Plusieurs fois. Elle a essayé d'arranger les choses, mais Trinity n'a rien voulu savoir. Elle a dit qu'elle ne voulait plus me parler ni me voir. Ni moi, ni personne d'autre, d'ailleurs. C'est Shannon qui m'a appris qu'elle avait loué un chalet.

— Mais elle est restée dans les environs, souligna Noah. Ça doit vouloir dire quelque chose.

— Je ne pense pas, Noah. Je ne l'avais encore jamais vue comme ça, et le pire, c'est que...

Elle ne parvenait pas à le dire, même à Noah.

— Quoi ?

Elle s'assit sur le bord du lit et ferma les yeux pour ne pas sentir son regard posé sur elle.

— Elle a raison. Je ne sais rien d'elle. Rien de vraiment important. Je ne lui ai jamais posé de questions.

— Et qu'est-ce qu'il faudrait que tu saches, au juste ? demanda Noah.

Elle ouvrit les yeux.

— Noah, arrête.

Il leva les mains.

— Je suis sérieux. Vous découvrez que vous êtes sœurs. Et ensuite vous auriez dû vous asseoir et faire l'inventaire de tout ce que vous ignoriez l'une de l'autre ? Vous avez quand même passé beaucoup de temps ensemble, vu vos emplois du temps très chargés. Tu t'es totalement investie dans ta relation avec ta nouvelle famille. Qu'est-ce qu'elle pouvait te demander de plus ? Est-ce qu'elle t'a interrogée sur les moindres détails de ta vie, elle ?

— Elle n'en a pas eu besoin. Presque tout a été rendu public, hélas.

Noah s'assit à côté d'elle, passa le bras autour de ses épaules et l'attira contre lui.

— Je crois qu'elle en rajoute un peu, quand même. Évidemment, perdre son poste de présentatrice l'a chamboulée. Tu sais combien sa carrière compte pour elle.

Mais je ne sais pas pourquoi, se dit Josie. *Pourquoi Trinity est comme ça.* Noah reprit :

— Pour quelqu'un comme elle, perdre cette position, c'est comme perdre un être cher. Elle est déboussolée. Elle ne sait plus quoi faire. Elle s'en est prise à toi parce que tu es la personne la plus proche d'elle. Elle a eu un mois dans son chalet pour réfléchir à qui elle était vraiment, sans ce job. C'est peut-être le moment de monter là-haut et d'aller lui parler.

— Si elle voulait me parler, elle aurait répondu à un de mes messages ou à un de mes coups de fil.

— Peut-être qu'elle a honte de s'être comportée comme ça et qu'elle voudrait donc que tu fasses le premier pas.

— Je ne crois pas.

— Il n'y a qu'un moyen de le savoir. De toute façon, elle ne te parle pas, alors qu'as-tu à perdre ? Rapporte-lui ses lunettes de soleil, monte au chalet. Dis-lui que tu veux être sa sœur.

— Je ne sais même pas où est son chalet.

— Ne cherche pas de prétexte ! Shannon a son adresse, non ?

Josie ne répondit pas.

— Prends une douche, je vais préparer le petit déjeuner. Et après, tu iras la voir.

— Et si elle me claque la porte au nez ? Ou pire, si elle ne vient même pas m'ouvrir ?

Noah se leva et lui sourit.

— Dans ce cas, tu réessaieras demain.

Josie connaissait les chalets de Whispering Oaks depuis toujours. Ils étaient en général loués à des chasseurs ou à des pêcheurs, à cette période de l'année – c'était la fin mars –, ou à des familles, l'été. Perché dans les montagnes, l'endroit semblait reculé mais n'était en fait qu'à une demi-heure de route du centre de Denton. Une petite rivière et plusieurs sentiers de randonnée traversaient les différentes parcelles. Une route de gravier grossier, en lacets, y montait et desservait les accès à chaque chalet. Il y en avait dix au total. Shannon avait dit à Josie que Trinity avait loué le numéro 6.

La Ford Escape de Josie montait en cahotant. Enfin, elle trouva le chemin étroit signalé par un panneau de bois délavé qui portait le chiffre 6. Josie s'y engagea et aperçut la Fiat Spider rouge de Trinity, capot tourné vers la sortie. Le chalet était bardé de faux rondins de bois couleur gris fumée, avec un toit en aluminium rouge vif. La véranda étroite de l'entrée était juste assez grande pour accueillir deux fauteuils à bascule en bois. Sur la porte d'entrée, rouge vif elle aussi, était accrochée une couronne d'osier piquetée de fausses fleurs de printemps aux couleurs vives. Le chalet était pittoresque et accueillant, mais son style semblait à l'opposé exact des goûts de Trinity. Josie se demanda comment elle avait pu rester tout un mois dans un endroit pareil. Puis une petite voix intérieure lui rappela que sa sœur lui avait reproché de ne pas du tout la connaître.

En soupirant, Josie se gara à côté de la voiture de Trinity, prit les lunettes de soleil et descendit de voiture. Quand elle passa devant la Fiat, quelque chose sur le siège passager attira son attention. La valise de sa sœur. Et, posé sur la valise, son sac à main. Gucci, comme ses lunettes de soleil. Noah aurait fait une crise cardiaque en apprenant le prix de ce sac. Josie était avec Trinity à New York lorsqu'elle l'avait acheté et elle s'était sentie vaseuse en la voyant tendre sa carte de crédit au caissier.

Trinity était sur le départ. Josie se demanda si elle avait retrouvé son poste de présentatrice. Depuis un mois, elle regardait le journal télévisé du matin en espérant entendre l'annonce du retour de sa sœur à l'antenne, mais elle n'avait vu qu'une série de coprésentatrices temporaires qui ne lui arrivaient pas à la cheville. On ne parlait d'elle que pour dire qu'elle était « en mission ». Mais on ne disait pas non plus que la désormais célèbre Mila Kates allait la remplacer. La coïncidence était quand même étrange : Trinity partait le jour où Josie trouvait le courage de venir lui parler.

Elle avait les jambes lourdes en montant les quelques marches de la véranda pour frapper à la porte.

— Trin ? appela-t-elle.

Pas de réponse. Josie voulut jeter un coup d'œil par la fenêtre la plus proche de la porte d'entrée mais les rideaux blancs, tirés, l'empêchaient de voir à l'intérieur.

— Trinity ?

Elle frappa de nouveau, plus fort cette fois. Rien.

Elle appuya l'oreille contre la porte, sous la couronne, guetta le moindre bruit. En vain. Elle posa la main sur la poignée, qui, à sa grande surprise, tourna. Elle mit les lunettes de Trinity dans sa poche et poussa la porte en appelant une fois encore sa sœur. Une odeur de renfermé la frappa dès qu'elle franchit le seuil. Il était près de 10 heures et le soleil brillait déjà haut dans le ciel. Rien n'était allumé à l'intérieur. Josie appela une fois de plus Trinity, toujours sans réponse. Son cœur bondit. Sa main se porta instinctivement à son arme de service, mais elle ne l'avait pas. C'était son jour de congé, elle n'avait pas imaginé en avoir besoin pour monter voir Trinity. Le bungalow, avec sa décoration désuète aux tons rouge sombre et marron, était bien rangé et propre, si on faisait abstraction d'une mince pellicule de poussière qui couvrait chaque surface. Josie inspecta rapidement l'unique chambre et la petite salle de bains. Elles étaient toutes deux vides, en ordre, et poussiéreuses. Josie revint dans la pièce principale sans parvenir à repousser les doigts glacés de la terreur qui parcouraient son échine. Sur la table de la cuisine, il y avait un mot, écrit sur ce qui lui parut être une page de l'agenda de Trinity :

Monsieur P., merci de m'avoir loué ce chalet. L'endroit est charmant. Je sais que je ne suis restée qu'une semaine, mais vous pouvez garder les arrhes. Je ne vous demanderai pas de me les rembourser. J'espère que vous trouverez les lieux en bon état. S'il y a le moindre problème, appelez-moi. Trinity.

Son numéro de portable était indiqué au-dessous. À côté du

mot, il y avait une clé, accrochée à un porte-clés en forme d'ours avec les mots « Whispering Oaks n° 6 » imprimés en blanc. Josie relut la note, s'attarda sur les mots « je ne suis restée qu'une semaine ».

— Une semaine ? répéta-t-elle pour elle-même.

Cela signifiait que Trinity était partie trois semaines plus tôt. Mais c'était impossible. Sa voiture était devant le chalet, avec sa valise et son sac à main à l'intérieur.

Josie se précipita dehors et, sans toucher la carrosserie, examina la Fiat. Les clés étaient sur le contact. Dans le vide-poche central, sous la planche de bord, à la hauteur du levier de vitesse, il y avait le petit creux dans lequel Trinity déposait en général son téléphone. Son cœur bondit en voyant qu'il s'y trouvait.

Elle tendit la main pour ouvrir la portière et s'immobilisa une fraction de seconde avant de toucher la poignée. La policière en elle lui intimait de ne pas contaminer d'éventuelles empreintes laissées sur la carrosserie. Elle retira sa main en tremblant.

Elle se retourna, scruta l'herbe, les arbres à proximité, puis le chemin qui conduisait au chalet. Elle dépassa sa propre voiture pour aller jusqu'à la limite du terrain, à la recherche d'empreintes de pas ou d'une trace que Trinity aurait pu laisser. Était-elle partie à pied dans la forêt ? Quelqu'un était-il venu ici la kidnapper ? Et si oui, l'avait-on simplement entraînée dans les bois ou fait monter dans un véhicule ? Le chemin, gravillonné, rendait presque impossible tout relevé de traces de pneus. Et, même s'il y avait eu de telles traces, Josie avait roulé dessus avec sa propre voiture.

Elle contourna le chalet. À l'arrière, la première chose qu'elle découvrit fut une clairière où deux chaises de jardin Adirondack encadraient le foyer d'un feu de camp fait d'une vieille jante de voiture. Du bois de chauffage était soigneuse-ment rangé contre le chalet. Trinity n'aurait jamais allumé un feu de camp ici. Les activités de plein air ne l'intéressaient pas du tout. Josie observa le foyer improvisé. Les bouts de bois calcinés et les cendres qui s'y trouvaient semblaient tassés, compactés. On n'avait pas fait de feu là-dedans depuis longtemps. Josie leva les yeux vers les arbres entourant la clairière. Au sol, à quelques dizaines de centimètres des premiers troncs, quelque chose de blanc attira son regard. Elle avança de deux pas et s'immobilisa. Son esprit ne parvenait pas à analyser ce qu'elle voyait. L'herbe devait être haute d'une dizaine de centimètres. Elle n'avait pas été tondue depuis un moment, mais le printemps venait seulement d'arriver et à cette période de l'année, après le froid de l'hiver, la pousse n'était pas encore très rapide. Le propriétaire devait avoir fait tondre juste avant l'arrivée de Trinity, un mois plus tôt.

Elle se força à faire un pas de plus. Sa gorge se serra, et il lui fallut fournir un immense effort pour obliger ses poumons à fonctionner. Sur l'herbe, devant elle, s'étalaient des os. Des os humains. Ni abandonnés, ni jetés là, mais étalés. Disposés.

Mis en scène.

Une cage thoracique et une colonne vertébrale composaient le centre de la figure que contemplait Josie – une sorte de symbole ? Les restes d'un rituel satanique ? Des os plus petits étaient disposés en rond autour de la cage thoracique et de la colonne vertébrale. La partie analytique de son cerveau y reconnut les petits os des mains, des doigts, des pieds et des orteils. Les clavicules, aussi. En bas du cercle, pointant vers l'extérieur de celui-ci, dans la direction de Josie, il y avait des os plus longs. *Les os des bras*, chuchota la voix froide et détachée de l'inspectrice en elle. Parce qu'ils étaient trop courts pour être ceux des jambes. Et sous ces os, il y avait un crâne et un bassin. Les orbites vides du crâne fixaient Josie, oppressantes. Elle détourna le regard de ces orbites et observa la partie supérieure droite du cercle, où étaient placés les os des jambes, qui pointaient eux aussi vers l'extérieur.

Elle se mit à trembler violemment. Elle tourna les talons et voulut s'enfuir mais son tibia heurta une des chaises Adirondack et elle s'étala de tout son long, roula jusqu'à l'arrière du bungalow où sa tête alla heurter le tas de bois. Quelques bûches lui roulèrent sur le ventre. Elle ferma les yeux et se força à respirer plus lentement. Dans son esprit se fit entendre une voix calme, impérieuse – celle qui lui donnait des ordres quand son corps lui désobéissait sous le coup de la peur ou de la panique. La policière en elle. *Sors ton téléphone. Appelle du renfort.*

Elle se le répéta plusieurs fois, comme un mantra, puis ouvrit les yeux, repoussa les bûches qui lui étaient tombées dessus et pêcha son téléphone dans sa poche. *Respire*, lui dit la voix tandis qu'elle déverrouillait son téléphone. *Respire, c'est tout.*

Noah décrocha à la troisième sonnerie.

— Salut ! Tu tombes bien. Je n'arrive pas à retrouver l'antiparasite de Trout...

— Il y a un problème, le coupa Josie. Il faut que tu viennes. Avec une brigade.

— Josie, tu as des ennuis ? Que se passe-t-il ? répondit Noah, soudain sérieux.

— Des... ossements, bégaya-t-elle.

— Quoi ? Explique-toi, Josie ! Où est Trinity ? Tu l'as trouvée ?

— Je crois qu'elle est morte, souffla Josie.

5

Noah commença par des questions simples, auxquelles Josie pouvait répondre en un ou deux mots. Était-elle dans le chalet ? Non. Était-elle devant ou derrière ? Derrière. Y avait-il quelqu'un avec elle ? Non. La voix de Noah était sa bouée, son ancre, elle l'empêchait d'être emportée par ce tsunami de panique. Petit à petit, il lui arracha des bribes d'informations. Elle entendait vaguement, en fond sonore, ses clés qui tintaient, une portière qui claquait, un moteur qui démarrait. Il était en route.

— Tu dis qu'elle a laissé un mot au propriétaire il y a trois semaines. Que sa voiture est chargée, que les clés sont sur le contact et son téléphone à côté du levier de vitesse, mais qu'elle n'est pas là, récapitula-t-il.

— Il... il y a des ossements. Des restes. Je crois que c'est... Je crois que c'est elle ! Oh mon Dieu, Noah !

— Josie, je veux que tu montes dans ta voiture, tout de suite, et que tu repartes vers la route principale, dit Noah d'une voix ferme. On te rejoint là-bas.

Josie fit non de la tête, même s'il ne pouvait pas la voir.

— Je ne peux pas !

Ses jambes ne lui répondaient plus. Elle ne voulait pas se relever, pour ne pas revoir les orbites vides. Elle savait déjà qu'elle ne parviendrait pas à détourner le regard.

— Remonte dans ta voiture, répéta Noah. Rejoins-nous au niveau de la route principale.

Elle ne répondit pas.

— Je t'en prie Josie, écoute-moi, reprit-il. Tu es au beau milieu d'une scène de crime. Tu sais qu'il faut la préserver. Et ça veut dire que tu dois t'éloigner jusqu'à ce que l'équipe d'identification criminelle arrive.

« Scène de crime. » « Identification criminelle. » C'étaient des mots qu'elle reconnaissait. Des concepts qui avaient un sens, même pour son cerveau sous le choc.

— OK, dit-elle en se relevant et en évitant de tourner la tête vers les ossements étalés de l'autre côté du feu de camp.

— Tu es en train de remonter en voiture ? demanda Noah.

— Oui, marmonna-t-elle.

Ses pieds la portaient avec peine mais, lentement, elle contourna le bungalow et regagna sa voiture.

— J'y suis, finit-elle par dire.

— Très bien. Fais demi-tour et va jusqu'au bout du chemin. On arrive dès que possible.

Il raccrocha. Josie s'assit au volant, le téléphone toujours collé à l'oreille. Le souffle court, elle scruta l'espace entre le bungalow et la voiture de Trinity. Alors même que les émotions – peur, choc, panique – l'envahissaient, la débordaient physiquement, que ses poils se hérissaient, que ses cheveux se dressaient sur sa tête, la policière en elle se repassa les détails de ce qu'elle avait pu voir derrière le bungalow. L'image des ossements, si brutalement exposés, lui retraversa l'esprit.

Son cerveau d'enquêtrice cherchait à rassembler tout ce qu'elle savait de la décomposition humaine. Si Trinity avait été enlevée le jour où elle comptait partir et tuée immédiatement, cela voulait dire que trois semaines avaient passé. *Trop peu pour qu'il n'en reste plus qu'un squelette. Non ?* s'interrogea-t-elle. Elle tenta de se rappeler tout ce qu'elle avait appris sur le sujet depuis qu'elle était dans la police, sans parvenir à rassembler ses connaissances. Elle avait besoin de la légiste du comté, Anya Feist. Elle songea à rappeler Noah, mais se dit que c'était idiot. L'équipe d'identification criminelle savait qu'il fallait l'alerter.

Repoussant les pensées morbides qui l'assaillaient, Josie remit son téléphone dans sa poche et fit démarrer le moteur. Ses pensées allaient trop vite, elle avait le vertige. Une guerre faisait rage en elle. La sœur contre la policière. L'émotion contre le détachement. Elle n'avait jamais été aussi déchirée entre ces deux directions opposées.

Sans vraiment savoir comment, elle rejoignit la route principale et attendit, assise dans sa voiture, phalanges blanchies à force de serrer le volant, que Noah et l'inspecteur Finn Mettner arrivent à sa hauteur, suivis par deux voitures de patrouille. Leurs gyrophares bleu et rouge clignotaient derrière les arbres qui ombrageaient le chemin d'accès. Mettner était déjà dans la police de Denton depuis plusieurs années quand on l'avait promu inspecteur, deux ans plus tôt. Depuis sa prise de fonction, il avait participé à des enquêtes difficiles, et même dirigé celle qui concernait l'assassinat de la mère de Noah. Dévoué, minutieux, c'était un très bon élément.

Josie le vit descendre de sa voiture, accompagné de Noah, et ils se dirigèrent vers elle au petit trot. Noah ouvrit la portière et tendit la main à Josie. Elle s'en saisit et il l'aida à sortir.

— Hummel et l'équipe d'identification criminelle devraient être là dans cinq minutes, dit Mettner. On va attendre qu'ils sécurisent le périmètre avant de monter. La docteure Feist est en route, elle aussi. Quand on ira voir, que personne ne marche sur le chemin ! Si jamais il y a des empreintes de pneus, je veux pouvoir les récupérer.

— Je suis déjà allée jusque-là en voiture, croassa Josie. J'ai sans doute détruit tout ce qu'il pouvait y avoir comme traces.

— Il peut quand même en rester, dit Mettner pour la rassurer. Et s'il y en a, Hummel les trouvera.

6

Dans la journée, le moment préféré d'Alex était celui où sa mère, Hanna, allait travailler dans son atelier. Non seulement elle le laissait entrer, mais elle l'appelait souvent pour qu'il vienne l'aider. Il installait ses toiles et ses pots de peinture, allait chercher ses pinceaux, sa colle, tout ce dont elle avait besoin pour travailler. Lors de ses aventures dans la forêt avec son père, Alex avait appris à rester longtemps assis, sans bouger. Pendant que Hanna travaillait, il restait derrière elle, installé sur un tabouret, l'observait et l'écoutait fredonner. C'était toujours une variante de la même chanson. Il n'en avait jamais entendu les paroles, mais elle la fredonnait si souvent qu'il aurait pu la chanter en dormant.

Elle mettait la touche finale à un nouveau tableau lorsqu'elle déclara :

— Alex, chéri, où est ta sœur ? Je crois qu'elle aimerait ce tableau.

Il sentit sa gorge se serrer. Parlait-elle sérieusement ?

— Tu... tu veux dire... ?

Sa voix n'était qu'un glapissement. Il ne put même pas achever sa phrase. Il n'avait pas prononcé son nom depuis près d'un an. Plus personne ne prononçait son nom. Parfois, il se demandait même s'il ne l'avait pas imaginée. Il fit une nouvelle tentative, ne put articuler qu'une seule syllabe.

Hanna plissa les yeux, et le nom se bloqua dans sa gorge. Elle lui lança un regard lourd de sens et déclara froidement :

— Je ne vois pas de qui tu veux parler.

— Oh, souffla-t-il.

— Où est Zandra ? reprit Hanna sans le quitter des yeux.

Il se tortilla sur son tabouret.

— Papa dit qu'elle doit rester à l'isolement parce qu'elle est malade.

Hanna fronça les sourcils.

— Encore ? Mais elle est enfermée depuis des jours. Pourquoi ne vas-tu pas voir comment elle va ?

— Je ne peux pas, dit Alex. Ce sont les règles.

Pinceau en main, Hanna se retourna, l'observa.

— C'est vrai, dit-elle.

Elle passa un long moment à suivre du doigt la croûte sombre d'une estafilade sur son bras.

— Bon, c'est ton père qui fixe les règles, de toute façon. Mais tu sais, Alex, j'aimerais bien avoir de nouveau mes deux enfants dans cet atelier.

— Je suis désolé, dit-il.

Mais il n'était pas désolé de ce qui était arrivé à sa mère, seulement de ne pas avoir été assez fort pour arrêter Zandra.

Il baissa les yeux, mais sentit son regard peser sur lui. Il l'entendit laisser tomber son pinceau dans un pot. Puis elle vint s'agenouiller face à lui, darda ses yeux dans les siens. Elle paraissait plus petite, maintenant qu'il avait presque onze ans.

— Mon fils, dit-elle. Regarde-moi. Il faut que tu aides ta sœur, tu comprends ?

Il acquiesça sans répondre.

Elle regarda derrière lui, en direction de la porte, puis revint à Alex.

— Je crains, Alex, que ton père... ne se laisse aller à des punitions trop sévères, si ces incidents avec Zandra persistent.

— Je comprends.

— Tu comprends, vraiment ?

Mais il n'eut pas le temps de répondre. La porte d'entrée qui claqua les fit tous les deux sursauter.

— Vite, redescends faire tes devoirs !

Avant qu'il puisse sauter de son tabouret et filer dans le couloir, le pas lourd de Francis résonna dans l'escalier. Un instant plus tard, il apparut sur le seuil.

— Hanna, qu'est-ce qu'il fiche ici ? Tu n'es pas au travail ?

Elle sourit.

— Si, j'ai travaillé toute la matinée. Qu'en penses-tu ?

Elle se tourna et lui indiqua son tout nouveau tableau d'un geste théâtral. Il prit un air intéressé.

— C'est très beau, dit-il. Mais il manque quelque chose.

Puis il s'approcha d'Alex, menaçant.

— Descends et laisse ta mère se concentrer, ordonna-t-il.

Alex s'avança vers la porte mais Hanna répondit :

— Alex me donnait un coup de main. Tout va bien. Laisse-le rester, il ne me dérange pas. Il pourra peut-être m'aider à trouver ce qui manque.

— C'est un petit imbécile, Hanna, rétorqua Francis. Toi, tu es une artiste accomplie. Ne sois pas ridicule.

Alex se faufila jusqu'à la porte et fila dans le couloir avant qu'ils puissent encore se disputer à son sujet. En descendant l'escalier quatre à quatre, il entendit son père dire :

— Remets-toi au travail, je vais m'occuper de Zandra.

Josie, Mettner et Noah attendaient, à côté de leurs véhicules, que l'équipe d'identification criminelle de la police de Denton arrive. Malgré le silence et la beauté de la nature qui les entouraient, Josie ne pouvait empêcher son esprit de s'emballer. Heureusement, Mettner sortit son téléphone, ouvrit l'application bloc-notes et commença à l'interroger. Josie lui récapitula tout ce qui s'était passé depuis six semaines, mais sans insister sur ce que Trinity et elle s'étaient dit avant que sa sœur, en furie, ne les quitte, Noah et elle. Elle raconta seulement qu'elles s'étaient disputées.

— Et tu n'as pas eu de ses nouvelles depuis un mois ? demanda Mettner, penché sur son téléphone pour prendre des notes. Et ses amis, les autres membres de la famille ?

— Je sais que notre mère, Shannon, l'a contactée après notre querelle, dit Josie. Il faut aussi interroger mon père et mon frère. Ah, et l'assistante de Trinity. Elles se sont parlé quand elle était chez nous.

Josie donna à Mettner les numéros de téléphone dont elle se souvenait, chercha les autres dans son propre portable. Puis elle ajouta :

— Mais tu veux bien attendre avant d'appeler Shannon, et me laisser le lui annoncer ?

— Bien sûr. Essayons d'abord de voir à quoi nous avons affaire ici.

— Mett, dit Josie en posant la main sur son bras.

Il la regarda, jeta un bref coup d'œil à Noah avant de revenir à elle. Josie déglutit avec difficulté.

— Ce que j'ai vu là-haut...

— Des ossements. Noah me l'a dit. On va s'en occuper.

— Non, dit-elle en lui pressant le bras. Ce ne sont pas que des ossements. C'est quelque chose qu'on n'a encore jamais vu.

Mettner ouvrit la bouche, mais sa réponse se perdit dans un crissement de gravier. Deux SUV de la police de Denton se rangeaient derrière les véhicules déjà présents. Les agents Hummel et Chan descendirent du premier, deux autres membres de l'équipe d'identification criminelle du second. Hummel ouvrit le coffre de son véhicule et les quatre policiers entreprirent immédiatement d'enfiler leurs combinaisons protectrices et d'emporter tout le matériel dont ils avaient besoin pour passer la scène au peigne fin. Mettner les rejoignit au petit trot pour les briefer sur la situation. Hummel lui tendit une combinaison qu'il enfila. Josie, restée près de sa voiture, les regarda commencer à remonter la pente du chemin, les autres agents à leur suite, en évitant de marcher sur le gravier, à la recherche de traces de pneus, prenant soin de ne rien déranger – tout pouvait être un indice.

Josie sentit la main de Noah se poser sur son épaule, et vit ses yeux noisette emplis de sollicitude.

— Ce n'est peut-être pas elle, dit-il.

— Je sais, répondit-elle en priant pour qu'il ait raison.

Noah indiqua le chemin d'un coup de menton.

— Tu veux que je reste avec toi ou que je monte au chalet ?

— Je ne veux pas que tu voies ces trucs, dit Josie.

Elle ferma hermétiquement les paupières, tenta en vain de

chasser de son esprit l'image de ces ossements. Mais il lui était impossible de les oublier. Ses cauchemars en seraient hantés pendant des années, elle en était persuadée.

— Je les verrai forcément, Josie. Tu le sais.

— Alors vas-y, répondit-elle en ouvrant les yeux. Je vais attendre la docteure Feist ici et appeler Shannon.

Il lui serra l'épaule et se dirigea vers le SUV de Hummel pour enfiler une combinaison. Quelques instants plus tard, il était parti. Deux policiers en uniforme étaient restés sur le bord de la route, montant la garde, prêts à empêcher d'approcher les occupants des autres chalets ou d'éventuels curieux, si jamais il en passait. L'un d'eux s'était posté à l'entrée du chemin, un porte-bloc à la main. Il tiendrait le registre de ceux qui allaient entrer ou sortir de la scène de crime.

Josie reprit son téléphone pour appeler Shannon. À cette heure, elle devait être au travail ; elle était chimiste pour un grand groupe pharmaceutique, Quarmark. Josie l'imagina en ce moment même dans un labo, vêtue d'une blouse blanche, contrôlant une expérience quelconque, des lunettes de protection sur le nez. Ou peut-être était-elle dans un bureau, en train de lire des résultats d'analyse. Josie s'apprêtait à semer la destruction, à larguer une bombe au beau milieu de cette journée de travail ordinaire. Téléphoner à Shannon la terrifiait. Il était trop tôt. Elle comprenait à peine ce qui se passait. Quelqu'un avait-il réellement kidnappé Trinity ? S'était-elle laissé emmener ? Ces os derrière le bungalow étaient-ils les siens ? Comment était-ce possible ? Avant que sa réticence n'ait raison d'elle, elle balaya la liste de ses contacts jusqu'au nom de Shannon et appuya sur l'icône verte juste au-dessous.

Shannon décrocha à la seconde sonnerie, d'un ton léger et enjoué qui fut comme un coup de poing dans l'estomac de Josie.

— Coucou, ma chérie. Comment ça va ?

Josie savait d'expérience que le meilleur moyen d'annoncer

une mauvaise nouvelle était d'aller droit au but, comme on arrachait un pansement d'un coup sec.

— Shannon, il est arrivé quelque chose à Trinity.

Silence. Josie entendit la respiration de sa mère se bloquer.

— Ne me dis pas... Je t'en prie, ne me dis pas... Qu'elle est... qu'elle est...

— On ne sait pas, ajouta vivement Josie.

Elle ne pouvait pas lui parler des ossements. Pas encore. Ils n'avaient pas établi avec certitude qu'ils lui appartenaient, et Josie ne voulait dire que ce dont elle était entièrement sûre.

— Je suis montée au chalet pour essayer de lui parler. Sa voiture est sur place, avec sa valise à l'intérieur. Mais Trinity n'est pas là.

Il fallut à Shannon plusieurs secondes pour calmer sa respiration et reprendre la parole.

— Alors c'est qu'elle est partie. Elle est dans les bois, ou à la rivière. Elle est peut-être allée discuter avec les locataires d'un des autres chalets. Je vais l'appeler...

Josie l'interrompit.

— Son téléphone est dans la voiture. Elle a laissé au propriétaire un mot pour dire qu'elle partait il y a trois semaines. Shannon, quand as-tu eu de ses nouvelles pour la dernière fois ?

Nouveau silence. Puis Shannon répondit :

— Je ne sais plus exactement. Il faudrait que je regarde mes SMS ou mon journal d'appels. Mais ça fait plusieurs semaines. Je suis très occupée, mon équipe travaille à l'amélioration d'un nouveau médicament antitumoral. La dernière fois que je lui ai parlé, elle venait de s'installer au chalet. Elle me disait que tout allait bien. Qu'il lui fallait seulement un peu de temps pour déconnecter. Elle devait rester là-haut.

« Plusieurs semaines. »

Josie ferma les yeux, supplia la policière en elle de prendre le dessus. Qui d'autre avait des contacts réguliers avec Trinity ? Christian, leur père, bien sûr, et leur jeune frère, Patrick. Elle rouvrit les yeux et parla d'une voix étrangement calme et assurée.

— Shannon, c'est très important. Il faut que tu appelles Christian et Patrick pour qu'ils te disent à quand remonte leur dernier contact avec elle. Tu peux me rendre ce service ?

— Bien sûr. Josie, il y a quelque chose que tu ne me dis pas. Qu'est-ce que c'est ?

— On ne sait pas encore tout. Mon équipe est au chalet en ce moment même en train...

Elle s'interrompit avant de dire « d'analyser la scène de crime ».

— De... chercher partout. On fait tout notre possible pour découvrir ce qui a pu lui arriver.

— Tu... Tu crois qu'elle a pu être kidnappée ?

— À ce stade, on ne sait absolument rien.

Au téléphone, Josie n'entendit plus que la respiration haletante de Shannon. Elle se pinça l'arête du nez, priant pour que les larmes qui lui montaient aux yeux ne se mettent pas à couler. Elle se risqua à utiliser un mot qu'elle n'avait encore prononcé qu'une ou deux fois pour s'adresser à Shannon.

— Maman...

Un gémissement étouffé lui parvint à l'autre bout du fil, comme si Shannon s'était mis la main sur la bouche pour le réprimer.

— Je ferai tout pour découvrir ce qui lui est arrivé, termina Josie.

— Ce qui lui est arrivé ? Qu'est-ce que tu veux dire, Josie ? Parce que si elle est morte... Oh mon Dieu. Je ne le supporterai pas. Je ne supporterai pas de perdre un enfant une seconde fois. Je sais que nous t'avons retrouvée, mais j'ai vécu avec cette perte durant trente ans. Et je sais que Trinity est adulte, mais je ne pourrai pas le supporter. Je ne peux pas, je...

— Je sais, dit Josie en parlant en même temps que sa mère pour tenter de freiner l'hystérie qu'elle sentait monter en elle.

Shannon, je ne te mens pas : je ne sais pas où elle est ni ce qui lui est arrivé. Mon équipe est sur le coup. J'ai besoin que tu appelles papa et Patrick tout de suite, et que vous me rejoigniez tous les trois au commissariat de Denton. Il y a des questions sur Trinity auxquelles je ne sais pas répondre. Je vais avoir besoin de vous.

— Oui, bien sûr.

8

Josie entendit de nouveau des pneus crisser sur le gravier au moment où elle raccrochait. Le pick-up blanc de la médecin légiste, Anya Feist, arrivait en cahotant sur la route pleine d'ornières. Elle se rangea derrière les véhicules de l'équipe d'identification criminelle, adressa un signe de la main aux agents en uniforme et, à grandes enjambées, rejoignit Josie. Voir la légiste, qui avait assisté son équipe dans tant d'affaires, rasséréna quelque peu celle-ci. Anya Feist repoussa une mèche blond argenté derrière son oreille et s'approcha d'elle.

— Tu n'as pas bonne mine, dit-elle.

— Pas besoin de prendre mon pouls, je peux déjà te dire qu'il est trop rapide.

Anya Feist enfonça les mains dans ses poches.

— Mettner m'a appelée. Il m'a dit...

Elle n'acheva pas sa phrase.

— Il faut que tu examines ces ossements, dit Josie. J'ai besoin de savoir si... si c'est elle.

— Il va me falloir son dossier dentaire. C'est le moyen le plus rapide. Tu sais que les tests ADN peuvent prendre des semaines. Des mois, parfois.

— Je sais, oui. Son dentiste doit être à New York. Je peux contacter son assistante, pour qu'elle me donne son nom.

La docteure Feist hocha la tête. Elles se turent. Josie entendait les insectes, les oiseaux, les feuilles des arbres qui bruissaient dans le vent léger autour d'elles. Puis elle finit par demander :

— Combien de temps un corps humain met-il pour se décomposer jusqu'à ce qu'il n'en reste que le squelette ? Ça se compte en années, non ?

La docteure Feist la dévisagea en plissant les yeux.

— On ne peut pas vraiment répondre à ça, Josie. Tu le sais. Le sol, la végétation, la lumière du soleil, la température, toutes ces choses entrent en ligne de compte. Ça peut se compter en mois ou en années.

— Mais pas en jours ou en semaines ?

— En principe, non, pas en jours, même s'il doit bien y avoir des exceptions. Il est possible que ça soit en semaines. Il y a des circonstances dans lesquelles un corps peut se transformer en squelette en peu de temps, surtout si des insectes ou des animaux peuvent ronger le cadavre. Il faudrait une concordance très particulière de conditions pour qu'un corps soit réduit aussi vite à l'état de squelette mais, une fois encore, tu sais déjà tout ça.

Josie tenta de sourire, en vain.

— J'avais besoin de te l'entendre dire.

Anya Feist hocha de nouveau la tête.

— J'enfile une combinaison et je vais aller voir. Tu veux venir avec moi ?

Josie réprima un frisson en repensant aux ossements. Elle ne voulait pas les revoir, mais elle devait à sa sœur de découvrir ce qui se passait.

— Oui.

— Tu es autorisée à revenir sur la scène de crime ?

— Je ne sais pas, dit Josie.

Anya Feist lui sourit.

— C'est quoi, ce que tu dis souvent, déjà ? Que parfois, il vaut mieux demander un pardon qu'une autorisation, non ? Allez, on y va.

Une fois leurs combinaisons enfilées, elles se signalèrent à l'agent qui tenait le registre. Puis Josie emboîta le pas à la légiste et elles remontèrent le chemin, en prenant soin de rester sur le côté. Elles croisèrent deux policiers qui effectuaient des moulages d'empreintes de pneus, là où le gravier faisait place à de la boue. La voiture de Trinity apparut, sa carrosserie rouge brillant dans le soleil matinal. Un autre agent en uniforme se tenait d'un côté du bungalow. Il adressa un léger salut à Josie lorsqu'elles s'approchèrent.

— Ils sont derrière, patronne.

À l'arrière du chalet, Noah et Mettner observaient fixement les ossements tandis que Hummel achevait de les photographier. Quand Noah leva les yeux vers Josie, elle vit qu'il avait pâli. Elle resta un peu en retrait alors que la docteure Feist se frayait un chemin jusqu'aux trois hommes. Le portable de Mettner sonna. Il décrocha, le porta à son oreille et s'écarta, tandis que la légiste s'agenouillait près du cercle d'os.

Noah l'imita.

— Ça ne peut pas être elle, dit-il. Son corps ne peut pas s'être décomposé aussi rapidement.

— On n'en est pas certains, répondit Josie d'une voix étranglée. Anya dit que, dans certaines conditions, ça peut arriver.

— C'est en tout cas une femme, dit la légiste. L'os frontal est lisse, vertical, et le menton est plus arrondi qu'il ne le serait si c'était un individu masculin. L'apophyse mastoïde, ce petit os conique à l'arrière de la mâchoire où s'attachent les muscles du cou, est très petite. Bien plus petite que chez d'un homme.

Noah et Josie s'approchèrent. La docteure Feist désigna le pelvis.

— Vous voyez comme l'ouverture du petit bassin est ronde et large ? C'est typique d'un bassin féminin. L'angle sous-pubien, ici, en bas, où les deux côtés se rejoignent, est large, plus de quatre-vingt-dix degrés. Ces deux caractéristiques permettent l'accouchement, comme vous le savez.

Noah rattrapa Josie par le bras juste au moment où ses genoux se dérobaient sous elle. Elle s'appuya contre lui pour ne pas tomber, mais ne quitta pas des yeux la légiste qui poursuivait :

— En tout cas, cette personne n'est pas morte ici. L'herbe au-dessous est intacte. Si le corps s'était décomposé sur place, le sol n'aurait pas cette apparence, des acides gras auraient pénétré dans le sol en laissant des résidus. Il s'est décomposé ailleurs et quelqu'un a déposé ces os ici.

— Est-ce qu'il est possible de savoir depuis combien de temps ils sont là ? demanda Noah.

— En principe, je dirais quelques heures. Ne serait-ce que parce que, ici, dans les bois, cette petite mise en scène ne pourrait pas rester intacte beaucoup plus longtemps.

— C'est-à-dire ?

— Des animaux trouveraient ces os et les emporteraient, ou en tout cas les dérangeraient, intervint Josie.

— Exactement, confirma Anya Feist. Les cadavres abandonnés aux éléments, à découvert, sont généralement la proie de charognards. Ici, toutes sortes d'animaux s'intéresseraient à un corps en décomposition. Sur celui-là, il ne reste pas grand-chose susceptible d'intéresser des charognards, mais ça ne les empêcherait pas de venir fouiner.

Elle se pencha, passa un doigt ganté sur la cage thoracique.

— En fait, il semble bien que quelque chose ait essayé de ronger ces os.

Elle leur fit signe de s'approcher, ce qu'ils firent, Noah tenant toujours Josie par le bras. La légiste leur indiqua les deux côtes les plus basses, à gauche, où restait accroché ce qui ressemblait à du tissu fibreux.

— Vous voyez ceci ? C'est du tissu mou qui n'a pas été entièrement retiré de l'os. Et vous voyez comme les os ont l'air râpés ? C'est souvent l'œuvre d'animaux nécrophages, quand ils arrachent le tissu mou.

Josie crut qu'elle allait vomir, mais la docteure Feist poursuivit :

— Ce corps a assurément été abandonné à des charognards pendant qu'il se décomposait, mais pas ici.

— Tu as dit « quelques heures, en principe ». Tu penses que ces ossements sont ici depuis plus longtemps que ça ?

La légiste opina du chef. Elle changea de position et indiqua les os des bras.

— Oui, mais seulement parce qu'on les a fixés au sol.

— Quoi ? dit Josie.

La docteure Feist tira sur quelque chose enfoncé dans la terre. Une tige métallique d'une bonne vingtaine de centimètres, avec une extrémité pointue, et une tête recouverte de plastique transparent.

— Des sardines de tente en acier, expliqua-t-elle.

Tenant la sardine dans une main, elle pinça de l'autre un fil transparent relié à une autre sardine plantée de l'autre côté des os.

— Du fil de pêche. Quelqu'un a utilisé du fil de pêche et des sardines pour maintenir les os au sol.

— Du fil de pêche ? répéta Noah.

Josie avait la gorge sèche.

— Pour que rien ne détourne l'attention de la façon dont les os sont exposés. Pour ne laisser voir que... ça.

— En tout cas, la personne qui a fait ça y a passé du temps.

— Mais un animal aurait pu finir par emporter certains de

ces os, même s'ils étaient fixés au sol, vous ne croyez pas ? demanda Noah.

Anya Feist reposa la sardine sur le sol.

— Oui, bien sûr. Mais comme je le disais, il n'y a pas grand-chose sur ces os pour qu'un animal ait envie de les emporter.

— Combien de temps, alors ? Depuis combien de temps ces os sont-ils là ?

La légiste se releva.

— Je ne peux rien dire avec certitude, évidemment, mais de ce que je sais des os, des animaux et de la région, pas plus d'un jour ou deux, à mon avis.

— Et tu peux nous dire depuis combien de temps la victime est morte ?

— Ça, c'est un peu plus compliqué. Comme le corps s'est décomposé ailleurs, on ne sait pas dans quelles conditions il était pendant le processus de putréfaction. Pour estimer le moment de la mort, il faut en général connaître la température de l'environnement dans lequel le cadavre est resté, idéalement en pouvant remonter deux mois en arrière, et savoir s'il faisait plutôt sec ou humide. On s'appuie sur la présence de certains insectes et de certaines bactéries dans le sol. On sait aussi qu'une chaleur extrême et la présence de charognards accé-lèrent considérablement la décomposition. Les objets person-nels trouvés sur place nous donnent aussi beaucoup d'informations. Sans ces indices contextuels, je ne peux pas vraiment dire depuis combien de temps cette personne est morte. Il faudrait consulter un spécialiste de taphonomie médico-légale pour en avoir une vague idée.

— Taphonomie médico-légale ? répéta Noah.

— C'est l'étude de la façon dont les cadavres se décom-posent et se fossilisent, répondit la docteure.

Hummel, qui les écoutait, non loin, intervint :

— On va faire analyser ces sardines. Elles nous donneront peut-être une empreinte, ou une empreinte partielle. On va en tout cas s'intéresser à leur fabricant et aux magasins dans lesquels on les vend.

— Merci, Hummel, dit Josie.

Il hocha la tête.

— Je vais demander à Chan de faire transporter ces os à la morgue. Vous voulez jeter un coup d'œil à l'intérieur du chalet ?

9

Josie voulut répondre qu'elle était déjà entrée, mais Noah lui fit contourner le chalet et l'entraîna à l'intérieur. À distance de la scène, elle se sentit moins oppressée. Ils examinaient le bungalow quand Mettner entra.

— J'ai parlé au propriétaire. Il n'a pas eu de nouvelles de Trinity depuis qu'ils ont signé le contrat de location, qui prenait fin cette semaine. Il n'est pas monté ici, n'a reçu aucune plainte. Quatre autres chalets sont actuellement loués. J'ai demandé du renfort pour en faire le tour et interroger leurs occupants, pour savoir s'ils ont vu ou entendu quelque chose d'inhabituel.

— Très bien, dit Noah.

— Mes parents et mon frère sont en route pour le commissariat, dit Josie. On les verra sur place mais ma mère, Shannon, m'a déjà dit qu'elle n'avait eu aucun contact avec Trinity depuis plusieurs semaines.

Mettner plissa le front.

— Je parie que les autres n'en ont pas eu non plus. Son téléphone est dans sa voiture, comme vous le savez. Elle se préparait à partir, et quelqu'un est arrivé ici. C'est ce qu'il semble, en tout cas.

— Ou alors quelqu'un était ici avec elle, proposa Noah. Quoi qu'il en soit, on l'a kidnappée. Il nous faut son dossier dentaire. La légiste dit aussi que les ossements ont été transportés ici depuis un autre endroit.

— Je vais demander à Hummel de relever toutes les empreintes à l'intérieur du chalet, annonça Mettner, d'autant plus que la porte était ouverte – même si rien ne paraît avoir été dérangé.

Josie regarda autour d'elle. Quelque chose la gênait, mais elle n'arrivait pas à mettre le doigt dessus.

— Demande-lui de faire sa voiture, aussi, dit-elle.

— Tu penses que quelqu'un a touché sa voiture ?

Josie alla à la porte et se tourna vers le chemin.

— Ses clés étaient sur le contact. Elle était déjà montée en voiture.

— À moins que la personne qui l'a enlevée n'ait voulu nous le faire croire, objecta Noah.

— Pour quoi faire ? demanda Mettner.

Josie examinait la Fiat rouge.

— Elle était déjà dans sa voiture, insista-t-elle. Son téléphone était là où elle le pose toujours. Quand elle s'en est allée, le mois dernier, elle a déposé sa valise et son sac à main dans la voiture exactement de la même manière. Mais il y avait...

Elle se tut et regarda Noah. Comme s'il lisait dans ses pensées, il compléta :

— Les cartons.

Mettner leva les yeux des notes qu'il prenait sur son téléphone.

— Quels cartons ?

— Elle est partie de chez nous avec deux cartons, dit Josie. Pleins de documents. Elle les a chargés dans sa voiture, posés sur sa valise. Et elle a jeté son sac à main dans celui du dessus.

— Il n'y a pas de cartons, ni dans la voiture ni dans le chalet, dit Mettner.

— Celui ou celle qui a enlevé Trinity a sans doute aussi embarqué ses cartons, dit Noah.

Un mauvais pressentiment enfla dans le ventre de Josie.

— Il y a une poubelle fermée sur le côté du chalet, dit-elle. Il faut aller l'ouvrir.

Mettner ressortit un instant pour parler à un des coéquipiers de Hummel. Josie le vit désigner le côté du chalet où se trouvait la poubelle. Quand il revint à l'intérieur, il demanda :

— Qu'y avait-il dans ces cartons ?

— Je ne sais pas très bien, dit Josie. Des documents, des photos, des effets personnels. Le tout ressemblait au dossier d'une affaire classée.

Elle se tourna vers Noah.

— Tu as dit que sa chambre était en désordre. Tu as pu jeter un coup d'œil à ce qu'elle avait accroché aux murs et étalé un peu partout ?

— Je suis désolé, Josie, je n'en ai pas vu beaucoup plus que toi. Je suis seulement passé devant une fois, à un moment où sa porte était entrouverte. Je n'ai jeté qu'un bref coup d'œil à l'intérieur. Je ne voulais pas empiéter sur sa vie privée, donc je ne suis pas entré. Tout ce que j'ai pu voir, ce sont des photos de ce qui ressemblait à des restes humains.

— Je les ai vues aussi.

— Le même genre de restes humains que les ossements qu'on a là, derrière ? demanda Mettner.

— Je ne sais pas très bien, répondit Noah. Je n'ai vu que la photo d'un torse. Et ce n'était qu'en passant.

— Donc ça pouvait être un gros plan d'une cage thoracique, dit Mettner. Avec tous les autres os disposés autour, exactement comme ce qu'on a là, mais qui n'apparaissaient pas sur la photo.

— C'est possible, oui, acquiesça Noah.

— J'ai vu cette photo, moi aussi, ajouta Josie. J'en ai vu quelques autres, avec des tibias, un bassin, des os plus petits, mais à chaque fois en gros plan, et ça a été très bref. Mais je me serais rappelé une photo montrant exactement la même chose que les ossements disposés dehors.

— D'où venaient ces cartons ? Elle les avait apportés de New York ? demanda Mettner.

— Je n'en sais rien, dit Josie. Je pense que oui.

— Je suis presque sûr qu'un de ces cartons lui a été envoyé par son assistante, intervint Noah. Souviens-toi, Trinity nous a dit qu'elle avait demandé à son assistante de lui envoyer des affaires chez nous. Il faudrait l'interroger. Elle pourra nous dire ce qu'il y avait dans au moins un des cartons.

— Oui, bonne idée, dit Josie.

Hummel frappa à la porte du chalet pour attirer leur attention. Josie sortit, suivie de Mettner et de Noah.

— Chan a inspecté le contenu de la poubelle, dit Hummel. Il y a des boîtes de plats à réchauffer au micro-ondes, des emballages alimentaires, des serviettes en papier froissées, du marc de café...

— Je voudrais y jeter un coup d'œil, dit Josie. Pour voir s'il y a quelque chose qui me paraîtrait ne pas avoir été laissé par Trinity.

Hummel lui désigna la poubelle.

— Comme vous voulez.

Mais il n'y avait rien d'inhabituel dans les déchets. Il n'y avait pas grand-chose, d'ailleurs, parce que Trinity n'avait passé qu'une semaine au chalet. Lorsque Josie et Hummel revinrent à l'entrée du bungalow, Noah demanda :

— Pas de documents ? Pas de photos ?

— Rien, répondit Josie.

Hummel les conduisit à la voiture de Trinity et ouvrit la portière, côté conducteur, de sa main gantée.

— On va avoir besoin de mandats, mais on relèvera toutes les empreintes possibles sur la voiture. Comme on le voit, il n'y a pas de signes de lutte. Pas de sang, pas de rayures ni de dégâts d'aucune sorte dans l'habitacle. En tout cas au premier abord.

Josie scruta l'intérieur. En dehors de la valise et du sac à main fourrés sur le siège passager, la voiture était impeccable, comme si elle sortait de chez le concessionnaire. Josie savait que Trinity avait rarement l'occasion de la conduire. Elle la laissait en général dans un garage tout proche de New York et prenait les transports en commun ou le taxi pour circuler en ville. Sa voiture lui servait uniquement pour rendre visite à Josie ou à ses parents et à son frère, à deux heures de route de Denton, et encore, pas à chaque fois. Si la météo était mauvaise ou qu'elle prévoyait de beaucoup rouler, une fois en Pennsylvanie, elle préférait louer une voiture. Josie se demandait souvent pourquoi elle avait acheté cette fichue voiture. Elle était même étonnée que Trinity ait emprunté les routes non goudronnées qui menaient au chalet avec sa Fiat de luxe.

— Il va falloir l'embarquer pour pouvoir l'analyser. La remorqueuse est en route, dit Hummel.

Ce qui signifiait qu'on allait emporter la voiture à la fourrière de Denton, où deux emplacements étaient sécurisés et réservés à la police locale. Les box, fermés, facilitaient le travail de Hummel et de son équipe, et il y avait moins de risques de perdre ou d'oublier quelque chose.

— Relevez les empreintes à l'intérieur aussi, vous voulez bien ?

— Bien sûr, répondit Hummel. On a déjà celles de Trinity, parce qu'il fallait pouvoir les éliminer lors d'une enquête précédente, donc on pourra les identifier.

— OK. Hummel, Trinity travaillait sur quelque chose avant son départ, ajouta Josie en désignant le sac à main et la valise. Mais je ne sais pas exactement sur quoi, donc j'aimerais jeter un coup d'œil à son téléphone et à son ordinateur quand vous aurez relevé les empreintes dessus. Je suppose que son ordinateur est dans sa valise. Et s'il est au fond de sa valise, je ne pense pas que ça vaille la peine de chercher des empreintes dessus. La personne qui l'a enlevée a laissé son téléphone, elle ne s'est donc pas du tout intéressée au contenu de ses appareils.

Hummel referma la portière. Le grondement d'un moteur se fit entendre, venant de la route. Un instant plus tard, un camion-plateau déboucha sur le chemin. Hummel fit signe au conducteur, qui passa plusieurs minutes à manœuvrer pour se positionner de façon à pouvoir embarquer la voiture de Trinity. Puis il sauta de son camion et enfila des gants avant de s'approcher du cabriolet.

— Hummel, dit Josie. J'ai besoin de tout ce que votre équipe pourra découvrir, le plus vite possible.

— Bien sûr, patronne, dit-il en hochant la tête.

10

Alex observait le tableau inachevé de sa mère. Celui dont son père avait dit qu'il lui manquait quelque chose. Elle n'avait pas retravaillé dessus depuis des jours. Elle traversait une de ses périodes sombres. C'est ainsi qu'il appelait les moments où sa mère ne quittait pas sa chambre obscure pendant plusieurs jours de suite. Parfois, il avait envie de s'y faufiler pour essayer de la convaincre d'en sortir, mais son père le lui avait interdit. Alex l'avait vue, debout face à son tableau pendant des heures, chaque jour, ruminer sur ce que Francis pouvait bien lui reprocher. Lui aussi avait étudié ses volutes, ses lignes et ses taches abstraites. Aux yeux d'Alex, il était semblable aux derniers tableaux que sa mère avait vendus, et qui rendaient Francis si fier d'elle. Et pourtant, elle n'avait pas achevé celui-là.

Il revint dans le couloir et tendit l'oreille. Francis était sorti, pris par ses occupations ; Zandra, comme d'habitude, était enfermée.

Elle lui avait dit qu'elle n'avait pas cherché à blesser leur mère, mais c'était faux. Cela l'avait galvanisée. Alex le savait. Il avait reconnu l'expression qu'elle affichait tandis que leur mère saignait. Il l'avait vue sur le visage de son père le jour où le rapace avait fondu du ciel pour emporter le serpent. Une forme d'émerveillement. D'admiration. D'extase, presque. Les premières fois que Zandra avait fait ça, leur mère l'avait réprimandée sans toutefois le dire à Francis. Mais la dernière fois, Zandra avait blessé si sérieusement sa mère au bras qu'il avait fallu lui poser des agrafes. Hanna avait téléphoné à leur père. « Il y a eu un problème », avait-elle dit avant de regarder Zandra avec un air de regret. Comme si elle était désolée de ce qui allait lui arriver.

Repoussant ce souvenir, Alex descendit l'escalier et sortit de la maison. Une heure plus tard, il avait ramassé assez de plumes pour terminer le tableau. Il se servit du pistolet à colle de sa mère pour les fixer sur la toile, jusqu'à ce qu'elles aient l'air d'ailes émergeant d'une fusion de couleurs. Il observait son œuvre quand il entendit quelqu'un hoqueter à la porte. Il se retourna et vit Hanna, en fond de robe, une main posée sur le cœur.

— Oh, Alex, murmura-t-elle. C'est magnifique. C'est exactement ce qu'il manquait, n'est-ce pas ?

Elle s'avança, admirant le tableau.

— J'ai hâte que ton père voie ça !

Sans un mot, Alex débrancha le pistolet à colle et se dirigea vers la porte d'un pas traînant. Sa mère le rappela :

— Chéri ?

— Oui, maman ?

— Merci. Mais ne disons rien à ton père, d'accord ? Pour l'instant.

— Bien sûr.

11

Josie, Noah et Mettner étaient à leurs postes de travail respectifs, à l'étage, dans la grande salle du commissariat de Denton. Le chef Bob Chitwood leur faisait face, debout, ses bras maigres croisés sur la poitrine. Sous un début de barbe grisonnant, ses joues grêlées rosissaient de plus en plus à chaque nouveau fait relatif à la disparition de Trinity énoncé par ses policiers. Ses fins cheveux blancs voletaient sur son crâne à chaque fois qu'il se tournait vers Mettner ou Josie pour les écouter. Quand ils eurent terminé de lui résumer le peu qu'ils savaient, il tendit le doigt vers Mettner.

— Je vous confie l'enquête. Quinn et Fraley vous assisteront au besoin, mais c'est vous qui la dirigez.

Puis il se tourna vers Josie.

— Vous, vous restez sur la touche, c'est compris ?

— Chef, protesta Josie. Il s'agit de ma sœur !

— Je le sais très bien, Quinn. Ce qui veut dire que vous êtes trop proche de l'affaire. Cette enquête est pour Mettner, entendu ? C'est lui qui commande.

— Bien, monsieur, répondit Josie, soulagée de ne pas être

renvoyée chez elle ni entièrement empêchée de participer à l'enquête.

— Quand l'inspectrice Palmer arrivera, elle secondera Mettner, mais votre sœur est une célébrité, Quinn, ajouta Chitwood sur un ton d'avertissement. Dès que les journalistes auront eu vent de la chose, ils seront sur nous comme des mouches à merde sur un tas de fumier. Ils vont exiger interviews et commentaires. Je ne veux pas voir votre tête à la télévision sans l'aval de Mettner. Vous m'avez compris ?

Josie acquiesça sans répondre. Chitwood la dévisagea longuement, puis releva un sourcil blanc, broussailleux, et se tourna vers Noah.

— Et vous aussi, vous restez en dehors ça, Fraley. D'accord ?

— Chef...

— Je ne veux rien savoir, Fraley, le coupa Chitwood. Vous assistez Mettner et Palmer, et c'est tout.

Noah ne répondit pas, regarda sans rien dire Chitwood retourner à son bureau et claquer la porte derrière lui. Mettner décrocha le téléphone sur son bureau et commença à composer un numéro.

— Je vais d'abord appeler les bureaux de la chaîne à New York et voir si je peux joindre l'assistante de Trinity, dit-il.

— Demande-lui si elle sait qui est son dentiste, tu veux bien ? Il nous faut son dossier dentaire aujourd'hui avant la fermeture du cabinet, si possible.

Josie contemplait son téléphone portable. Shannon, Patrick et Christian habitaient à Callowhill et ne seraient pas là avant deux heures. Elle ne pouvait pas faire avancer l'enquête, ou plutôt aider Mettner à faire avancer l'enquête, sans avoir de nouvelles de l'équipe d'identification criminelle ou, tout au moins, sans avoir accès au contenu de la voiture de Trinity. Elle songea à passer elle-même des coups de fil, mais qui pouvait-elle appeler ? Trinity n'était pas mariée, n'avait pas de relation amoureuse, à sa connaissance. Elle n'avait pas d'amis.

Si ?

Pendant les deux semaines que Trinity avait passées chez eux, Josie ne se rappelait pas l'avoir entendue parler à d'autres personnes que ses parents, son assistante et quelques collègues. Josie n'avait jamais entendu Trinity prononcer le mot « ami ». Elle avait des collègues, des contacts, des sources, mais pas d'amis. Quand Josie était allée la voir à New York, personne ne s'était joint à elles pour dîner ou sortir. Elle avait alors supposé que Trinity préférait être seule avec elle, mais elle n'avait peut-être simplement personne d'autre à inviter. Quand c'était Trinity qui venait chez Josie, elles voyaient souvent Gretchen Palmer, Finn Mettner, Misty, ou la grand-mère de Josie, Lisette. Et même quand Trinity n'était pas là, il y avait du passage chez eux. Famille, collègues, amis, la maison était souvent pleine.

Mais à qui Trinity parlait-elle, en dehors de Josie et de Shannon ?

La culpabilité lui crevait le cœur. C'était une chose qu'elle aurait dû savoir. Trinity était sa sœur jumelle. Certes, elles n'avaient été réunies que trois ans plus tôt, mais quand même. Si Josie était la personne la plus proche de Trinity, elle aurait dû connaître les personnes qu'elle tenait en amitié. Les mots de sa sœur lui revinrent, blessants comme des poignards. Et si, en fin de compte, elles n'étaient vraiment pas faites pour être sœurs ?

— Patronne ? dit Mettner.

Josie leva les yeux de son téléphone, qui s'était mis en veille. Mettner la regardait d'un air interrogateur. Noah la dévisageait aussi, les mains immobiles au-dessus de son clavier.

— Quoi ?

— Ça va ? demanda Mettner.

— Oui, bien sûr. Pourquoi ?

— Mett te disait quelque chose, expliqua Noah. Tu avais l'air complètement ailleurs.

Le regard de Josie passa de l'un à l'autre, puis elle s'adressa à Mettner :

— Pardon. Qu'est-ce que tu disais ?

— L'assistante de Trinity nous a envoyé par SMS le nom et le numéro de son dentiste. Noah est en train de faire la demande officielle pour accéder à son dossier.

Comme si c'était un signal, les doigts de Noah se remirent à taper sur son clavier.

— C'est super, fit Josie d'une voix étranglée.

— Jaime, son assistante, dit aussi qu'elle n'a envoyé qu'un seul carton, mais qu'elle ne se souvient pas de ce qu'il contenait. Elle pense que ce sont de vieux trucs qui appartenaient à une ancienne journaliste de la chaîne.

— Elle sait comment s'appelle cette journaliste ?

— Elle va chercher son nom dans ses mails, et aussi essayer de savoir si Trinity a contacté d'autres gens de la chaîne, ces dernières semaines. Elle sera ici dans quelques heures.

— Super. Enfin, j'espère. Mais tout le monde va être au courant. Ils vont faire un reportage sur sa disparition, forcément.

— On s'occupera de ça plus tard, dit Mettner. Ce n'est pas grave si le grand public apprend que Trinity a disparu. Ça pourrait nous fournir des pistes. D'ici là, on a du pain sur la planche.

Il parlait exactement comme elle. Josie ne put s'empêcher de sourire.

— Compris, répondit-elle.

— Ta sœur voyait quelqu'un ? demanda Mettner.

— Non. Pas que je sache.

— Ou elle a rompu avec quelqu'un, récemment ?

— Non, enfin, je ne crois pas. Elle dit toujours qu'elle n'a pas le temps d'avoir une relation amoureuse. Que sa carrière passe en premier.

Maintenant que Josie y pensait, depuis le temps qu'elle connaissait Trinity, elle ne l'avait jamais entendue évoquer la moindre relation, même passagère.

Noah, ayant achevé de taper sa demande, se leva et s'étira.

À l'autre bout de la salle, l'antique imprimante à jet d'encre se mit à ronronner. Noah alla chercher ses pages et revint s'asseoir. Il étudia un instant Josie avant de déclarer :

— Je dois faire signer ça par un juge mais, d'abord, je vais descendre te chercher un café.

— Merci.

Après le départ de Noah, Mettner se remit à lui poser des questions, auxquelles elle répondit de son mieux. Mais la réalité était douloureusement évidente : elle ne connaissait pas sa sœur. Heureusement pour elle, Mettner ne leva pas les yeux de son téléphone pendant qu'il notait ses réponses et tout ce qui lui paraissait utile pour la suite.

Josie sentit une main se poser sur son épaule. C'était l'inspectrice Gretchen Palmer, le visage grave et empreint de compassion.

— Noah vient de me résumer l'histoire, dit-elle.

Josie hocha la tête, reconnaissante envers Gretchen de ne pas en dire plus. Affirmer qu'ils allaient retrouver Trinity saine et sauve ne l'aurait de toute façon pas rassurée. Seul le travail, l'enquête, pouvait faire ça, et Josie savait que Gretchen allait s'y consacrer entièrement, tout comme Mettner. Gretchen était entrée dans la police de Denton quatre ans plus tôt, embauchée par Josie quand celle-ci était cheffe par intérim. Avant de rejoindre Denton, Gretchen avait passé quinze ans dans la brigade criminelle de Philadelphie. C'était une des meilleures enquêtrices que Josie ait jamais connue et, au fil du temps, elle était devenue une véritable amie.

Gretchen déposa une tasse de café fumant devant elle.

— Noah m'a demandé de te monter ça. Il est allé faire signer sa demande.

— Merci, répondit Josie. Tu as vu les photos ?

— Pas encore. Mais on m'a dit que c'était assez moche.

— Absolument sinistre, confirma Josie avant de prendre une longue gorgée de café.

Le téléphone fixe de son poste se mit à sonner. Elle décrocha et aboya dans le combiné :

— Quinn.

C'était Hummel.

— Patronne, on a terminé.

— Vous avez trouvé quelque chose ? demanda Josie, ignorant le regard que lui lançait Mettner.

Hummel hésita un moment avant de répondre :

— Il vaudrait mieux que vous veniez à la fourrière pour voir par vous-même.

12

Josie suivant Gretchen, elles traversèrent le parking municipal à l'arrière du commissariat. Dès que l'air frais du printemps leur fouetta le visage, elles furent assaillies par une demi-douzaine de journalistes, téléphones et enregistreurs tendus devant eux, qui leur criaient leurs questions. Mettner avait contacté la chaîne de Trinity et parlé à son assistante moins d'une heure plus tôt. Les nouvelles allaient à la vitesse de la lumière dans le monde des médias.

— Est-il vrai que Trinity Payne a été enlevée ?

— Quelle est la dernière personne à avoir parlé à Mme Payne ?

— Peut-on envisager que la disparition de Mme Payne soit un stratagème pour lui permettre de retrouver son poste de présentatrice ?

Cette dernière question fit l'effet d'une douche glacée à Josie. Elle se tourna et scruta les reporters pour savoir lequel d'entre eux l'avait posée. Il tenait son téléphone à bout de bras, avide d'entendre sa réponse. Elle lut, sur son badge de presse, qu'il appartenait à une chaîne concurrente de celle de Trinity.

Elle accrocha son regard et ouvrit la bouche pour répondre, mais sentit la main de Gretchen enserrer son poignet et l'entraîner vers leur voiture.

— Pas de commentaire, cria Gretchen en remorquant Josie.

Les journalistes s'agglutinèrent autour de la voiture dès qu'elles y furent montées, mais Gretchen démarra et manœuvra adroitement pour les contourner et quitter le parking. Sur le siège passager, Josie bouillait.

— Ignore-les. Ils n'ont encore aucun détail, alors ils essaient de monter une histoire avec rien. C'est du vent.

— Du vent très insultant pour ma sœur, marmonna Josie, le nez contre la vitre.

— On n'y peut rien, patronne. Quand on arrivera à la fourrière, j'enverrai un SMS à Mett pour lui demander de s'occuper d'eux. Mais la rumeur va courir. Les journalistes vont être deux fois plus nombreux quand on reviendra au commissariat.

Josie acquiesça mais resta silencieuse tout le reste du trajet. La fourrière, accessible par une route étroite bordée par une forêt et de rares maisons, se situait dans un quartier peu dense du Nord de Denton. Elle était clôturée et gardée par un employé installé dans une petite cabine, à l'entrée. Gretchen lui montra sa carte et la barrière s'ouvrit. Elle passa entre deux rangées de voitures et s'arrêta devant un bâtiment en parpaings au fond du terrain. Sur la droite, il y avait une porte bleue, pleine et austère. Et sur la gauche, deux portes de garage, bleues elles aussi, dont les fenêtres avaient été barbouillées de blanc pour qu'on ne puisse pas voir à l'intérieur. Le véhicule de l'équipe d'identification criminelle était stationné juste devant. Gretchen se gara à côté.

La porte bleue n'était pas fermée à clé. Josie entra à la suite de Gretchen dans un petit bureau. Chan, assise face à un ordinateur portable, tapait furieusement sur son clavier. Elle leva les yeux vers elles et leur adressa un signe de tête avant de se remettre au travail.

— Hummel est là-dedans, dit-elle.

Elles franchirent une seconde porte qui donnait sur une pièce avec des étagères en aluminium, sur lesquelles était entreposé tout ce qui pouvait servir à analyser un véhicule, et une longue table en inox, où se trouvaient la valise et le sac à main de Trinity. Une grande fenêtre donnait sur le premier box. Josie y vit la Fiat Spider de Trinity, portes ouvertes. Hummel se tenait à côté, toujours en combinaison, bottes et gants. Il ne lui manquait que la charlotte, et ses cheveux roux pointaient en tous sens. Il avait à la main un porte-bloc et un stylo, et il prenait des notes. Gretchen frappa légèrement au carreau. Il se retourna et leur fit signe de le rejoindre par la porte qui s'ouvrait juste à côté de la fenêtre.

Josie eut la boule au ventre lorsqu'elles entrèrent dans le box. C'était bien réel. Trinity avait disparu, elle était peut-être morte, et sa chère décapotable était examinée sous toutes les coutures par l'équipe d'identification criminelle. Elle réprima un frisson et s'avança vers Hummel.

Gretchen avait déjà sorti son bloc-notes.

— Ne vous inquiétez pas, dit Hummel. On a fait tous les relevés. Pas besoin d'enfiler une combinaison.

— Vous avez trouvé quelque chose ? demanda Gretchen.

Hummel se tourna vers Josie.

— Patronne ?

— Qu'y a-t-il, Hummel ?

Il lui fit signe de s'approcher de la portière, côté conducteur.

— On a des empreintes à l'intérieur et à l'extérieur de la voiture. Il va falloir du temps pour toutes les passer dans l'AFIS.

— Mais ce n'est pas pour ça que vous nous avez fait venir ici, dit Josie en s'approchant.

Son cœur bondit quand elle découvrit l'intérieur de la portière, juste au-dessus de la poignée. Les sièges et les garnitures de l'habitacle de la voiture étaient noirs, et Hummel avait utilisé de la poudre fluorescente pour relever les empreintes latentes. La poudre jaune vif avait en effet révélé plusieurs empreintes, mais ce n'était pas ce que Hummel voulait lui montrer.

Un message tracé à la hâte s'étalait sur le plastique de la portière. Un mot. Un nom, en réalité.

« Vanessa. »

Le cœur de Josie se mit à battre si fort qu'elle craignit que Gretchen ou Hummel l'entendent. Elle dut s'appuyer à la voiture pour rester debout. Montant depuis ses jambes, un tremblement la parcourut, au point que ses doigts se mirent à vibrer sur le métal rouge, froid, de la voiture. Elle colla la main à sa poitrine pour se forcer à se calmer.

Si Hummel remarqua sa réaction, il n'en laissa rien paraître. Il indiqua l'intérieur de la portière.

— C'est le b.a.-ba des empreintes digitales, non ? Nos doigts laissent des traces de gras. Même si on ne laisse pas une empreinte nette, si on dessine quelque chose avec le doigt, la trace peut être visible. Je n'avais rien vu avant de passer la poudre.

Trinity avait couvert, en tant que journaliste, assez d'affaires pour savoir que c'étaient les fluides sur la peau qui laissaient des empreintes. Quelqu'un ayant une peau exceptionnellement sèche ne laisserait pas une empreinte aussi nette et définie que quelqu'un qui avait les doigts gras ou couverts de sueur. Elle devait aussi savoir que l'équipe d'identification criminelle allait analyser sa voiture, d'autant plus que ses clés laissées sur le contact renforçaient les soupçons de disparition inquiétante. Avant d'en sortir, elle avait tracé du doigt un nom sur la garniture de sa portière. La personne qui l'avait kidnappée ne s'en était pas aperçue. D'ailleurs, personne ne s'en serait aperçu sans la poudre fluorescente servant à relever d'éventuelles empreintes.

Au-dessous du nom, on voyait d'autres lignes, des formes

gribouillées, comme si Trinity avait cherché à écrire autre chose sans, peut-être, en avoir le temps.

— Qui est Vanessa ? demanda Hummel.

Josie fixait les lettres, son cœur retrouvant peu à peu un rythme normal.

— Moi, finit-elle par répondre. Vanessa, c'est moi.

— Je ne comprends pas.

Gretchen rejoignit Josie et prit quelques photos de la portière avec son téléphone.

— C'est le prénom qu'on lui a donné à la naissance, expliqua-t-elle à Hummel. Elle a été kidnappée à l'âge de trois semaines, vous vous rappelez ? Ses parents ont cru qu'elle était morte dans un incendie, mais elle avait en fait été enlevée.

Hummel grimaça.

— C'est vrai, pardon, patronne. J'avais oublié. Enfin, je n'avais pas oublié, mais...

Josie leva la main.

— Ce n'est pas grave, Hummel.

— Mais on t'a élevée sous le nom de Josie, reprit Gretchen. Trinity te connaissait sous le nom de Josie, bien avant que vous ne découvriez que vous étiez sœurs. Tu n'as jamais repris le prénom de Vanessa. Elle t'appelle comme ça en privé ?

Josie fit non de la tête.

— Non. Jamais.

« Vanessa n'a jamais existé », faillit-elle dire.

Hummel se gratta la tempe avec le capuchon de son stylo.

— Alors pourquoi a-t-elle écrit « Vanessa » sur sa portière ?

De nouveau, une sensation de chagrin et de frustration étrange, aiguë, s'empara de Josie. Elles étaient sœurs. Jumelles. Et pourtant, Josie était stupéfaite de comprendre si peu Trinity.

— Je n'en ai aucune idée, répondit-elle.

Gretchen s'agenouilla devant la portière ouverte, chaussa ses lunettes de lecture et examina de près le panneau intérieur.

— Qu'est-ce qu'elle a essayé d'écrire en dessous, selon vous ?

— Je n'en sais rien, dit Hummel. Ça ne ressemble pas à des lettres.

— On dirait presque des symboles, dit Gretchen.

Josie étudia les formes, mais ne put y trouver aucun sens. Elle sentait cependant que c'était un message, et qu'il lui était adressé.

— Je peux monter dans la voiture ? demanda-t-elle à Hummel.

— Pas de problème. On en a terminé avec les relevés d'empreintes.

Josie s'installa à la place du conducteur, posa les mains sur le volant, s'imagina à la place de Trinity.

— Hummel, demanda-t-elle soudain, la voiture a démarré ?

— Non. La batterie est à plat, et il n'y a plus d'essence.

Ce qui voulait dire que Trinity s'était mise au volant, avait mis le contact et démarré le moteur. Elle s'apprêtait sans doute à partir quand quelque chose l'avait arrêtée. Un autre véhicule qui avait débouché sur le chemin pour lui bloquer le passage ? Josie échafauda un scénario dans sa tête. Trinity serait restée dans sa voiture en attendant de voir qui allait descendre de l'autre véhicule. Non ? S'était-elle montrée curieuse ? Elle ne devait pas attendre de visite, puisqu'elle partait. Seule une petite poignée de gens savait qu'elle avait loué ce chalet. Avait-elle reconnu l'autre voiture ? Sans doute pas. Avait-elle pris peur ? Elle avait dû au moins manifester de l'appréhension en voyant un véhicule inconnu emprunter le long chemin qui menait au chalet numéro 6. Elle était seule, ne pouvait pas appeler au secours si jamais l'arrivant était mal intentionné. Elle avait dû voir la personne – ou les personnes – descendre du véhicule, s'approcher du sien. Mais elle n'avait pas dû ouvrir sa portière pour en sortir. Sinon, elle n'aurait pas pu laisser ce message à son intention. Et une fois descendue de voiture, elle n'y était pas remontée, Josie en était convaincue. Si elle avait pu regagner sa Fiat, elle serait partie avec, aurait tenté de s'échapper ou d'utiliser son téléphone. Josie avait vu sa sœur envoyer de longs SMS à son assistante en à peine quelques secondes.

— Vous avez déjà analysé son téléphone ? demanda Josie à Hummel.

Celui-ci fit non de la tête.

— On a fait une demande pour être autorisés à accéder à son contenu, mais ça va demander plusieurs jours.

— Techniquement, je suis de sa famille, je peux donner cette autorisation.

— Dans le cas présent, sa famille signifie ses parents, patronne, intervint Gretchen.

— Ils la donneront, j'en suis sûre.

— J'y avais déjà pensé, dit Hummel. J'ai mis le portable à recharger. J'ai essayé de l'allumer, mais il faut un mot de passe.

— Merde !

Mais si Trinity avait envoyé à quelqu'un que Josie connaissait un SMS codé ou inquiétant, elle l'aurait appris, à l'heure qu'il était. Le message tracé sur la portière lui était destiné. Logiquement, si Trinity avait eu le temps d'envoyer un SMS, c'est à Josie qu'elle l'aurait envoyé. Par le pare-brise, Josie ne voyait que le mur de parpaings peints en blanc du fond du box sécurisé.

Elle tenta de visualiser le chemin qui conduisait au chalet. Il était légèrement en pente et, vu l'endroit où était la voiture de Trinity lorsqu'ils l'avaient trouvée, elle n'aurait sans doute pas eu la place de contourner l'autre véhicule. La personne dans l'autre voiture avait dû en descendre et s'approcher d'elle. Josie supposait que la personne qui l'avait enlevée était venue en voiture et pas à pied, parce qu'il lui aurait été, sinon, extrêmement difficile de maîtriser Trinity pour l'emmener avec elle tout en emportant deux cartons. Cet homme ou cette femme avait dû s'approcher d'abord du côté conducteur. Trinity avait-elle reconnu cette personne ? Ou ces personnes ? Le conducteur avait-il une arme à la main ? Josie essaya d'échafauder différents scénarios. Il n'y avait aucune trace indiquant que Trinity s'était débattue ou avait tenté de fuir.

Pourtant, elle savait qu'elle était en danger. Dès qu'elle avait aperçu le conducteur, elle avait compris qu'il ne lui restait que quelques secondes pour réagir, faire quelque chose, et elle avait tracé du doigt le nom « Vanessa » sur la garniture de la portière.

— Hummel, dit Josie. Vous pouvez vous mettre devant la voiture ?

Il hocha la tête et se plaça devant le capot de la Fiat. Josie ferma la portière et laissa ses doigts flotter au-dessus des lettres fluorescentes, en suivit les formes sans les toucher. Elle observa Hummel s'avancer lentement vers sa portière, l'ouvrant lorsqu'il arriva à sa hauteur.

— Vous avez vu ce que j'étais en train de faire ?

— Pas vraiment. Je veux dire... Cette voiture est surbaissée, et je mesure un mètre quatre-vingts. Donc j'ai bien vu que vous faisiez quelque chose, mais on aurait cru que vous tâtonniez pour trouver la poignée, ou quelque chose du genre. Ici, le sol est plat, pas en pente comme au chalet, mais si je repense à la position de la voiture là-bas, je crois que ça m'aurait été encore plus difficile de voir ce que vous faisiez – je n'aurais peut-être même rien vu du tout.

Le téléphone de Trinity était à côté du levier de vitesse. Elle aurait pu s'en saisir, mais elle n'y avait pas touché. Josie se demanda à quel moment de la journée elle avait voulu partir.

— Hummel, est-ce que les phares étaient allumés ?

Il secoua la tête.

— Non.

Donc il faisait jour quand Trinity était montée dans sa voiture, trois semaines plus tôt. Et en plein jour, son kidnappeur aurait clairement remarqué sa tête penchée sur son téléphone, si elle avait cherché à s'en servir. Tandis qu'elle avait pu dessiner les lettres sur la portière sans le quitter du regard.

Qu'avait-elle essayé de dire à Josie en invoquant ce prénom ?

Avant que Josie ait le temps d'y réfléchir, Hummel reprit :

— Il y a autre chose que je voudrais vous montrer. Venez dans l'autre salle.

Josie et Gretchen suivirent Hummel dans la pièce adjacente. Il s'approcha d'une étagère, enfila une paire de gants neuve et jeta la vieille dans une poubelle. Devant la table en inox, il ouvrit la valise de Trinity et se mit à fouiller dedans.

— Je vais demander à Chan de faire l'inventaire de la valise. Mais, en gros, il y a des vêtements, des chaussures, des sacs à main, des produits de toilette, du maquillage, du shampooing, et un ordinateur avec son chargeur.

Il passa la main dans la poche du couvercle de la valise et en retira une petite boîte enveloppée de papier kraft.

— Et ça.

— Trinity l'a reçue chez nous le jour où elle est partie. C'est Noah qui l'a trouvée dans la boîte aux lettres et qui la lui a donnée.

Elle revit l'écriture nette, en majuscules, précisant le nom de Trinity, l'adresse de Noah et Josie. Pas de mention de l'expéditeur. Pas de tampon ni de timbre. À une extrémité, le papier était déchiré, puisque Trinity avait ouvert le paquet. Hummel sortit avec précaution de son emballage une petite boîte noire qui faisait penser à un écrin à bijou.

— Où était-ce ? demanda Josie.

— Là où je viens de le prendre, dans la valise.

— Qu'y a-t-il à l'intérieur ? dit Gretchen.

Hummel posa l'emballage déchiré et ouvrit la petite boîte. Un petit peigne d'ornement reposait sur un fond de velours. Gretchen sortit immédiatement son téléphone et en prit quelques photos, tandis que Josie l'observait. Il était d'une étrange couleur claire, entre beige et sable, délicat, lisse et brillant. Une nouvelle fois, l'image des ossements trouvés derrière le chalet s'imposa à Josie.

— Oh mon Dieu, dit-elle. Vous pensez que c'est... Vous croyez...

Sa gorge se serra.

Elle inspira plusieurs fois profondément avant de pouvoir recommencer à parler. Hummel et Gretchen attendirent patiemment.

— Vous pensez que c'est de l'os ?

Hummel reposa l'écrin sur la table et observa l'objet.

— Je ne sais pas. On peut l'envoyer au labo. Celui ou celle qui a laissé les ossements au chalet aurait envoyé ça ? Et ce quelqu'un aurait traqué, harcelé Trinity ?

— En tout cas, cet objet n'est pas commun, souligna Josie.

— Les bijoux et les accessoires pour cheveux sont parfois en os, dit Gretchen, même si le plus souvent, c'est de l'écaille de tortue ou de la corne.

— Ça pourrait être de l'os animal, dit Hummel. Comme je le disais, on va poser la question au labo.

— Il n'y en avait qu'un ? demanda Josie.

— Oui, il n'y avait que ça dans la boîte. Enfin, s'il y en avait un autre, il n'est ni là, ni dans la voiture de Trinity, ni au chalet.

— Demandez au labo d'analyser aussi l'emballage, dit Gretchen avant de se tourner vers Josie. Elle t'a déjà parlé d'un harceleur ? Est-ce qu'elle a reçu d'autres paquets qui sortaient de l'ordinaire ?

Josie soupira. Elle avait l'esprit embrouillé. Il lui fallait un autre café.

— Elle ne m'a jamais dit qu'on la harcelait. Le seul autre paquet qu'elle ait reçu, à ma connaissance, est celui que son assistante lui a envoyé chez nous. Elle est en route pour Denton mais elle a déjà confirmé à Mett qu'elle avait envoyé le paquet avant que celui-ci n'arrive. D'ailleurs, ce petit paquet n'a pas été posté. Il n'y a aucun tampon. Quelqu'un a dû le déposer dans notre boîte aux lettres. Et enfin, Trinity est partie juste après avoir jeté un coup d'œil à son contenu.

— Je croyais t'avoir entendue dire qu'elle s'était disputée avec Noah.

— C'est le cas. Plus ou moins. Mais elle n'a commencé à se disputer avec Noah qu'après avoir ouvert ce paquet. Elle était déjà agacée avant, parce qu'on parlait de ses problèmes à la télévision. Quand elle s'est énervée contre Noah, j'ai trouvé qu'elle surréagissait. Je n'ai pas pensé que la boîte pouvait y être pour quelque chose, mais maintenant que j'y pense... je ne sais plus.

Gretchen hocha la tête.

— Tu as dit que Noah avait trouvé ce paquet dans la boîte aux lettres. Vous avez des caméras, non ?

Josie sursauta.

— Mais oui !

Quelques années auparavant, elle avait fait installer des caméras de surveillance autour de sa maison à la suite d'un cambriolage. C'était un système ancien, auquel elle ne pouvait accéder que par son ordinateur portable. Quand Noah était venu habiter chez elle, ils avaient changé pour d'autres caméras qu'ils pouvaient configurer pour que le moindre mouvement déclenche une alerte sur leurs téléphones. Josie ne se souvenait pas d'avoir reçu de notification particulière le matin du départ de Trinity. Mais les détecteurs de mouvements des caméras n'avaient pas nécessairement été déclenchés, car la boîte aux lettres était au bout de l'allée, hors de leur portée. Elle sortit son téléphone, ouvrit l'historique de l'application concernée, et remonta au mois précédent. Gretchen regardait par-dessus son épaule. Sur l'écran, l'application affichait quatorze événements à cette date. Mais tous concernaient Josie et Noah, quittant la maison et y revenant à différentes heures de la journée, ainsi que Trinity, qui avait fait des allers-retours pour récupérer ses affaires avant de partir.

— Il n'y a rien d'autre là-dessus, dit Josie.

— Vous n'avez pas l'enregistrement de la journée entière ?

— Pas au bout de trente jours. Ça ne conserve qu'un historique des événements, c'est-à-dire ce qui se passe quand les détecteurs de mouvements repèrent quelque chose.

— Et les détecteurs ne se déclenchent pas quand quelqu'un dépose le courrier dans votre boîte ?

— Non.

Josie ouvrit la page des réglages de l'application et indiqua l'écran, sur lequel on voyait son perron, l'allée, le jardin devant la maison et la rue, au fond. Une sorte de brouillard bleu flottait sur la zone située devant le perron, atteignant presque les pare-chocs de sa voiture et de celle de Noah.

— Tu vois ça ? La zone en bleu est celle couverte par les détecteurs. Il faut aller jusque-là pour déclencher la caméra. Quand on les a installées, au début, on les a réglées pour détecter les mouvements jusque dans la rue mais, à chaque fois qu'une voiture passait ou qu'un voisin promenait son chien, on recevait une notification sur nos téléphones. Ça n'arrêtait pas, toute la journée.

— Ça n'aboutira probablement pas à grand-chose, mais je peux lancer une enquête de voisinage pour savoir si quelqu'un aurait repéré une personne suspecte qui traînait dans le coin, ces dernières semaines.

— Merci, dit Josie.

Gretchen passa un rapide coup de fil tandis que Josie continuait à observer le peigne. Trinity connaissait-elle la personne qui le lui avait déposé ? Pourquoi n'avait-elle rien dit ? Se doutait-elle que ce peigne pouvait être en os ? Même si elle n'en savait rien, Josie ne l'avait jamais vue porter de peigne dans ses cheveux. Et celui-là n'était pas du tout son style. Certes, il était simple, et Trinity appréciait la simplicité dans ses vêtements, et même dans sa décoration d'intérieur. Mais il n'avait pas l'élégance que Josie associait naturellement à sa sœur. Elle ne la connaissait peut-être pas autant qu'elle l'aurait dû, mais elle était certaine que Trinity ne se serait jamais acheté un peigne comme celui-là – qu'elle ne l'aurait pas porté, même si on lui en avait fait cadeau.

Josie voyait-elle juste en disant que c'était le paquet, et non la plaisanterie malvenue de Noah, qui avait poussé à bout Trinity et avait provoqué son départ en furie ? Et si c'était le cas, pourquoi l'avait-elle fait si précipitamment ? Que signifiait ce paquet ?

— Nous devons nous intéresser sérieusement à l'éventualité de l'existence d'un harceleur, dit Josie. Il faut interroger les gens avec qui elle travaillait à la télévision, pour savoir si elle a évoqué ou signalé quelque chose d'inhabituel ou quelqu'un de menaçant.

Gretchen lança un coup d'œil à Josie et acquiesça en silence.

— Un harceleur, ça expliquerait pas mal de choses, dit Hummel. On trouvera peut-être des indications dans son ordinateur. Chan a déjà recopié tout ce qu'il contenait. Elle vous donnera le disque dur quand vous partirez. Emportez aussi son téléphone. La docteure Feist a embarqué les ossements à la morgue.

— Merci, dit Josie, qui se tourna ensuite vers Gretchen. Allez, on y va.

14

La morgue de Denton se résumait à une grande salle d'examen sans fenêtres et à un petit bureau, sur lesquels régnait Anya Feist. Elle se situait dans les sous-sols du Denton Memorial, vieil hôpital de briques perché sur une colline qui dominait presque toute la ville. L'odeur, un mélange désagréable de putréfaction et de produits chimiques, frappa les deux inspectrices avant même qu'elles n'entrent dans la salle d'examen. Dans la pièce, la légiste se tenait près d'une table d'autopsie en inox et disposait les os trouvés au chalet pour reconstituer grossièrement un squelette, éclairée par une grosse lampe amovible. Les orbites vides du crâne fixèrent une fois de plus Josie. Elles semblaient un peu moins lugubres ici, dans le domaine clinique d'Anya Feist, mais restaient néanmoins dérangeantes. Elle eut un serrement de cœur en pensant qu'un être humain pouvait être réduit à un simple puzzle d'os blanchâtres comme celui-ci. Un squelette sur une table, incomplet, petit, triste.

Était-ce Trinity ? Était-ce là tout ce qui restait du concentré d'énergie qu'était sa sœur ?

Josie s'aperçut en levant les yeux qu'Anya Feist la dévisageait.

— Comme je te l'ai dit sur place, c'est une femme. Elle a plus de trente ans, puisque toutes les plaques épiphysaires sont soudées, y compris aux extrémités médiales des clavicules.

— Tu veux dire les extrémités des clavicules reliées au sternum ? demanda Gretchen.

— C'est ça. Vous vous en souvenez peut-être, les os longs du corps comportent trois parties : la diaphyse, c'est-à-dire la partie médiane. La métaphyse, la partie où l'os s'élargit et commence à former une boule. Et enfin l'épiphyse, qui est en gros l'extrémité, avec le cartilage articulaire. Chez les enfants, il y a une séparation entre l'épiphyse et la métaphyse mais, chez les adultes, les deux sont soudées.

— Donc chez les adultes, la tête de l'os est soudée au renflement au-dessous, dit Josie.

— Exactement. Les clavicules sont les derniers os à se souder, et ça se produit entre dix-neuf et trente ans, au plus tard. Chez cette femme, on voit bien la fusion. Je pense qu'en fait, elle a bien plus de trente ans.

La légiste alla au bout de la table, passa ses doigts gantés sur le sommet du crâne. Elle désigna des traces à peine visibles, des lignes irrégulières, une qui allait de l'avant à l'arrière de la boîte crânienne, et une autre qui la traversait horizontalement, à l'arrière.

— Vous voyez ces sutures crâniennes ? Ce sont des ouvertures dans le crâne qui s'écartent au fur et à mesure que le cerveau grossit, de l'enfance à l'âge adulte. Certaines se referment très vite, mais les deux que vous voyez là – bon, on les voit à peine, parce qu'elles se sont refermées – restent ouvertes jusqu'à un âge adulte assez avancé. Celle qui traverse le crâne d'avant en arrière, au centre, est la suture sagittale, et celle qui traverse l'arrière est la suture lambdoïde. Les deux sont presque complètement refermées, ce qui ne se produit en général pas avant trente ou quarante ans. La suture sagittale peut parfois même n'être oblitérée qu'à la cinquantaine.

Elle passa au bassin, indiquant les larges os plats.

— L'examen du pelvis indique qu'elle a sans doute eu des enfants. Lorsque les os du bassin s'écartent pour laisser passer le bébé, des ligaments s'arrachent de l'os et peuvent parfois laisser des cicatrices. Et je vois ici des cicatrices en creux qui pourraient aller dans ce sens. Une fois encore, ce n'est pas une science exacte, mais c'est un bon indicateur.

À chaque mot, Josie ressentait un petit spasme de soulagement qui lui laissait les jambes en coton.

Gretchen se pencha pour examiner le bassin, et ses lunettes glissèrent sur le bout de son nez. Josie se pencha à son tour pour mieux y voir.

— L'os a l'air presque spongieux, nota-t-elle.

Anya Feist hocha la tête.

— C'est une autre raison qui me fait dire qu'elle avait plus de quarante ans, peut-être plus de cinquante. Quand une personne dépasse la quarantaine, les os du bassin prennent une apparence plus poreuse.

— Cette femme ne peut pas être Trinity, dit Josie. Elle a eu au moins un enfant, et elle était beaucoup plus âgée.

— C'est ce que je crois, oui, répondit la légiste. Mais je préférerais attendre le dossier dentaire de Trinity avant de te donner une confirmation définitive.

Josie eut besoin de s'asseoir. Délesté du poids de l'angoisse qui l'oppressait depuis la découverte des ossements, son corps entier s'était relâché. Et pourtant, plus elle les observait, plus elle replongeait dans l'angoisse. Trinity était peut-être encore vivante, mais la femme qu'elles avaient sous les yeux ne l'était plus. Elle avait une famille quelque part, un enfant, ou des enfants. Qui devaient la chercher, s'inquiéter de ce qui lui était arrivé. Josie souffrait à l'idée de la dévastation qui les attendait.

— Peut-on déterminer son origine ethnique ? demanda Gretchen.

Anya Feist revint au crâne.

— Je ne suis pas anthropologue judiciaire, mais je peux faire une hypothèse en partant de ce que je sais et de ce que j'ai appris au cours de ma carrière.

— Qui est… ? demanda Josie.

— Que selon moi, cette femme est d'origine caucasienne, d'après l'étroitesse de l'ouverture nasale, et du fait que l'arête est très prononcée et placée haut sur le visage. Et si on observe les orbites…

Josie s'obligea à les regarder une fois encore.

— Elles sont assez rondes, mais avec des arêtes plutôt carrées, comme souvent dans les crânes caucasiens.

Josie détourna le regard. En hochant la tête, Gretchen annonça :

— Je vais appeler Noah et voir s'il a pu avancer sur l'obtention du dossier dentaire de Trinity.

Tandis qu'elle s'éloignait dans le couloir, Josie demanda :

— Peut-on savoir comment cette femme est morte ?

La légiste plissa le front.

— Je crains que non. Il n'y a pas de traumatisme visible. Aucune fracture apparente. Pas d'impact de balle. L'os hyoïde est intact, même si ce n'est pas un indicateur fiable à cent pour cent. On aurait pu l'étrangler sans endommager l'hyoïde. Si on l'a asphyxiée, rien ne sera visible sur les os. Je ne vois aucune trace de coup de couteau, mais on a aussi pu la poignarder et ne toucher que des tissus mous. À un stade aussi avancé de décomposition, il ne reste plus de tissu mou, on ne peut rien en dire.

— Donc tout ce qu'on sait pour l'instant, résuma Josie, c'est que c'est une femme, caucasienne, d'au moins quarante ans, qui a sans doute eu des enfants. Et des particularités ? Des caractéristiques personnelles ?

— Rien, je le crains, répéta la docteure.

Gretchen les rejoignit, téléphone à la main.

— Anya, lis tes mails, Noah a obtenu le dossier dentaire de Trinity.

— Il a fait vite, fit remarquer l'intéressée en allant ouvrir son ordinateur portable, posé sur un comptoir en inox.

Si Noah avait été là, Josie lui aurait sauté au cou. Elle était sûre qu'il avait dû énormément insister pour obtenir le dossier dentaire de Trinity en un temps record. Il fallait souvent plusieurs jours pour recueillir ce genre de dossiers ou d'images qui permettaient aux enquêtes d'avancer.

Quelques instants plus tard, l'écran de la légiste affichait des radiographies des dents de Trinity, et à côté des images du crâne de la femme sur la table d'autopsie. Josie et Gretchen se serrèrent derrière la docteure Feist pour étudier l'écran. Celle-ci désigna plusieurs endroits, sur les radios de la femme mystérieuse, où on avait inséré des broches dans les canaux radiculaires pour ancrer des couronnes.

— Trinity n'a pas autant de couronnes, et les siennes sont sur la mâchoire supérieure. Elle n'en a aucune sur la mâchoire inférieure.

Elle se tourna vers Josie, un pâle sourire aux lèvres.

— Cette femme n'est pas ta sœur.

Les yeux de Josie s'emplirent de larmes. Il y avait un espoir de retrouver Trinity vivante.

— Mais si ce n'est pas Trinity, à qui sont ces ossements ? demanda Gretchen.

15

Alex était assis sur le banc près de la porte d'entrée, et le costume raide que ses parents l'avaient obligé à porter le grattait. Zandra voulait mettre une robe à paillettes rose, bouffante, avec des rubans roses assortis dans les cheveux. Son choix avait été très débattu, et ses parents avaient gagné. C'est Francis qui avait choisi ses vêtements, et on en était resté là.

Alex entendait ses parents discuter, à l'étage. Un instant plus tard, sa mère descendit l'escalier, vêtue d'une robe de soie rouge, en hauts talons, ses longs cheveux bruns tirés en arrière. Elle ressemblait à une star de cinéma. Quelques minutes plus tard, son père descendit à son tour, portant le seul costume qu'il possédait. Il dévisagea Alex.

— C'est une soirée très importante pour ta mère, dit-il gravement. Il y aura des gens extrêmement influents à son exposition, tout à l'heure. Si elle vend ne serait-ce qu'un seul tableau, ça peut assurer l'avenir financier de toute notre famille. Tu comprends ?

Hanna posa une main élégante sur le bras de Francis.

— Tu n'as pas à t'en faire pour Alex, dit-elle. Pas ce soir.

— J'ai quand même du mal à te croire, répondit-il avant de

se tourner vers Alex. Si tu ne surveilles pas ta sœur, tu dormiras dehors pendant un mois, c'est compris ?

Hanna plissa le front.

— Vraiment, Francis, tout ira bien. Alex et Zandra savent combien cette soirée est importante pour notre famille. Alex va faire tout son possible pour que les choses se déroulent à la perfection. Il y a contribué, d'ailleurs, tu sais.

Elle lança à Alex un regard complice.

Francis fronça les sourcils.

— Qu'est-ce que tu veux dire ?

— Tu sais, le tableau que tu aimes tant, celui dont tu disais qu'il devait être le clou de l'exposition ? C'est Alex qui l'a terminé, pas moi. C'est lui qui a eu l'idée des ailes. Il est allé ramasser des plumes et les a disposées sur la toile. Magnifique, non ? Il sera peut-être un artiste comme moi, un jour.

Alex s'attendait à ce que son père prenne un air ravi en apprenant la chose. Mais ses yeux noirs brillaient de fureur. Il se retourna vers Hanna.

— Tu as laissé le gamin achever ton tableau ?

Hanna recula de deux pas pour s'écarter de lui, interloquée.

— Quelle importance ? Tout le monde l'adore. Et puis nous sommes les seuls à savoir.

Francis pointa le doigt sur Alex sans la quitter des yeux.

— Tu as laissé cet horrible petit imbécile ruiner la pièce maîtresse de ton exposition ? Tu es complètement folle ?

Hanna avait la lèvre inférieure qui tremblait.

— Je pense que tu exagères, dit-elle.

Francis tira sur sa cravate.

— On n'y va pas.

Une larme brillait au coin de l'œil de Hanna.

— Mais il faut qu'on y aille. Nous sommes attendus. Il va y avoir plus de cent personnes là-bas. Francis, ce n'est qu'un tableau. Personne n'en saura rien.

Francis se rua à l'étage, en rage. Hanna sourit faiblement à Alex puis s'élança à sa suite.

Une heure plus tard, ils étaient tous dans la voiture, et se dirigeaient vers la galerie. Dès leur arrivée, les gens se précipitèrent vers Hanna, couvrant son travail de louanges et lui posant des questions sur chaque tableau. Francis disparut dans la foule.

Il fallut près d'une heure à Hanna et Alex pour se frayer un chemin parmi tous ces admirateurs, jusqu'au tableau qu'ils avaient créé ensemble. Hanna réprima un cri. Une femme, à côté d'elle, dit :

— C'est une œuvre intéressante, Hanna. Mais elle a un petit air inachevé, vous ne trouvez pas ?

Alex leva les yeux vers sa mère qui avait les larmes aux yeux, les mains sur la bouche. Sans un mot, elle s'enfuit, le laissant face au tableau nu.

Toutes les plumes avaient disparu.

16

Josie désigna l'ordinateur d'Anya Feist.

— Tu permets ?

La légiste ferma les onglets qu'elle avait ouverts et fit signe à Josie de prendre sa place.

— Fais comme chez toi.

Josie se connecta au site internet du NamUs, le fichier national des personnes disparues et non identifiées. Quatre cent trente-huit personnes figuraient sur la liste pour le seul État de Pennsylvanie.

— Elle n'est peut-être pas sur les listes du NamUs, dit Gretchen derrière elle. Rien ne nous dit même qu'elle soit originaire de Pennsylvanie.

— C'est vrai. Mais ça reste un bon endroit pour commencer nos recherches.

Anya Feist les rejoignit et siffla doucement.

— Ça fait beaucoup de personnes disparues. Passer tous les profils au peigne fin risque de prendre du temps.

— Pas forcément. On va trier par sexe, âge, et origine ethnique[1]. Grâce à toi, on peut filtrer un peu. Ah, voilà.

Elles étudièrent ensemble la liste. Neuf femmes caucasiennes entre quarante-cinq et cinquante-cinq ans étaient portées disparues dans la base de données du NamUs. Josie cliqua sur chaque descriptif ; Gretchen et elle lurent les détails les concernant. Quatre d'entre elles avaient disparu depuis des dizaines d'années.

— On ne sait pas du tout depuis combien de temps cette femme est morte, souligna Gretchen. Il va falloir s'intéresser à chacune d'elles.

— Faisons les choses dans l'ordre, dit Josie. Voyons d'abord si les dossiers dentaires de ces femmes figurent dans la base de données médicales et dentaires nationale. Si on peut obtenir leurs dossiers dentaires et effectuer la comparaison, ça nous permettra de réduire la liste.

Elle jeta un coup d'œil à la légiste.

— Ça ne te dérange pas ?

— Pas du tout. Plus vite on aura identifié cette femme, plus vite sa famille pourra commencer à faire son deuil.

Seules quatre des femmes disposaient d'un dossier dentaire consultable dans la base de données médicales nationale. Lorsque Josie ouvrit celui de la troisième sur la liste et aligna une série de radiographies à côté des images prises par la légiste, Anya Feist frappa du plat de la main sur le bureau.

— C'est elle !

— Tu es sûre ? dit Josie en scrutant une série, puis l'autre.

Mais plus elle y regardait de près, plus elle détectait, elle aussi, les similitudes.

Gretchen tendit le bras et cliqua pour revenir au dossier de la femme disparue.

---

1. Aux États-Unis, l'origine ethnique fait partie des données d'identification (N.d.T).

— Ça n'est pas possible, dit-elle.

— Pourtant c'est bien elle, dit la légiste. Comment s'appelle-t-elle ?

— Nicci, lut Josie. Nicci Webb. Quarante-cinq ans.

— Mais elle n'a disparu qu'il y a quelques semaines, déclara Gretchen. Dix-sept jours, pour être précise.

— Quelques jours seulement après la disparition de Trinity, ajouta Josie.

— Exact. Il va falloir chercher un lien possible entre les deux. Mais dix-sept jours ? Ça ne peut pas être Nicci Webb.

Toutes trois se tournèrent vers les ossements qui gisaient sur la table d'autopsie. Anya Feist reprit la parole :

— Il n'est pas impossible qu'un corps se décompose aussi rapidement mais, comme je l'ai dit à Josie, il faudrait des conditions très particulières pour ça. Une chaleur extrême, des insectes, des charognards... J'ai dit, sur la scène de crime, que le corps ne s'était pas décomposé derrière le chalet, là où on l'a trouvé. On n'a aucune idée des conditions ni du lieu dans lesquels la décomposition s'est faite.

Elle se retourna vers son écran, et compara une fois de plus les images.

— En tout cas, c'est bien elle, j'en suis certaine.

Josie jeta un coup d'œil à Gretchen.

— On pourrait contacter l'inspecteur ou l'inspectrice qui a été chargé de cette enquête, lui dire qu'on a une identification possible, et aviser ensuite.

— Le rapport dit qu'elle vivait à Keller Hollow. C'est à près d'une heure de route d'ici, de l'autre côté de Bellewood. Ils n'ont pas de police locale. Trop rural. Il n'y a que la police d'État.

Josie cliqua sur le rapport pour obtenir le nom de l'agent qui avait ajouté le dossier dentaire de Nicci Webb dans la base de données.

— Ah. Inspectrice Heather Loughlin.

Gretchen sourit et sortit son téléphone.

— Parfait.

Elles avaient travaillé avec Heather sur plusieurs affaires. Elle était consciencieuse, droite et franche. Gretchen passa sur haut-parleur. Heather Loughlin décrocha à la troisième sonnerie.

— Inspectrice Palmer, dit-elle. Qu'est-ce que je peux faire pour vous ?

— On a trouvé des... restes humains, ici à Denton. Les photos dentaires prises par la docteure Feist correspondent à celle d'une femme dont le dossier figure dans la base de données médicales et dentaires nationale. Nicci Webb.

Il y eut un court silence, puis un long soupir, de déception et de tristesse mêlées.

— Vous êtes sûres de vous ?

Derrière l'épaule de Gretchen, Anya Feist intervint :

— Ça fait une demi-heure que je compare attentivement les deux séries d'images. Je suis certaine de la correspondance.

— Merde, marmonna Heather avant de reprendre. Bon, envoyez-moi ce que vous avez, je vous rappelle dans quinze minutes.

Anya Feist lui envoya par mail les radios qu'elle avait prises, et elles attendirent toutes les trois en silence. Gretchen envoya un SMS à Mettner pour le prévenir qu'elles avaient identifié les ossements, et Josie parcourut le rapport sur Nicci Webb que contenait le fichier NamUs. Il y avait peu de détails, uniquement son âge, sa taille, son poids et la ville où elle vivait. À la rubrique « Vue pour la dernière fois à... », il était indiqué simplement : « Keller Hollow. » Ce qui pouvait tout et rien dire. Avait-elle disparu de son domicile, d'un autre endroit de cette petite ville ? Josie étudia la photo, se demandant comment les os de Nicci Webb, quarante-cinq ans, avaient fini par être aussi horriblement mis en scène à l'arrière du bungalow loué par Trinity. La photo montrait Nicci, en buste, portant un sweater rouge et une écharpe multicolore autour du cou. On avait l'impression que l'image avait été recadrée pour ne garder qu'elle dans le champ. Elle avait des cheveux bruns parsemés de gris qui lui arrivaient aux épaules, et portait des lunettes sur un nez étroit, au-dessus de lèvres minces. Son sourire paraissait quelque peu contraint.

Josie prit son téléphone et chercha d'éventuelles traces d'elle sur les réseaux sociaux. Elle trouva un compte Facebook, protégé pour ne laisser voir que sa photo de profil, un portrait en gros plan. Là, ses cheveux bruns étaient retenus en arrière par un bandeau noir et son sourire était un peu plus large que sur la photo du NamUs, mais restait emprunté.

— Tu la connais ? demanda Gretchen. Ou tu penses que Trinity la connaissait ?

— Non. Je ne l'ai jamais vue. Trinity ne m'en a jamais parlé, mais il est tout à fait possible qu'elles se soient connues sans que je le sache.

— Quand on aura examiné le contenu de l'ordinateur portable et qu'on aura débloqué son téléphone, on pourra savoir si Nicci Webb était dans les contacts de Trinity, ou s'il y a une preuve qu'elles se connaissaient.

— Il faudra aussi poser la question à l'assistante de Trinity, ajouta Josie. Nicci avait peut-être été une source, une informatrice de Trinity, pour un de ses reportages.

Le téléphone de Gretchen se mit à sonner, elle décrocha et repassa en mode haut-parleur. La voix de Heather résonna dans la pièce.

— C'est bien ma disparue, dit-elle d'un ton résigné. Vous voulez bien me dire où vous l'avez trouvée ?

Gretchen lui résuma brièvement la situation. Elle omit seulement de dire que les os avaient été disposés pour composer un étrange et macabre tableau. Josie savait qu'il valait mieux en discuter de vive voix. Comme si elle lisait dans ses pensées, Gretchen dit à Heather :

— Il y a d'autres détails, mais je préfère vous les donner en direct.

— Bien sûr, répondit Heather. Vous pouvez me rejoindre à Bellewood d'ici une heure ? Il y a une station-service à l'entrée de la ville, juste avant l'embranchement vers Keller Hollow.

— Je vois où c'est, dit Josie. OK. On se retrouve là-bas dans une heure.

Dès qu'elles eurent raccroché, Gretchen appela Mettner pour le mettre au courant. Elles remercièrent Anya Feist et se dirigèrent vers leur voiture. Gretchen prit le volant, et elles firent une pause pour acheter des hamburgers à emporter avant de se lancer sur les routes sinueuses qui menaient à Bellewood, chef-lieu du comté d'Alcott. Josie pensait ne pas avoir faim, mais changea d'avis quand les effluves de nourriture emplirent la voiture. Elle n'avait rien mangé depuis le matin et il était plus de 16 heures. Elle remercia Gretchen et engloutit son hamburger. Quand elle eut terminé, elle se tourna vers la fenêtre et regarda le paysage montagneux défiler, tout en réfléchissant à ce qui pouvait bien relier Trinity et Nicci Webb.

Rien ne lui vint. Josie espérait qu'elles trouveraient un lien. Peut-être cela leur permettrait-il de localiser Trinity avant qu'elle ne connaisse la même fin horrible que Nicci Webb.

À la station *Gas'n'Go* de l'Est de Bellewood, l'inspectrice Heather Loughlin les attendait, adossée à sa Chevrolet Tahoe banalisée, une tasse de café à la main. Elle portait un pantalon noir et un polo, avec une veste légère, ornée sur le revers gauche du logo de la police de Pennsylvanie. Ses cheveux blonds étaient tirés en queue-de-cheval. Elle leur sourit tristement en les voyant descendre de voiture.

— Je suis contente de vous voir, mais pas dans ces circonstances, dit-elle. Dites-moi ce que vous ne pouviez pas évoquer au téléphone.

Josie laissa Gretchen parler. Elle vit le visage de Heather passer d'un professionnalisme froid au choc lorsque l'inspectrice lui montra les photos des ossements de Nicci Webb tels qu'on les avait retrouvés derrière le chalet.

— Mon Dieu ! marmonna Loughlin.

Josie fit un pas en avant.

— Nicci Webb aurait-elle pu être dans une mouvance... satanique, ou ritualiste ?

Heather secoua la tête.

— Non, pas du tout. Elle assistait régulièrement aux messes de l'église épiscopalienne de Bellewood.

— Qu'est-ce qu'on sait d'elle ? demanda Josie.

— Elle était professeure au collège de Bellewood, habitait à Keller Hollow depuis vingt ans. Elle y a élevé sa fille, Monica, qui a vingt et un ans et vit toujours chez elle. Monica a elle-même une fille de deux ans. Le mari de Nicci est mort d'une crise cardiaque il y a six ans. Elle est allée au cimetière s'occuper de sa tombe, comme elle le fait régulièrement, il y a près de trois semaines et personne ne l'a revue depuis. Comme elle ne rentrait pas, sa fille a essayé de l'appeler. Pas de réponse. La fille est allée au cimetière, et a trouvé le véhicule de sa mère avec tout à l'intérieur : sac à main, téléphone, clés sur le contact. Comme si Webb était partie à pied, tout simplement.

Josie sentit un frisson lui parcourir l'échine. Exactement comme Trinity, Nicci Webb avait tout laissé derrière elle et s'était évaporée.

— Vous n'avez rien trouvé au cimetière, j'imagine ? demanda Josie à Heather. Rien d'inhabituel ni... d'inquiétant ?

Heather eut un petit rire sans joie.

— Si vous voulez parler d'une mise en scène horrible comme celle que vous avez trouvée, vous, non. Rien. J'aurais commencé par ça, vous pouvez me croire. Un des problèmes de cette enquête, c'était qu'on avait l'impression que Webb était partie, tout simplement. C'est ce que tout le monde a cru. Sa fille a fouillé les environs, n'a rien trouvé, et elle nous a appelés ensuite. Nos quelques battues n'ont rien donné non plus.

Monica a dit que, parfois, sa mère déprimait, surtout depuis la mort de son mari, mais qu'elle n'avait jamais consulté de professionnel pour se faire aider. Pendant un temps, j'ai pensé qu'elle était allée se suicider quelque part, mais on n'a rien trouvé du tout qui aille dans ce sens. On a fait venir la brigade canine, mais la trace olfactive ne menait nulle part.

— Ce qui indique en général que la personne est montée dans un véhicule.

— Exactement, approuva Heather. On a interrogé toutes les connaissances de Nicci Webb. Son cercle de relations n'était pas très large. Toutes avaient un alibi.

— Et le cimetière ? demanda Gretchen.

— Un petit cimetière de campagne. Sans caméra. Entretenu par un couple d'octogénaires vivant à Bellewood. Ils s'occupent de tondre la pelouse et d'entretenir les lieux avec leur propre matériel.

— Donc à moins que quelqu'un d'autre ne soit allé au cimetière ce jour-là en même temps que Nicci, personne n'a rien vu, dit Josie.

— Il y avait forcément quelqu'un d'autre avec elle au cimetière, intervint Gretchen. Mais personne n'a vu qui.

Heather fit oui de la tête.

— On a interrogé tout le monde à Keller Hollow. Vous le savez peut-être, il n'y a que quatre cents habitants. Entre Monica et mes gars de la police d'État, on a interrogé tout le monde. Personne ne se souvient avoir vu Nicci ce jour-là. Personne ne se souvient avoir vu un autre véhicule arriver au cimetière ou en repartir. On a demandé à la police de Bellewood de faire passer le mot, il y a eu quelques publications sur les réseaux sociaux. Ça n'a rien donné.

— Avait-elle un ennemi, était-elle en conflit avec quelqu'un ? demanda Josie. Pas de petit ami, ou d'ex-petits amis violents ?

— Non, répondit Heather.

— Et Monica ? demanda Gretchen. Tu dis qu'elle a une fille de deux ans. Que sait-on du père ?

— Il est dans l'armée de l'Air. Déployé à l'étranger. Ils ne sont pas mariés, mais ils ont de bons rapports. J'ai vérifié aussi toutes les relations de Monica, pour ne rien laisser au hasard. Rien n'a attiré mon attention.

Josie désigna la voiture de Heather.

— Vous nous avez demandé de venir...

Heather hocha la tête.

— Je dois annoncer à Monica que sa mère est morte. Elle va avoir beaucoup de questions à poser. Et comme le meurtre de sa mère a eu lieu dans votre secteur, ce serait bien que vous la rencontriez.

— Bien sûr, dit Josie.

17

Heather les guida sur la route à deux voies bordée d'arbres qui menait à Keller Hollow. Elles passèrent en chemin devant le cimetière et, comme annoncé, il n'y avait pas grand-chose à y voir. Pas de portail. Ce n'était qu'un terrain aménagé sur le flanc d'une colline boisée, avec des pierres tombales bien alignées. Une unique voie goudronnée le traversait, montait jusqu'au sommet de la colline, et redescendait de l'autre côté. En passant devant, Heather leur expliqua :

— M. Webb est enterré sur l'autre versant de la colline. Le véhicule de Nicci n'était pas visible depuis cette route-ci, ce qui veut dire que quelqu'un aurait très bien pu la suivre jusqu'au cimetière et l'aborder : on n'aurait pas pu le voir non plus.

Elles arrivèrent en vue de Keller Hollow, petite enfilade d'habitations nichées le long de la route de campagne. Heather s'engagea dans l'allée d'une petite maison à un étage, au bardage bleu et aux volets noirs. Elle se gara à côté de deux voitures, deux berlines, l'une rouge, l'autre gris métallisé.

En descendant, elle leur indiqua la voiture grise.

— C'est la voiture de Nicci. On l'a analysée mais ça n'a rien donné. L'autre est celle de Monica. Elle est chez elle, le plus souvent. Elle suit des cours par correspondance. Et puis avec un bébé, vu le prix des garderies, elle ne peut pas vraiment sortir beaucoup.

Elles s'avancèrent sur une terrasse couverte jonchée de jouets aux couleurs vives : une tondeuse en plastique, une voiture pour enfants, un stand de marchand de glaces garni de cornets de glace en plastique de toutes les couleurs. Avant que Josie ait le temps d'observer toute la scène, la porte moustiquaire s'ouvrit en grinçant et attira son attention. Une jeune femme s'avança sur le seuil, une petite fille calée sur la hanche. Toutes deux avaient les cheveux bruns, la peau claire et un nez étroit, comme Nicci Webb.

— Bonjour, Monica, dit Heather.

Le regard bleu de Monica passait de Heather à Josie et à Gretchen. Elle prit une grande inspiration saccadée avant de dire :

— Elle est morte, n'est-ce pas ?

Le visage de Heather était empreint de compassion.

— Pouvons-nous entrer ?

Sans un mot, Monica s'effaça pour les laisser passer. D'autres jouets étaient éparpillés un peu partout dans le salon. Le mobilier était fatigué, tout comme le tapis beige. Il y avait des photos de famille accrochées aux murs. La plupart représentaient trois personnes : Monica entourée de ses parents, à des époques différentes, protégée par une Nicci bien plus jeune et par son mari. Il était plus grand qu'elle, costaud, barbu, avec un regard doux et un large sourire. Son expression ne reflétait pas la tension qu'on devinait chez sa femme. Puis il disparaissait des photos, remplacé quelque temps après par la petite-fille de Nicci, bébé.

Josie s'arracha à la contemplation des photos pour étudier le reste de la pièce. Il y avait des plantes d'intérieur à chaque angle et sur les tables basses. Tout, à l'exception des jouets, semblait vieux, et pourtant l'endroit était accueillant et chaleureux. Une couverture était étendue sur le sol, avec quelques poupées. Monica y posa sa fille et lui tendit un gobelet.

— Annabelle, dit-elle d'une voix mal assurée, maman doit parler à ces dames, d'accord ? Tu veux bien rester ici un moment avec tes poupées et regarder la télé ? Et si je te mettais ton émission préférée ?

Annabelle pointa l'écran du doigt et déclara :

— *La Pat' Patrouille* !

Monica l'embrassa sur la joue et lui sourit, alors même que des larmes roulaient sur sa joue.

— C'est d'accord, mon bébé.

Une fois Annabelle absorbée par *La Pat' Patrouille*, les quatre femmes allèrent s'asseoir, Gretchen et Josie sur le canapé, Heather et Monica sur une causeuse. Heather fit les présentations, tandis que Monica se tordait les mains.

— Dites-moi seulement... Dites-moi seulement où vous l'avez trouvée.

— Les restes de votre mère ont été retrouvés près d'un chalet de location, à Denton, dit Heather.

Monica ferma les yeux, inspira profondément plusieurs fois.

— Les *restes* ?

Gretchen se racla la gorge et, quand Monica rouvrit les yeux, prit la parole.

— Elle était dans un état de décomposition avancée. Nous n'avons pas pu déterminer les causes de sa mort, ni même depuis combien de temps elle est morte, mais nous supposons que le décès est survenu très peu de temps après sa disparition.

— Elle n'a pas disparu.

— Vous avez raison. Quelqu'un l'a enlevée, dit Josie, qui lança un coup d'œil à Gretchen.

Elle savait qu'elle ne pouvait pas parler à Monica de l'horrible manière dont on avait exposé les os de sa mère. Pas à ce stade de l'enquête – et c'était mieux ainsi.

— On ne sait pas où elle a été tuée. De toute évidence, ses restes ont été apportés depuis un autre endroit et disposés là.

Monica plissa le front.

— À Denton, vous dites ? Je ne crois pas que ma mère soit jamais allée à Denton.

— Eh bien, c'est un peu pour ça que nous sommes ici, reprit Gretchen. Nous cherchons à savoir s'il pouvait y avoir un lien quelconque entre elle et Denton.

Monica secoua négativement la tête.

— Non. Aucun. Attendez, vous avez parlé d'un chalet de location. Ce n'est pas elle qui l'avait loué, si ?

— Non, fit Josie. C'est Trinity Payne qui louait ce bungalow.

— Trinity Payne, la journaliste ? Celle qui présentait le journal du matin ? Celle qui vient de disparaître de... Mais qu'est-ce qui se passe ?

— Savez-vous si votre mère et Trinity Payne se connaissaient ? demanda Josie.

— Non. Pas du tout. Je ne comprends pas. Qu'est-ce que Trinity Payne vient faire là-dedans ?

— Elle a disparu quelques jours avant votre mère, et de la même manière, dit Heather. Son véhicule et tous ses effets personnels, y compris son téléphone, ont été laissés sur place. Les restes de votre mère ont été retrouvés non loin de l'endroit où Mme Payne a disparu.

Monica pâlit légèrement.

— Vous voulez dire qu'il y a un tueur en série qui se promène dans les environs ?

— Il est beaucoup trop tôt pour affirmer une chose pareille, Monica, dit Josie. Nous cherchons simplement un lien éventuel entre les deux affaires.

Monica tendit le doigt vers elle.

— Je vous reconnais, maintenant. Vous êtes la policière. La

sœur jumelle de Trinity Payne. Je vous ai vues dans l'émission *Dateline*.

Josie hocha la tête.

— C'est exact. Êtes-vous absolument sûre que votre mère ne connaissait pas Trinity ?

Monica essuya une larme et rit.

— Absolument certaine. Elle ne connaissait aucune personne célèbre. Sans vouloir vous vexer, elle ne regardait même pas cette chaîne.

Son regard dériva vers Annabelle, toujours devant la télévision.

— Votre mère a-t-elle déjà eu des contacts avec la presse, pour une raison ou pour une autre ? demanda Gretchen.

— Non. Jamais. Elle mène – elle menait – une vie discrète. Nous étions... nous étions heureuses.

Sa voix se brisa et elle se leva. Elle regarda de nouveau sa fille, puis se retourna vers les trois femmes.

— Je... Je...

— Prenez votre temps, Monica. Nous gardons un œil sur Annabelle, lui assura Heather.

Monica s'enfuit vers le fond de la maison, mais elles eurent le temps d'entendre un sanglot étranglé lui échapper. Heather alla s'asseoir par terre à côté d'Annabelle, qui ne s'était pas encore aperçue que sa mère avait quitté la pièce.

— Je déteste ça, marmonna Gretchen quand elles entendirent la porte du jardin claquer.

— Moi aussi, répondit Josie. Mais on va coincer la personne qui a fait ça. Quel qu'en soit le prix.

Quand l'épisode de *La Pat' Patrouille* fut terminé, Heather s'empara de la télécommande pour en lancer un second. Josie se leva, lissa son pantalon d'une main moite. Puis elle se mit à la recherche de Monica.

18

Josie passa dans la cuisine. Comme au salon, meubles et appareils semblaient vieux et assez usés, mais de petites touches personnelles rendaient la pièce accueillante, comme ces rideaux bleu et blanc qui encadraient les fenêtres, la chaise haute de couleur vive au bout de la table, d'autres plantes en pot et un panneau en bois accroché au mur qui proclamait : « L'amour, ça se cuisine tous les jours. » Josie poussa la porte de derrière, et réprima un hoquet en débouchant dans le jardin. Sur la haute palissade en PVC qui l'entourait, on avait accroché du fil de cuivre, torsadé pour créer des motifs élaborés faisant penser à des arbres. Les branches de chacun de ces arbres montaient et s'écartaient de la clôture pour se rejoindre au centre de la cour, formant comme une voûte. De faux bijoux et des pierres polies étaient suspendus à ces branches.

Du fauteuil voisin, Monica dit :

— C'est ma mère qui a fait ça.

— C'est magnifique, dit Josie avec sincérité.

Elle n'avait jamais rien vu de pareil.

Elle s'arracha à l'examen du décor pour se tourner vers

Monica qui contemplait elle aussi les arbres de cuivre. Trois plis barraient son front.

— Oui, c'est beau. J'oublie à quel point... à quel point c'est unique, parce que je le vois tous les jours. Toute ma vie, je l'ai vue y travailler, un peu à la fois, ajoutant ceci, retirant cela. Mon père disait que c'était *son* jardin, mais ça n'avait rien de péjoratif. Il aimait beaucoup ça. Il voulait qu'elle fabrique des objets et qu'elle les vende, mais elle a toujours repoussé cette idée. Elle disait qu'elle ne faisait ça que pour elle-même.

Monica avait le nez et les yeux gonflés d'avoir trop pleuré. Elle tenait un mouchoir froissé en boule dans sa main et se balançait d'avant en arrière sur son fauteuil.

— Je ne sais pas comment je vais m'en sortir sans elle.

— Vous allez terminer vos études. Élever votre fille. Vivre.

Monica croisa son regard.

— Elle aurait pu dire exactement la même chose.

Josie la rejoignit, tira un second fauteuil, l'approcha de Monica et s'installa face à elle.

— Je vous présente mes plus sincères condoléances. On ne peut rien dire ni faire pour atténuer votre douleur, mais je vous promets que je ferai tout mon possible pour coincer la personne qui a fait ça à votre mère et l'envoyer en prison pour toujours.

Monica hocha la tête en silence.

— Y a-t-il des personnes à prévenir ? reprit Josie.

— Non, dit Monica. Personne. Enfin, j'ai des amis, mais je les appellerai moi-même. La famille de mon père vit en Californie. Je ne les vois presque jamais. Et maman n'avait pas de famille.

— Pas de frères et sœurs ? Qu'est-il arrivé à ses parents ?

— Elle disait qu'elle n'avait pas connu son père. Il n'a jamais été là. Et que sa mère était très peu présente. Elle est morte quand ma mère a eu quinze ans.

Repensant à ce que Heather lui avait dit des épisodes dépressifs de Nicci Webb, Josie demanda :

— Ça a dû être très dur pour elle. Que s'est-il passé après le décès de sa mère ?

— Elle a fugué, dit Monica. Elle ne voulait pas être placée en famille d'accueil. Elle m'a dit qu'elle était restée dans un foyer de mineurs sans-abri jusqu'à sa majorité.

— Près d'ici, à Bellewood ?

— Non, à Philadelphie, je crois. Elle n'en parlait jamais, sauf pour dire que ce n'était pas génial, mais pas horrible non plus. Elle a fini par décrocher un job, et un appartement minable. Puis elle a suivi un cursus pour devenir enseignante, à l'université Temple. C'est là qu'elle a rencontré mon père. Il a trouvé un travail au tribunal de Bellewood, et ils se sont installés ici. Ils sont restés ensemble jusqu'à ce qu'il meure.

— Quel était son nom de jeune fille ?

— Cahill.

— L'inspectrice Loughlin me disait que votre mère était parfois sujette à la dépression. Ça avait commencé avant la mort de votre père ?

Monica acquiesça.

— Oui, je l'ai toujours connue comme ça. Mais ça n'était pas si fréquent. Parfois, elle était vraiment au fond du trou. Elle restait au lit plusieurs jours d'affilée, sans manger, pleurait beaucoup. Mon père s'occupait d'elle, et il me disait toujours de la laisser tranquille, qu'elle « traversait quelque chose », mais il ne disait jamais quoi.

— Vous lui avez posé la question, à elle ?

— Une fois, juste après m'être réinstallée ici, quand Annabelle était tout bébé. Je lui ai demandé d'où venaient ces accès dépressifs, et elle n'a pas voulu me répondre. Elle a dit que ça ne me regardait pas.

— Et à quoi étaient-ils dus, selon vous ?

Monica haussa les épaules.

— Je ne sais pas, mais une fois, alors que j'étais adolescente et que mon père était encore en vie, je l'ai entendu essayer de la réconforter. La porte de leur chambre était restée entrouverte, et je les entendais parler. Elle n'arrêtait pas de dire : « J'aurais pu en faire plus », et mon père lui répondait : « Tu as fait tout ce que tu pouvais. » Je n'ai pas osé leur demander de quoi ils parlaient, même plus tard. La seule fois où j'ai posé la question à ma mère, je lui ai dit que j'avais entendu leur conversation d'alors. C'est là qu'elle m'a répondu que ça ne me regardait pas. J'ai cru comprendre que ça avait un rapport avec la période d'avant sa rencontre avec mon père, ou que c'était lié à son enfance, quelque chose comme ça.

Josie repensa à sa sœur, à la semaine qui avait précédé son départ, alors que Trinity logeait chez Noah et elle.

— Monica, demanda-t-elle, votre mère vous a-t-elle semblé irritable, troublée, avant sa disparition ?

— Dans quel sens ?

— Plus stressée que d'habitude ? Inquiète ? A-t-elle eu des comportements étranges ?

— Non, pas du tout.

— A-t-elle reçu du courrier, des paquets inattendus ?

Monica fronça les sourcils, soupçonneuse.

— Non, pourquoi ?

— Ma sœur, Trinity, a reçu un petit peigne d'ornement, quelques jours avant son enlèvement. Ça ne veut peut-être rien dire. Ça n'a sans doute aucun rapport avec le kidnapping, mais je...

— Vous vous raccrochez à n'importe quoi ? dit Monica avec un rire sans joie. Je ne fais que ça depuis dix-sept jours. Je scrute le moindre détail de la vie de ma mère, j'essaie de chercher un indice, même obscur, qui me mette sur la voie de ce qui lui est arrivé. Quand on ne sait pas ce qui est important, tout est important.

Josie sourit et hocha la tête, en se disant que Monica ferait une bonne policière.

— Exactement.

— Ma mère n'a reçu aucun paquet inhabituel avant son enlèvement, et elle ne mettait jamais de peigne dans ses cheveux.

— Je vous remercie, dit Josie. Y a-t-il autre chose que je devrais savoir à propos de votre mère ?

— C'était une bonne mère, dit Monica d'un ton presque farouche. Une excellente maman. Je sais qu'on a parlé de ses quelques épisodes dépressifs, mais elle était heureuse. Surtout après la naissance d'Annabelle, et notre retour chez elle. La mort de mon père a été un coup terrible pour elle. Mais à la naissance d'Annabelle, tout est allé beaucoup mieux. Bon sang, comment vais-je m'en sortir ?

Elle tourna le regard vers la porte.

— Annabelle n'arrête pas de me demander où est partie sa mamie. Je ne sais pas quoi lui répondre. Merde...

De nouveau, des larmes roulèrent sur ses joues et elle reprit son balancement. Josie savait qu'il n'y avait rien à dire. Elle ne pouvait lui offrir aucune réponse, aucun réconfort. Le chemin qui attendait Monica et sa fillette serait épineux et marqué par le chagrin. Josie lui tint compagnie le temps qu'elle se ressaisisse et se relève, prête à rentrer à l'intérieur. Avant de franchir la porte, Josie lui tendit sa carte de visite.

— Je vous laisse mon numéro de portable. Appelez-moi n'importe quand. Jour et nuit.

Monica étudia la carte avant de la glisser dans la poche arrière de son jean.

— Merci.

— Et maintenant, je ferais mieux de me mettre au travail, dit Josie.

19

Quand elles rentrèrent au commissariat de Denton, il était plus de 19 heures et des journalistes se pressaient aux deux entrées du bâtiment, à l'avant et à l'arrière. Deux camionnettes de la chaîne WYEP étaient garées devant le commissariat. Les reporters faisaient les cent pas sur le trottoir, et se précipitaient sur chaque policier qui entrait ou sortait. Elles n'avaient aucune chance d'entrer discrètement. Gretchen agrippa fermement le bras de Josie et elles fendirent la meute pour passer par l'entrée de derrière. Elles empruntèrent l'escalier et montèrent dans la grande salle, où les téléphones fixes ne cessaient de sonner. Noah et Mettner étaient à leurs postes de travail, combiné collé à l'oreille. Josie reçut un message sur son portable. C'était son amie Misty.

Je viens d'apprendre la nouvelle. Dis-moi si je peux faire quelque chose. Je suis là pour ça.

Josie finit par se décider à répondre simplement :

Merci. Je te tiendrai au courant.

Ce à quoi Misty répondit par une émoticône cœur.

Noah mit fin à son coup de fil et interrogea Josie du regard. Elle tendit son téléphone à bout de bras pour qu'il puisse lire l'échange de SMS.

— Les journalistes sont hystériques avec cette histoire, dit-il. On reçoit des appels quasiment depuis votre départ.

— Et qu'est-ce qu'on est censés leur dire ?

Mettner raccrocha à son tour et répondit :

— Que Trinity a disparu, qu'on suspecte une agression, étant donné que son téléphone et son sac à main ont été laissés dans sa voiture, mais que d'autres objets personnels ont disparu. Pour le moment, on ne dit rien des ossements de Nicci Webb.

Il les regarda tour à tour.

— Ce qui signifie qu'il ne faut parler à personne en dehors de notre service des os ou de Nicci Webb. Tout le monde a bien ça dans le crâne ?

Ils hochèrent tous la tête.

— Il vaut mieux faire passer le mot, dit Noah. Pour éviter qu'un de nos gars en patrouille rentre chez lui et en parle à sa femme, qui va en parler à... Vous voyez ce que je veux dire.

— Je m'en occupe, dit Mettner. Ça va être délicat, mais je veux tourner cette couverture médiatique à notre avantage, puisqu'on ne pourra pas y échapper. WYEP a déjà diffusé quelques flashs spéciaux à ce sujet, et en parle sur ses réseaux sociaux. Je vais finir par devoir donner une conférence de presse à un moment mais, pour l'instant, continuons à avancer sur l'enquête. Vous avez appris quelque chose auprès de Loughlin ?

Gretchen et Josie s'assirent à leur bureau et Gretchen récapitula à l'intention de Mettner et de Noah tout ce qu'elles avaient appris sur Nicci Webb et sa disparition. Elle résuma aussi leur rencontre avec Monica Webb, et conclut :

— Heather va nous envoyer une copie de son dossier d'enquête, mais elle pense qu'on n'y trouvera rien d'intéressant pour la nôtre.

Mettner prenait frénétiquement des notes sur son téléphone pendant que Gretchen parlait.

— Il va falloir chercher du côté de Trinity s'il y avait un lien entre elle et Nicci Webb, marmonna-t-il.

— Oui, renchérit Josie. Vous avez discuté avec Hummel ?

Mettner hocha la tête.

— Il nous a parlé du message dans la voiture et du peigne, oui. Il a ajouté les photos dans le dossier. Et j'ai aussi contacté le coprésentateur de Trinity, Hayden Keating, ainsi qu'un de ses producteurs.

— Super, fit Josie. Ils ont dit quelque chose ? Est-ce qu'ils ont eu de ses nouvelles récemment ? Ils savent sur quoi elle travaillait ?

Mettner arrêta de taper sur son téléphone et secoua la tête.

— Non. Ça faisait un mois qu'ils étaient sans nouvelles d'elle. Ils n'avaient rien à nous dire. Mais ils vont envoyer une équipe avec Keating. Ils seront là dans deux ou trois heures. On pourra leur poser des questions à ce moment-là.

— Et l'enquête de voisinage ? demanda Josie. Les occupants des autres chalets ?

— Désolé, patronne, mais ça n'a rien donné. Seuls quatre des autres bungalows étaient occupés. Les locataires n'ont rien vu, rien entendu. Aucun n'était même au courant que le chalet numéro 6 était loué.

— Et les locataires eux-mêmes, ils ont tous des alibis ?

— Eh bien, il y a deux familles, dont chaque membre peut témoigner pour l'autre. Les deux autres bungalows sont occupés par des hommes seuls, venus pêcher puisque c'est la saison. Ils n'ont pas d'alibi, mais ils n'ont fait aucune difficulté pour laisser nos agents jeter un coup d'œil dans leurs bungalows et aux alentours. Ce qui n'a rien donné non plus.

— Vérifions les antécédents de tout ce petit monde, alors. Même les familles, dit Josie.

— C'est compris, dit Mettner en ajoutant une autre note dans son téléphone.

Gretchen prit la parole :

— A-t-on envoyé du monde interroger les voisins de Josie et Noah, au cas où l'un d'eux se rappelle avoir vu quelqu'un déposer un paquet dans leur boîte aux lettres le mois dernier, ou traîner dans le secteur ?

Mettner fit oui de la tête.

— J'ai demandé à deux agents de s'en occuper. Personne n'a évoqué quelqu'un ou quelque chose d'inhabituel.

Josie plissa le front.

— Ça ne m'étonne pas. C'était il y a plus d'un mois.

— On a encore beaucoup de pistes à suivre, lui rappela Mettner. Je voudrais jeter un coup d'œil au contenu de l'ordinateur de Trinity. Tu penses pouvoir trouver le code de déverrouillage de son téléphone ?

— Je peux essayer, dit Josie. Mais notre mère sera peut-être plus apte à deviner que moi.

— Et tu crois que ta famille pourrait nous aider à comprendre pourquoi elle a écrit « Vanessa » sur la portière ?

— Peut-être.

Noah se leva, contourna son bureau et posa délicatement la main sur le bras de Josie.

— Ils sont là. Tes parents, ton frère. Ils sont en bas, ils attendent depuis un bon moment. Le sergent Lamay les a installés dans la salle de conférences. Je suis resté avec eux tant que je le pouvais, mais Mettner a eu besoin de moi. Ils veulent te voir, bien sûr.

20

Elle se laissa entraîner par Noah dans l'escalier. Elle avait beaucoup de questions à poser à Shannon, mais la pensée de revoir sa famille l'emplissait de terreur. Elle n'avait pas l'impression que c'était vraiment sa famille. Pas tout à fait. Josie savait bien que les Payne l'aimaient et que, comme elle, ils voulaient rattraper les trente ans qu'ils avaient perdus. Ils avaient fait beaucoup d'efforts pour compter dans sa vie, ces trois dernières années, et elle avait essayé de se rapprocher d'eux du mieux qu'elle le pouvait. Ils avaient passé beaucoup de temps ensemble. Son emploi du temps étant très chargé, c'était Shannon qui passait la voir chaque semaine, malgré les deux heures de route qui les séparaient. Et pourtant, quand Josie entendait les mots « ta famille », elle ne pensait spontanément qu'à une seule personne.

— Noah, dit-elle doucement. J'ai besoin de voir ma grand-mère.

Elle lui fut reconnaissante de ne pas poser de question. Et quand ils débouchèrent de l'escalier, au rez-de-chaussée, pour se diriger vers la salle de conférences, il dit simplement :

— Je vais l'appeler et lui demander d'être prête dans un quart d'heure. Je passerai la prendre à Rockview.

Elle lui serra le bras avant de pénétrer dans la salle de conférences. Son frère, Patrick, qui avait maintenant l'âge d'aller à l'université et était inscrit à celle de Denton, était avachi dans un fauteuil et scrollait sur son téléphone. Quand il penchait la tête en avant, ses cheveux bruns en bataille retombaient et cachaient ses yeux. Christian, grand et mince avec ses cheveux poivre et sel, allait et venait le long du mur. Shannon était assise, les coudes sur le plateau de verre de la longue table de la salle de conférences, le menton dans les mains. Elle leva les yeux à l'entrée de Josie, jaillit de son siège et se précipita vers elle pour la serrer dans ses bras. Josie lui rendit son étreinte, tentant de refouler les émotions qui s'emparaient d'elle tandis que Shannon l'embrassait.

Celle-ci s'écarta, l'étudia. Regarder sa mère stupéfiait encore Josie, parfois. C'était à Shannon qu'elle ressemblait le plus. Elles avaient le même teint de porcelaine, les mêmes yeux bleus sous de longs cils, les mêmes cheveux noirs qui semblaient parfois châtains après un été passé au soleil, même si ceux de Shannon se teintaient à présent de gris. Josie et Trinity étaient jumelles, mais Trinity avait toujours eu un air différent. Journaliste pour la télévision, elle débordait de glamour, était toujours bien maquillée, avec des cheveux brillants, impeccablement coiffée quelle que soit la météo. Elles s'étaient toujours ressemblé, bien sûr, mais Josie avait longtemps cru à une simple coïncidence. La première rencontre avec Shannon, à l'inverse, avait été extrêmement troublante. Comme Josie, Shannon semblait être une version moins sophistiquée de Trinity.

Christian les rejoignit et serra brièvement sa fille dans ses bras. Patrick se contenta de l'observer attentivement, depuis l'autre bout de la salle.

— Tu as du nouveau ? demanda Shannon.

Josie ravala la boule qui se formait dans sa gorge.

— Non, je suis désolée. Rien. Il semblerait que tu sois la dernière personne à avoir eu de ses nouvelles, et c'était il y a trois semaines. J'ai une question à vous poser.

Elle sortit son téléphone et montra une photo de Nicci Webb qu'elle avait prise sur son profil Facebook.

— Vous connaissez cette femme ?

Shannon et Christian étudièrent la photo. Patrick les rejoignit et les imita. Un à un, ils secouèrent négativement la tête.

— Qui est-ce ? demanda Shannon.

Josie rangea son téléphone.

— Elle s'appelle Nicci Webb. On a retrouvé ses restes à proximité du chalet loué par Trinity.

Shannon pressa une main sur sa poitrine.

— Quoi ? Qu'est-ce que tu entends par « restes » ? Vous avez retrouvé son... son cadavre ?

— Tu es sûre que c'est cette Mme Webb et pas ta sœur ? demanda Christian d'une voix rauque, comme s'il refoulait une vague d'émotion.

Josie leva les mains, pour leur enjoindre de rester calmes.

— Oui. On a trouvé le corps de Webb derrière le chalet de Trinity. En état de décomposition très avancée. On ne peut pas savoir comment, mais on pense qu'on l'a assassinée, étant donné qu'elle a disparu il y a près de trois semaines de sa ville d'origine, à près de soixante-dix kilomètres, et qu'on a retrouvé ses restes ici.

Josie ne dit pas que les ossements avaient été fixés au sol, en une mise en scène répugnante. Elle n'en avait aucune envie et, de plus, Mettner, qui dirigeait officiellement l'enquête, l'avait interdit.

— On sait, avec certitude, que ces restes sont ceux de Nicci Webb, enseignante de collège de quarante-cinq ans, habitant Keller Hollow. La légiste l'a identifiée formellement grâce à son dossier dentaire.

Christian se voûta soudain, soulagé.

— Tu dis que quelqu'un a enlevé Trinity et laissé le cadavre de quelqu'un d'autre derrière son chalet ? demanda Shannon.

Josie hocha la tête en grimaçant.

— Oui, on dirait bien.

— Mais pourquoi ? Pour quelle raison ferait-on ça ?

— À ce stade, on n'en sait rien. On cherche le lien entre Trinity et cette Mme Webb, s'il en existe un. On fait tout notre possible pour localiser Trinity. Mais il y a autre chose dont je voudrais vous parler.

Elle leur parla du message secret laissé par Trinity dans la Fiat.

— Pourquoi aurait-elle écrit « Vanessa » ? dit Christian.

— J'espérais que vous pourriez m'éclairer là-dessus, répondit Josie.

Christian et Shannon s'entreregardèrent, puis se tournèrent vers Patrick, qui haussa les épaules. Revenant à Josie, Shannon reprit :

— Chérie, je suis désolée, mais nous ne voyons pas du tout pourquoi elle aurait fait ça. Elle ne t'a jamais appelée Vanessa, toujours Josie. C'est ton nom, je veux dire... Tu es Josie.

Josie sentit son anxiété refluer quelque peu. Elle ne s'attendait pas à ce que sa mère la comprenne sur ce point et les paroles de Shannon lui firent chaud au cœur.

— Prenez le temps de réfléchir, dit-elle. Ça vous reviendra peut-être. Gretchen devrait pouvoir m'envoyer les photos du message sur la portière.

Elle envoya un SMS à cette dernière avant de reprendre :

— On a fait une demande officielle pour accéder au contenu du téléphone de Trinity, mais ça risque de prendre du temps avant d'obtenir cette autorisation. Ça irait plus vite si j'avais la vôtre, puisque vous êtes ses parents.

— Bien sûr, dit Christian. Tout ce qui te sera nécessaire.

— Merci. Son téléphone est protégé par un code. L'un de vous le connaîtrait-il, par hasard ?

Shannon et Christian se regardèrent, l'air abattu.

— Pas moi, dit Shannon.

— Tu as essayé sa date de naissance ? s'enquit Christian.

— Ça peut se tenter, mais je ne pense pas qu'elle choisirait un code aussi évident. Sa date de naissance est connue de tous, surtout depuis que notre histoire de jumelles longtemps séparées est passée à la télévision. Ce serait un code trop facile à deviner si quelqu'un mettait la main sur son téléphone. C'est une célébrité, la confidentialité est importante pour sa propre sécurité.

— C'est le jour où vous avez été réunies, intervint Patrick.

Tous trois se retournèrent vers lui. Il posa son téléphone sur la table et secoua la tête pour dégager ses cheveux de son visage.

— Comment sais-tu ça ? demanda Shannon.

Patrick leva les yeux au ciel.

— Parce qu'elle me l'a dit. Son téléphone ramait, la dernière fois qu'elle est passée à la maison. Elle m'a demandé de l'aider à le nettoyer. J'ai dû faire une réinitialisation complète, télécharger tous ses contacts, réinstaller ses applis, tout ça. Enfin bref, je lui ai dit qu'il fallait réinitialiser son code. Quand elle l'a entré, elle m'a dit : « C'est le jour où Josie et moi avons été réunies. »

Il accrocha le regard de Josie et ajouta :

— Ça a beaucoup compté pour elle, tu sais ?

Le cœur de Josie bondit.

— Je sais. Ça a été un moment important pour moi aussi.

Elle repensa aux questions que lui avait posées Trinity avant de partir. « Quelle est la meilleure chose qui me soit arrivée ? » « Quelle est la pire chose qui me soit arrivée ? »

— Le jour où vous avez été réunies ? dit Christian. Mais vous vous connaissiez bien avant que la vérité soit révélée.

— C'est vrai. Mais on l'a apprise il y a trois ans, en mars, répondit Josie.

Se tournant vers Patrick, elle ajouta :

— Tu sais si elle parlait du jour où on nous a secourues, dans la forêt, ou du jour où on a reçu le résultat des tests ADN ?

— Aucune idée. Lequel a été le plus important, pour toi ?

Un frisson remonta le long de l'échine de Josie. Elle se rappela la première fois où elles en avaient parlé, où elles avaient évoqué cette possibilité. Elles étaient toutes les deux ligotées, prisonnières d'une femme complètement folle. Peu de temps après, Trinity avait été emmenée de force dans la forêt pour être assassinée. Un voisin avait aidé Josie à se libérer pour qu'elle puisse aller sauver sa sœur.

— Le jour où on était dans la forêt, répondit-elle. Mais je n'en connais pas la date exacte.

— Ça pourrait figurer dans tes rapports de police ? suggéra Christian.

— Oui. Bonne idée.

Son téléphone vibra. Gretchen venait de lui envoyer les photos du message invisible laissé par Trinity sur la portière. Josie en ouvrit une et la leur montra. Personne ne dit rien.

Puis Christian finit par parler :

— Qu'y a-t-il, là, sous le nom ?

— On ne sait pas. Elle a peut-être commencé à écrire quelque chose d'autre, sans en avoir le temps ?

Il y eut un blanc. Personne ne put hasarder la moindre hypothèse sur ce que Trinity avait bien pu vouloir dire avec ces étranges symboles.

— Il y a encore une chose que je veux vous montrer.

Elle ouvrit une photo du peigne et leur tendit son téléphone.

— Cette chose a été déposée chez moi tôt le matin, quelques heures avant que Trinity ne parte. C'était il y a un mois. Il était dans une boîte enveloppée de papier kraft, avec son nom écrit dessus. Elle l'a ouverte et a regardé à l'intérieur juste avant de partir. Je n'ai appris ce que la boîte contenait que quand notre équipe d'identification criminelle l'a retrouvée dans sa valise. Bien sûr, on va le faire analyser, mais je me demandais si ça pouvait rappeler quelque chose à l'un d'entre vous.

Tous examinèrent l'objet. Enfin, Patrick dit :

— Ça me dit quelque chose, oui.

Shannon et Christian se tournèrent vers lui, et sa mère lui dit avec un faible sourire :

— Ça te dit quelque chose ? Mais tu sais que ce n'est pas du tout le style de ta sœur, n'est-ce pas ?

Il haussa les épaules.

— Je ne dis pas qu'elle porterait ça. Simplement que ça me rappelle quelque chose, pour une raison qui m'échappe.

— Tu aurais vu ce peigne, ou un peigne dans ce genre, quelque part ? demanda Josie.

Il croisa son regard.

— Je n'arrive pas à m'en souvenir.

— C'est vraiment important, dit Christian. Si tu as déjà vu ce peigne, il faut qu'on le sache.

Patrick recula d'un pas.

— Papa, je viens de te le dire, je ne me souviens pas.

— Ta sœur a des ennuis, Pat, insista Christian.

— Tu ne m'écoutes pas ! riposta Patrick. Tu crois que je ne m'inquiète pas pour elle ? Tu crois que je m'en fiche ? dit-il. Je suis plus proche d'elle que vous !

Josie baissa la voix, prit un ton apaisant :

— Patrick, quand as-tu eu des nouvelles de Trinity pour la dernière fois ?

Il fusilla son père du regard.

— Il y a un peu plus d'un mois. Juste avant qu'elle loue son bungalow, mais elle était encore chez vous. Elle est venue me voir au café du campus.

Ils ne m'ont même pas invitée. Ce fut la première chose qui traversa l'esprit de Josie, ce qui était idiot et puéril, vu les circonstances. Comme s'il lisait dans ses pensées, Patrick ajouta :

— Tu étais au boulot. Et elle était vraiment bouleversée par ce qui lui arrivait à la télévision, entre autres. Je crois qu'elle avait besoin de compagnie.

— De quoi avez-vous parlé, tous les deux ? demanda Shannon.

— Oh, de choses et d'autres.

Josie remarqua une veine qui palpitait sur le front de Christian.

— Quel genre de choses, bon sang ? demanda-t-il, la mâchoire raide.

Josie s'interposa avant que Patrick réplique et que la situation dégénère. Elle n'avait jamais senti autant de tension entre eux. Elle se tourna vers Patrick.

— Est-ce que quelqu'un la suivait ? Ou même la harcelait ? Elle a laissé entendre que quelque chose l'inquiétait ? En dehors de la crainte de perdre son job à la télévision, je veux dire.

— Elle m'a seulement dit qu'elle était sur une grosse affaire. Qu'elle avait cru pouvoir contacter une source d'une importance capitale, mais que ça avait capoté. Elle était très déçue. Son affaire était encore plus énorme que celle de Mila Kates et de son harceleur, selon elle.

— Elle t'a donné une idée de ce que c'était ? demanda Josie.

— Elle n'a pas voulu en parler. Je lui ai posé la question, mais elle a seulement dit que ça concernait une vieille affaire jamais élucidée.

— Une vieille affaire encore plus sensationnelle que l'histoire du harceleur de Mila Kates ? intervint Shannon. C'est difficile à croire. C'était en direct à la télévision.

— Je ne sais pas, répondit Patrick. Elle a dit que non seulement elle voulait la résoudre, mais qu'elle était partie prenante dans cette histoire. Je n'ai pas bien compris ce qu'elle entendait par là mais, à chaque fois que je l'ai interrogée là-dessus ensuite, elle m'a répondu de laisser tomber puisque ça avait capoté.

— Le fruit de ses recherches était dans les cartons qu'elle a emportés, dit Josie à ses parents. On ne les a retrouvés ni dans sa voiture ni à l'intérieur du chalet. On travaille en partant du principe que son ou ses ravisseurs les ont aussi embarqués. Son assistante pourra peut-être nous aiguiller sur le contenu d'au moins l'un d'eux. Elle est en route pour le commissariat en ce moment même.

Josie se tourna vers la porte de la salle de conférences. Christian en profita pour se mettre devant Patrick, le fixant droit dans les yeux.

— Pourquoi Trinity t'aurait-elle raconté tout ça ? demanda-t-il.

— Christian, fit Shannon pour le rappeler à l'ordre.

— Parce que je suis son frère, rétorqua Patrick, exaspéré.

— Mais tu n'es qu'un...

Il n'acheva pas sa phrase.

— Christian, ça suffit, dit Shannon.

Patrick rougit.

— Qu'un gamin, c'est ça ? C'est ce que tu allais dire, *papa* ? riposta-t-il avec du sarcasme plein la voix.

— Ce n'est pas le moment, dit Shannon dont le regard passait de l'un à l'autre.

— Mais je suis un adulte, maintenant, papa. Même si tu ne t'en es pas rendu compte – ou que tu t'en fiches.

Sur cette dernière réplique, Patrick quitta la salle, furieux.

Shannon se tourna immédiatement vers son mari.

— Mais qu'est-ce qui te prend ? Notre fille a disparu, et tu décides de chercher la bagarre avec Patrick ?

— Je n'ai rien cherché du tout ! protesta Christian.

— Si.

— Tu sais quoi ? J'ai des coups de fil à passer.

Christian quitta lui aussi la pièce, dans la direction opposée à celle de Patrick.

Restée seule avec Josie, Shannon croisa les bras. Des larmes coulaient sur ses joues. Josie alla au bout de la table prendre une boîte de mouchoirs qu'elle lui tendit.

— Je suis désolée, dit Shannon en se tamponnant les yeux. Ils ne s'entendent... plus très bien. Depuis que Pat a passé la puberté, pratiquement.

— Ce n'est pas grave, dit Josie.

— Il y a quatorze ans d'écart entre vous deux et Patrick. Quand il était petit, on a eu pas mal de soucis, parce que Trinity lui parlait de sujets d'adultes, le laissait regarder des films qui ne convenaient pas aux enfants ou lui donnait des livres qu'il n'aurait pas dû lire à son âge.

Josie se mit à rire. Elle imaginait très bien Trinity se comporter ainsi, et elle avait compris très vite que sa sœur avait un rapport privilégié avec son petit frère. Même si ça lui faisait un peu mal au cœur de ne pas avoir le même lien avec lui. Leur relation était à vrai dire presque inexistante. Il était adolescent quand Josie était entrée dans la vie des Payne. Ses points communs avec Patrick étaient rares. Trinity, elle, l'avait vu grandir.

— Patrick a raison sur ce point, en tout cas, dit Josie. Lui et Trinity sont très proches.

— Je sais. Ils l'ont toujours été. Trinity l'adore. Elle était ravie quand on lui a annoncé que j'étais enceinte. Elle n'avait qu'une hâte, qu'il naisse. Elle m'a beaucoup aidée ensuite et plus il grandissait, plus ils faisaient de choses ensemble. Elle...

Shannon n'acheva pas.

— Elle... ? relança Josie.

— Elle a toujours voulu avoir un petit frère ou une petite sœur. On ne lui a jamais caché ton existence, et elle se sentait volée, flouée par ta... mort.

— Personne ne me l'a jamais dit.

Shannon prit une grande inspiration.

— À quoi bon ? Tu te souviens comme nous étions tous bouleversés au moment de notre réunion ? C'est moi qui ai dit que, au lieu d'essayer de rattraper le temps perdu, il valait mieux repartir de là où nous en étions.

21

Josie annonça à Shannon qu'ils pouvaient tous aller chez elle et Noah en attendant d'avoir du nouveau, mais sa mère insista pour rester au commissariat. Josie lui assura qu'ils pouvaient occuper la salle de conférences autant qu'ils le souhaitaient, puis remonta dans la grande salle, heureuse de voir que Mettner était à son bureau et étudiait des documents sur son ordinateur.

— Tu avances ? demanda-t-elle en s'approchant.

— C'est la copie de l'ordinateur de Trinity, répondit Mettner en soupirant sans s'arrêter de cliquer. Il y a beaucoup de choses là-dedans. Et quand je dis beaucoup... Il doit y avoir des notes et des fiches sur absolument tous les reportages qu'elle a faits.

— Des mails ?

— Ses mails n'étaient pas sauvegardés dans son ordinateur portable, donc non. Mais si elle s'est connectée à sa messagerie dessus et qu'on arrive à y accéder, on devrait pouvoir les retrouver via l'application ou le navigateur.

— Tu as essayé ?

Mettner s'interrompit pour se tourner vers Josie.

— Il faut passer par la reconnaissance faciale pour le déverrouiller.

Josie sourit.

— Ça, je peux m'en occuper.

— Tu peux d'abord nous aider à débloquer son téléphone, s'il te plaît ? demanda Gretchen. Il a fallu le mettre à charger, il était à plat, mais ça doit être bon maintenant.

Gretchen se leva et tendit à Josie le téléphone de sa sœur.

Celle-ci le posa à côté de son clavier et, sur l'ordinateur de son poste de travail, ouvrit les rapports de police de l'affaire Belinda Rose, l'enquête qui, trois ans plus tôt, avait permis de réunir Josie et Trinity. La date exacte, qui servait de code à sa sœur, devait y figurer, quelque part. Il lui fallut plusieurs minutes avant de retrouver le jour où Trinity et elle avaient évoqué pour la première fois la possibilité qu'elles soient sœurs. C'était le 23 mars 2017. Josie prit le téléphone et tapa « 23032017 ». Code incorrect. Elle essaya plusieurs variantes avant de tomber sur le bon : « 23317. » Le téléphone s'illumina, avec en fond d'écran une photo de Trinity assise à son bureau de présentatrice du journal télévisé du matin. La photo avait été prise de biais et elle ne regardait pas l'objectif. Elle avait probablement été prise par son assistante. Trinity souriait face à une caméra accolée à un prompteur. Elle se tenait bien droite, les jambes croisées aux chevilles, vêtue d'une robe à volants moulante, couleur vieux rose, et de hauts talons assortis rose pâle. Et comme toujours, elle était impeccablement coiffée et maquillée.

La plupart des gens auraient jugé égocentrique une personne qui affichait une photo d'elle-même en fond d'écran de son téléphone. Trinity donnait parfois cette impression, Josie le savait. Mais il suffisait de la connaître un peu pour comprendre que c'était sa volonté de réussir qui lui donnait cette image. C'était son moteur, purement et simplement. Depuis six semaines, Trinity était en perdition, c'était non seulement son travail qui était en jeu, mais aussi son identité. La photo la montrait dans son élément, au sommet de son art. C'était le rappel qu'elle était arrivée jusque-là, et donc qu'elle pouvait y revenir. Même si elle n'y croyait pas.

Il y avait plusieurs notifications de coups de fil et de messages, mais Josie les ignora et ouvrit d'abord le carnet d'adresses du téléphone, pour voir si le nom de Nicci Webb y figurait. Il n'y était pas. Josie ouvrit ensuite le journal d'appels et remonta un mois en arrière. Elle y découvrit des échanges avec Shannon et avec Jaime, son assistante. Il y avait deux appels à son coprésentateur, Hayden Keating, et deux autres à un dénommé Drake, sans autre précision. Le dernier de ces deux coups de fil avait eu lieu quelques jours seulement avant que Trinity ne fasse ses valises et monte au chalet. Josie ne connaissait pas de Drake. Elle referma le journal d'appels et ouvrit les SMS.

Les messages entre Trinity et ce Drake, pour la plupart très brefs, s'étalaient sur quatre mois et leur avaient servi à fixer des heures et des lieux de rendez-vous. Un seul, envoyé par Trinity à Drake, la semaine avant que Trinity ne quitte New York pour Denton, suggérait la nature des liens qu'ils entretenaient.

J'ai passé une soirée merveilleuse.

Ce à quoi le Drake en question avait répondu quelques minutes plus tard :

Remettons ça très vite.

Trinity entretenait-elle une relation amoureuse ? Josie n'avait pas vu Patrick en remontant à l'étage. Ne sachant pas s'il était toujours au commissariat ou s'il était rentré au campus, elle lui envoya un message :

Trinity t'a déjà parlé d'un certain Drake ?

Il répondit quelques secondes plus tard :

Non, désolé.

Elle descendit rejoindre Shannon et Christian dans la salle de conférences pour leur poser la question. Ni l'un ni l'autre n'avaient entendu Trinity prononcer ce nom. Elle remonta pour voir si le numéro de Drake figurait dans les bases de données policières, et obtint son nom complet, son âge et son adresse. Drake Nally, trente-sept ans, habitant à New York. Elle ne trouva aucune autre information utile.

— Le téléphone t'a appris quelque chose ? demanda Gretchen.

Josie lui raconta, ainsi qu'à Mettner, ce qu'elle avait découvert.

— Je vais appeler ce Drake, ajouta-t-elle. Voir s'il sait quoi que ce soit. Il y a peu de chances mais, à ce stade, toutes les pistes méritent d'être étudiées.

Mettner approuva d'un hochement de tête. Josie reprit le téléphone de Trinity pour passer son coup de fil. À la sixième sonnerie, une voix d'homme lui répondit :

— Trinity. Je n'ai pas changé d'avis, tu sais.

Un bref instant, Josie fut tentée de se faire passer pour sa sœur, afin de savoir à quel sujet il n'avait pas changé d'avis, mais l'idée la quitta aussi rapidement qu'elle lui était venue. Elle répondit :

— Drake Nally ? Je suis la sœur de Trinity, l'inspectrice Josie Quinn.

Un instant de silence.

— Je vois qui vous êtes, répondit-il. Elle n'arrête pas de me parler de vous. Pourquoi m'appelez-vous de son téléphone ? Elle va bien ?

— Vous avez regardé les informations à la télévision aujourd'hui, monsieur Nally ?

— Non, j'ai passé la journée en réunions. Pourquoi ? Il s'est passé quelque chose ? Elle n'a rien ?

— Comment connaissez-vous Trinity, monsieur Nally ?

Il eut un soupir agacé.

— Agent Nally.

— Pardon ?

— Agent spécial Nally. Je suis du bureau new-yorkais du FBI. J'ai entendu parler de vous, et je sais très bien ce que vous cherchez à faire, donc je vais vous faire gagner du temps. Trinity et moi nous sommes rencontrés l'année dernière alors qu'elle était en reportage. Nous sortons ensemble, disons, depuis quelques mois. Vous ne saviez pas qui j'étais, c'est donc qu'elle ne vous a pas parlé de moi. Et si vous m'appelez depuis son téléphone pour me soutirer des informations, c'est que quelque chose lui est arrivé. Je veux savoir quoi.

Josie prit une grande inspiration.

— Si vous savez ce que je cherche à faire, vous savez aussi que je vais devoir vérifier votre identité avant de vous révéler quoi que ce soit.

— Ma responsable hiérarchique s'appelle Erin Bacine, l'informa-t-il en dissimulant mal son énervement.

— Accordez-moi une minute, dit Josie. Dans l'intervalle, jetez un coup d'œil aux informations.

Elle coupa le micro de son téléphone et le reposa sur son bureau. Il lui fallut un quart d'heure pour obtenir auprès de la supérieure de Drake Nally au bureau new-yorkais du FBI la confirmation qu'il était bien celui qu'il prétendait être. Lorsqu'elle reprit le téléphone de Trinity pour lui reparler, il déclara :

— J'ai vu les infos. Envoyez-moi l'adresse de votre commissariat en Pennsylvanie. Je serai là ce soir.

— Agent Nally, répondit Josie, il faut vraiment que vous répondiez à quelques...

— Je sais, la coupa-t-il. Vous allez pouvoir me poser vos questions, mais nous devons en discuter de vive voix. Je me mets en route immédiatement.

Puis il raccrocha.

22

Josie resta un long moment à fixer le téléphone après que Nally eut raccroché. S'il venait au commissariat, ça n'était pas parce qu'il entretenait une relation sentimentale avec Trinity. Il y avait forcément une autre raison. Elle regarda l'heure. Il était 20 heures, et il s'était mis en route pour Denton. La phrase « Nous devons en discuter de vive voix » ne lui avait jamais semblé aussi lugubre. Elle mit au courant Mettner et Gretchen. Puis, toujours avec le téléphone de Trinity, elle envoya un SMS à Nally avec l'adresse du commissariat de Denton. La main qui se posa sur son épaule la fit sursauter.

Ce n'est que moi, dit Noah.

Josie leva les yeux vers lui et essaya de lui sourire.

— Lisette est en bas dans la salle de conférences, avec Shannon et Christian. Ton frère est rentré à sa résidence universitaire.

Josie se leva.

— Merci. Je vais aller la voir.

— Tu devrais peut-être attendre un peu, reprit Noah. Mett, Gretchen ? L'assistante de Trinity vient d'arriver. Elle est en bas. J'ai demandé au sergent Lamay de l'installer dans la salle d'interrogatoire numéro 1.

Les deux policiers se levèrent, Gretchen en saisissant son bloc-notes, Mettner, son téléphone.

— Vous voulez bien assister à ça depuis la salle de vidéosurveillance ? Il vaut mieux ne pas y aller à quatre. Elle n'est pas soupçonnée, on veut seulement lui poser quelques questions. Moins il y aura de monde, mieux ce sera, je crois.

Noah leva le pouce en signe d'approbation. Il mit la main dans le dos de Josie et ils suivirent leurs collègues dans le hall pour entrer dans la petite pièce jouxtant la salle d'interrogatoire numéro 1, où un grand écran montrait une jeune femme aux longs cheveux blonds, élégamment habillée d'un jean moulant, de bottes de cuir lui montant aux genoux et d'un cache-cœur marron en cachemire. Elle était assise sur le rebord de la table, la tête penchée sur son téléphone, et tapotait l'écran de ses doigts manucurés. Josie ne l'avait rencontrée qu'une fois, l'année précédente et, à cause de sa gueule de bois ce jour-là, ne se rappelait pas grand-chose d'elle, à part qu'elle n'avait pas trente ans et que Trinity devait sans doute l'épuiser au travail. À l'époque, Josie, en enquêtant sur un homicide, avait recroisé son ex-fiancé et s'était soûlée. Trinity était venue la récupérer en voiture dans la montagne, et avait demandé à son assistante de l'accompagner pour ramener la voiture de Josie à Denton.

Gretchen et Mettner entrèrent dans la salle d'interrogatoire. La jeune femme se dirigea vers eux avec assurance et leur tendit sa main libre – à Gretchen en premier, à Mettner ensuite.

— Jaime Pestrak, déclara-t-elle. L'autre policier vous a dit que j'étais l'assistante de Mme Payne, n'est-ce pas ?

— Tout à fait, répondit Mettner. Merci d'être venue. Je vous en prie, asseyez-vous.

Il fit les présentations et tous trois s'assirent autour de la table. Jaime laissa son téléphone bien en vue, réagissant parfois à des notifications tandis que Mettner l'interrogeait.

— Depuis combien de temps travaillez-vous pour Tri... pour Mme Payne ?

— Trois ans.

— C'est la seule personne avec qui vous travaillez, pour cette chaîne ? demanda Gretchen. Ou bien êtes-vous aussi l'assistante d'autres présentateurs ?

Jaime releva ses longues mèches blondes pour leur donner du bouffant.

— Seulement de Trinity.

— Quand l'avez-vous contactée pour la dernière fois ? dit Mettner.

Ils avaient déjà relevé sur le téléphone de Trinity la liste des derniers échanges entre celle-ci et son assistante, mais Mettner ne voulait rien laisser au hasard.

— Il y a un mois à peu près. Elle m'a envoyé un mail. Au fait, j'ai retrouvé le nom de la journaliste à qui appartenaient les affaires qu'elle m'a demandé de lui envoyer. Codie Lash. Elle a occupé le même poste que Trinity.

— C'est Trinity qui l'a remplacée ? demanda Gretchen.

Jaime swipa brièvement sur son téléphone avant de répondre.

— Non. Lash était sur la chaîne bien avant Trinity. Et elle a été assassinée.

Dans la salle de vidéosurveillance, Josie et Noah échangèrent un regard. Josie sortit son téléphone et tapa dans son moteur de recherche : « Codie Lash présentatrice. » Des images d'une femme d'une quarantaine d'années, aux cheveux bruns courts et au sourire éclatant, apparurent à l'écran. En dessous, une longue liste de titres d'articles, tous traitant du même sujet : « La grande journaliste Codie Lash assassinée en se rendant à un gala de charité. »

Josie cliqua sur le premier lien et parcourut rapidement l'article pendant que Mettner et Gretchen continuaient à interroger Jaime. Elle trouva une vidéo granuleuse, en noir et blanc, montrant Codie Lash, accompagnée d'un homme, se faire prendre à partie par un second homme portant un sweater à capuche, sur un trottoir. Les images de l'incident semblaient provenir d'une caméra de vidéosurveillance placée de l'autre côté de la rue. Josie scruta l'écran mais le visage de l'agresseur était invisible, et la vidéo s'interrompait avant un quelconque contact physique entre l'homme et le couple.

— Vous savez comment elle a été assassinée ? demanda Mettner à Jaime.

— Non, tout ce que je sais d'elle, c'est ce que je vous ai déjà dit.

Selon l'article sur lequel Josie avait cliqué, Lash, accompagnée de son mari, avait été agressée et tuée à New York, six ans auparavant. Jaime devait être encore étudiante. Pas étonnant que l'histoire n'ait éveillé chez elle aucun souvenir, ni même aucun intérêt. Elle reprit :

— Trinity m'a demandé de voir si certains de ses effets personnels avaient été conservés dans les locaux de la chaîne. Il m'a fallu fouiller un peu, mais j'ai fini par trouver un carton avec ses affaires, datant du moment où on avait vidé son bureau, après sa mort. Visiblement, personne n'avait demandé à les récupérer, et ses anciens collègues n'avaient pas eu le cœur de les jeter. Le carton était resté dans le placard d'un des vestiaires.

— Et Trinity vous a demandé de lui faire parvenir ce carton ? demanda Mettner.

— Oui. Mais je ne sais pas pourquoi. Je ne lui ai pas posé la question. Elle ne m'aurait sans doute rien dit, de toute façon. Elle craignait toujours de se faire doubler quand elle travaillait sur un sujet qu'elle jugeait important. Même après être devenue présentatrice, elle est restée comme ça.

— Vous vous rappelez ce qu'il y avait dans ce carton ? demanda Gretchen.

— Des vieilles affaires, rien de plus. Des prix que Codie

Lash avait remportés, un pull, des pages de notes, des accessoires à cheveux, une paire de chaussures. Un peu de tout.

— En dehors des notes, il n'y avait pas d'autres documents ? Des photos, peut-être ?

Jaime fit non de la tête.

— Je ne crois pas. Ah, si, il y avait une photo d'elle et de son mari, encadrée. Enfin, je pense que c'était son mari, je n'en suis pas tout à fait certaine.

— Et vous lui avez envoyé tout le contenu du carton ? demanda Mettner. Elle ne cherchait rien de particulier ?

— Elle ne me l'a jamais dit. Elle voulait que je lui envoie tout ce que je pouvais trouver.

— De votre côté, vous auriez une idée de pourquoi elle voulait récupérer tout ce qui avait appartenu à Codie Lash ?

Une nouvelle fois, le téléphone de Jaime capta son attention. Elle tapota dessus, puis revint à Mettner et à Gretchen.

— Que cherche Trinity, en toute chose ? Un sujet. Elle ne vit que pour ça. Encore maintenant, alors qu'elle est présentatrice. Je veux dire, elle présente le journal, donc elle n'a pas besoin de chercher elle-même ses reportages, mais c'est comme une obsession chez elle. Comme si elle craignait qu'on lui retire tout ce qu'elle a. Cela dit, je suppose que c'est bien ce qui se passe en ce moment.

— À cause de ses commentaires sur cette étudiante boursière ? avança Gretchen.

— Oui, et aussi parce que la chaîne essaie d'embaucher Mila Kates. Vous savez qui c'est, je suppose ?

Ils le savaient, Josie leur en avait parlé. Hochant la tête, Mettner reprit :

— Donc Trinity travaillait sur un sujet concernant Codie Lash ? S'il y avait des prix dans son carton, et qu'elle avait coprésenté le journal du matin, ce devait être une journaliste accomplie.

— Je me souviens d'elle, ajouta Gretchen. Une très bonne

journaliste, très appréciée. Son meurtre avait fait beaucoup de bruit.

— Le sujet de Trinity était-il sa vie ou sa mort ? demanda Mettner.

Jaime haussa les épaules.

— Je n'en sais rien. Comme je vous l'expliquais, elle ne m'aurait rien dit. C'est une bonne patronne mais, quand elle tient une histoire, elle est comme folle.

Gretchen se tapota le menton du bout de son stylo, les sourcils légèrement froncés.

— Elle n'avait pas confiance en vous ? Sa propre assistante ?

Jaime leva les yeux au ciel.

— Elle n'avait confiance en personne ! Elle avait sans doute plus confiance en moi qu'en n'importe qui d'autre, mais pas assez pour me dire sur quoi elle était en train de travailler. Elle écrivait même dans un drôle de code qu'elle était la seule à comprendre. Comme ça, si jamais quelqu'un tombait sur ses notes, personne ne pourrait rien en faire.

— Un code secret ? demanda Mettner. Est-ce que, par hasard, ça ne ressemblerait pas à des lignes tordues et à des gribouillis ?

— Oui, à peu près.

Josie se leva, prête à se ruer dans la salle d'interrogatoire, mais Noah posa la main sur son bras.

— Ils vont lui montrer la photo, dit-il.

À l'écran, Gretchen sortit son téléphone, chaussa ses lunettes de lecture, ouvrit la photo de l'intérieur de la portière de Trinity et la montra à Jaime.

— Regardez, là, sous le nom. Ça ressemble à ça ?

Jaime scruta la photo.

— Oui, c'est ça.

— Vous savez ce que ça signifie ? demanda Mettner.

— Non. Je n'ai jamais compris ce qu'elle écrivait de cette manière. Je la charriais en disant qu'elle écrivait en hiéroglyphes. C'est une sorte d'écriture abrégée, de sténographie ou quelque chose comme ça.

— Quelque chose qu'elle aurait inventé elle-même ? demanda Gretchen.

— Je ne sais pas mais, connaissant Trinity, c'est tout à fait possible. Attendez, ce truc était à l'intérieur de sa voiture ?

— Oui, confirma Mettner. Quand notre équipe chargée des relevés d'empreintes a utilisé de la poudre fluorescente, ça a donné ça.

Jaime tendit le doigt vers la photo.

— Vous savez que sa sœur s'appelle Vanessa, n'est-ce pas ? Enfin, elle s'appelle en réalité Josie mais, à leur naissance, leurs parents l'avaient baptisée Vanessa.

— Nous sommes au courant, dit Mettner.

— Est-ce que Josie est là ?

Gretchen se tourna vers la caméra et hocha imperceptiblement la tête. Quelques secondes plus tard, Josie entrait dans la pièce et se retrouvait face à Jaime.

— Salut, dit cette dernière. Vous avez l'air plus en forme que la dernière fois que je vous ai vue.

— Merci, c'est gentil – enfin, je suppose. Jaime, depuis combien de temps Trinity utilise-t-elle ce code secret pour prendre des notes ?

— Depuis que je la connais.

Josie sortit son téléphone et lui montra la photo de Nicci Webb.

— Vous connaissez cette femme ?

— Non, je suis désolée. Pas du tout. Qui est-ce ?

— Elle s'appelle Nicci Webb. Son nom vous dit quelque chose ?

— Non, répondit Jaime. Quel est le rapport avec la disparition de Trinity ?

Josie ignora sa question et répondit par une autre :

— Trinity vous a déjà parlé d'un certain Drake ?

— L'agent du FBI ? Pas beaucoup. Mais je sais qu'ils ont eu une histoire passionnée pendant un moment.

— Comment savez-vous ça ? demanda Mettner.

Jaime leva de nouveau les yeux au ciel.

— Je suis son assistante, je vous rappelle, j'ai accès à quasiment tout ce qui se passe dans sa vie.

— Trinity a-t-elle des amis susceptibles de savoir sur quoi elle travaillait ?

— Des amis ? Trinity n'avait pas le temps d'avoir des amis. Les personnes qu'elle côtoie sont soit de sa famille, soit des collaborateurs, soit des sources.

Josie posa la main sur la table et se pencha vers Jaime.

— En dehors des affaires de Codie Lash, Trinity vous a-t-elle demandé autre chose depuis son arrivée ici ?

— Non.

— Elle avait un autre carton avec elle. Nous pensons qu'il contenait des documents. Auriez-vous la moindre idée de ce que ça pouvait être ?

— Non, je suis désolée.

— Elle a dit qu'elle était sur un sujet important. Elle vous en a parlé ?

— Non, mais, depuis que la chaîne l'a retirée de l'antenne, elle n'a donné quasiment aucune nouvelle. Comme je le disais, elle ne m'a contactée que pour me demander de lui envoyer les affaires de Codie Lash.

— Jaime, est-ce que quelqu'un harcelait Trinity ? demanda Gretchen.

— Pas que je sache.

— Nous pensons que Trinity a été enlevée, déclara Mettner. Nous pensons aussi que la ou les personnes qui l'ont enlevée ont emporté le carton contenant les effets personnels de Codie Lash, ainsi qu'un second carton que Trinity avait avec elle. Avez-vous la moindre idée de qui pourrait l'avoir enlevée ? De qui pourrait s'intéresser au sujet sur lequel elle travaillait ?

Jaime reporta le regard sur son téléphone, tapota dessus, balaya du doigt une notification à l'écran, tapota encore. Puis elle soupira.

— Je n'en ai aucune idée. Elle ne vous l'a peut-être pas dit, mais elle allait perdre son poste. Hayden m'a dit qu'elle allait sauter. Je ne vois pas qui se serait intéressé à son histoire.

— Vous nous avez bien aidés, mademoiselle Pestrak, dit Mettner. Merci d'avoir pris la peine de venir jusqu'ici pour nous parler, surtout à cette heure tardive.

— Je serai à l'hôtel *Eudora*, si vous avez besoin de moi. Vous avez mon numéro, répondit Jaime.

— Pourquoi êtes-vous venue ? cracha Josie.

— Inspectrice, la semonça Gretchen.

Jaime fixait Josie, un pli de perplexité entre les deux sourcils.

— Trinity est ma patronne. Je pensais que je devais venir. Elle aura peut-être besoin de moi quand vous la retrouverez.

— Mais vous venez de dire qu'elle n'avait plus de travail. Si c'est le cas, elle n'avait plus besoin de vous, si ?

— Elle trouvera sans problème un autre poste, rétorqua Jaime. Elle est vraiment douée, et très volontaire. J'ai déjà rencontré Mila Kates, vous savez. C'est une emmerdeuse, qui est loin d'être aussi intelligente que Trinity.

Gretchen, percevant sans doute l'agacement de Josie vis-à-vis de Jaime, qui n'avait pas manifesté la moindre inquiétude quant au sort de Trinity, prit la parole.

— Trinity a été enlevée. Vous ne vous inquiétez pas pour elle ?

Les yeux de Jaime passèrent brièvement sur Gretchen avant de s'arrêter sur Josie.

— Vous pensez peut-être que, parce qu'elle est présentatrice à la télévision, elle n'est pas aussi solide que vous. Mais elle l'est, et même sans doute plus encore. Si je devais m'inquiéter, ce serait plutôt pour la personne qui l'a enlevée.

23

Dans l'escalier, Josie dit à Noah :

— Trinity est solide, je n'en doute pas, mais elle ne sait pas se battre. Elle pourrait peut-être ôter un de ses hauts talons pour crever l'œil de son agresseur mais, même avec ça, je ne suis pas sûre que Jaime ait vraiment raison.

Noah grimaça.

— Merci pour cette belle image. Mais Jaime a raison sur un point : Trinity est intelligente. Elle trouvera un moyen de rester en vie.

Ils débouchèrent sur le palier et se dirigèrent vers la salle de conférences. Là, Lisette Matson, appuyée à son déambulateur, était en pleine conversation avec Shannon et Christian. Elle se retourna quand ils arrivèrent et, à petits pas, se dirigea droit sur Josie, obligeant Noah à s'écarter. Ses boucles grises remuaient tandis qu'elle s'approchait, l'œil pétillant, et elle sourit à Josie, lui tendant une main noueuse que Josie saisit.

— Merci d'être venue, dit-elle doucement.

— Oh, tout vaut mieux que de rester assise avec les vieilles biques de Rockview.

Josie ne put s'empêcher de rire.

— Mamie, je suis sûre que tu es une des pensionnaires les plus âgées de ta maison de retraite.

— Mais j'ai toujours vingt ans dans ma tête, ma chérie.

Lisette savait parfaitement qu'il valait mieux ne pas demander à Josie si elle tenait le choc, ni lui montrer trop de sollicitude. Elle connaissait sa petite-fille mieux que personne. Elle savait que ce qui comptait le plus pour Josie dans un moment pareil, c'était de rester concentrée, de faire tout son possible pour retrouver Trinity.

— Il paraît que vous avez du café presque buvable ici, dit Lisette. Tu veux bien m'en offrir un ?

Josie parvint à sourire à sa grand-mère.

— Viens. La salle de repos est juste au bout du couloir. Noah racontera à Shannon et à Christian ce que l'assistante de Trinity nous a appris.

Elle accompagna Lisette jusqu'à la salle de repos, qui faisait aussi office de cuisine, avec évier, réfrigérateur, divers appareils électroménagers et une grande table entourée de plusieurs chaises. La pièce était vide mais elle sentit l'arôme du café tout juste préparé avant même d'en franchir le seuil. Lisette alla s'asseoir pendant que Josie leur versait leurs cafés.

Elle s'assit face à sa grand-mère et déposa une tasse en face d'elle.

— Tu as vraiment fait du chemin, tu sais, dit Lisette.

Pardon ? répondit Josie en commençant à siroter son café.

— Tu as envoyé Noah me chercher. Tu as fait appel à moi pour te soutenir. D'habitude, quand il se produit des choses comme ça, je suis toujours la dernière à être au courant. Je suis fière de toi, Josie.

— Merci.

Avant que l'émotion les submerge, Lisette alla droit au but.

— Tu as une idée de qui peut avoir enlevé ta sœur ?

— Non, reconnut Josie. Je ne connais pas Trinity si bien que ça, mamie, tu sais. Certes, on est sœurs, et on a passé du temps ensemble, autant que nos deux métiers nous le permettaient, mais...

— Tu la connais suffisamment, Josie.

Josie baissa la voix.

— Eh bien, non, en réalité. Je sais comment elle aime son café, je connais son restaurant préféré. Je sais qu'elle pèse moins que moi mais qu'elle mange comme un avant de rugby. Je suis allée chez elle. Je sais qu'elle fait passer son métier avant tout le reste. Voilà ce que je sais d'elle. Mais ça ne veut pas dire grand-chose. Tu te rends compte que je ne sais rien de l'enfance qu'elle a eue ?

— Une enfance plus heureuse que la tienne, soupira Lisette.

— Bon, d'accord. C'est ce que j'ai toujours supposé, mais est-ce que je peux en être sûre ? Je n'ai jamais pris la peine de le lui demander.

— Shannon et Christian sont des gens bien.

— Je n'insinue pas le contraire. Trinity... Tout le monde sait qu'elle a de l'ambition mais, tu vois, mamie, elle est encore plus renfermée et solitaire que moi.

Lisette se mit à rire.

— Je suis contente que tu aies compris ça sur toi-même. Un bon bout de chemin, comme je disais.

— Je suis sérieuse, mamie. Depuis que je la connais, Trinity n'a jamais eu de petit ami. Elle n'est même jamais sortie avec quelqu'un. Et aujourd'hui, j'apprends qu'elle a une relation avec un agent du FBI depuis plusieurs mois ! Elle ne m'en a jamais rien dit.

— Ça n'est pas forcément une relation sérieuse, rétorqua Lisette. Elle ne voulait peut-être pas en parler avant d'être sûre que ça allait durer un peu.

— Mais il n'y a pas que ça. Trinity n'a littéralement pas d'amis. Aucun. Qui est-on si on n'a pas d'amis ?

Lisette se pencha, prit une main de Josie dans les siennes.

La chaleur du contact, sa familiarité, fut comme un baume sur ses nerfs à vif.

— Elle t'a, toi, Josie !

Submergée de culpabilité, Josie repensa à ses derniers échanges avec Trinity.

— Je ne crois pas qu'elle me considère comme une amie.

— Ah bon ? C'est pourtant bien ton nom qu'elle a tracé sur sa portière juste avant son enlèvement. Shannon et Christian me l'ont dit.

— Pas mon nom, répondit Josie. Elle a écrit « Vanessa ».

— Parce qu'elle essayait de te dire quelque chose, ma chérie. De t'orienter dans une direction. Elle aurait mis beaucoup moins de temps à écrire « Josie » que « Vanessa », non ? Il y a quelque chose qu'elle veut que tu voies, Josie. Que sait Trinity de toi ?

Josie déglutit, la bouche sèche.

— Elle sait comment j'aime mon café. Elle connaît mon restaurant préféré, elle sait à quoi ressemble ma maison, qui sont mes amis, elle connaît mon petit ami. Elle est bien au fait de mon passé amoureux puisqu'elle était là après la mort de Ray, et aussi quand Luke et moi nous sommes séparés – en tant que journaliste, pas en tant que sœur. Elle est au courant que j'ai – ou plutôt que j'avais – un problème avec l'alcool. Elle sait que ma carrière est importante pour moi...

— Elle sait que tu fais exceptionnellement bien ton travail. Elle sait que tu suivras cette piste. Elle sait que tu as déjà résolu des enquêtes grâce aux indices les plus improbables. Elle te fait confiance pour la retrouver.

— Je ne crois pas que j'y arriverai, souffla Josie en luttant pour empêcher sa voix de se briser.

— Tu dis des bêtises. Réfléchis, Josie. Pourquoi « Vanessa » ? Qu'essaie-t-elle de te dire ?

— Je ne sais pas. Je ne sais vraiment pas, mamie, répondit Josie en secouant la tête.

— Que t'évoque le nom « Vanessa » ?

— Je ne sais pas... L'enlèvement ? Notre famille ? Le passé ?

— Laquelle de ces trois choses est la plus pertinente ici ? insista Lisette.

— Mamie, je ne sais pas. L'enlèvement, je suppose...

— Parce que quelqu'un s'apprêtait à la kidnapper ? C'est trop simple. À quoi d'autre le nom « Vanessa » te fait-il penser ?

Josie avait l'impression de jouer à un jeu dont elle ne connaissait pas les règles.

— Le passé ?

— Elle t'indique une direction, Josie. Elle te désigne le passé. Sans doute un passé assez lointain.

— Mais dans ce passé lointain, comme tu dis, on ne se connaissait même pas !

Lisette plissa le front. Changeant d'angle d'attaque, elle reprit :

— Est-ce que vous avez des blagues qui n'appartiennent qu'à vous ? Je sais que vous n'êtes officiellement sœurs que depuis trois ans, mais vous avez sûrement développé une communication entre vous qui vous est propre. Beaucoup d'amis communiquent de manière un peu codée.

— Tu peux répéter ?

— De manière un peu codée. Des expressions, des raccourcis qui n'appartiennent qu'à vous.

— Non, on n'a pas ça. Mais dis-moi, mamie, quand j'étais petite, avant que tu te fasses embaucher à la bijouterie, tu avais été secrétaire, pas vrai ?

Lisette écarquilla les yeux, retira ses mains et les enroula autour de sa tasse de café.

— Josie, tu es sûre que ça va ?

Quelque chose titillait vaguement l'esprit de Josie depuis l'interrogatoire de Jaime Pestrak.

— C'est important, mamie.

— Mais on parle de Trinity, là, ma chérie.

— Je sais. C'est lié. Combien de temps as-tu été secrétaire ?

Lisette haussa les épaules.

— Oh, plusieurs dizaines d'années. J'ai commencé alors que j'étais encore au lycée. Dans les années 1950.

— Avant les ordinateurs.

Lisette rit.

— Bien avant toute technologie, en fait – à moins de considérer les machines à écrire comme de la technologie.

— Et tu prenais des notes en sténographie, non ? Pour tes comptes rendus de réunions...

— Eh bien, oui, c'est ce qu'on faisait. Il fallait des semaines pour apprendre la sténo. Il y avait deux systèmes à l'époque. Le système Gregg, et le système Pitman. Moi, j'ai appris le Gregg. Je m'en suis servi jusqu'à la fin des années 1990. On l'apprenait encore dans pas mal de lycées, à l'époque. En tout cas dans la Pennsylvanie rurale. Puis d'autres outils sont arrivés, la sténographie est passée de mode.

— Tu t'en souviens encore ? demanda Josie.

Une spirale d'excitation la parcourut, du ventre à la tête. Elle sortit son téléphone et chercha la photo des empreintes sur la portière de Trinity.

— Je crois que oui, dit Lisette. Je ne sais pas si je pourrais encore bien écrire en sténo, à cause de mon arthrite, mais je m'en suis servie pendant quarante ans. Je devrais m'en souvenir. Je pense qu'il y a des livres sur le sujet à la bibliothèque, si jamais j'avais besoin de me rafraîchir la mémoire. Mais pourquoi toutes ces questions, Josie ?

L'inspectrice montra son téléphone à sa grand-mère.

— Sous « Vanessa », est-ce que c'est de la sténographie ?

Lisette s'empara du téléphone à deux mains, et se mit à trembler en fixant la photo.

— Je pense que oui. On dirait vraiment le système Gregg, en tout cas.

Le cœur de Josie semblait vouloir jaillir de sa poitrine.

— Qu'est-ce que ça dit ? Tu peux le lire ?

— Si je n'ai pas complètement oublié la sténo, ça dit : « Dans mon jour. »

— « Dans mon jour » ?

Lisette releva les sourcils.

— Ça ne peut pas être ça. Pourtant, je ne pense pas me tromper. Elle a dû mal écrire, ou oublier des lettres.

— « Dans mon jour », murmura Josie.

— C'est peut-être : « Dans un jour » ?

— Non, répondit Josie. Ni « Dans un jour », ni « Dans mon jour ». « Dans mon journal. »

— En sténographie ? répéta Shannon, les yeux écarquillés.

Elle dévisageait Josie et Lisette, assises face à elle à la table de conférences. À ses côtés, Christian posa la main sur son épaule.

— Ma mère a appris la sténo à Trinity quand elle avait douze ans, dit-il.

Shannon se tourna vers lui.

— Attends... Mais oui, je m'en souviens, maintenant. Quand ta mère est tombée malade, c'est bien ça ?

Josie ne savait pas grand-chose de ses grands-parents biologiques. Le père de Shannon était mort d'une insuffisance cardiaque trois ans seulement avant que Josie rencontre les Payne, et sa mère était dans un établissement spécialisé pour les patients à un stade avancé de la maladie d'Alzheimer. Josie l'avait rencontrée une fois, mais la vieille femme n'avait même pas reconnu sa propre fille, ni compris l'importance des retrouvailles entre Josie et sa famille biologique. Les deux parents de Christian étaient décédés. Son père avait été marine et était mort au combat pendant la guerre du Vietnam. Sa mère, restée seule, avait été assistante juridique dans un grand cabinet d'avocats pour élever Christian et sa jeune sœur. Elle était morte d'un cancer vingt ans plus tôt.

Christian se tourna vers Josie.

— Ta grand-mère – ma mère – a déclaré un cancer du poumon quand Trinity était en sixième. Elle est venue s'installer chez nous pour qu'on puisse s'occuper d'elle. Ils lui ont donné le traitement le plus fort possible, mais le cancer était trop avancé. Les médecins lui avaient donné un an à vivre ; elle a résisté dix-huit mois. Elle et Trinity étaient très proches, surtout la dernière année.

— Je n'en savais rien, croassa Josie.

— En rentrant de l'école, Trinity passait tous les après-midi et les débuts de soirée avec elle dans sa chambre, ajouta Shannon.

Les yeux de Christian brillaient de larmes.

— Elle lui était très dévouée. Je sais qu'elle a beaucoup compté pour ma mère.

Sous la table, Josie sentit la main de Lisette prendre la sienne et la serrer.

— Trinity ne voulait pas la laisser seule, dit Shannon. Enfin, nous étions là, elle n'était pas seule, mais...

Christian se tourna vers sa femme, qui regardait fixement la table devant elle. Il se racla la gorge.

— Trinity a beaucoup souffert à l'école. Socialement. Surtout cette année-là.

Shannon releva la tête et regarda son mari.

— Ta mère a été sa seule amie durant cette période.

Il pinça les lèvres et acquiesça, puis reprit en se tournant vers Josie :

— Elles jouaient aux cartes ou à des jeux de société. Trinity lui faisait de petits numéros de danse pour essayer de la faire rire. Elles regardaient la télévision ensemble. C'est ma mère qui lui a appris à se maquiller.

— Et qui lui a appris la sténographie, compléta Josie.

Christian eut un petit rire.

— Oui. C'était leur code secret à toutes les deux. Elles se laissaient des petits mots que seule l'autre pouvait comprendre.

Josie sentit une pointe de tristesse lui lacérer la poitrine. Elle savait combien une grand-mère pouvait compter pour une adolescente. Sans Lisette, Josie n'aurait jamais vécu au-delà de l'enfance. La femme qui se faisait passer pour sa mère était cruelle, violente. Lisette s'était battue pour obtenir sa garde et avait fait tout ce qui était en son pouvoir pour la protéger. Le jour où, enfin, elle était définitivement partie vivre chez sa grand-mère avait été un des plus beaux jours de sa vie. Un tournant. Elles avaient joué aux cartes, et à des jeux de société, elles aussi. Lisette l'avait emmenée faire toutes sortes de choses : luge, patin à roulettes, vacances à la plage, parcs d'attractions, comédies musicales, musées. Et si elles n'avaient pas de véritable code secret, elles partageaient certains rituels, comme cueillir des fleurs des champs l'une pour l'autre et laisser leurs bouquets dans le vase de l'entrée. Reprendre à tue-tête la chanson de U2, « Beautiful Day », à chaque fois qu'elle passait à la radio. Aller acheter des crèmes glacées quand l'une d'elles avait passé une journée particulièrement mauvaise – le supplément crème chantilly et vermicelles de sucre multicolores était alors de rigueur. Josie n'osait même pas penser à ce qui lui serait arrivé si elle avait perdu Lisette trop tôt. Émotionnellement, elle demeurait très fragile. Un tel drame l'aurait fait complètement dérailler.

— Puis ta mère est morte, dit-elle doucement à Christian, et Trinity s'est retrouvée seule.

Shannon et Christian s'entreregardèrent. Shannon posa la main sur celle de son mari, restée sur son épaule.

— Ça a dû être terrible pour elle, dit Lisette.

Shannon hocha la tête.

— Oui. Ça a été très dur pendant très longtemps.

— Il a fallu qu'elle voie une psychologue, ajouta Christian. On a même envisagé un temps de la scolariser à la maison.

— Elle avait des problèmes à l'école ? Avec les autres enfants ? demanda Josie.

— Oui, reprit Shannon. Nous sommes allés voir le principal je ne sais combien de fois, avons menacé de porter plainte parce que les autres gamines l'embêtaient, mais rien n'y a fait. Les choses n'ont fait qu'empirer après le décès de sa grand-mère.

— Quand tu dis « les choses », tu parles de harcèlement ? demanda Josie.

— Oui, confirma Christian. Elle a été sévèrement harcelée.

Josie avait du mal à se l'imaginer. Elle connaissait peu de personnes aussi résolument sûres d'elles-mêmes que Trinity, qui travaillait dans un secteur où on était observé sous toutes les coutures. Josie avait lu quelques-uns des commentaires persifleurs ou tout simplement méchants qui visaient Trinity sur les réseaux sociaux. On la critiquait sur tout et n'importe quoi : son poids, la couleur de sa peau, ses dents, ses cheveux, ses chaussures, son rire, son timbre de voix. Ces remarques humiliantes, cruelles étaient sans fin. Mais Trinity prenait tout ça avec désinvolture. Elle avait même déjà lu à voix haute à Josie certains commentaires, pour s'en amuser. « C'est le métier qui veut ça, avait-elle dit quand Josie s'était offusquée de ce que les gens pouvaient écrire. Je ne m'occupe que de ceux qui m'aiment, et il y en a beaucoup qui sont adorables. »

— Elle a été sévèrement harcelée, et pourtant elle a choisi un métier où tout ce qu'elle fait est scruté à la loupe, où harcèlement et intimidation sont quotidiens, fit remarquer Lisette comme si elle lisait dans les pensées de Josie.

Sous la table, elle serra de nouveau sa main.

Shannon eut un petit rire.

— Je sais. Ça m'a toujours paru étrange à moi aussi. Mais c'est un peu comme si elle prenait sa revanche sur tous ceux qui la tourmentaient auparavant, non ? Elle devient journaliste, et se retrouve à présenter le journal le plus regardé de tout le pays.

— Elle avait justement rencontré une journaliste, tu te souviens ? dit Christian à sa femme.

— Quelle journaliste ? demanda Josie. Codie Lash ?

— Non, ça n'était pas ce nom-là, dit Shannon. C'était une correspondante locale. Trinity devait avoir quatorze ans, je crois. Elle avait trouvé un... squelette, dans un bois. Et comme c'était une toute petite ville, une journaliste était venue l'interviewer. Elle a été complètement subjuguée par cette femme. C'est après ça qu'elle a décidé de devenir journaliste.

— Un squelette ? Un squelette humain ? demanda Josie en essayant de maîtriser sa voix.

Shannon agita la main.

— Celui d'un chasseur qui avait disparu l'année précédente, un vieux monsieur. Une histoire très triste. Il avait dû se perdre, parce que Trinity l'avait trouvé, recroquevillé sur son fusil. Ses vêtements étaient encore en bon état, et il avait sur lui son portefeuille et son permis de chasse.

Aucun rapport, donc, se dit Josie, qui poursuivit cependant :

— Que faisait Trinity quand elle l'a trouvé ?

— Elle faisait du bénévolat dans une réserve naturelle, expliqua Shannon.

— Du bénévolat ? répéta Christian en pouffant de rire. Non, c'étaient des travaux d'intérêt général.

— On a du mal à imaginer Trinity faire du bénévolat, en effet, dit Josie. Des travaux d'intérêt général, pour quelle raison ?

— Elle s'était battue avec une fille à l'école, dit Christian.

— Non, corrigea Shannon, c'était une gamine d'une autre école.

— Ah, oui. Bon, ça ne change pas grand-chose. Elles ont été punies toutes les deux. Trinity est même passée au tribunal, mais notre avocat a négocié un accord pour qu'elle accomplisse ces travaux d'intérêt général. Elle a aussi eu une obligation de soins, mais comme elle voyait déjà une psychologue à cette époque à cause de tout le reste – le décès de ma mère, ses histoires à l'école, et...

Il se tut, le visage blême tout à coup.

— Et quoi ? demanda Josie.

Christian regarda Shannon.

— *Vanessa*, dit-il.

Shannon se tortilla, gênée, sur son siège.

— Après le décès de sa grand-mère, Trinity est devenue obsédée par la mort.

— C'est compréhensible, dit Josie. Elle était très jeune.

— En fait, c'est surtout *toi* qui l'obsédais, dit Christian.

— Moi ?

— Bon, pas réellement toi, puisqu'on croyait tous que tu étais morte. Mais ce que tu aurais pu être, expliqua Shannon. Elle ne cessait de poser des questions à ton sujet, même si nous n'avions pas grand-chose à dire. Tu n'avais que trois semaines quand tu nous as été enlevée. Et puis elle...

Christian continua à sa place :

— Elle a commencé à dire aux gens qu'elle avait une sœur jumelle. Que tu étais loin, en pension. Elle disait même parfois que tu étais à l'étranger dans le cadre d'un programme d'échange scolaire.

— Mon Dieu... fit Josie.

— C'est une des raisons pour lesquelles on l'a emmenée voir une psychologue, reprit Shannon. Mais sa thérapeute a dit que c'était son moyen à elle de faire le deuil, et qu'il fallait la laisser aller au bout du processus.

— Est-ce que sa psy ne lui aurait pas conseillé, par hasard, de tenir un journal ? demanda Josie.

— Des lettres, répondit Shannon. Elle lui avait conseillé de t'écrire des lettres.

— Vous les avez gardées ?

— C'est possible.

— On a pas mal d'affaires appartenant à Trinity dans le grenier, confirma Christian. Elle n'avait pas la place de les emporter à New York, mais elle ne voulait pas non plus les jeter.

— Il faudrait que vous rentriez chez vous pour essayer de retrouver ces lettres, ou n'importe quel journal que Trinity aurait pu tenir à l'époque. Et il faut que vous le fassiez le plus vite possible, dit Josie.

— Oui, bien sûr, dit Shannon. Mais, Josie, pourquoi diable Trinity voudrait-elle que tu lises les lettres qu'elle t'a écrites quand elle était au collège ? Quel est le rapport avec sa disparition ?

— Je ne sais pas, répondit Josie. Mais c'est la seule piste que nous ayons. Il faut que je sache où elle nous mène.

Alex écoutait discrètement sa mère qui parlait au téléphone, au bout du couloir. Il observait un de ses pieds nus battre le plancher. Elle avait un bras collé à son ventre, pris dans un plâtre qui allait de la main au coude. Lorsqu'elle raccrocha, un large sourire s'étala sur son visage. Elle lui fit signe d'approcher et lui prit la main, le fit tournoyer.

— Danse avec moi ! s'exclama-t-elle. Je viens d'apprendre une très bonne nouvelle. J'ai hâte que ton père rentre à la maison.

Mais Alex pensait qu'aucune nouvelle, aussi bonne soit-elle, ne pouvait rendre son père heureux. Pas après le dernier incident. Une fois de plus, Alex avait juré sincèrement à sa mère qu'il avait essayé d'empêcher Zandra de la pousser du haut de la terrasse, à l'arrière de la maison. Mais il était arrivé trop tard, et Zandra avait laissé leur mère hurler longtemps, le regard fixé sur l'os qui jaillissait de la peau de son avant-bras. Et en contemplant Hanna à présent, il se rendit compte que voir cette blessure-là, le bout pointu de cet os, lui avait donné, à lui aussi, envie de danser. Mais il ne pouvait le dire à personne. Personne ne l'aurait compris.

Zandra était de nouveau enfermée, et Alex devait une fois de plus dormir dans la petite cabane que son père avait construite, même par ce froid glacial.

Quand Francis revint à la maison, Hanna lui annonça que quelqu'un venait d'acheter presque tous ses tableaux, et qu'ils n'auraient pas à se préoccuper d'argent avant très longtemps. Alex s'attendait à ce que son père se montre malgré tout furieux, sous un prétexte quelconque, mais il sembla exulter. Alex ne l'avait jamais vu aussi heureux. Ce soir-là, Hanna dansa aussi avec Francis dans le hall. Ils burent une bouteille de vin et laissèrent Alex se resservir, à table, avant que Francis l'envoie se coucher dehors.

Le lendemain matin, Alex attendit près de la porte du jardin que sa mère se lève et le fasse entrer. Elle chantonnait, s'affairant pieds nus dans la cuisine. Elle lui servit des œufs au bacon, qu'il engloutit. Son père fit semblant de ne pas le voir en arrivant dans la cuisine, mais il alla rejoindre sa femme qui se tenait devant le fourneau, posa une main sur ses fesses et l'embrassa dans le cou.

Il s'assit face à Alex et Hanna lui servit son café. La cuillère cliqueta dans la tasse.

— Hanna, la chambre est un foutoir, dit Francis d'une voix basse mais tendue comme une corde prête à se rompre.

Hanna se figea puis se tourna lentement vers lui, l'air interloqué.

— Quoi ?

— La chambre est un foutoir, répéta-t-il en détachant chaque mot.

— Ah, bon, j'irai la ranger quand j'aurai fini de préparer le petit déjeuner.

— Pourvu que, d'ici là, personne ne trébuche sur les vêtements que tu as laissés par terre.

— Les vêtements par terre ? Il faut reconnaître que tu étais très pressé de les retirer, hier soir !

— Tu n'as pas fait le lit, ajouta-t-il. Et il y a tes produits de maquillage et tes élastiques pour les cheveux partout sur la commode.

Soupirant d'agacement, Hanna laissa tomber sa spatule et quitta la cuisine d'un air furieux. Alex compta ses pas dans l'escalier.

— Petit, occupe-toi de ce bacon, tu veux ? dit Francis.

Alex alla au fourneau, prit la spatule et remua la tranche qui grésillait dans la poêle. Il n'avait encore jamais fait griller de bacon. Il ne savait pas comment faire, combien de temps il fallait le laisser cuire.

— C'est prêt ? demanda Francis au bout de quelques minutes.

— J-je ne sais pas, bégaya Alex.

La chaise de Francis racla le carrelage quand il se leva.

— Petit imbécile. Bon à rien... marmonna Francis.

Il écarta Alex et tendit la main pour qu'il lui donne la spatule.

— Donne-moi ça, mon garçon.

Mais Alex ne voulait pas lui donner la spatule. Il ne voulait plus rien lui donner. Il était fatigué de lui céder, d'obéir à ses ordres arbitraires. Il tint fermement le manche de la spatule dans sa main. Francis éleva la voix :

— Je t'ai dit de me donner ça !

Il empoigna le bout aplati de la spatule, essaya de l'arracher des mains d'Alex. Ahanant sous l'effort, Alex résista. À chaque tentative, Francis s'énervait un peu plus. Il finit par lever un bras, saisit Alex par la nuque et appuya de toutes ses forces. La joue d'Alex s'écrasa sur le fond brûlant de la poêle. Un hurlement jaillit de sa gorge tandis qu'il s'écartait du fourneau en titubant. Il avait la figure en feu. Il se rua vers l'évier, ouvrit le robinet d'eau froide et avança la tête sous le jet.

Ça ne fit qu'empirer les choses.

Quand sa mère surgit dans la cuisine, attirée par ses cris, Francis s'était rassis à table et sirotait tranquillement son café en lisant son journal.

26

Pendant que Shannon et Christian refaisaient les deux heures de trajet pour rentrer à Callowhill et chercher les lettres de Trinity, Josie emmena Lisette chez elle et prépara la chambre d'amis pour qu'elle puisse s'y installer quelque temps. Il était 22 heures, et ce pauvre Trout était resté seul toute la journée. Josie le fit courir un peu et lui donna à manger, tout en consultant régulièrement son téléphone pour voir si quelqu'un avait du nouveau. Rien.

Pendant qu'elle repartait au commissariat, Mettner l'appela pour lui annoncer que l'agent spécial Drake Nally était arrivé.

— Je suis là dans dix minutes, répondit-elle.

— On est dans la salle de conférences. On t'attend.

Josie faillit oublier de tirer le frein à main après s'être garée sur le parking municipal. Elle sprinta pour traverser la horde de journalistes braillards qui attendaient au niveau de l'entrée de derrière et fonça à l'intérieur. La porte de la salle de conférences était ouverte. Gretchen, Mettner et Noah étaient assis autour de la table, en compagnie d'un homme aux yeux marron, à la barbiche bien taillée, en costume anthracite. Drake Nally. Il rougit en voyant Josie, remua les lèvres mais aucun son ne sortit de sa bouche. Quand il se leva, elle s'aperçut qu'il était grand et mince, imposant comme le sont souvent les agents fédéraux – une impression toutefois atténuée par le choc qui se lisait sur son visage. Il contourna la table, lui tendit la main et parvint enfin à parler :

— Désolé. Mais vous... Vous lui ressemblez tellement. Quand elle n'est pas maquillée, je veux dire.

— Merci d'être venu jusqu'à nous, répondit Josie. Je suppose qu'on vous a mis au courant de la situation, même s'il n'y a pas grand-chose de concret. Nous avons beaucoup de questions, et très peu de réponses.

Il hocha la tête et indiqua l'épais dossier posé sur la table, devant le siège où il s'était assis.

— Oui. Je suis désolé de ne pas avoir pu vous en parler au téléphone, mais il y a beaucoup de... choses à savoir.

Josie fixa intensément Mettner, pour lui demander mentalement s'il avait parlé des ossements à Nally. Il secoua imperceptiblement la tête. Non. Il gardait ce détail secret pour le moment. Et comme Drake Nally était ici en tant que civil, et non en tant qu'agent du FBI, il n'était pas nécessaire de lui faire part des détails jugés sensibles de l'enquête.

— Qu'y a-t-il dans ce dossier ? demanda Josie en se retournant vers Nally.

Ce dernier resta debout tandis que Josie s'installa entre Gretchen et Mettner, face à Noah et au siège de Nally.

— Je vous le dirai dans une minute, dit-il en tirant le dossier à lui et en posant la main dessus.

— Avec tout le respect que je vous dois, agent Nally, intervint Mettner, vous n'êtes pas ici en tant que membre du FBI. Vous êtes ici parce que vous connaissez bien une personne célèbre qui a été enlevée sur notre territoire. C'est donc à nous de poser les questions.

Drake Nally pinça les lèvres. Josie perçut le très léger mouvement de sa mâchoire quand il serra les dents. Il retira sa main du dossier, le poussa vers Mettner et se rassit en réajustant sa veste et sa cravate.

— Je répondrai à toutes les questions que vous voulez, dit-il, mais je dois savoir une chose avant de commencer. Les médias disent que des objets personnels ont peut-être été pris dans son véhicule quand on a enlevé Trinity. Puis-je vous demander de quels objets il s'agit ?

— Pourquoi ? l'interrogea Josie. Pourquoi voulez-vous savoir ça ?

— Parce qu'elle m'a pris quelque chose, et que j'ai le droit de savoir si cette chose figure dans la liste de ce que son ou ses ravisseurs ont emporté.

Mettner poussa sans même l'examiner le dossier devant Gretchen. Elle chaussa ses lunettes de lecture et l'ouvrit. Josie, de sa place, aperçut ce qui ressemblait à un rapport d'autopsie.

— Il manque deux cartons, répondit Mettner à Nally. L'un contenant les effets personnels de la présentatrice de journal assassinée, Codie Lash. Trinity avait demandé à son assistante de le lui envoyer depuis New York. Nous ne savons pas ce qu'il y avait dans l'autre carton.

Drake Nally soupira longuement, épaules voûtées, et se frotta le visage.

— On dirait que vous savez ce que contenait ce carton, dit Noah.

— Un dossier. Un très gros dossier. Que Trinity constituait depuis deux mois. Qui l'obsédait et qui aurait été le sujet d'un reportage qu'elle voulait faire. À propos d'un tueur en série.

Gretchen continuait à feuilleter le dossier, lorsqu'elle tomba sur les photos d'un squelette – mais pas un squelette ordinaire.

— Mettner, dit-elle d'une voix plus aiguë que d'habitude.

Josie dut s'agripper au bras de son fauteuil pour ne pas sursauter. Gretchen parcourut d'autres photos. Toutes se ressemblaient. Une cage thoracique, au centre, entourée d'os plus petits. Les os des bras ensemble, comme une aiguille indiquant 6 heures, avec le bassin et le crâne au-dessous. Et les os des jambes à 2 heures. Dans une des photos, les os du bassin et du crâne étaient au bout des os des jambes, à 2 heures, et non au bout des os des bras.

— Mett, dit Josie.

Elle se renfonça dans son siège pour que Mettner puisse se pencher et mieux voir les photos. Nally ouvrit la bouche pour parler mais Mettner leva la main pour lui intimer le silence. Il jeta un coup d'œil à Noah qui se leva, fit le tour de la table et découvrit à son tour les photos. Quelques instants plus tard, ce dernier posa la main sur l'épaule de Josie et se tourna vers Nally.

— Qu'est-ce que c'est que ça ?

— Le dossier du tueur en série dont je vous parlais à l'instant. On l'appelait l'Artiste aux ossements.

— Ça me dit vaguement quelque chose, dit Josie.

— Il a sévi en Pennsylvanie à partir de 2008, répondit Nally.

— Et une de ses victimes a été retrouvée à Philadelphie, ajouta Gretchen. Mais je n'ai pas participé à l'enquête. C'est quelqu'un de l'équipe de jour qui s'en est chargé, et puis le FBI s'en est mêlé et a pris les choses en main. Je n'en ai plus entendu parler ensuite. J'étais pas mal occupée de mon côté. Mais on n'a plus eu aucune nouvelle. Ils ont mis un détachement spécial sur l'affaire, mais le tueur n'a jamais été pris.

Un muscle tressautait dans la mâchoire de Drake Nally.

— La victime de Philadelphie s'appelait Kenneth Darden, trente-trois ans. Il habitait en banlieue. Il est sorti de chez lui pour un rendez-vous médical, en fin de journée. On a retrouvé sa voiture dans le parking du cabinet médical, mais il n'est jamais allé à son rendez-vous, et il n'est jamais rentré chez lui.

— Il n'y avait pas de caméras, dans le parking ? intervint Mettner.

— Non. Pas à cette époque. Pas dans cette banlieue tranquille. Exactement trente jours après sa disparition, on a retrouvé ses ossements, bizarrement disposés, sur une rive de la Schuylkill, à Philadelphie.

— Disposés ? dit Josie. Comme sur ces photos ?

Drake Nally allongea le bras vers Gretchen, qui lui remit la pile de photos. Il les parcourut et en sortit une, en couleurs, qu'il tendit à Josie. Elle y découvrit une lugubre copie de ce qu'elle avait vu au chalet loué par Trinity.

— Les médias ont parlé plusieurs fois de l'affaire, mais n'ont jamais montré ça, dit-elle.

— Ces photos n'ont jamais été rendues publiques. Certains témoins avaient vu les ossements et en ont parlé, mais aucune photo n'a jamais été publiée.

— Et c'était toujours la même disposition ? demanda Noah.

— Toujours, répondit Nally. Le torse – la colonne vertébrale et la cage thoracique – au centre, avec tous les petits os des mains, des pieds et les clavicules en cercle autour. Les os des bras à 6 heures, pour parler comme les militaires, et ceux des jambes à 2 heures. La seule différence, c'est que, parfois, le bassin et le crâne sont placés à l'extrémité des os des bras, et d'autres fois au bout des os des jambes. Et les positions du bassin et du crâne peuvent être inversées.

Josie tira une autre photo du dossier posé devant Gretchen, qui montrait aussi des ossements disposés comme Nally venait de le décrire, mais cette fois sur une surface gravillonnée.

— Quelle est la différence ? Pourquoi les met-il en scène à différents endroits ?

— On ne sait pas, répondit Nally. Avec le temps, beaucoup de théories ont circulé sur le pourquoi de cette disposition, mais aucune qui nous permette de nous rapprocher de ce type. On a fait étudier ces mises en scène par plusieurs équipes pour essayer de comprendre leur signification. C'est évidemment une sorte de rituel, mais personne n'a jamais pu en tirer de conclusions définitives. Je peux vous obtenir ces rapports si vous voulez les lire, mais je ne pense pas que comprendre le sens de ces présentations nous aide à dénicher le tueur.

— Combien de victimes, au total ? s'enquit Mettner.

— Quatre. Darden, à Philadelphie, était la troisième.

— Et comment sont-elles mortes ?

— On n'en sait rien.

— Pas de traces sur les os de coups de couteau, d'impacts de balles ou d'autres dommages ? demanda Mettner.

— Non. On sait seulement que les victimes ont été enlevées et tuées les années paires. Ça a commencé par Anthony Yanetti en 2008. Puis Terri Abbott en 2010, Kenneth Darden en 2012 et Robert Ingram en 2014. Tous en Pennsylvanie. Et à chaque fois, trente jours précisément après leur disparition, on a retrouvé leurs ossements ailleurs, mis en scène de la même façon.

Josie repensa aux Post-it qu'elle avait vus dans la chambre de Trinity avant qu'elle les retire. L'un d'eux parlait de TOC. Beaucoup de tueurs en série suivaient des rituels sans pour autant manifester de troubles obsessionnels du comportement, mais il était possible que cet Artiste aux ossements en soit atteint. Les années paires seulement. Trente jours précisément entre l'enlèvement et la mise en scène des ossements. Josie comprenait pourquoi Trinity avait pensé à de possibles TOC.

Noah se pencha et tapa du doigt sur la photo devant Josie.

— Trente jours ? dit-il. De ce qu'on sait, ça ne suffit pas pour qu'un cadavre se décompose à ce point.

— Mais ça peut arriver, répondit Nally.

Un court instant, Josie sentit son cœur s'emballer, puis reprendre un rythme normal. Elle pensa à Nicci Webb, qui n'avait disparu que dix-sept jours avant d'être réduite à l'état de squelette. Elle nota le nom, « Terri Abbott », indiqué en haut de la photo. Du doigt, elle suivit la cage thoracique de la femme.

— Il y a comme des marques, là, sur les côtes. Et là aussi, dit-elle en désignant les fémurs. Ce qui indique en général l'action de charognards, il me semble. Est-ce que des animaux pourraient accélérer la décomposition d'un cadavre s'ils... s'ils s'y attaquaient ?

Elle leva les yeux. Drake Nally soutint son regard un long moment. La tension était palpable dans la pièce, et elle résista à l'envie de l'attraper par le col.

— Des études ont été menées dans une « ferme de cadavres », au Texas, dit-il doucement. Des oiseaux nécrophages, des vautours noirs, en l'occurrence, en nombre suffisant, disons un groupe de vingt à trente, peuvent réduire un cadavre à l'état de squelette en quatre heures à peine.

La gorge de Josie était douloureusement sèche.

— Donc il laisse ses victimes au grand air ? devina-t-elle, la voix éraillée. Exposées aux éléments jusqu'à ce qu'il n'en reste plus que les os ?

— C'est ce que nous croyons. Quatre experts différents ont examiné ces ossements, et tous s'accordent à dire que les victimes ont été transformées en squelettes par des charognards, en un temps relativement court. À l'exception d'Anthony Yanetti, la première victime ; ses os ne présentaient aucune trace correspondant à des coups de dent de canidés ou de rongeurs.

— Le cadavre de cette première victime a été exposé à d'autres animaux sauvages, alors.

— C'est ce que nous croyons, en effet.

— « Nous » ? dit Josie. Vous voulez dire, le FBI ?

— Oui. Le détachement spécial a été dissous en 2018, parce que l'Artiste aux ossements n'avait pas tué depuis quatre ans. Cela fait maintenant six ans qu'il n'a plus fait parler de lui.

Josie et son équipe s'entreregardèrent, ce qui n'échappa pas à Nally.

— Quoi ? Qu'y a-t-il ?

— Vous avez une idée de pourquoi il se serait arrêté ? demanda Noah, ignorant sa question.

— Aucune. On a longtemps cru que si un tueur en série s'arrêtait de tuer, c'est qu'il était soit mort, soit en prison. Mais bien sûr, Dennis Rader, celui qui ligotait et torturait ses victimes avant de les tuer, a flanqué cette théorie par terre. Il avait commencé à tuer dans les années 1970, puis il s'est arrêté huit ans avant de faire trois victimes de plus. Son dernier meurtre date de 1991. Il n'a plus fait parler de lui jusqu'en 2004, date à laquelle il a contacté de nouveau la presse. Et il a vécu une vie tout à fait normale pendant tout ce temps.

— L'Artiste aux ossements n'a-t-il pas lui aussi contacté la presse ? demanda Gretchen. Il me semble avoir vu ça quelque part aux infos.

— Oui, confirma Nally. Juste avant qu'on retrouve sa dernière victime. La presse l'avait surnommé « le Tueur du cimetière », mais ça ne lui a pas plu. Il a écrit à plusieurs journalistes en exigeant de se faire appeler l'Artiste aux ossements. Mais même ces contacts ne nous ont pas permis de remonter jusqu'à lui.

— Codie Lash faisait-elle partie des journalistes qu'il avait contactés ? demanda Josie.

— Non.

— Pourquoi Trinity était-elle obsédée par cette affaire ? demanda Mettner.

Drake Nally soupira et secoua légèrement la tête.

— Elle pensait qu'elle pouvait « entrer en contact » avec lui.

Josie baissa les yeux sur la photo du squelette de Terri Abbott, mis en scène comme une sorte d'installation artistique obscène.

Oh, Trinity, se dit-elle, *dans quoi t'es-tu fourrée ?*

27

Hanna frotta son pinceau sur la poudre couleur chair et en balaya le visage d'Alex.

— Ferme les yeux, mon cœur, lui ordonna-t-elle.

Le pinceau de maquillage lui chatouillait le front, le nez et le côté de la bouche.

— Voilà ! dit-elle quand elle eut terminé.

Il ouvrit les yeux et étudia l'expression de sa mère qui observait son œuvre.

— C'est beaucoup mieux, dit-elle.

Mais il voyait bien les fines ridules au coin de ses yeux, la tension dans ses joues tandis qu'elle faisait la moue.

— On voit à peine la cicatrice, lui dit-elle.

Puis, quelques instants plus tard, elle demanda :

— Zandra, chérie, tu ne trouves pas que le maquillage est très réussi ? Qu'on voit à peine la cicatrice d'Alex ?

Zandra regarda sa mère droit dans les yeux.

— Oui, je crois.

Hanna la dévisagea.

— Zandra.

— Quoi ?

— Il faut vraiment que ces incidents cessent.

— C'est une blague, c'est ça ?

Hanna prit un air affligé. Elle laissa tomber le pinceau de maquillage qui cliqueta sur la coiffeuse.

— Ça n'a rien d'une blague. Tu ne dois plus me faire mal. Alex essaie de t'en empêcher, en vain, et il se fait punir. Donc il faut que tu arrêtes, tu comprends ? Contrôle-toi. Je ne veux pas qu'Alex dorme dans la cabane, comme un chien. Et je ne veux pas que tu restes enfermée.

Zandra la regarda d'un air de défi.

— Alors fais quelque chose !

Alex vit les mains de Hanna trembler, puis elle serra les poings, bras le long du corps. Il se leva.

— Hanna, fit une voix depuis le seuil. Qu'est-ce qui se passe ici ?

La tension dans la pièce avait été si prenante, presque palpable, qu'ils n'avaient pas entendu Francis rentrer à la maison et monter l'escalier. Il les observait depuis la porte.

Hanna mit les mains sur les épaules d'Alex, le fit se détourner du miroir.

— Rien, dit-elle. Tout va bien. Nous passions juste un petit moment ensemble.

Francis fit un nouveau pas en avant et croisa les bras sur sa poitrine.

— Tu sais qu'on ne peut pas se fier aux enfants. Ils ne devraient pas être ici.

— Mais Zandra m'a promis de ne plus me faire mal. Ils ont tous les deux juré d'être sages.

— Ils mentent, Hanna.

Elle lâcha les épaules d'Alex et se mit devant lui, comme pour le protéger de toute accusation.

— Je suis là, Francis. Je les surveille.

Francis tordit les lèvres en un rictus.

— Comme tu as surveillé Alex le jour où il a failli se brûler la figure ?

Alex sentit Hanna trembler de tout son corps – de rage ou de regret, il n'aurait su le dire –, mais elle ne répondit pas.

— Zandra, remonte dans ta chambre, dit Francis.

28

Josie sentit une terreur insidieuse l'envahir en regardant Gretchen étudier le dossier de l'Artiste aux ossements apporté par Drake Nally et faire des piles sur la table correspondant à chacune de ses victimes.

— Quatre victimes, plusieurs polices concernées, plus détachement spécial : ça ne peut pas être la totalité du dossier, dit-elle.

— En effet. Il n'y a là que les pièces les plus importantes.

— Et Trinity a eu accès à tout ça ? demanda Noah.

Josie remarqua une veine qui palpitait sur le front de Nally.

— Vous ne l'avez certainement pas laissée consulter un dossier confidentiel du FBI, dit-elle.

— Ce serait la fin de ma carrière, et le début de mes ennuis judiciaires, reconnut Nally.

— Mais elle s'est débrouillée pour y accéder, non ? poursuivit Josie. Ce n'est pas pour elle que vous êtes venu, n'est-ce pas ?

Nally ne répondit pas. Mettner insista :

— Agent Nally ?

— Quoi qu'elle ait réussi à prendre ou à copier dans le

dossier du FBI, vous ne voulez pas que ça se sache, devina Josie. Parce que si quelqu'un apprend qu'elle vous a soutiré ou volé des renseignements pendant que vous sortiez ensemble, vous allez perdre votre job.

La veine au front de Drake Nally pulsait plus fort. Josie reprit :

— Vous avez dit que les photos n'ont jamais été rendues publiques. À quoi d'autre a-t-elle eu accès ? Les conclusions des experts ? Les rapports d'autopsie ?

— La totalité du dossier, répondit Nally, si doucement que Josie dut tendre l'oreille. Les suspects innocentés, l'enquête, tout. C'est ma conviction, en tout cas. Elle m'a parlé de choses qu'elle ne pouvait connaître que si elle avait eu accès à tout le dossier.

— C'est là-dessus que vous vous disputiez ? dit Josie.

— Comment savez-vous qu'on se disputait ?

— Parce que quand je vous ai téléphoné, vous m'avez prise pour elle et vous avez déclaré : « Je n'ai pas changé d'avis. » Vous n'avez pas demandé comment elle allait, vous n'avez pas dit que vous étiez content d'avoir de ses nouvelles. Alors, à propos de quoi n'avez-vous pas changé d'avis ?

— Je ne voulais toujours pas l'aider à résoudre l'affaire.

Son regard papillonna sur la table et un demi-sourire s'afficha sur son visage.

— Elle croit vraiment pouvoir résoudre une vieille affaire de tueur en série qu'un détachement spécial, en plus du FBI, n'a pas réussi à élucider.

Josie réprima elle-même un sourire.

— Bien sûr qu'elle y croit. C'est Trinity. Mais elle n'a pas tort. Parfois, un œil neuf peut faire toute la différence. Une blogueuse du Minnesota a bien permis de résoudre l'affaire de l'enlèvement de Jacob Wetterling vingt-sept ans après les faits. La police l'a aidée, bien sûr, mais c'est bien grâce à elle qu'on a pu retrouver le coupable.

— Mais pourquoi Trinity pense-t-elle pouvoir entrer en contact avec lui ? objecta Mettner. Qu'a-t-elle vu que les autres auraient loupé ?

— Je ne sais pas, dit Nally. Elle ne m'en a pas parlé.

Du Trinity tout craché, Josie le savait. Elle n'aurait jamais rien dit à Drake Nally sans avoir la garantie de ne pas être écartée de l'enquête.

— Elle avait une théorie, expliqua Nally, mais je ne la connais pas.

— Et elle vous demandait de faire quoi ? dit Gretchen.

Il leva les yeux au ciel.

— Elle voulait l'obliger à se découvrir, pour que je puisse l'arrêter. Mais ça ressemblait trop à un coup médiatique qui pouvait – qui allait forcément, même – nous exploser à la figure.

— Et vous ne vouliez pas prendre ce risque, compléta Noah.

Drake Nally se tourna vers lui.

— Ça ne marche pas comme ça. Vous le savez tous. Si elle avait une piste, ou une théorie, elle aurait simplement dû m'en faire part et me laisser prendre les choses en main.

— Mais Trinity ne fonctionne pas comme ça, dit Josie.

— Vous ne m'apprenez rien.

— Mais pourquoi s'est-elle passionnée pour cette affaire, d'abord ? Pourquoi ce tueur-là en particulier ? demanda Gretchen.

Nally se frotta la figure.

— Juste après qu'on a commencé à sortir ensemble, elle s'est pris le bec en direct avec un correspondant local. Il doit y avoir quatre mois de ça. Ce correspondant faisait une série de reportages sur des assassinats. Il prenait un secteur géographique différent chaque semaine, et parlait des meurtriers qui avaient sévi dans le coin sans avoir été arrêtés. Cette semaine-là, il s'est intéressé aux tueurs en série du Nord-Est, et notamment à l'Artiste aux ossements. Selon lui, l'Artiste ainsi que quelques autres étaient soit morts, soit en prison, point final. Trinity pensait que l'argument était un peu facile et que ce n'était pas parce qu'un tueur en série demeurait inactif pendant un moment qu'il n'était plus dangereux. Elle a dit que certains de ces tueurs étaient peut-être assez intelligents pour savoir s'arrêter à temps et ne pas se faire prendre. En tout cas, elle s'est enflammée sur le sujet. J'imagine qu'elle s'est fait taper sur les doigts par ses chefs, même si ça a beaucoup plu aux téléspectateurs, qui ont vu en elle une journaliste qui ne mâchait pas ses mots. Mais sur le moment, elle était hors d'elle. Nous en avons parlé au restaurant le soir, et elle m'a rejoué toute la scène. Je lui ai dit que la théorie qui prévalait était effectivement que l'Artiste aux ossements était soit mort, soit en prison. Elle m'a demandé comment je pouvais le savoir, et je lui ai répondu que c'était dans mon dossier.

Josie prit un air interloqué.

— Même si Trinity vous aime bien, elle n'aurait pas développé une obsession pour un vieux tueur en série uniquement parce que vous avez son dossier.

— En tout cas, cette obsession est devenue bien réelle. Ça l'a vexée que je ne prenne pas son parti dans cette histoire. Je crois qu'elle a eu envie de me prouver que j'avais tort.

— Au départ, sans doute, dit Josie. Mais plus elle s'est plongée dans les détails de l'affaire, plus elle s'est persuadée qu'elle pouvait la résoudre. Et quand la chaîne l'a « exilée » ici à Denton après son faux pas à l'antenne, elle s'est dit qu'elle se servirait de tout ça pour revenir sous les feux de la rampe.

— Savez-vous comment elle comptait prendre contact avec lui ? dit Mettner.

— Je n'en ai pas la moindre idée.

— Quand l'Artiste aux ossements a contacté les journalistes, en 2014, comment a-t-il fait ? fit Noah.

— Via des lettres.

— Envoyées par la poste ?

— Pas par la poste, non, dit Nally. On ne sait pas comment

il a fait, mais il les a déposées au siège des chaînes de télé. Et il y a beaucoup trop de gens qui entrent et sortent de ces bâtiments, nuit et jour, pour qu'on puisse identifier un ou plusieurs suspects après le dépôt de ces lettres.

— Il leur a laissé des paquets, aussi ? demanda Josie.

— Non.

— Mais il déposait lui-même ces lettres, sans que personne le voie ou le remarque, reprit-elle.

Nally hocha la tête.

— C'est l'Artiste aux ossements qui a kidnappé Trinity, dit Noah.

Nally sourit.

— L'Artiste ne peut pas avoir enlevé Trinity. Elle s'est embarquée sur une fausse piste. Ce n'est pas ça qui m'inquiète. Ce qui m'inquiète, c'est que son ravisseur a aussi emporté beaucoup de renseignements confidentiels.

— Le lieutenant Fraley a raison, agent Nally, insista Gretchen. C'est l'Artiste aux ossements a enlevé Trinity.

— L'Artiste aux ossements est mort, rétorqua Nally.

Mettner sortit son téléphone et, après quelques manipulations, le tendit à l'agent du FBI.

— Cette photo a été prise ce matin derrière le chalet loué par Trinity.

Nally regarda la photo et blêmit.

— Bon Dieu, marmonna-t-il. Ce n'est pas... C'est impossible.

— Vous pensez à un imitateur ? dit Noah.

— Non, j-je... Impossible. Personne n'a jamais vu ces mises en scène. Personne, en dehors des policiers qui ont enquêté et des agents du détachement spécial.

— Il la tient. Il l'a enlevée, affirma Josie.

Drake Nally se frotta de nouveau le visage, puis se reprit quelque peu.

— Avec quoi les os étaient-ils fixés ?

— Des sardines de tente et du fil de pêche, dit Mettner.

Notre équipe a déjà vérifié, pour les sardines. C'est une marque générique vendue par *Walmart*. On les trouve partout dans le pays. Et le fil de pêche peut provenir de n'importe quel magasin spécialisé.

— Bon Dieu, répéta Nally. Est-ce... Est-ce que...

— Ce ne sont pas les os de Trinity, non.

Noah lui résuma ensuite tout ce qu'ils savaient sur Nicci Webb et sa disparition.

— Quelque chose cloche, dit Nally. Dix-sept jours – il n'a jamais mis en scène les os d'une de ses victimes au bout de dix-sept jours. C'est toujours trente. Et il aurait enlevé Trinity et Nicci Webb en même temps ? Il ne fait pas ça d'habitude.

— Mais c'est ce qui est arrivé, répliqua Noah.

— Il faut qu'on accède à vos dossiers, dit Gretchen à Nally. On doit voir tout ce que Trinity a pu voir, pour essayer de comprendre comment elle l'a contacté. Si on peut savoir ça, on arrivera peut-être à le retrouver.

— Vous pouvez nous obtenir ces dossiers ? demanda Josie.

— On fera une demande officielle, bien sûr, précisa Mettner.

— C'est mon dossier, répondit Nally. On me l'a confié, en tant qu'affaire non résolue, quand le dernier agent qui travaillait sur l'Artiste aux ossements a pris sa retraite. Je peux vous obtenir tout ce dont vous avez besoin.

— Merci, dit Josie.

— Mais vous devez comprendre une chose. Vous dites que Trinity a disparu il y a trois semaines. S'il l'a enlevée... Bon, dans le cas de cette Nicci Webb, son mode opératoire n'est plus du tout respecté, visiblement. Mais quand même : ce type expose toujours ses victimes au bout de trente jours. Elle est peut-être déjà...

— On sait, le coupa Noah. Mais ça ne change rien. Quoi qu'il arrive, on mobilise toutes nos ressources pour attraper ce type.

29

— Racontez-nous tout, dit Mettner à Nally. Éclairez-nous sur tout ce dossier, une pièce après l'autre.

Nally les dévisagea un à un.

— On n'a pas assez de temps pour ça.

— Alors résumez, fit Noah. Mais dites-nous tout ce que vous savez, et tout ce que Trinity sait probablement. Plus vite on saura ce qu'elle a appris, plus on aura de chances de les retrouver, elle et cet Artiste de malheur, avant qu'il soit trop tard.

L'agent prit un air dubitatif.

— Sans vouloir vous vexer, ça fait dix ans qu'on cherche ce type. Vous avez une idée du nombre de policiers et d'experts qui ont travaillé sur ce dossier ? Vous croyez que je vais vous le détailler et que vous allez élucider l'affaire comme ça, alors que personne n'y est jamais parvenu ?

— Pourquoi pas ? dit Gretchen. Trinity a réussi à en découvrir assez pour pouvoir contacter le tueur.

— Et ce que notre équipe scientifique va nous dire sur l'enlèvement de Trinity et sur le meurtre de Nicci Webb peut aussi nous aider, ajouta Mettner.

Nally secoua la tête et se mit à pianoter sur la table.

— Vous croyez vraiment que votre équipe va découvrir quelque chose qui a échappé au FBI ?

Josie se leva, rassembla ce qui restait du dossier posé devant Gretchen, s'approcha de Nally et fit claquer bruyamment le dossier sur la table devant lui. Il tressaillit imperceptiblement mais ça n'échappa pas à Josie. Elle se pencha, le visage à quelques centimètres du sien.

— Ce que je crois, c'est que chaque seconde que vous passez à mettre en doute nos compétences est une seconde qu'on aurait pu passer à chercher ma sœur. Je me fous du temps que vous avez passé à traquer ce tueur, et du nombre de gens qui n'ont pas réussi à l'attraper à l'époque. On a une affaire à résoudre, ici et maintenant. C'est aussi simple que ça. On a du pain sur la planche, alors si vous ne voulez pas nous aider, fermez-la et foutez le camp de mon commissariat. Je vais contacter votre supérieure. Je suis sûre qu'elle sera ravie de nous aider de son mieux.

Josie recula d'un pas et lui indiqua la porte. Lentement, Nally se leva, lissa les revers de son costume.

— Vous êtes vraiment comme elle, dit-il à voix basse.

Il ramassa son dossier, passa devant Josie mais, au lieu de se diriger vers la porte, il fit le tour de la table et se planta devant le grand tableau blanc au fond de la pièce. Il reposa son dossier, l'ouvrit et étala les différents rapports devant lui. Il indiqua les piles bien nettes que Gretchen avait faites.

— Vous permettez ?

Elle les fit glisser dans sa direction. Il décapuchonna le marqueur effaçable du tableau et se mit à écrire une liste de dates, de noms et de notes tout en parlant.

— On n'a compris qu'on avait affaire à un tueur en série qu'à la troisième victime, donc les deux premiers meurtres ont été traités par des polices locales. Le lien entre les meurtres n'est devenu évident qu'à la disparition de la troisième personne.

Nally tapota le tableau de son marqueur, là où il avait écrit :
« Anthony Yanetti, 2008. »

— Celui-là était chauffeur-livreur. Quarante et un ans. Marié, un enfant. Il habitait Newtown, en Pennsylvanie.

— C'est dans le Sud-Est de l'État, c'est bien ça ? intervint Mettner.

— Oui, dit Josie. À deux heures de route d'ici, à peu près.

— Il livrait des meubles pour un magasin du coin, reprit Nally. Pendant sa tournée, il a fait une pause vers 11 heures, puis il est reparti pour la livraison suivante. Mais il n'est jamais arrivé à destination. Ne le voyant pas arriver, le client a appelé le magasin pour se plaindre. Yanetti restait injoignable. Quelques heures plus tard, on a retrouvé son camion sur une petite route secondaire près de Newtown. Les clés étaient sur le contact. Son portefeuille, son téléphone, son casse-croûte étaient encore dans la cabine. Comme s'il s'était garé, qu'il avait laissé son camion sur place et n'était plus jamais revenu. Trente jours plus tard, un gars qui travaillait dans une casse auto a trouvé des ossements mis en scène dans une de ses cours, à King of Prussia, à environ cinquante kilomètres du lieu de sa disparition. L'affaire a été traitée comme un meurtre par la police du secteur. On l'a identifié grâce à ses empreintes dentaires.

Nally sélectionna une série de photos et leur fit passer. Il s'agissait de gros plans de chaque groupe d'os, semblables aux photos que Josie et Noah avaient entraperçues dans la chambre d'amis, quand Trinity était installée chez eux.

— Vous avez dit tout à l'heure que le tueur frappait tous les deux ans, dit Noah. Est-ce au jour près ? Et deux ans à partir de l'enlèvement, ou de la mise en scène des ossements ?

Nally dessina une flèche entre les noms d'Anthony Yanetti et de Terri Abbott.

— Les victimes sont toujours enlevées en mars, et leurs os toujours exposés en avril, début avril, en général. Donc deux ans, au mois près.

Josie tenta de réprimer le frisson qui la parcourait. Début avril approchait.

— La date exacte ne compte pas ? demanda-t-elle.

— Il semblerait que non. Il n'expose pas ses ossements à chaque fois le 15 avril, rien de cet ordre. Terri Abbott, une aide-soignante de vingt-huit ans qui habitait Pittsburgh, rentrait chez elle après un match amical de l'équipe des Pirates. Son dernier contact connu est un coup de téléphone à sa colocataire, durant lequel elle lui a dit qu'elle traversait le pont Roberto-Clemente.

— Vous l'avez vue sur une des caméras de vidéosurveillance ? dit Mettner.

Nally fit non de la tête.

— Il y avait trop de monde. Beaucoup trop. Impossible de la repérer. Son téléphone et son sac à main ont été retrouvés dans le caniveau, de l'autre côté du pont, donc on pense qu'elle l'a effectivement traversé.

Josie avait la gorge sèche.

— Et trente jours plus tard... commença-t-elle.

— On a retrouvé son squelette sur le parking d'une aciérie désaffectée de la banlieue de Pittsburgh. Une fondation avait racheté les lieux et projetait d'y exposer une installation artistique. C'est comme ça qu'on a retrouvé les os.

Gretchen fronça les sourcils.

— Mais comment s'assure-t-il qu'on retrouve bien les os le trentième jour, s'il les installe dans des endroits déserts ?

— Il laisse des notes.

Nally fouilla dans le dossier pour en extraire deux photos. Les deux montraient une feuille de papier, blanche, ordinaire, avec la même écriture en majuscules que celle que Josie avait vue sur le paquet reçu par Trinity. L'une disait simplement : « Allez fouiller immédiatement la cour du fond de la casse. Urgent. » Et l'autre : « Il y a un problème à l'aciérie. L'installation ne pourra pas se faire. Merci d'inspecter immédiatement le parking. »

Josie et les autres se passèrent les photos pendant que Nally reprenait :

— La première note était scotchée sur la porte du bureau de la casse automobile. Il l'avait accrochée là de nuit, après avoir laissé les ossements, probablement. Il n'y avait pas de caméras sur le périmètre de la casse, à l'époque, ni dans les deux cours du fond. La deuxième note a été déposée dans la boîte aux lettres du créateur de l'installation.

— Pas d'empreintes sur les feuilles de papier ? demanda Noah.

— Rien. On a analysé le papier, et même l'encre. On a tout essayé. Ça n'a jamais rien donné. C'est ça, le hic. Il ne laisse rien derrière lui.

— Sauf les os, souligna Josie.

— Exact. Mais en dehors de ça, on ne l'a jamais vu sur aucune caméra. Il n'a laissé aucune empreinte, aucune trace de chaussure, pas d'empreintes de pneus, pas d'ADN. Ce type est un fantôme.

30

— Ma sœur n'a pas été enlevée par un fantôme, dit Josie. Et on a autre chose. Un peigne.

Nally prit un air sceptique.

— Quoi ? Un peigne à cheveux ? Et comment savez-vous qu'il est à lui ?

— Il l'a laissé dans notre boîte aux lettres, à l'intention de Trinity, dit Noah.

Mettner afficha, sur son téléphone, la photo du peigne que Josie lui avait envoyée un peu plus tôt dans la journée.

— On pense qu'il est en os. Et ça ne peut pas être une coïncidence que Trinity reçoive ça de manière anonyme au moment où elle se plonge jusqu'au cou dans cette affaire.

Nally étudia attentivement la photo.

— Vous n'êtes pas sérieux, là ?

— Qui d'autre lui aurait envoyé ça, sinon ? demanda Josie.

Mettner montra à Nally la photo du paquet.

— Et vous avez envoyé tout ça au labo ? demanda-t-il.

— Bien sûr, dit Gretchen.

— Ça ne donnera rien. Il est bien trop prudent. Et le peigne ne vous dira rien non plus.

— Si on ne se trompe pas, dit Josie, et que le peigne est bien en os, il faut savoir d'où il provient. On peut en extraire de l'ADN, et le passer dans la base de données nationale.

— Ça ne vous aidera pas à le retrouver.

Josie soutint son regard.

— Les quatre victimes de votre dossier... Manquait-il des os à leurs squelettes ?

— Non, mais...

— Ce qui veut dire qu'il y a peut-être eu d'autres victimes. Des victimes dont nous n'avons pas connaissance. Et en plus, il y en a bien au moins une autre, aujourd'hui. Entre le meurtre de Nicci Webb et l'enlèvement de Trinity, on aura peut-être de quoi retrouver ce type.

— Il ne laisse aucun indice derrière lui, objecta Nally.

— Mais on ne peut pas faire l'impasse sur ces nouveaux éléments, rétorqua Josie.

Comme Nally ne répondait pas, Mettner le relança :

— Vous nous avez parlé de la troisième victime, Kenneth Darden. Disparu en 2012 à Paoli ; ses ossements ont ressurgi trente jours plus tard à Philadelphie.

— C'est ça, dit Nally en détournant le regard de Josie et en reprenant son résumé. Ses os ont été retrouvés dans un endroit très fréquenté, l'Artiste n'a pas eu besoin de laisser de mot.

— Effectivement, confirma Gretchen en pointant du doigt la photo du squelette de Darden, où on voyait une rivière couler à l'arrière-plan. Cette partie des rives de la Schuylkill est très passante. Joggeurs, cyclistes, promeneurs, rameurs et même quelques sans-abri. Toutes sortes de gens. Mais là non plus, il n'y avait pas de caméras de surveillance, à l'époque. Il a été malin.

— Le coup de fil au 911 a été passé à 5 h 30, le matin, dit Nally.

La porte de la salle de conférences s'ouvrit, et tous se retournèrent sur Hummel qui se tenait sur le seuil, un ordinateur portable à la main.

— Patronne, dit-il en s'adressant à Josie. Je me suis dit que ça vous intéresserait. C'est l'ordinateur de Trinity.

— Merci, Hummel, répondit Josie.

Elle lui prit l'ordinateur, alla se rasseoir et demanda à Gretchen et à Mettner :

— Il y avait des documents là-dedans concernant l'Artiste ?

— Non, répondit Mettner. Ce qui n'a rien d'étonnant, vu ce que son assistante nous a dit. Si elle craignait tellement de se faire doubler, elle n'aurait pas laissé de notes dans son ordinateur.

— Je vais vérifier ses mails, dit Josie en ouvrant et en allumant l'ordinateur.

— Désolé de cette interruption, dit Mettner à Nally. Parlez-nous de la quatrième victime, s'il vous plaît.

Nally hocha la tête et reprit :

— La quatrième victime était un agent de change de trente-sept ans, Robert Ingram. Il habitait East Stroudsburg, dans le Nord-Est de l'État. Sa femme l'a déposé devant la gare parce qu'il avait une réunion à New York, ce jour-là. Mais il n'est jamais entré dans la gare. Trente jours plus tard, on a retrouvé son squelette sur le champ de foire de Bloomsburg.

L'écran du PC s'illumina, avec en fond d'écran une villa en France. Le petit œil au-dessous de la caméra commença à analyser le visage de Josie. Plus bas, les mots « Vérification de votre identité » se mirent à clignoter. Josie se pencha et s'immobilisa. La formule « Bienvenue, Trinity Payne » apparut avec un nouveau fond d'écran.

— East Stroudsburg ? fit Mettner. Mais c'est à plus de cent cinquante kilomètres de Bloomsburg ! Pourquoi si loin ?

— On n'en sait rien, reconnut Nally. Il semble n'y avoir aucune logique dans la façon dont il choisit les endroits où il laisse les ossements.

— Excepté le fait que ce sont toujours des lieux où il n'y a pas de caméras, fit remarquer Noah. Je suis allé une fois au champ de foire de Bloomsburg. En dehors des fêtes foraines, l'endroit est désert. Il n'y a pas de caméras, et le terrain est très grand. Il a laissé une note, cette fois-là, pour qu'on retrouve les os ?

— Non. Mais il les a laissés à un endroit où ils étaient bien visibles, et depuis la Route 11, et depuis le pont qui mène à la Route 42. Quelqu'un les a aperçus dès que le jour s'est levé.

L'écran de Trinity était occupé par une photo de toute la famille Payne, posant devant un sapin de Noël. Josie se rappela qu'elle datait de quatre mois à peine. Le chagrin la saisit. Elle avait fait imprimer et encadrer la même image, qui trônait dans son salon. Elle ouvrit l'application de messagerie de Trinity et commença à explorer sa boîte de réception tout en écoutant Nally et les autres discuter de l'Artiste aux ossements.

— Donc ce type est assez prudent pour ne pas se faire repérer par des caméras quand il enlève ses victimes, assez prudent pour mettre en scène leurs squelettes là où il n'y a pas de caméras non plus, mais il prend le risque de déposer lui-même des mots, récapitula Gretchen. Il laisse toujours les squelettes en avril, trente jours exactement après avoir enlevé ses victimes, mais les endroits où il les installe ne suivent aucune logique. Pour les trois premières victimes, les deux endroits ne sont pas si éloignés l'un de l'autre mais pour la dernière, ses restes ont été retrouvés très loin de là où elle avait disparu.

— Et les victimes elles-mêmes ? interrogea Noah. Des ressemblances entre elles ? Est-ce qu'elles se connaissaient ou avaient des connaissances, des amis communs ?

— Rien, répéta Nally en secouant la tête.

Il chercha parmi les autres photos du dossier, et en choisit une de chaque victime. Toutes les images semblaient tirées de leurs profils sur les réseaux sociaux.

— Elles n'avaient ni amis, ni familles, ni connaissances en

commun. Pas de liens professionnels. Elles ne se ressemblaient pas du tout, en dehors du fait qu'elles étaient toutes caucasiennes. On a même comparé leurs antécédents médicaux. Il n'y a rien. Nous pensons qu'il les choisissait par commodité. Qu'il saisissait l'occasion d'enlever quelqu'un à un endroit où il n'y avait ni caméras ni témoins ou, dans le cas de Terri Abbott, au milieu d'une foule tellement dense que personne n'a remarqué sa disparition.

— Donc il n'est pas difficile, dit Mettner. Il n'a pas de préférences physiques.

Josie ne trouva rien dans les mails de Trinity laissant entendre qu'elle avait contacté ou rencontré Nicci Webb. Aucun message n'attira son attention. Il n'y avait que des échanges professionnels. Dont trois entre Trinity et son assistante, trois mois plus tôt, où elle demandait à Jaime de voir si la chaîne avait déjà diffusé des reportages sur des affaires non résolues de tueurs en série. Jaime lui avait renvoyé des liens vers des émissions sur le Zodiaque, les meurtres de l'Alphabet, les meurtres au Tylenol de Chicago et le Fantôme de l'autoroute. Visiblement, Trinity n'avait cliqué que sur un lien, celui des meurtres de l'Alphabet. Josie le suivit à son tour, arrêta la vidéo mais en lut le bref résumé au-dessous. Ces meurtres avaient eu lieu à Rochester, dans l'État de New York, dans les années 1970. Les noms et prénoms des trois victimes comportaient la même initiale. Josie vit que Trinity n'avait visité le site qu'une seule fois. Son historique de recherche ne lui révéla pas d'autre lien vers les meurtres de l'Alphabet ; seulement des recherches sur l'Artiste aux ossements et plusieurs articles sur le meurtre de Codie Lash. Josie se remit à écumer les mails de Trinity. L'échange entre Trinity et son assistante à propos des effets personnels de Lash correspondait exactement à ce qu'en avait dit Jaime. Rien n'indiquait pourquoi Trinity avait voulu ces objets.

Josie soupira et referma l'ordinateur. Ils n'avaient rien.

31

Josie reporta son attention sur Nally et les autres, qui continuaient à éplucher le dossier de l'Artiste aux ossements.

— Il y a aussi une incohérence dans la répartition géographique, dit Noah. Trois victimes dans l'Est de la Pennsylvanie, et une dans l'Ouest. Pourquoi ?

— On n'en sait vraiment rien, redit Nally.

Josie repensa aux Post-it entrevus dans la chambre d'amis avant que Trinity les retire des murs. « TOC ? » « Symétrie ? » « Meurtres en miroir ? »

— Vous êtes absolument sûrs qu'il n'y a aucun autre cas attribuable à l'Artiste dans l'Ouest de l'État ? insista-t-elle.

— Aucun, affirma Nally.

Trinity avait cherché une logique, tout comme eux. Comme s'il lisait dans ses pensées, Noah ajouta :

— La seule exception géographique, la victime de Pittsburgh, était une femme. Les trois autres victimes étaient des hommes. La victime d'aujourd'hui est une femme. Les tueurs en série ne font-ils pas toujours le même genre de victimes, habituellement ?

— Il y a toujours des exceptions, bien sûr, mais oui, en général, les victimes d'un tueur en série ont toutes le même profil.

— Alors, pourquoi ? dit Josie. Pourquoi serait-il allé à l'autre bout de l'État pour sa seconde victime, et pourquoi choisir une femme ? À ce stade, ça ne pouvait pas être un imitateur, puisque vous ne saviez même pas vous-mêmes que vous aviez un tueur en série sur les bras.

— C'est juste, fit Nally. Terri Abbott était la deuxième victime. Nous pensons que, peut-être, il avait l'intention de zigzaguer dans tout l'État et d'alterner victimes masculines et féminines, mais que pour une raison inconnue, pour le quatrième meurtre, il a choisi un homme au lieu d'une femme – Robert Ingram.

— Qu'est-ce qui pourrait le faire dévier de sa logique, alors ? insista Josie.

— Une forme de stress ? hasarda Nally. Ou bien il aura été obligé de modifier ses plans pour continuer à passer inaperçu. Ingram était peut-être une victime plus pratique pour lui. Il est possible qu'il ait eu l'intention de tuer dans l'Ouest de l'État, mais qu'il n'a finalement pas pu le faire, et qu'il a donc enlevé quelqu'un de ce côté-ci de la Pennsylvanie. Il n'y a aucun moyen de savoir véritablement pourquoi il a changé de logique – si tant est qu'il voulait vraiment alterner victimes masculines et féminines, Est et Ouest de l'État.

— Vous supposez qu'il suit une logique stricte à cause des trente jours d'écart, souligna Mettner. Mais l'âge des victimes est variable. Leur statut socioéconomique aussi. Certaines avaient des enfants, d'autres non.

— C'est vrai. Pour chaque répétition constatée, il y a d'autres choses qui ne suivent aucun schéma. Hormis le fait que les victimes sont kidnappées, qu'elles disparaissent sans laisser de traces, et que leurs os sont mis en scène exactement trente jours après leur disparition, il n'y a aucune similarité.

— Il essaie peut-être de nous embrouiller en rompant volontairement avec sa logique pour le meurtre de Nicci Webb, proposa Mettner.

— Vous aviez des suspects sérieux ? demanda Noah.

Drake Nally tira une nouvelle chemise du dossier.

— Pour faire court : aucun.

— Comment est-ce possible ? insista Mettner.

Sans répondre à la question, Nally reprit :

— Nous avons concentré nos recherches sur les employés des pompes funèbres, les orthopédistes, les chasseurs, les taxidermistes, les anthropologues, les archéologues, les orthésistes, les prothésistes, les artistes et les étudiants en art de l'Est de l'État. Nous nous sommes même intéressés aux médecins légistes et aux coroners. Nous avons bien trouvé un ou deux drôles d'olibrius, mais aucun susceptible de commettre ces meurtres.

— Et les ornithologues ? demanda tout à coup Josie.

— Je vous demande pardon ?

— Des ornithologues. Des spécialistes des oiseaux.

Nally la dévisagea.

— Vous disiez qu'il se servait d'oiseaux nécrophages pour accélérer la décomposition, dit Noah. Il est logique que ça puisse être quelqu'un qui s'y connaît en ornithologie.

— Des oiseaux charognards, il y en a partout en Pennsylvanie. Rien qu'en venant ici, sur la route, j'en ai vu au moins deux douzaines qui se nourrissaient d'animaux écrasés. Il n'y a pas besoin d'être ornithologue pour savoir ce que font ces oiseaux.

— Ça mérite quand même qu'on s'y intéresse, dit Gretchen.

— Vous avez cherché du côté des cliniques ou des techniciens vétérinaires ?

— Non, pourquoi ?

— Parce que, visiblement, vous vous êtes intéressés aux spécialistes des os, ce qui est logique. Vous avez cherché du côté de ceux qui travaillent sur ou autour des os, de ceux qui ont des affinités avec ce domaine, et des artistes, puisque ce type se figure qu'il en est un. Mais vous n'avez obtenu aucun suspect. Et sachant qu'il se sert d'animaux pour accélérer la décomposition, l'étape suivante, en toute logique, serait de chercher parmi les personnes qui travaillent avec des animaux.

— On a regardé du côté des chasseurs et des taxidermistes, répéta Nally.

— C'est logique, dit Josie. Mais est-ce que vous avez interrogé des gens qui travailleraient dans un zoo, par exemple ? Ou même des gens de l'Office national de la faune sauvage ? Ce sont eux qui sont chargés de ramasser les animaux morts sur les routes.

Drake Nally resta muet.

Mettner tapa un mémo dans son téléphone portable.

— On va regarder de ce côté également, dit-il.

— Et les grandes propriétés ? reprit Josie. Il faut posséder un domaine assez grand pour laisser un cadavre en plein air pendant plusieurs jours ou plusieurs semaines, le temps que les vautours le dévorent, sans attirer l'attention.

Nally sortit un paquet de feuilles de son dossier et le fit glisser sur la table.

— Voilà la liste de tous les propriétaires que nous avons interrogés. Elle couvre la moitié de l'État. Rien d'anormal.

Josie repensa à quelque chose qu'elle avait vu dans les papiers de Trinity pendant que celle-ci remballait ses affaires dans la chambre d'amis.

— Vous avez établi un profil psychologique ?

Nally feuilleta les dernières pages qui restaient et en sortit un nouveau rapport.

— Un homme, caucasien, de trente à quarante ans environ. Ça a été déterminé en s'appuyant sur le degré de sophistication de ses crimes. Il est capable d'enlever des individus adultes sans laisser de traces et en échappant à la vidéosurveillance ; d'accélérer la décomposition des cadavres en se servant d'oiseaux nécrophages sans attirer l'attention sur ses activités ; de mettre en scène les squelettes, là encore sans se faire prendre. Nous pensons qu'il est allé au moins jusqu'au bac. Ne vous y trompez pas, ce type est intelligent. Il a sans doute un QI au-dessus de la moyenne. Il doit se comporter tout à fait normalement en société, mais il est plutôt solitaire. Les autres peuvent vite l'agacer.

— Pourquoi ? demanda Noah.

— Parce qu'il a une très haute opinion de lui-même, avança Josie.

— Exactement, confirma Nally.

— Qu'est-ce qui te fait penser ça ? demanda Mettner à Josie.

— Le fait qu'il ait ressenti le besoin de contacter la presse. Ça ne lui suffisait pas de tuer, il voulait que les gens sachent combien il était intelligent, malin, sophistiqué. Et qu'ils sachent qu'il était impossible à attraper.

— C'est ce que notre profileur a pensé, en tout cas, dit Nally.

Gretchen intervint :

— Les messages qu'il a envoyés aux journalistes montrent qu'il voulait écrire lui-même son histoire, notamment avec le fait qu'il voulait qu'on l'appelle l'Artiste aux ossements, et non le Tueur du cimetière.

— Se prendre pour un artiste colle effectivement avec le fait d'avoir une haute opinion de soi-même, reconnut Mettner.

— Quels journalistes avait-il contactés ? demanda Noah.

— Quelques présentateurs de journaux télévisés du matin.

— Le poste qu'occupe Trinity en ce moment, fit Gretchen. Enfin, qu'elle occupait.

— Effectivement, dit Nally.

Il parcourut de nouveau son dossier pour en retirer une grande photo en couleurs qu'il fit glisser sur la table pour que tous la voient. On y voyait une lettre écrite à la main, en majuscules, sur une feuille blanche. L'écriture ressemblait à celle du paquet reçu par Trinity et des notes laissées par le tueur à l'aciérie et à la casse automobile. Gretchen remonta ses lunettes sur l'arête de son nez et la lut à voix haute.

Mesdames, Messieurs,

Je suis l'assassin que vous avez surnommé « le Tueur du cimetière ». C'est vrai, j'ai fait le mal. Le démon qui est en moi est de plus en plus fort. Même moi, je ne peux plus le contrôler désormais. La police ne peut rien contre lui. Elle ne m'a pas attrapé, elle n'y arrivera jamais. Personne n'est assez intelligent pour empêcher ce qui se produit. Et aujourd'hui, le démon s'ennuie. Il veut jouer à un nouveau jeu. Je vous invite à y participer. Si vous me faites un signe en direct, vous pouvez sauver une vie. La prochaine victime est prête. La sauverez-vous ?

Bien à vous, à la vie, à la mort.

L'Artiste aux ossements

Mettner siffla longuement.

— Ce type essaie de nous prouver qu'il est complètement dingue, c'est ça ?

— Loin de là, répondit Nally. Ces types aiment bien faire croire qu'ils ne contrôlent rien, ou qu'une entité inhumaine les dirige parce que, comme le disait l'inspectrice Palmer, ils essaient d'écrire leur histoire. En disant que toutes les horreurs qu'ils ont commises sont l'œuvre du mal, ou d'un monstre, ils apparaissent comme plus sympathiques, voire innocents : « Ce n'est pas moi, c'est le démon... » H. H. Holmes, un tueur en série de Chicago, dans les années 1890, disait qu'il avait « le diable en lui ». Exactement comme ce type. Dennis Rader, le tueur du Kansas qui ligotait et torturait ses victimes, disait qu'un monstre l'habitait. Tout cela est fait pour manipuler leur propre image. En fait, ces tueurs savent parfaitement ce qu'ils font, et ils y prennent plaisir.

— Il a échappé à la police pendant des années et, ensuite, il veut jouer à un jeu ? remarqua Noah.

— Parce qu'il se croit plus intelligent que tout le monde, répondit Josie. Il en retire de la satisfaction. Il a été plus malin que les flics pendant tout ce temps. Ce ne sont pas des adversaires à sa mesure. Contacter la presse, jouer à un « jeu », c'est un nouveau moyen d'étaler ce qu'il croit être son intelligence supérieure.

— C'est ça, confirma Nally. Sauf que personne n'a joué avec lui. Les journalistes qui ont reçu sa lettre ont immédiatement alerté le FBI.

Gretchen indiqua le haut de la lettre où quelqu'un – un agent du FBI, sans doute – avait ajouté : « Reçue par un présentateur de CBS, le 3 avril 2014. »

— Et vous n'avez pas essayé de sauver la victime en demandant à un de ces présentateurs de jouer le jeu ? dit-elle.

Nally soupira.

— Commencer à interagir avec ce type, comme ça, alors que c'était lui qui avait toutes les cartes en main et qui décidait des règles, a été jugé trop risqué, à la fois par le FBI et par les chaînes de télévision. Aucun des membres du détachement spécial n'a vraiment cru qu'il relâcherait sa victime. Ce qui s'est confirmé cinq jours plus tard, quand on a retrouvé les restes de Robert Ingram. Il n'avait jamais eu l'intention de le libérer. En fait, nous pensons qu'Ingram était déjà mort quand il a envoyé ces courriers.

Mettner prit un air perplexe.

— Il n'a même pas dit quel signe il voulait, de toute façon.

— Exactement, renchérit Nally. Ce n'était qu'un coup de bluff pour obtenir l'attention de la presse. Les journalistes n'ont pas mordu à l'hameçon, et il s'est arrêté de tuer. Jusqu'à aujourd'hui.

— Pourquoi a-t-il recommencé, alors ? demanda Mettner, presque pour lui-même.

— Parce que Trinity l'a débusqué, dit Gretchen. Mais il tuait bien avant qu'elle ne le contacte, et il aurait sans doute recommencé à tuer même si elle ne l'avait pas fait. Si ça se trouve, il ne s'est même jamais arrêté de tuer depuis 2014, mais il ne met plus en scène les os de ses victimes. On n'est pas plus avancés.

Josie vit à l'air de Nally, qui paraissait avoir reçu une gifle, que l'idée lui déplaisait – probablement parce qu'elle était vraie.

— Ce profil psychologique, que dit-il d'autre ? demanda-t-elle. En dehors du fait que c'est un homme blanc d'environ quarante ans, qui a fait des études, avec un QI au-dessus de la moyenne. Est-ce qu'on y mentionne le fait qu'il a peut-être un métier qui demande de faire de la route ? Ce doit bien être le cas, non ? Puisque ses victimes viennent d'un peu partout.

— Oui, dit Nally en reportant son attention sur Josie. Nous pensons que son métier l'oblige à beaucoup rouler, mais sans trop de contrôle hiérarchique. Ce qu'il préfère, puisqu'il ne doit pas aimer avoir un supérieur. Il se croira toujours plus intelligent et plus qualifié. Il conduit certainement un véhicule banal, adapté à ses activités. Donc un van ou un pick-up, mais sans doute un modèle peu récent, pour ne pas attirer l'attention. C'est aussi quelqu'un qui aime le plein air, et les animaux.

Drake Nally poussa le rapport vers Josie.

— Vous pouvez le lire vous-même, mais rien de ce qu'il y a là-dedans ne nous a aidés à choper ce type.

Le téléphone de Josie se mit à sonner. Tous la dévisagèrent tandis qu'elle le sortait de sa poche.

— C'est Shannon, dit-elle, consciente des regards braqués sur elle pendant qu'elle décrochait.

— Josie ? Tu es là ? dit Shannon.

— Oui, que se passe-t-il ? Vous êtes toujours à Callowhill ?

— Oui. Tu as du nouveau ?

Josie posa les yeux sur les photos éparpillées sur la table. Les horribles mises en scène que le tueur considérait comme de l'art. Son estomac se révulsa.

— Non, rien de neuf. On suit plusieurs pistes. Vous avez trouvé les lettres de Trinity ?

— Non, je suis désolée. On a retourné tout le grenier. Il n'y a rien là-haut. Christian a aussi fouillé dans nos vieilles affaires, en pensant que l'un de nous avait peut-être gardé les lettres, puisqu'elles faisaient partie de sa thérapie, mais elles n'y sont pas non plus.

— Et sa psy ? demanda Josie. On pourrait peut-être la contacter.

Il y eut un instant de silence, puis Shannon répondit :

— Ça ne va pas être possible. On y a pensé aussi, et Christian a cherché son adresse sur internet. On voulait simplement avoir son numéro de téléphone et l'appeler dès que le cabinet rouvrirait. Mais on n'a trouvé que sa notice nécrologique.

— Oh...

— Je suis vraiment désolée, Josie. Elle n'était déjà plus très jeune quand Trinity a commencé à la voir. Apparemment, elle a contracté la maladie de Charcot, assez tardivement, et elle en est morte. Qu'est-ce qu'on fait ?

— Vous pouvez revenir à Denton. Vous dormirez chez nous. J'ai mis Lisette dans la chambre d'amis, mais on va s'arranger. Je...

Elle se tut. Les paroles de Lisette lui revinrent.

« Tu la connais suffisamment, Josie... » « Elle essayait de te dire quelque chose, ma chérie. De t'orienter dans une direction. »

— Josie ? dit Shannon d'une voix flûtée.

— Je suis là, répondit-elle vivement. Shannon, les lettres que Trinity m'a écrites, elles étaient rédigées en sténo ?

— Non. Elle les donnait à sa psychologue, qui les lisait. Un peu comme des devoirs à rendre.

— Et toi, tu les as lues ?

— Non. Trinity avait demandé à sa thérapeute de ne pas nous les faire passer. Elle trouvait que c'était déjà assez pénible de devoir les lui montrer. Ni l'une ni l'autre ne nous les ont fait lire. Mais on croyait que Trinity les avait gardées. Pourquoi ?

— Il faut que je vienne à Callowhill.

— Josie, il est 23 h 30, objecta Noah.

L'ignorant, Josie répondit à Shannon :

— Ne bougez pas, d'accord ? Je me mets en route. Essayez de vous reposer un peu. Mettez-vous au lit, si vous pouvez. Je serai là très vite.

— Josie, dit Gretchen quand Josie eut raccroché. Toi aussi, tu dois te reposer.

Josie se leva.

— Je dormirai là-bas, d'accord ? C'est promis. Mais j'ai quelque chose à faire.

— Quelqu'un veut bien m'expliquer de quelles lettres vous parlez ? demanda Nally.

— Mett va tout vous dire, répondit Josie. Je serai de retour dès que possible.

— Josie, fit Noah. Je viens avec toi.

— Non, dit-elle, même si elle avait très envie qu'il l'accompagne. Il faut que tu restes avec Lisette et Trout.

Elle se tourna vers Mettner.

— Je vais devoir parler à Shannon et à Christian de cet Artiste.

Mettner soutint son regard.

— C'est toi qui décides. Mais il ne faut pas que la presse soit au courant.

— Mett et moi allons rester ici, dit Gretchen. On va commencer à remonter les pistes.

— Rentre chez toi et repose-toi, toi aussi, conseilla Mettner à Noah. On vous appellera tous les deux s'il y a du nouveau.

Josie partit à regret. Elle voulait suivre elle-même toutes les pistes, mais savait bien que c'était impossible. Son équipe ne les laisserait pas tomber, ni elle, ni Trinity. Elle en était absolument convaincue. Pour l'instant, il lui fallait suivre la piste que sa sœur avait laissée à son intention. Elle indiqua le dossier de l'Artiste aux ossements, étalé sur la table de la salle de conférences.

— Une chose, encore. J'aimerais emporter une copie de ce dossier.

32

Arrivé à la porte du jardin, Alex ôta la neige de ses chaussures et frappa trois coups. Hanna lui ouvrit en souriant. Un courant d'air chaud l'enveloppa. Il se sentit presque instantanément mal à l'aise, se mit à transpirer. Il s'était si bien habitué à rester dehors, dans le froid, que la touffeur de la maison le dérangeait. Mais il fallait qu'il mange. Il s'attabla devant l'assiette que Hanna lui avait préparée. Puis il se lança :

— Maman. Ça fait longtemps qu'il n'y a pas eu d'incident. Je me suis occupé de Zandra, je l'ai empêchée de te faire mal. Ça s'est bien passé. Et elle a douze ans, maintenant. Elle a mûri. Je me disais que peut-être... peut-être, les choses pourraient changer ?

— Tu sais, ton père...

Elle ne finit pas sa phrase et, à cet instant, il la détesta pour n'avoir jamais tenu tête à Francis.

La porte d'entrée s'ouvrit en grinçant. Alex entendit Francis taper du pied dans l'entrée pour retirer la neige de ses bottes, ôter son manteau, son bonnet, ses gants. Il surgit dans la cuisine, jeta à Alex un bref regard noir avant de s'attabler. Tandis que Hanna le servait, il parla de la journée qu'il venait de passer, du temps qu'il faisait, des imbéciles avec qui il devait travailler. Quand il eut fini de manger, elle lui servit un café puis passa dans la pièce voisine et revint avec des feuilles de papier qu'elle déposa devant lui.

— Qu'est-ce que c'est que ça ? demanda Francis.

— La promesse de vente du terrain qui est derrière chez nous. Quarante hectares ! Je vais en être propriétaire.

Il feuilleta le document.

— Et pourquoi l'achèterais-tu ?

— Parce que nous avons toujours voulu être propriétaires. C'est notre chance.

— Tu veux que je m'occupe de quarante hectares ?

— Non, je...

— Il n'y a même pas de maison, sur ce terrain !

— Eh bien on pourrait faire construire...

— Non ! asséna-t-il. C'est une idée idiote.

Il repoussa les pages agrafées et se leva. Quand il atteignit la porte, Hanna déclara :

— Je ne te demandais pas la permission. C'est mon argent. Je peux acheter ce terrain si je veux. Nous ne sommes pas mariés. Je n'ai pas besoin de ton autorisation.

Alex sentit une onde de choc balayer la cuisine. Francis se retourna, l'index pointé sur elle.

— Tu sais très bien pourquoi je ne peux pas t'épouser. Ces enfants...

— Ont besoin d'un héritage, le coupa-t-elle. Il faut qu'il leur reste quelque chose après ma mort.

Francis revint vers elle, prit la promesse de vente restée sur la table et la déchira en deux.

— Si tu veux garder tes précieux enfants, ne me reparle plus jamais de ça.

Callowhill était une petite ville à deux heures de route de Denton, vers l'est. Mais « ville » était un bien grand mot pour désigner Callowhill, se dit Josie en traversant ses rues enténébrées. Il y avait une grand-rue où les services essentiels étaient regroupés : un poste de police, un bureau de poste, une bibliothèque, une station-service, une caserne de pompiers, une pharmacie et un petit dispensaire pour les urgences. Le reste s'étalait sur les cinq kilomètres carrés vallonnés qui entouraient le centre-ville. Les Payne habitaient une grande maison en fausses briques, cossue, nichée sur un hectare de terrain. Une route étroite à une seule voie menait à l'allée qui desservait la maison. Josie savait que d'autres maisons bordaient la route, mais elle n'avait que rarement aperçu les voisins, lors de ses visites.

Elle coupa le moteur une fois garée à côté du SUV de Shannon, devant le garage fait pour abriter trois voitures, et suivit l'allée jusqu'à la porte d'entrée. Ils lui avaient donné une clé à son premier passage, mais elle ne pouvait se débarrasser de l'idée qu'il valait mieux sonner. Et, comme à chaque fois qu'elle venait ici, elle s'arrêta devant la porte pour jeter un coup d'œil aux alentours. Elle aurait pu grandir ici. Elle aurait *dû* grandir ici. Qu'aurait été sa vie si elle n'avait pas été arrachée à sa famille juste après sa naissance ? *Qui* serait-elle devenue ?

Trinity aurait-elle été différente ?

Ces pensées tourbillonnaient encore dans sa tête quand Christian ouvrit la porte.

— Ça va ?

Josie lui sourit faiblement et entra.

— Pardon. Je suis… un peu fatiguée.

Il l'invita à traverser la vaste entrée carrelée de marbre pour passer dans la cuisine où Shannon était assise devant l'îlot central, une tasse de café à la main. Josie dévisagea ses parents. Ils n'avaient visiblement pas dormi. Les cheveux poivre et sel de Christian étaient gras, en bataille. Un début de barbe lui mangeait les joues et il avait de gros cernes sous ses yeux injectés de sang. Il paraissait plus petit que d'habitude en pantalon de survêtement et en t-shirt. Josie avait tellement l'habitude de le voir en costume. Shannon, elle, était en pyjama de coton. Ses cheveux étaient tirés en queue-de-cheval. De grands cercles sombres se dessinaient également sous ses yeux, et elle avait le nez rouge vif à force de pleurer. Il sembla à Josie qu'elle avait vieilli de dix ans en quelques heures seulement.

Et ce qu'elle allait leur apprendre allait les dévaster une nouvelle fois.

Shannon croisa son regard, reposa sa tasse sur le plan de travail et chuchota :

— Vas-y. Dis-nous.

Josie était comme pétrifiée, des blocs de béton à la place des pieds.

— On pense que Trinity a été enlevée par un tueur en série.

Il y eut un blanc pendant quelques secondes. Puis Shannon émit un cri étranglé. Elle se couvrit la bouche à deux mains, comme pour s'obliger à se taire. Christian se posta derrière elle, l'entoura de ses bras et posa le menton sur le sommet de son crâne.

Josie s'avança et, en faisant de son mieux pour ne pas se laisser submerger par ses propres émotions, leur fit un bref résumé des conclusions auxquelles son équipe était arrivée : l'Artiste aux ossements détenait Trinity, et ils savaient très peu de choses sur lui. Le tout en s'efforçant de ne rien dire qui aggraverait leur détresse – même si elle se doutait bien qu'ils finiraient par chercher l'Artiste aux ossements sur internet dès qu'ils seraient seuls, ce qui suffirait à les plonger dans une angoisse mortelle.

Shannon pleura en silence tout le temps que Josie parlait. Christian demeura calme jusqu'à ce qu'elle ait terminé, puis se pencha sur sa femme en sanglotant. Josie les vit craquer sous ses yeux. Elle n'avait qu'une envie, les rejoindre, les étreindre tous les deux et se laisser aller elle aussi au chagrin, à la peur. Ils étaient ses parents, après tout. Mais elle ne pouvait pas céder. Si elle s'abandonnait à ces sentiments insupportables, si elle cessait d'aller de l'avant, tout était perdu. Et Trinity avait besoin d'elle. Qu'elle veuille être sa sœur ou pas, Josie allait faire tout son possible pour la retrouver.

Au bout de quelques minutes, les larmes de Shannon et de Christian refluèrent. Shannon attrapa une serviette en papier dans le distributeur posé sur l'îlot central, la tendit à son mari et en prit une seconde pour elle-même. En se tamponnant les yeux, elle dit :

— Et tu es venue ici pour nous annoncer ça ?

— Pas seulement. Il faut que je fouille moi-même dans les affaires de Trinity.

— Josie, si ces lettres étaient ici, crois-moi, on les aurait trouvées, dit Christian.

— Je ne parle pas des lettres. Elle tenait un journal. C'est ce que dit son message codé. « Dans mon journal. » Elle ne parle pas de ses lettres. Et c'est écrit en sténo, non seulement parce qu'elle n'a eu que quelques secondes entre le moment où ce type a débouché dans l'allée du chalet et celui où il est descendu de voiture pour la kidnapper, mais aussi parce qu'elle essayait de me dire quelque chose. Son journal, où qu'il soit, est écrit en sténo. Je ne sais pas ce qu'elle y a écrit, mais elle ne voulait pas que d'autres puissent le lire.

— Chérie, dit Shannon, nous n'avons pas trouvé de journal non plus. On t'aurait appelée immédiatement si on avait trouvé un journal écrit en sténo.

— C'est qu'elle l'a caché quelque part, répliqua Josie.

— Mais où ? fit Christian.

À un endroit où moi seule penserais à le chercher, se dit Josie. Mais à peine se faisait-elle cette réflexion qu'elle la trouva absurde. Trinity avait accusé Josie de ne pas du tout la connaître, la dernière fois qu'elles s'étaient adressé la parole. Pourquoi Trinity penserait-elle que Josie, et Josie seulement, pouvait deviner où elle avait caché son journal des années collège ?

— Je ne sais pas, dit-elle. Je sais seulement qu'il faut que je le cherche.

Christian l'accompagna à l'étage. L'accès au grenier se faisait par une simple trappe à laquelle était fixée une échelle pliante, en l'occurrence descendue. Des cartons jonchaient le long couloir. Certains avaient simplement été posés là, d'autres étaient éventrés, leur contenu en désordre. Christian enjamba les tas de vêtements, de CD, de livres de poche, de cassettes VHS, de chaussures et autres objets divers. Il indiqua la porte de la chambre de Trinity. Josie savait que, depuis que sa sœur avait déménagé, des années plus tôt, la pièce avait été vidée pour devenir une sorte de chambre d'appoint. Mais Trinity l'occupait encore à chaque fois qu'elle rentrait chez ses parents.

— Tu peux jeter un œil, dit Christian.

Josie entra dans la chambre et comprit que Shannon et Christian avaient vraiment cherché partout. Le matelas avait été soulevé, les tiroirs de la commode étaient ouverts, la porte du placard également, et les piles de draps et de serviettes qu'on y rangeait étaient défaites.

— Tu auras besoin d'aide ? demanda Christian.

— Non, merci.

Il la laissa. Elle passa plusieurs minutes à examiner la chambre, en se demandant où Trinity aurait pu cacher son journal d'adolescente. Elle l'inspecta soigneusement, tirant même sur les bords de la moquette pour voir si une partie ne se soulevait pas, avant de conclure que, adulte, Trinity n'aurait pas caché un journal là-dessous. Et que, d'ailleurs, elle n'avait sans doute pas touché à son journal depuis le collège. Partant de cette supposition, elle revint dans le couloir et se mit à fouiller méthodiquement chaque carton et à examiner les objets que Shannon et Christian en avaient déjà sortis, et qui gisaient au sol. Elle vérifia tous les compartiments de chaque boîte à bijoux, chaque vanity-case, chaque sac à main, et même l'intérieur des chaussures. Elle explora tout ce qui possédait une poche, même la plus petite.

Elle ne trouva rien.

Rien, en dehors du fait qu'elle et Trinity, alors qu'elles avaient grandi éloignées l'une de l'autre, dans des environne-ments très différents, qu'elles étaient des adultes très dissem-blables, avaient eu des goûts similaires à l'adolescence. Trinity possédait beaucoup de CD, de films, de livres et même de vête-ments que Josie avait aimés au même âge. Elle n'avait pas eu les moyens d'en avoir autant que Trinity, mais elle avait désiré et apprécié beaucoup des mêmes choses.

À commencer par les jeans moulants et leur éclectisme musical, avec des albums allant de Nelly Furtado et Jennifer Lopez à Matchbox 20, Lee Ann Womack ou Rascal Flatts. Josie eut les larmes aux yeux en se demandant si sa sœur avait chanté à tue-tête les mêmes hymnes adolescents qu'elle, si elle s'était évadée comme elle avec « I'm Like a Bird » de Nelly Furtado, réconfortée en écoutant Jennifer Lopez chanter « I'm Gonna Be

Alright ». Elles avaient toutes les deux aussi possédé la même boîte à compartiments rose et turquoise, en plastique, dans laquelle elles rangeaient leurs produits de maquillage, qui faisait fureur chez les jeunes filles de leur âge au début des années 2000. Josie avait donné la sienne à quelqu'un depuis longtemps déjà. Avec une pointe de nostalgie, elle ouvrit celle de Trinity et dénicha deux tubes de paillettes pour le corps, desséchés, qui la firent rire en dépit de la situation. Elle avait aimé presque tout ce que les adolescentes de l'époque adoraient, mais on ne l'aurait jamais surprise à se tartiner la peau de paillettes. Elle fouilla tous les compartiments de la boîte, mais ils étaient vides.

Elle trouva aussi une boîte à bijoux en plaqué argent, avec un bracelet de chez Tiffany à l'intérieur. Josie l'effleura presque religieusement. Le bracelet lui paraissait si gros et lourd, maintenant, avec ses maillons d'argent et la breloque en forme de cœur qui annonçait : « À retourner chez Tiffany & Co. » Plusieurs des filles les plus riches de son école possédaient ce genre de bracelet, à l'époque. Elle en avait désiré un tout le temps qu'elle avait passé au collège, tout en sachant qu'ils coûtaient très cher et que Lisette n'en avait pas les moyens. Elle le mit de côté et passa à un nouveau carton, qui contenait les films que Trinity avait collectionnés, adolescente.

La voix de Shannon l'arracha brusquement à ses pensées.

— Plus personne ne regarde de VHS, maintenant, dit-elle en désignant le tas de films du début des années 2000 que Josie avait sur les genoux. Je ne sais même pas si ça peut se revendre sur eBay, en tant qu'antiquités. Il va falloir que je lui dise de les jeter quand elle...

Elle se tut et se couvrit les yeux. Josie écarta les cassettes, se releva et vint délicatement retirer la main de Shannon de devant sa figure.

— Quand elle reviendra, oui, acheva Josie à sa place. Elle rangera tout ça à son retour. Regarde ces films ; c'étaient aussi les films que je préférais, au même âge. *Miss Détective, Droit au cœur, Erin Brockovich, Coup de foudre à Notting Hill, Shakespeare in Love.*

Shannon sourit.

— Elle adorait regarder des films. Elle pouvait rester des heures dans sa chambre à les enchaîner. Je pense que c'était un bon dérivatif, pour elle.

Josie lui montra une des cassettes.

— C'était mon préféré, celui-là. *Fréquence interdite.* Tu t'en souviens ?

— Je crois que oui.

— C'est l'histoire d'un policier qui parvient à communiquer avec son père mort depuis longtemps grâce à un radio-émetteur, pendant une aurore boréale. Ils arrivent à se parler à trente ans de distance, et à modifier ainsi leur futur. Je l'adorais parce que mon père...

Le reste de sa phrase se perdit dans un sanglot étouffé.

Shannon lui prit la boîte des mains, la reposa sur la pile de cassettes, par terre, et caressa les cheveux de Josie.

— Parce que ton père est mort quand tu avais six ans, et que tu aurais voulu changer l'histoire ?

Josie ne put qu'acquiescer en silence. La femme qui l'avait enlevée chez les Payne, alors qu'elle n'avait que trois semaines, avait une relation à éclipses avec le fils de Lisette Matson, Eli. Elle était revenue vers lui après une longue séparation en lui faisant croire que Josie était sa fille. Il avait élevé Josie pendant six ans, puis s'était fait tuer. Eli avait été un père merveilleux — le seul que Josie ait jamais connu — et il lui avait terriblement manqué tout au long de sa vie. Josie avait appris que Christian Payne était son père biologique plusieurs dizaines d'années après la mort d'Eli. Mais même en sachant la vérité, elle avait du mal à penser à Eli autrement que comme à son père.

Shannon indiqua une autre VHS.

— Le préféré de Trinity, c'était *Erin Brockovich.*

Josie laissa échapper un petit rire.

— Ça ne m'étonne pas.

— Josie. Il est près de 8 heures du matin. Tu n'as pas dormi. Noah a téléphoné...

— Et il veut que je me repose.

Shannon sourit.

— Et aussi que tu avales quelque chose, ajouta-t-elle.

— Il n'a pas tort.

Josie savait qu'il n'avait même pas essayé de l'appeler, elle, pour lui dire de dormir et de manger un morceau, parce qu'il était certain qu'elle ne l'aurait pas écouté.

— Je vais te faire un petit déjeuner, puis tu iras t'allonger un peu. Tu as trouvé ce que tu voulais ?

Josie regarda le capharnaüm autour d'elle. On aurait dit qu'un centre commercial des années 2000 venait d'exploser dans le couloir de la maison.

— Non, coassa-t-elle. Je ne crois pas que ce soit là-dedans.

Elle regarda le désordre quelques secondes de plus, puis Shannon lui prit le coude.

— Allez, laisse ça. Descendons à la cuisine.

34

Josie s'était assise devant l'îlot central et regardait Shannon préparer une omelette. Christian était assis face à Josie, ordinateur portable ouvert, et se renseignait sur internet au sujet de l'Artiste aux ossements, blêmissant au fur et à mesure de sa lecture.

— Je ne suis pas sûre que ce soit une bonne idée... papa, dit Josie.

Il leva les yeux vers elle, le visage illuminé tout à coup. Comme avec Shannon, elle n'avait essayé d'appeler Christian « papa » qu'une fois ou deux jusqu'à présent. La joie et l'espoir fou qui se lisaient sur leurs deux figures quand elle les appelait « maman » ou « papa » la mettait toujours mal à l'aise. Ça ne pouvait pas réécrire le passé, ni combler le vide laissé par trente ans d'absence. Josie le savait. Toute sa vie n'avait été qu'un défilé de vérités pénibles, une succession chaotique de réalités plus pénibles encore. Elle ne savait pas jusqu'à quel point les Payne s'en rendaient compte. Et elle ne voulait pas les décevoir.

Comme s'il avait perçu son malaise, Christian détourna les yeux et maîtrisa son émotion avant de la regarder de nouveau.

— Tu as raison, dit-il. Mais je dois savoir. Je ne peux pas m'en empêcher. Il vaut toujours mieux en savoir le plus possible. Je veux dire, pas... pas pour mon moral, mais, en général, plus j'en sais sur un sujet donné, mieux je me sens.

— Je suis un peu comme ça aussi, acquiesça Josie.

Au point que son besoin de savoir, de percer les mystères et de résoudre les énigmes la mettait parfois en danger.

— Trinity aussi, dit Shannon dans son dos. Quand sa grand-mère est tombée malade, elle a cherché tout ce qu'elle pouvait trouver sur le cancer du poumon. On pensait que ce n'était pas très sain, mais on n'a jamais pu l'en empêcher.

Christian eut un petit rire triste.

— Tu te rappelles, elle croyait que tu pouvais inventer un médicament pour la guérir ? dit-il à sa femme.

Shannon coupa le feu sous la poêle, et essuya une larme.

— Oh oui ! Ça a été un des pires moments de ma vie de mère. Quand elle a compris que je ne pouvais pas sauver sa grand-mère, alors que j'étais chimiste dans un grand labo pharmaceutique.

— Oui, apprendre que ses parents n'y pouvaient rien l'avait dévastée, renchérit Christian.

— Mais au moins vous étiez là, dit Josie. Vous étiez là pour amortir le choc, alors qu'elle avait le cœur brisé.

— Je ne suis pas sûre qu'on l'ait beaucoup aidée, dit Shannon en soupirant.

Elle fit glisser l'omelette sur une assiette avec sa spatule et la déposa devant elle. Josie n'avait pas mangé depuis la veille au soir, et n'avait toujours pas faim, mais elle prit la fourchette que lui tendait Shannon et se mit à manger. Il lui fallait faire le plein d'énergie pour continuer à chercher sa sœur.

— Les années qui ont suivi la mort de ma mère ont été très dures, reconnut Christian.

— Oui, c'est ce que tu disais, dit Josie. Mais elle s'en est très bien sortie.

— Tu crois vraiment ? répliqua Shannon. Elle n'a pas d'amis. Ces deux derniers mois ont été si durs, encore plus qu'au début de sa carrière, la fois où sa source lui a fait passer de fausses infos pour un reportage et qu'elle s'est fait débarquer du journal du matin. Elle n'a plus que nous. J'ai cru qu'elle avait surmonté toutes ces histoires de harcèlement et de problèmes relationnels au collège et au lycée, mais je me suis peut-être trompée.

— Ça n'a plus d'importance, maintenant, dit Christian. Ce qui compte, c'est de la ramener vivante.

— Elle n'a jamais eu de meilleure amie au collège ? demanda Josie.

— Non, répondit Shannon. Ça m'a toujours attristée. Quand on voulait l'emmener quelque part et qu'on lui proposait d'inviter une amie, elle n'avait jamais personne. Toutes les autres filles allaient par deux, mais elle était seule, tout le temps. À chaque fois qu'elle essayait de se faire des copines, ça tournait court.

— Tu te souviens de cette fille, là... dit Christian. Sa famille était en vacances au même endroit que nous, à la mer, l'été avant son entrée en troisième.

— La fille du parachute ascensionnel ? Bien sûr que je m'en souviens. C'était une garce.

Shannon se tourna ensuite vers Josie.

— Cette fille était dans la même classe que Trinity au collège. Elles devaient aller dans le même lycée ensuite. Elle a passé toute une semaine avec Trinity, une fois où nous étions en vacances à la mer. Nous les avions toutes les deux emmenées faire du parachute ascensionnel, et elles avaient adoré. J'ai cru que ça les avait vraiment rapprochées, parce que c'était une activité assez intense. Trinity était heureuse comme tout et, pour la première fois depuis deux ou trois ans, je m'étais remise à espérer. Elle avait enfin une amie. Quelqu'un de son âge avec qui elle pouvait partager des choses. Mais, dès le retour à Callowhill, cette fille a fait comme si elle n'existait pas.

— Je crois qu'on appelle ça « ghoster », maintenant, dit Christian.

— On appelle ça « être inhumain », éructa Shannon. À l'époque, comme aujourd'hui. J'avais même téléphoné à sa mère, pour essayer d'organiser un petit quelque chose pour nous voir en famille, mais elle m'a envoyée paître, elle aussi. Trinity a passé le reste de l'année à se demander ce qu'elle avait pu dire ou faire de mal.

Josie avait mal au cœur pour sa sœur jumelle.

— C'est terrible.

Christian secoua la tête.

— Non, pas tant que ça. À côté de ce qui lui est arrivé pendant son année de troisième, ça n'était vraiment pas si grave.

Shannon essuya de nouveau ses yeux pleins de larmes.

— Je pensais qu'après tout ce temps, ces histoires idiotes de collège ne me feraient plus pleurer, mais je me trompais.

— Qu'est-il arrivé ? demanda Josie.

Shannon alla fouiller dans le placard au-dessus de l'évier pour trouver des sachets de thé. Elle mit la bouilloire à chauffer avant de reprendre la parole :

— Ça a commencé à cause de ce sac à main qu'elle avait trouvé dans une friperie de Philadelphie. C'était un sac au design années 1980, en patchwork, avec beaucoup de couleurs et des motifs variés. Elle l'adorait. Dieu seul sait pourquoi, mais elle était enchantée de l'avoir. Il se démarquait complètement des sacs des autres, disait-elle.

— Parce que ce truc avait plus de vingt ans, ajouta Christian.

— Peu importe, dit Shannon en secouant la tête. En tout cas, elle l'aimait bien. C'était juste un sac. Elle l'a emporté une fois au collège, et ça a été comme agiter un chiffon rouge devant un taureau. Tous ces petits monstres se sont immédiatement moqués d'elle, l'ont surnommée « Miss sac pourri ».

— Quelle imagination, persifla Josie.

— Tu sais, ces gamins-là n'ont jamais été très intelligents, reprit Shannon. Et ils ont continué en disant qu'elle n'avait pas les moyens de se payer un vrai sac, ont commencé à l'appeler « Payne la clocharde », et ça a duré quasiment toute l'année comme ça.

— Trinity ne comprenait pas pourquoi ils se moquaient d'elle en la traitant de pauvre, alors que ce n'était visiblement pas le cas, ajouta Christian. On a essayé de lui expliquer que la question n'était pas là, qu'ils se montraient cruels uniquement par plaisir.

— On lui a bien répété que se moquer du statut socioéconomique de quelqu'un d'autre n'était pas acceptable, et que s'ils ne l'avaient pas appelée « Payne la clocharde », ils auraient trouvé autre chose pour la ridiculiser.

Josie passa mentalement en revue les sacs qu'elle avait vus dans les affaires de Trinity, à l'étage.

— Qu'est-ce qu'il est devenu, ce sac ?

Shannon versa de l'eau bouillante dans une tasse et y fit tomber un sachet de thé avant de répondre.

— Elle l'a jeté à la poubelle. Avant même la fin des cours. Elle était mortifiée. Je l'ai ramenée de force sur place pour le récupérer, parce que je voulais qu'elle continue à l'emporter en cours, pour montrer qu'elle ne se laissait pas marcher dessus...

— Et faire comprendre à ces gamins qu'ils pouvaient se mettre leurs sarcasmes là où je pense – enfin, mon épouse ici présente a usé d'un langage bien plus grossier, à l'époque, intervint Christian en souriant.

Shannon reprit :

— Mais quand nous sommes arrivées au collège, toutes les poubelles avaient été vidées. Près d'une centaine de poubelles, vidées dans une grande benne. Trinity avait déjà passé une journée horrible, je n'ai pas voulu en plus l'obliger à plonger dans la benne pour récupérer un objet qui lui avait valu tant de moqueries.

Josie imaginait très bien ce qui se serait passé si quelqu'un de l'école avait assisté à une scène pareille. « Payne la clocharde », qui fouillait dans une benne accompagnée de sa propre mère ? Rumeurs et injures n'auraient jamais cessé.

— Tu as bien fait, dit-elle à Shannon.

— On lui a dit de ne pas les écouter, de garder la tête haute, que ça n'avait pas d'importance. Qu'ils étaient cruels sans raison, et que personne n'avait envie d'être ami avec des gens pareils, de toute façon.

Les parents bien intentionnés disaient toujours ce genre de choses à leurs enfants victimes de harcèlement, même si Josie savait bien que ces discours étaient rarement utiles dans de telles situations. Mais que pouvait-on dire ou faire d'autre ?

— Le lendemain, poursuivit Shannon, elle a pris dans mon placard, sans me le dire, un de mes sacs, un des plus chic, et l'a emporté à l'école.

Josie tressaillit. Même si elle et Trinity avaient eu les mêmes goûts à l'adolescence, leurs personnalités étaient on ne peut plus différentes. Si Josie avait, à l'âge de quatorze ans, été harcelée à ce point à cause d'un sac vintage des années 1980, elle aurait obligé la plus virulente de ces petites terreurs à porter ce sac sur la tête et l'aurait fait défiler dans toute la cour pour que tous ses camarades sachent qu'il valait mieux ne pas se frotter à elle. Et elle aurait économisé pour se payer toute une collection de sacs des années 1980 et en arborer un différent chaque jour de la semaine à l'école, mettant au défi quiconque de faire la moindre plaisanterie.

Elle ne put s'empêcher de se demander quelle aurait été sa réaction, néanmoins, si elle avait été élevée par Shannon et Christian. Son enfance difficile lui avait-elle donné un cran qu'elle n'aurait pas eu autrement ? Écartant ces pensées, elle revint à ses parents.

— Que s'est-il passé ensuite ?

Shannon posa la tasse de thé devant Josie.

— C'est de la camomille, dit-elle. Ça t'aidera à dormir.

— Des gamins ont dit qu'elle l'avait volé, répondit Christian. L'un d'eux le lui a arraché et ils ont dit qu'ils la dénonceraient au proviseur pour vol. Elle a dit que c'était le sac de sa mère, et un groupe de quatre ou cinq collégiens a démoli le sac.

— Ils en ont fait de la charpie, confirma Shannon.

— Oh là là...

— Ça a été violent. On a décidé que ça suffisait et alerté le principal. Shannon a même appelé la police.

— Pour un sac ?

Shannon secoua la tête.

— Non, pas pour le sac. Je me fichais bien du sac. Mais ces gamins l'ont arraché de force à Trinity, et l'ont détruit. Imagine que tu te promènes dans la rue, que quelqu'un se rue sur toi, t'arrache ton sac et le met en pièces, sous tes yeux ? Ce n'est pas acceptable. Dans un monde normal, on ne tolérerait pas ce comportement de la part d'un adulte. Pourquoi laisserait-on des ados faire ça sans rien dire ?

— C'est juste, dit Josie.

— Imagine ensuite ces jeunes entrer dans le monde du travail en pensant qu'ils peuvent se comporter comme ça. En croyant qu'ils peuvent faire ce qui leur chante sans qu'il leur arrive rien ! Qu'ils peuvent insulter, agresser des gens, détruire ce qui appartient à d'autres ! Les adultes doivent respecter les règles d'une société civilisée, pourquoi est-ce que des gamins de collège y échapperaient-ils ?

— Shan... dit Christian.

Shannon agita la main.

— OK, OK, j'arrête de m'emballer, pardon.

— Il n'y a pas de mal, dit Josie. Que s'est-il passé ensuite ?

— Ces quatre-là ont été punis et n'ont plus osé s'en prendre à Trinity – pas physiquement, en tout cas. Mais ils ont monté toute l'école contre elle. « Ne vous approchez pas de Payne la clocharde, sinon elle appellera les flics et dira que vous l'avez agressée. » Ce genre de choses. Elle a eu encore pas mal de problèmes. Beaucoup, en fait. Elle s'est même battue avec une fille d'une autre école pendant une sortie scolaire. C'est pour ça qu'elle a dû effectuer des travaux d'intérêt général.

— Elle n'a jamais trouvé sa place au collège, ajouta Shannon. Ça a été l'enfer du début à la fin. Je me demande encore si on n'aurait pas mieux fait de la scolariser à la maison. Si on n'a pas commis une erreur en l'obligeant à aller à l'école tous les jours.

— On ne peut pas savoir, répondit Josie. Ça l'a peut-être bien préparée à la profession qu'elle exercerait ensuite. Elle travaille dans un secteur impitoyable – et elle fait son métier exceptionnellement bien.

— Peut-être, dit Shannon. Dans la vie, parfois, on ne peut pas savoir immédiatement si ce qu'on fait est bien ou mal.

35

La première fois qu'Alex vit des vautours noirs, des urubus, plus précisément, il suivait son père dans une de ses aventures. Il les prenait souvent pour des buses lorsqu'ils étaient haut dans le ciel. Ce n'était que quand ils planaient plus près du sol, en voyant le dessous noir de leurs grandes ailes, qu'il savait que c'étaient des urubus. Son père lui ordonnait de les ignorer. « Ces sales charognards, disait-il. Ils ne font même pas de nids. Ils pondent au sol ou dans des bâtiments abandonnés. »

Alex ne voyait pas le problème. Pour lui, les urubus étaient les plus intelligents. Ils ne laissaient pas de déchets. Ils se nourrissaient de ce qui était déjà mort. Et ils étaient deux fois plus gros que les autres rapaces que son père semblait révérer.

Francis traitait les nécrophages d'oiseaux « laids et stupides ». Il faisait tout son possible pour ne pas les attirer sur leur domaine, mais la faune sauvage était trop nombreuse. Inévitablement, un cervidé, un coyote ou un autre animal plus petit, lapin ou raton laveur, mourait et ils se précipitaient sur son cadavre, le nettoyaient avec une efficacité féroce.

C'était ce qui fascinait Alex.

Il aimait monter sur les rochers et leur déposer un cadeau –

les carcasses ne manquaient pas, dans la forêt. Puis il attendait que les urubus arrivent. Il avait le temps pour ça, puisqu'il n'était autorisé à entrer dans la maison qu'aux heures des repas. Il les observait un jour dévorer le corps d'un renard roux quand il entendit du bruit derrière lui. Pensant que c'était Francis, il se retourna, prêt à subir ses injures, s'attendant à être renvoyé loin de ces « charognards idiots et sales ». Mais c'était Zandra.

— Qu'est-ce que tu fais là ? demanda-t-il.

— J'explore le coin.

— Non, dit-il. Comment es-tu sortie ?

— J'ai dit à Hanna ce qu'il faisait dans la chambre.

Alex sentit une vague de dégoût l'inonder. Il déglutit avec difficulté.

— Quelle chambre ?

— Ne fais pas semblant de ne pas comprendre, dit-elle. *Ma* chambre.

Il ne répondit pas.

Elle ramassa des brindilles qui s'étaient accumulées dans l'anfractuosité d'un rocher et les lança sur le groupe d'urubus mais ils restèrent imperturbables, tout à leur activité. Quand ils se mettaient à manger, presque rien ne les dérangeait. C'était une des choses qu'Alex aimait particulièrement chez eux.

— C'est vraiment répugnant, dit Zandra.

— Mais non, pas du tout.

— Mais si. C'est dégueulasse.

Elle ne comprenait pas la beauté de ces oiseaux noirs majestueux, pas plus que celle de l'art de la nécrophagie. Il ne répondit rien.

Au bout d'un moment, elle reprit la parole.

— Je veux rester dehors, avec toi.

— Tu n'en as pas le droit. Tu as fait du mal à maman. Je suis chargé de t'en empêcher. Mais parfois, je n'en ai pas vraiment envie. Il y a des moments où j'ai envie de te laisser faire... du mal.

— C'est vrai ?

Il haussa les épaules.

— J'ai des mauvaises pensées.

— À propos de maman ?

— À propos de tout le monde, chuchota-t-il.

— Même de moi ?

— Oui.

— De quel genre ?

Il détourna les yeux de la scène qui se déroulait devant eux. Un des urubus venait d'arracher un petit os et s'envola en l'emportant dans son bec.

— J'ai envie de savoir à quoi tu ressembles sans ta peau, dit Alex.

36

Josie crut qu'elle n'arriverait pas à s'endormir, surtout après ces révélations sur le passé de Trinity. Il n'était pas étonnant que sa sœur soit ainsi, ambitieuse, passionnée à l'excès, presque inhumaine dans sa quête de sujets de reportages. Aux dires de tous, et d'après les albums photos que Josie avait pu feuilleter ce matin-là, Trinity avait eu une enfance idyllique quand la sienne avait été un enfer. Mais ensuite, au collège, Josie était allée vivre chez sa grand-mère et avait mené une vie plus normale, tandis que Trinity, elle, s'était enfoncée dans un abîme de solitude. Allongée dans la chambre d'amis, rideaux tirés, Josie se demandait pourquoi sa sœur ne lui en avait jamais rien dit. Puis elle comprit que c'était pour la même raison qu'elle-même rechignait à parler de la femme qui l'avait kidnappée et « élevée ». Ces horreurs appartenaient au passé, et ne devaient pas en sortir. Josie n'avait aucune envie de les revisiter – pour personne. Pourtant, en dérivant lentement vers le sommeil, elle ne put s'empêcher de regretter ces conversations qu'elles n'avaient jamais eues ensemble.

Lorsqu'elle ouvrit les yeux, trois heures plus tard, son téléphone lui apprit qu'il n'était que 13 heures et que Noah avait essayé de la joindre deux fois. Elle le rappela avant même d'être complètement réveillée.

— Que se passe-t-il ? demanda-t-elle lorsqu'il décrocha. Il y a du nouveau ?

— Rien pour l'instant. Désolé. Mais Nally a passé quelques coups de fil et a fait envoyer les indices matériels recueillis sur la scène de crime du chalet au labo du FBI, pour les faire passer en priorité, puisque c'est maintenant une affaire de tueur en série. Je ne sais pas quelles relations il a pu faire jouer, mais accélérer ces analyses ne peut pas faire de mal.

— Et les empreintes dans le bungalow, dans la voiture de Trinity et sur sa coque de téléphone ? On les a passées à l'AFIS ?

— Oui, mais ça n'a rien donné. On a trouvé quelques empreintes inconnues dans le bungalow et dans la voiture, mais on ne peut pas garantir qu'il y en ait une qui appartienne au tueur. Il n'y a aucune empreinte sur l'emballage de la boîte qui contenait le peigne, en dehors des miennes et de celles de Trinity. Ils sont en train d'analyser l'écrin lui-même et le peigne, mais ça va prendre plus de temps. Nally a aussi mis des agents sur les pistes que tu as suggérées : ornithologues, vétérinaires, agents de l'Office de la faune sauvage. Mettner leur a dressé une liste.

— Tu as dormi ?

— Quelques heures, répondit Noah.

Josie se leva et pointa le nez dans le couloir. Une odeur de cuisine montait depuis le rez-de-chaussée.

— Je crois que Shannon va encore vouloir me faire manger avant que je rentre.

— Laisse-la faire. On ne bouge pas d'ici.

Josie raccrocha, passa aux toilettes et descendit. Dans la

cuisine, elle vit que c'était Christian au fourneau, et non Shannon.

— Ta mère est au grenier, en train de tout ranger, lui apprit-il. Ça m'étonne que tu n'aies rien entendu.

— J'étais assez fatiguée, reconnut Josie.

Quelques instants plus tard, Christian déposait devant elle un plat de pâtes et de légumes rôtis.

— Mange ! Je dois passer quelques coups de fil puisque je ne vais pas aller travailler avant un moment. Tu as tout ce qu'il te faut ?

Josie fit oui de la tête. Dès qu'il fut hors de vue, elle sortit de son sac la copie du dossier de l'Artiste aux ossements qu'elle avait emportée. Elle commença par remettre toutes les photos au fond de la pile. Elle ne voulait pas que Shannon ou Christian les voient en entrant par hasard dans la cuisine. En mangeant, elle feuilleta les rapports d'autopsie, les relevés ADN, les profils des victimes, cherchant ce qui avait pu aider Trinity à avancer dans sa quête. Elle avait forcément découvert quelque chose d'important, puisqu'elle avait pu prendre contact avec le tueur alors que la police le recherchait depuis plus de dix ans.

Mais rien ne lui sauta aux yeux.

Elle se replongea dans le profil psychologique, le lut plus attentivement. Quelqu'un, Nally, probablement, avait écrit à la fin, dans la marge : « Cherche à attirer l'attention, à ce qu'on reconnaisse son intelligence. Il veut se sentir important. Utiliser la stratégie du superflic ? » Josie se dit qu'elle lui demanderait plus tard ce qu'il entendait par là. Elle relut le profil en entier une seconde fois, essayant de voir les choses du point de vue de Trinity. Rien ne lui apparut. Elle acheva son repas, lava son assiette dans l'évier. Elle revint s'asseoir et tendit l'oreille pour savoir ce que faisaient Shannon et Christian. La voix de ce dernier lui parvenait aisément, de son bureau au rez-de-chaussée. Il était toujours au téléphone. Quelques bruits sourds provenaient de l'étage : Shannon était en train de ranger le couloir. Les sachant tous les deux occupés pour plusieurs minutes au moins, Josie respira un bon coup et sortit les photos du dessous de la pile. Elle se raidit, comprenant trop tard qu'il aurait mieux valu ne pas manger juste avant de les examiner. Elle prit une nouvelle grande inspiration et se força à regarder les ossements répertoriés comme étant ceux de Robert Ingram. Elle essaya de les observer avec détachement, sans émotion. Elle devait dépasser sa répugnance et penser comme le tueur. Ce qu'il faisait ne l'horrifiait pas. La plupart des tueurs en série aimaient ce qu'ils faisaient. Et celui-ci ne se contentait pas d'apprécier son œuvre, il cherchait à en faire une déclaration d'intention. Mais de quel ordre ? Il se prenait pour un artiste. Ces mises en scène crues étaient de l'art, à ses yeux. Des symboles de quelque chose. Josie sortit de son sac un carnet et un stylo.

Elle entreprit de reproduire schématiquement la manière dont les ossements étaient positionnés, et commença par un cercle, comme celui d'une horloge ou d'une montre. Dans ce cercle, elle en dessina un second représentant la cage thoracique. Vers le bas, à 6 heures, elle dessina un trait représentant les os des bras, puis une autre forme à l'extrémité, correspondant au crâne et à l'os pelvien. Elle allait dessiner la seconde ligne représentant les os des jambes, à peu près à 2 heures, mais s'interrompit brusquement.

— Bon sang !

Elle tourna la page de son carnet et recommença à dessiner un cercle, puis une ligne verticale en bas, à 6 heures, et une seconde, en travers.

Elle chercha parmi les photos celle qui montrait les ossements de Terri Abbott. Là, le bassin et le crâne étaient positionnés différemment, au bout des os des jambes, à 2 heures. Josie tourna une autre page et dessina un nouveau cercle, avec cette fois une ligne qui partait de cette position, et une autre ligne au bout. *Non, pas une ligne*, se dit-elle. *Une flèche.*

Elle se renfonça dans son siège et fixa ses croquis grossiers. Des symboles. Féminin, masculin.

Elle referma le dossier, prit son téléphone et rappela Noah.

37

Il décrocha à la seconde sonnerie.

— Ça va ? Tu es en route ?

— Je ne vais pas tarder à partir, dit Josie. Où es-tu ? Avec les autres ?

— Gretchen est rentrée dormir un peu, mais Mettner et Nally viennent d'arriver. Ils ont dormi quelques heures ce matin. Que se passe-t-il ? Tu as trouvé le journal de Trinity ?

— Non. Pas ça. Mais je crois que j'ai trouvé le sens de ces mises en scène. Regarde les photos, tu veux ?

— Ne quitte pas.

Elle l'entendit se lever, discuter, appeler Mettner et Nally. Puis des bruits de pas dans un escalier, une porte qui s'ouvrait en grinçant, des papiers qu'on remuait. Enfin, Noah revint en ligne.

— OK, on a les photos. Je passe sur haut-parleur.

Il y eut un bip, et Mettner et Nally la saluèrent. Elle alla droit au but.

— Regardez les photos des victimes masculines. Le crâne et le bassin sont en bas, à 6 heures.

— C'est ce qu'on voit, oui, confirma Mettner.

— Masquez les os des jambes, qui pointent en haut à droite. Faites comme s'ils n'y étaient pas. Vous obtenez un cercle avec une ligne qui part vers le bas et une autre ligne qui la croise.

L'un des trois siffla longuement. Nally prit la parole :

— C'est le symbole féminin.

— Oui, dit Josie. Maintenant, regardez les ossements de Terri Abbott, la seule victime féminine. L'os du bassin et le crâne sont en haut à droite, à 2 heures.

— J'ai compris, dit Noah. En cachant les os qui sont à 6 heures, on obtient le symbole masculin. Bon Dieu de merde.

— Voilà. Les symboles mâle et femelle, dit Josie.

— Mais pourquoi a-t-on le symbole masculin pour la victime féminine, et inversement ?

Josie repensa aux Post-it de Trinity. La symétrie. Il y avait quelque chose à propos de la symétrie. Mais quoi ? N'était-il pas plus logique que les victimes masculines soient associées au symbole masculin, et la femme au symbole féminin ?

— Je ne sais pas, dit Josie, mais on tient quelque chose.

Il y eut un long silence avant que Nally reprenne la parole.

— Bien vu, Quinn, vous avez sûrement raison, ce sont les symboles masculin et féminin. Mais ça ne nous avance pas beaucoup pour coincer ce type.

Josie se laissa retomber contre le dossier de sa chaise. Il n'avait pas tort.

— Je vais quand même en parler à mon contact de l'unité d'analyse comportementale, voir si ça lui dit quelque chose et s'il pense que ça peut nous aider dans notre enquête.

— Merci, dit Josie, démoralisée. Je vais reprendre la route dans quelques minutes. À tout à l'heure.

Elle rassembla ses affaires, dit au revoir à Shannon et à Christian qui promirent de la rejoindre à Denton plus tard dans la journée, et prit sa voiture. En quittant Callowhill par une série de petites routes bordées d'arbres, elle ressassait, épuisée, ce qu'elle venait de découvrir. Trinity l'avait-elle compris aussi ?

C'était probable. Mais qu'en avait-elle conclu ? Comment ces symboles masculin et féminin l'avaient-ils amenée à faire sortir le tueur de sa cachette après tant d'années ?

La route devint plus étroite et elle resserra les mains sur le volant. Sur sa droite, un ravin bordait la route et, sur sa gauche, la forêt s'étendait à perte de vue. Un instant plus tard, toujours sur la gauche, elle aperçut un pick-up. Il était garé dans un petit espace entre deux arbres, sur le bas-côté, sa cabine blanche émergeant de la lisière du bois. Le bas de la portière était maculé de terre et quelqu'un avait tracé les mots « À laver » du bout du doigt. Josie eut un petit rire en passant devant. Du coin de l'œil, sous ces deux mots, elle devina autre chose. Un symbole.

Elle avait largement dépassé le pick-up quand elle comprit la signification de ce qu'elle venait de voir.

« Il conduit certainement un véhicule banal, adapté à ses activités. Donc un van ou un pick-up, mais sans doute un modèle peu récent, pour ne pas attirer l'attention. »

Elle passa rapidement en revue toutes les possibilités. Était-ce possible ? Ou devenait-elle folle à cause du stress de l'enquête et du manque de sommeil ? Josie secoua la tête, comme pour remettre ses pensées en ordre. Ça ne pouvait pas être une coïncidence, se dit-elle. Tout ce qui se produisit ensuite lui parut prendre des heures, mais ne dura en réalité qu'une poignée de secondes. Elle effectua un demi-tour et fonça pour revenir vers le pick-up. À l'aide de la commande vocale de sa voiture, elle appela Noah. Avant qu'il puisse parler, elle dit :

— Noah, je crois que je le tiens. L'Artiste.

— Josie, quoi ? Qu'est-ce que tu...

— Écoute-moi, il faut faire vite.

Elle lui indiqua du mieux possible l'endroit où elle se trouvait.

— Je crois que c'est un pick-up Chevrolet blanc, ajouta-t-elle. Assez ancien.

Avant qu'elle ait le temps de poursuivre, elle vit un homme sortir du bois et grimper au volant du pick-up sans la voir. Il paraissait grand, plus d'un mètre quatre-vingts, et portait un jean et une chemise de flanelle. Des cheveux bruns dépassaient de sa casquette de base-ball bien enfoncée sur sa tête. Quand il entendit Josie arriver, il leva les yeux et leurs regards se croisèrent.

— Il est là ! dit-elle. Et son visage... il y a quelque chose...

L'homme enfonça l'accélérateur et son véhicule bondit, dans une gerbe d'herbe et de boue. Il fonça droit sur elle et emboutit sa voiture par le travers. Le choc, brutal, secoua Josie comme une poupée de chiffon. Sa tête alla cogner contre la vitre de la portière et elle vit trente-six chandelles. Elle s'accrocha au volant, tenta en vain de reprendre le contrôle de son SUV. L'homme accéléra de nouveau pour pousser la voiture de l'autre côté de la route. Josie sentit vaguement l'impact quand il la projeta contre la glissière de sécurité, entendit le hurlement du métal contre le métal. Le pick-up revint à la charge. Sa voiture bascula, roula dans le ravin, toutes les vitres éclatèrent, projetant des tessons de verre dans l'habitacle. Sa ceinture de sécurité se bloqua, lui coupant momentanément le souffle. Quand sa Ford cessa enfin de dévaler le ravin, elle se retrouva la tête à l'envers.

Autour d'elle, tout était flou. La voiture était coincée entre deux grands arbres. Le pare-brise avait volé en éclats. Il y avait du verre partout. Elle tenta de bouger. Ses doigts se portèrent sur la boucle de la ceinture de sécurité. Elle appuya sur le bouton pour se libérer, mais rien ne bougea.

La voix de Noah dans l'habitacle ne fit qu'ajouter à sa désorientation.

— Josie ! hurlait-il. Josie, tu m'entends ? Josie !

— Ac-accident, parvint-elle à grogner.

La voix de Noah se fit plus distante, mais elle l'entendit, au loin, parler à quelqu'un d'autre, aboyer des ordres.

— Ne bouge pas ! dit-il en reprenant le téléphone. Les secours sont en route !

Malgré sa confusion, son esprit s'évertuait à lui dire quelque chose d'important. Il était là. Tout près. *Il a essayé de te tuer.* Elle inspira, cligna des yeux, ce qui déclencha un déluge de feu sous ses paupières, comme si l'on enfonçait des aiguilles dans ses globes oculaires.

— N'y touchez pas, dit une voix d'homme quand elle porta la main à ses yeux.

La panique la tétanisait. Elle ne pouvait pas ouvrir les yeux. La douleur était trop insupportable. Elle tendit les mains devant elle comme pour l'empêcher d'approcher.

— Allez-vous-en ! Ne me touchez pas !

Elle le sentit s'avancer. Elle entendit un grognement, puis le grincement de sa portière. Tout son corps se contracta, mais l'homme parla d'une voix calme.

— Vous avez du verre dans les yeux, dit-il. Ne les frottez pas, ne clignez pas des paupières.

Elle se mit à hurler, à donner des coups de pied et de poing dans le vide quand elle sentit des mains se poser sur elle et commencer à la tirer. Puis il y eut un déclic et elle tomba, atterrissant avec un bruit sourd sur le sol de la forêt. Des bras se glissèrent sous ses genoux et ses aisselles et la soulevèrent. Elle se tortilla pour se dégager alors qu'il l'emportait. Puis il s'immobilisa en entendant la voix de Noah leur parvenir, faiblement, de la voiture au-dessus d'eux.

— Josie ! Josie, réponds-moi !

Elle sentit qu'il la posait à terre, retrouva le sol sous elle. Elle ouvrit lentement un œil, malgré la souffrance, mais elle ne vit qu'une forme floue qui s'éloignait. Elle tenta de se relever mais, prise de vertiges, elle retomba à genoux.

— Attendez, haleta-t-elle. Attendez ! Ma sœur !

Il s'arrêta mais ne se retourna pas. Elle tâtonna à la

recherche de son holster, voulut dégainer son arme, mais ce maudit holster refusait de s'ouvrir. Ou bien elle tremblait trop.

— Où est-elle ? Où est Trinity ?

Pas de réponse. Aucun geste. Ses yeux étaient en feu.

— Elle est encore vivante ? Par pitié, dites-moi si elle vit encore.

Il se remit à marcher. Josie rampa vers lui, au désespoir, alors que l'unique lien avec sa sœur s'éloignait, avait presque disparu.

— Attendez ! hurla-t-elle, les joues trempées de larmes, ses yeux en fusion de plus en plus douloureux, sa vision réduite à un étrange kaléidoscope tordu. Emmenez-moi. Emmenez-moi !

Il s'arrêta une seconde fois. Sa haute silhouette était loin au-dessus d'elle, floue, sur la pente du ravin. Sa réponse flotta dans l'air comme si une distance infinie les séparait.

— Pas maintenant, dit-il.

38

Josie remonta le ravin en rampant, parvint jusqu'au bas-côté en se guidant de ses mains tout en essayant de ne pas cligner des paupières ni trop penser à ses yeux en feu. Elle attendit ce qui lui parut une éternité avant d'entendre un véhicule arriver à fond de train. Elle tenta d'ouvrir les yeux pour savoir qui c'était. Des secours ? Ou était-ce l'autre qui revenait ? Allait-il la kidnapper elle aussi ? La conduire à Trinity ? Quelques instants plus tard, elle entendit les grésillements d'une radio de la police et le soulagement l'envahit. Des mains la soulevèrent. On la bombarda de questions. Elle y répondit de son mieux mais avait du mal à se concentrer tant la douleur était vive. Tout son corps lui faisait mal, et surtout son cou. Elle tenta quand même de leur décrire l'homme et son véhicule.

— Son visage, dit-elle. Il a quelque chose de bizarre.

— Quoi ? Comme une cicatrice ? fit une voix d'homme.

— Non. Oui. Quelque chose comme ça.

Qu'avait-elle vu, en réalité ? Tout était allé si vite. N'était-ce qu'une ombre ? L'angle sous lequel elle l'avait vu quand leurs regards s'étaient croisés, la première fois ?

— Une marque de brûlure, je crois. Du côté gauche. Toute rouge.

— C'est noté. Allez, on y va.

On la conduisit à l'hôpital. Des mains la palpèrent. On l'installa dans un fauteuil roulant pour la faire passer d'un endroit à l'autre. On lui fit passer radios et scanners. Une infirmière lui lava délicatement les yeux, plusieurs fois. L'eau ruisselait sur sa tête, comme un baptême froid et douloureux. Puis elle entendit des voix familières. Noah, Gretchen, Shannon, Christian. Elle voulait leur parler, leur tendre la main, mais les médecins les empêchèrent de la rejoindre. On lui administra ensuite un collyre, puis un médecin lui souleva les paupières et entreprit d'ôter, à la pince à épiler, les minuscules éclats de verre de ses yeux. Enfin, on l'installa dans un lit, une perfusion au creux du bras. Elle entendit de nouveau Noah et une autre voix, inconnue, qui disait :

— Elle est commotionnée, et elle a quelques contusions. On a pu retirer tous les éclats de verre de ses yeux. Elle a eu de la chance, ce ne sont que des abrasions cornéennes, qui devraient guérir avec des soins appropriés. Mais la journée a été terrible. Il faut la laisser se reposer un peu.

Quelques instants plus tard, Josie sentit le contact familier de la main de Noah qui se glissait dans la sienne. Elle voulut lutter contre la fatigue qui envahissait chaque fibre de son corps, mais elle était trop faible. La main serrée sur celle de son compagnon, elle sombra dans un profond sommeil.

Il faisait nuit lorsqu'elle s'éveilla. Noah sommeillait dans un fauteuil tiré près de son lit. Dans la faible lueur de la chambre, elle tenta de s'asseoir. Elle avait l'impression de sortir d'un triathlon. Sa nuque était raide, douloureuse.

— Noah, chuchota-t-elle, la voix rauque.

Il se réveilla en sursaut, bondit de son fauteuil et se pencha vers elle.

— Je suis là. Tu m'as fichu une de ces trouilles. Ça va ?

Elle cligna des yeux plusieurs fois, soulagée de voir avec netteté son visage au-dessus d'elle.

— Ça va. Mais j'ai l'impression qu'on m'a versé du sable dans les yeux.

— Oui, ça risque de durer un peu, dit-il. Le médecin m'a donné des gouttes à te mettre, pendant deux semaines. Ça devrait te soulager.

— Vous... vous l'avez attrapé ?

Son regard lui apprit que non.

— Je suis désolé. Callowhill est une toute petite ville. Ils n'avaient pas les moyens de venir à ton secours et de se lancer à sa recherche en même temps. On a fait appel à la police d'État, mais sans succès, jusqu'ici. On a lancé un avis de recherche dans toute la Pennsylvanie pour un pick-up Chevrolet blanc, ancien modèle.

— Avec l'avant abîmé, précisa Josie. Il m'a foncé droit dessus.

Noah releva la tête.

— C'est lui qui t'a foncé dessus ?

Elle voulut hocher la tête mais un élancement douloureux lui traversa la nuque, jusqu'à la base du crâne. Elle hoqueta et ferma les yeux jusqu'à ce que la douleur reflue. Quand elle les rouvrit, Noah la dévisageait avec curiosité.

— Son véhicule était garé à la lisière du bois, donc je n'ai pas vu sa plaque. Mais j'ai cru voir quelque chose sur la portière, côté passager. On aurait dit...

— On aurait dit quoi ?

Elle fit de son mieux pour préciser son souvenir, mais il demeurait flou.

— De la sténographie, finit-elle par lâcher. Comme ce qu'on a vu dans la voiture de Trinity.

— Je ferais mieux de rappeler le médecin, dit Noah, le front marqué d'un pli d'inquiétude.

— Non. Écoute-moi.

Elle lui parla du message « À laver » tracé dans la terre qui maculait la portière du pick-up, et des signes qui ressemblaient à de la sténo au-dessous. Elle avait largement dépassé la camionnette quand elle avait compris à quoi correspondaient ces signes et fait le rapprochement avec les suppositions du FBI sur le moyen de transport du tueur.

— Mais qu'est-ce qu'il faisait à Callowhill ? Il a dû te suivre, dit Noah.

— Moi, ou bien Shannon et Christian. C'est difficile à dire. Patrick est resté à Denton ?

— Il dort chez nous, comme Lisette, mais oui, il est resté là-bas, et il ne lui est rien arrivé.

— Je ne sais pas pourquoi l'Artiste est venu ici, à Callowhill. Mais il savait qui j'étais. J'ai fait demi-tour et je suis revenue vers son pick-up. Dès qu'il m'a vue...

— Si ce type a une télévision, ou internet, il doit savoir que Trinity Payne a une sœur jumelle, dit Noah. Donc oui, il a dû comprendre tout de suite qui tu étais.

— Il m'a foncé dessus. Sans hésiter. Il m'a fait basculer dans le ravin, et puis... Ma voiture ! s'exclama Josie. La ceinture de sécurité. Elle était coupée ?

— Oui. Tu t'es servie de quoi pour te libérer ?

— Ce n'est pas moi. C'est *lui* qui a coupé la ceinture.

— Josie, tu m'inquiètes un peu, là. Ta tête...

— Je sais, je sais. J'ai une commotion cérébrale. Mais ce que je te dis est vraiment arrivé. Il est descendu jusqu'à ma voiture. Il a coupé ma ceinture de sécurité. Il m'emportait et puis ta voix... Tu étais encore en haut-parleur, dans la voiture. Quand il t'a entendu, il m'a posée à terre et a commencé à s'éloigner. Je lui ai demandé où était Trinity, si elle était encore vivante, mais il n'a rien voulu me dire.

— Il t'a parlé ?

— Oui, répondit Josie en frissonnant de tout son corps. Et puis il t'a entendu. Il a dû croire que les secours arriveraient très vite. Il n'a pas voulu prendre de risques, et il est parti.

Noah se tut quelques secondes. Puis il dit :

— Après ça, il ne faut plus que tu restes seule. Tu m'entends ? Tant qu'on ne l'aura pas attrapé.

— Ça va, je vais bien, répliqua Josie alors même que des élancements sourds lui vrillaient le crâne.

Noah sourit, écarta une mèche de cheveux du visage de Josie.

— Je sais, tu vas toujours bien. Pourquoi penses-tu qu'il voulait te kidnapper ? Il a dit quelque chose ?

— Je ne sais pas, non. Il n'a rien dit.

— Mais ça ne cadre pas avec ses habitudes. Enlever deux personnes en si peu de temps – trois, même, en comptant Nicci Webb.

— Je sais.

Josie avait besoin de temps pour y réfléchir. En cet instant, elle avait encore du mal à penser clairement. Elle regarda autour d'elle.

— Je dois rester à l'hôpital ? Quand est-ce que je pourrai partir ?

— Demain. Ils veulent te garder un peu à l'œil. Et pour être honnête, je crois qu'ils n'ont pas tort.

Elle balaya la chambre des yeux. Une télévision sur le mur opposé était allumée. À l'écran, elle vit deux journalistes assis à un bureau avec, derrière eux, une photo de Trinity. Au-dessous défilaient les mots : « Une présentatrice de journal télévisé kidnappée. » Malgré le son réglé bas, Josie pouvait entendre les journalistes discuter de l'affaire.

— On est à Callowhill, là ?

— À une trentaine de kilomètres. C'était l'hôpital le plus

proche. Ils vont te laisser sortir demain et on rentrera à Denton ensemble, toi, moi, Gretchen, Shannon et Christian.

Elle savait qu'il n'y avait pas à discuter. Elle n'était pas en position de leur tenir tête, elle était épuisée et tout son corps lui faisait mal. À la télévision, l'image montra Hayden Keating qui se tenait devant le commissariat de Denton et parlait dans un micro avec un air extrêmement préoccupé. Il parlait de Trinity comme de sa « complice », alors même qu'ils n'avaient pas été à l'antenne ensemble depuis deux mois. Josie secoua la tête, ce qui déclencha un nouvel éclair de douleur. Elle se retourna vers Noah.

— Vous avez pu parler à Hayden Keating ?

— Oui. Il est passé au commissariat. Il n'avait rien d'utile à nous dire. Il a posé plus de questions que nous.

— Mettner est toujours chargé de l'enquête ?

— Oui, et il a l'assistance du FBI. Gretchen est en contact avec la police d'État et avec celle de Callowhill pour essayer de retrouver ce type, ou son pick-up.

Il sortit son téléphone et envoya rapidement un SMS.

— Je lui signale les dégâts à l'avant du pick-up. Et tu dis qu'il avait une marque de brûlure au visage ?

— Je crois, oui. Tout est arrivé très vite. Il portait une casquette bien enfoncée sur sa tête, mais il avait quelque chose sur le côté gauche de la figure. Rouge sombre, il me semble. Je n'ai pas eu le temps de bien voir, parce qu'il m'a foncé dessus tout de suite. Et quand il est descendu jusqu'à ma voiture, j'avais du verre dans les yeux, je n'y voyais plus rien. Désolée.

— Ne sois pas désolée. Tu as été super. Maintenant, repose-toi. Je te réveillerai s'il y a du nouveau.

39

Ils rentrèrent à la maison. La cuisine était froide et sombre. Pas de Hanna. Pas de dîner qui mijotait. En arrivant dans l'entrée, Alex comprit pourquoi. Francis gisait, recroquevillé, au bas de l'escalier, et une de ses jambes formait un angle étrange. Un instant, Alex crut qu'il était mort. Une mare de sang formait une auréole sous sa tête, et il ne bougeait plus. Alex l'observa attentivement, pour voir si sa poitrine se soulevait encore, mais ne put en être sûr. Puis Francis cligna des paupières. Alex fit un bond en arrière. Zandra partit d'un rire qui dura plusieurs minutes. Alex découvrit Hanna, assise pieds nus sur les marches de l'escalier. Elle avait les coudes sur les genoux et tenait à la main une barre métallique qu'Alex reconnut. C'était le pied d'un de ses chevalets de peintre.

Quand Zandra cessa de rire, Hanna regarda Alex, comme si elle venait seulement de s'apercevoir de sa présence. Elle avait les yeux écarquillés, comme jamais auparavant. De sa barre de métal, elle désigna Francis.

— Il n'était pas comme nous, dit-elle.

Alex la rejoignit et voulut lui prendre la tige de métal, mais elle la serra contre sa poitrine.

— Non, dit-elle. Ils vont croire que c'est toi qui as fait ça. Tu vas avoir des ennuis. Ils vont t'enfermer. J'ai fait ça pour vous, tu comprends ?

— Tu mens, espèce de sale égoïste, rétorqua Zandra.

Elle s'approcha tout près de Francis, à terre, le dévisagea. Puis, la bouche en cul-de-poule, elle laissa couler un long filet de salive jusque dans son œil, et se remit à ricaner.

Hanna l'ignora. Elle fixait Alex d'un air suppliant.

— Il n'était pas comme nous, tu comprends ?

— Non, marmonna Alex.

Zandra donna un coup de pied dans les côtes de Francis.

— Ce n'est pas notre père, espèce d'idiot. C'est ce qu'elle essaie de t'expliquer. Il ne voulait pas l'épouser, parce qu'elle avait deux bâtards.

Alex regarda Hanna pour obtenir confirmation. Elle fit oui de la tête. Il chercha à se rappeler une période de leur vie où Francis était absent. En vain. Francis avait toujours été leur père.

— Je suis désolée, chuchota Hanna.

— Garde tes excuses pour la police, dit Zandra, l'air blasé à présent. Je vais me chercher quelque chose à manger.

40

Comme l'avait annoncé Noah, l'hôpital autorisa la sortie de Josie dès le lendemain. Gretchen et lui la ramenèrent à Denton. Christian et Shannon suivirent dans leur propre voiture. Josie voulut se rendre au commissariat, mais tous s'y opposèrent. Elle avait besoin de repos, dirent-ils. Repos, repos, repos. Le repos ne l'aiderait pas à retrouver Trinity. Noah la déposa chez eux et alla rejoindre le reste de l'équipe au commissariat. Installée sur le divan du salon, entre Lisette et Trout, Josie essaya pendant plusieurs heures de reproduire le symbole entraperçu sur la portière du pick-up de l'Artiste. À chaque tentative, Lisette étudiait soigneusement son dessin, avant de froncer les sourcils et de dire :

— Non, je ne vois pas, ma chérie.

Quand Josie eut trop mal à la tête pour ne serait-ce que garder les yeux ouverts, elle donna à Shannon et à Christian sa carte de la bibliothèque de Denton et leur demanda d'y passer pour dénicher des livres sur la sténographie Gregg.

Elle avala sans eau un cachet d'ibuprofène et s'allongea sur son lit, les yeux fermés. Mais le sommeil ne vint pas. Elle ne pouvait s'empêcher de penser à Trinity, à l'enquête. Elle ressassait le dossier de l'Artiste aux ossements. Qu'est-ce que Trinity avait compris et qu'elle ne voyait pas ? À côté de quoi est-ce qu'elle était en train de passer ?

Symétrie. Masculin. Féminin. Symboles. Jeux.

Elle rouvrit soudain les yeux. Elle oubliait une pièce importante que Trinity avait eue à sa disposition. Elle descendit discrètement l'escalier, vit Trout pelotonné contre Lisette, sur le divan. Shannon et Christian n'étaient pas rentrés. Elle passa à la cuisine et reprit le sac que Gretchen avait sorti de sa voiture accidentée avant de remonter dans sa chambre. Elle en sortit le dossier de l'Artiste aux ossements, l'étala sur le lit, chercha les lettres qu'il avait envoyées à la presse en 2014, juste avant qu'on retrouve sa dernière victime et qu'il disparaisse de la circulation.

Elle les aligna les unes à côté des autres. Toutes avaient été déposées dans la même semaine, à l'intention de divers présentateurs. Il y avait trois grandes chaînes nationales aux États-Unis dont les journaux du matin étaient très suivis. L'Artiste avait laissé un mot pour un présentateur et une présentatrice de chacune de ces trois chaînes. Sauf dans le cas de celle pour laquelle travaillait Trinity, où seul un présentateur masculin avait reçu une lettre. Pas de présentatrice. Josie trouva la photo de l'enveloppe qui avait contenu la lettre, et lut : « Hayden Keating. »

Le coprésentateur de Trinity.

L'*Eudora* étant l'hôtel le plus chic de Denton, il y avait de bonnes chances qu'il y soit descendu. Un bref échange de SMS avec l'assistante de Trinity le lui confirma. Josie entreprit de s'habiller, changea son pantalon de survêtement pour un jean, son t-shirt pour un polo de la police de Denton. Elle sangla son holster et trouva une veste légère dans sa penderie. Elle repoussa les vertiges qui faillirent lui faire perdre l'équilibre lorsqu'elle se pencha pour enfiler ses chaussures, empocha son téléphone et passa cinq minutes à chercher ses clés avant de se rappeler qu'elle n'avait plus de voiture. L'accident de la veille avait totalement détruit sa Ford Escape. Il lui faudrait attendre le chèque de sa compagnie d'assurances et s'acheter une nouvelle voiture.

Elle se rassit sur son lit en grognant. Puis elle appela Gretchen en lui expliquant calmement ce qu'elle voulait.

— Josie, dit Gretchen en baissant la voix. Tu sais ce que je risque si je t'emmène en ville. Tu as fichu une trouille bleue à tout le monde, ici. Noah va me tuer s'il apprend ça.

— Je ne te demande pas de me balader en ville, je demande à assister à un de tes entretiens. Tu secondes Mettner dans cette affaire. Et tu auras des témoins à interroger de toute façon. Je demande simplement à t'accompagner.

Gretchen rit à l'autre bout du fil.

— C'est ça ! Et si je refuse que tu m'accompagnes ?

Josie soupira.

— Gretchen, ne m'oblige pas à aller à l'*Eudora* à pied. De chez moi, ça fait plusieurs kilomètres.

Gretchen soupira à son tour.

— Très bien. On se retrouve devant chez toi dans quinze minutes.

— Au coin de la rue voisine, plutôt. Si mes parents arrivent avant toi, je serai coincée.

Comme promis, Gretchen se gara à une rue de chez Josie quinze minutes plus tard. Celle-ci monta en voiture et la remercia. Gretchen démarra en lui montrant la tasse de café de chez *Komorrah's* posée dans le porte-gobelets.

— Bois ça. Ça aidera à faire passer ton mal de crâne.

— Comment sais-tu que j'ai mal au crâne ?

— Je le sais parce que tu as un traumatisme crânien. Maintenant, bois. Et dès qu'on en aura fini, je te ramène chez toi.

— Merci, dit Josie.

Elle commença à siroter son café, dont le goût et l'arôme lui firent du bien.

— Tu es sûre de ce que tu fais ? demanda Gretchen.

— Codie Lash était la coprésentatrice de Hayden Keating quand l'Artiste a déposé les lettres. Elles étaient destinées aux deux présentateurs de chaque journal du matin, un homme et une femme – sauf pour la chaîne de Trinity, où seul Hayden Keating en a reçu une. Ce qui fait un nombre impair de lettres. Et je pense qu'il n'aime pas du tout les nombres impairs.

— Tu veux dire, parce qu'il ne tue que les années paires ?

— Exactement.

— Et il a envoyé cinq lettres à la télévision, au lieu de six ?

— Oui. Ça ne colle pas. Ce n'est pas logique.

— Tu crois vraiment ? Il a enlevé Nicci Webb, Trinity, et il a essayé de te kidnapper. Ça fait trois personnes. Un nombre impair. Illogique. Comment savoir s'il suit encore une logique, à présent ?

— Mais dans le cas de Trinity, c'est elle qui l'a provoqué, dit Josie. C'est elle qui a rompu ses habitudes.

— On a retrouvé les ossements de Nicci Webb dix-sept jours seulement après sa disparition, pas trente. Ça aussi, c'est illogique, rétorqua Gretchen.

Josie soupira et se massa les tempes.

— Il n'a plus les mêmes rituels, maintenant, c'est vrai. Mais je parle d'il y a six ans, au moment où il était le plus actif. Il suivait une formule stricte, à l'époque. Les nombres pairs avaient beaucoup d'importance pour lui. Alors pourquoi a-t-il déposé deux lettres, une au présentateur et une à la présentatrice, dans les bureaux de toutes les chaînes sauf une, où il n'en a laissé qu'une, pour Hayden Keating ?

— Codie Lash aurait aussi reçu une lettre ?

— C'est ce que je crois, dit Josie. Sinon, pour quelle raison Trinity se serait-elle intéressée à elle ?

— Tu penses que Hayden Keating a su que Codie Lash avait reçu une lettre et qu'il ne l'a pas dit à la police ?

— Je ne sais pas. Ça paraît improbable, mais, à sa décharge, elle est morte en se faisant agresser dans la rue deux ou trois semaines après la réception de ces lettres. Il n'a peut-être pas pensé que c'était important. Ou peut-être qu'il ne l'a pas su. On va le découvrir.

— Il va falloir marcher sur des œufs avec lui, dit Gretchen. Mettner ne veut toujours pas que la presse sache que l'Artiste aux ossements est mêlé à tout ça. Si on donne à Keating le moindre indice qu'il existe un lien entre Trinity et cet Artiste, il va sauter dessus.

— Compris, dit Josie.

41

À l'hôtel *Eudora*, Josie laissa Gretchen mener l'entretien. Le concierge appela Hayden Keating dans sa chambre, lui parla un moment puis demanda à un employé de l'hôtel de conduire Josie et Gretchen au dixième étage. Keating, la cinquantaine bien sonnée, était large d'épaules, avec d'épais cheveux gris ondulés et les dents les plus blanches et les plus droites que Josie ait jamais vues. Elle l'avait vu à l'écran, en costume sur mesure, des centaines de fois. Là, il portait un jean délavé et une chemise saumon à demi ouverte sur une poitrine couverte de poils gris. Il les dévisagea d'un air sérieux, le même qu'il prenait pour annoncer les catastrophes naturelles et autres tragédies qu'il lisait sur son prompteur.

— Mesdames, dit-il, entrez, je vous en prie. Asseyez-vous.

Ils s'assirent tous les trois autour d'une petite table. Josie crut entendre de l'eau couler. La porte de la salle de bains était fermée. Y avait-il quelqu'un d'autre dans la chambre ? Ou son cerveau commotionné lui jouait-il des tours ?

— Vous avez des nouvelles de Trinity ? demanda Keating.

Josie reporta son attention sur lui et croisa les mains sur la table.

— Non, je suis désolée. Rien pour l'instant.

Il prit un air déçu. Josie se demanda si c'était parce qu'il s'inquiétait sincèrement pour sa sœur ou parce que la moindre information sur le sujet pouvait renforcer son image à l'antenne. Sans doute la seconde option.

Josie entendit distinctement le robinet se couper dans la salle de bains. Puis des froissements de tissu. Ce n'était pas son imagination. Elle échangea un bref regard entendu avec Gretchen. Si Keating s'en aperçut, il n'en laissa rien paraître.

Gretchen sortit bloc-notes et stylo, chaussa ses lunettes de lecture et leva les yeux vers lui.

— Monsieur Keating, nous nous intéressons à tout ce sur quoi travaillait Trinity avant son enlèvement.

Il se mit à rire.

— Ce sur quoi elle travaillait ? Trinity ne travaillait plus sur rien. Écoutez, je ne sais pas comment vous dire ça ; je ne devrais sans doute pas, puisque c'est confidentiel. Et je ne veux pas vous faire de peine, ajouta-t-il en s'adressant expressément à Josie. Mais...

— La chaîne va remplacer Trinity par Mila Kates, compléta Josie.

Il prit un air étonné. Josie sourit.

— Découvrir des choses, c'est notre métier, monsieur Keating. Trinity ne travaillait pas pour la chaîne. Nous pensons qu'elle essayait de creuser un sujet, un sujet qui aurait énormément intéressé les téléspectateurs, qu'elle aurait pu proposer à la chaîne pour récupérer son poste. Ou, sinon, à une autre chaîne, pour se faire embaucher.

Il sourit.

— Ce serait bien son genre.

Il jeta un coup d'œil par-dessus son épaule, vers la salle de bains.

— Bon. Puisque vous êtes déjà au courant, vous me permettrez...

— Permettrez quoi ? demanda Josie.

— Chérie ? Rejoins-nous, tu veux ?

La porte de la salle de bains s'ouvrit et une femme vêtue d'un épais peignoir blanc en tissu éponge en sortit, une serviette à la main pour sécher ses courts cheveux blonds. Elle s'avança vers eux, pieds nus, et ses yeux bleus se posèrent sur Josie.

— Waouh... Vous lui ressemblez vraiment énormément.

Josie se força à refermer la bouche.

Keating prit la parole :

— Je vous présente...

— Je sais qui c'est, le coupa Josie.

— Mila Kates, dit la femme en tendant la main à Josie. Et vous êtes... ?

— Inspectrice Gretchen Palmer. Nous sommes venues interroger M. Keating.

Mila Kates appuya sa hanche contre l'épaule de Keating et passa le bras sur sa nuque.

— Vous avez des pistes ?

Josie devint cramoisie. Elle agrippa les bras de son siège, à deux doigts de se lever et d'exploser. Gretchen posa gentiment la main sur son poignet pour lui rappeler de se contrôler, et afficha un mince sourire.

— Je suis désolée, mademoiselle Kates, mais nous ne sommes pas autorisées à discuter des détails d'une enquête en cours. Vous connaissiez Trinity ?

— Oh, assez mal. Nous nous sommes croisées parfois, à quelques réceptions.

— M. Keating ne vous a pas présentées l'une à l'autre ? dit Josie.

Keating et Kates se regardèrent en souriant. Quand ils revinrent à Gretchen et à Josie, ils arboraient la même expression de gêne.

— Notre relation n'est pas encore publique, dit Keating.

— Ce doit être difficile, répondit Gretchen.

Ils hochèrent tous deux la tête.

Josie, prenant soin de ne pas se montrer accusatrice, renchérit, faussement compatissante :

— Ça a dû être très dur pour vous deux, après l'épisode entre Mlle Kates et son harceleur, en direct à la télévision.

Keating leva les yeux vers Kates, les yeux brillants de larmes.

— Très dur, en effet. Je voulais être à ses côtés, mais la couverture médiatique a été si intense, comme on pouvait s'y attendre, que j'ai dû garder mes distances.

Mila Kates lui caressa la joue, avec un regard enamouré qui donna à Josie envie de vomir.

— Et moi, je n'avais qu'une envie, te voir. Mais c'était impossible. Il a fallu attendre que les choses se tassent.

Le harceleur de Mila Kates l'avait rendue célèbre dans tout le pays bien avant que la position de Trinity au sein de la chaîne soit menacée. Comprenant la démarche de Josie, Gretchen demanda avec la plus grande innocence :

— Et c'est M. Keating qui a eu l'idée de vous faire venir sur sa chaîne ? Pour que vous puissiez rester ensemble ?

Hayden Keating repoussa légèrement Mila Kates, d'un mouvement furtif mais qui n'échappa pas à Josie. Il s'éclaircit la gorge.

— Tu veux bien aller t'habiller pendant que j'en termine avec ces dames ?

Elle prit un air perplexe.

— Je voulais entendre ce que la police savait de l'enlèvement de Trinity.

Keating sourit.

— Chérie, tu les as entendues. Elles n'ont pas le droit d'en parler.

Elle croisa les bras sur sa poitrine et lui lança un regard noir.

— Trinity a été ma coprésentatrice pendant des années,

ajouta-t-il. Je peux répondre à toutes les questions la concernant.

Sans un mot, Mila Kates tourna les talons et repartit dans la salle de bains en claquant la porte derrière elle. Keating soupira, et leur adressa son sourire le plus éclatant.

— Vous devez comprendre, dit-il calmement, que je suis sur cette chaîne depuis très longtemps. Bien plus longtemps que Trinity. Elle est pleine de talent. Elle peut trouver un job de présentatrice n'importe où. Je n'aurais pas demandé à la chaîne de prendre Mila si je n'avais pas cru que Trinity allait retomber sur ses pieds.

Le cœur de Josie s'emballa. Elle dut faire appel à toutes ses forces pour ne pas sauter par-dessus la table et étrangler ce gros prétentieux. Elle sentit la pression des doigts de Gretchen sur son bras. Calme. Elle devait rester calme. Étrangler ce traître, ce fumier, sur-le-champ ne ramènerait pas Trinity. Elles voulaient lui soutirer des informations. Elle inspira profondément et, un instant plus tard, sentit Gretchen lui lâcher le bras.

Ignorant l'aveu de Keating, Gretchen reprit :

— Comme nous vous l'avons dit, Trinity travaillait sur un sujet avant d'être kidnappée. Nous pensons qu'une des histoires auxquelles elle s'intéressait est le meurtre de Codie Lash.

Keating s'affaissa quelque peu.

— Codie Lash ? Waouh. Effectivement, un reportage sur Codie serait un vrai filon. Elle était adorée, en pleine ascension, et son meurtre a été horrible. Il n'a jamais été résolu. Vous le saviez ?

— Oui, nous sommes au courant, dit Gretchen. Vous étiez proche d'elle ? D'après ses notes, Trinity s'intéressait tout particulièrement aux semaines qui ont précédé sa mort. Pour quelle raison, selon vous ?

— Je me rappelle que Codie était pressentie pour recevoir un prix humanitaire. Elle se rendait d'ailleurs à un gala de charité avec son mari quand ils se sont fait tuer, tous les deux. Je ne la voyais pas beaucoup au moment de sa mort, même si nous présentions le journal ensemble. Il y avait un... Ah, je ne sais pas si je peux vous en parler.

Josie, s'étant calmée autant qu'elle le pouvait, se pencha en avant et posa sa main sur celle de Keating, exactement comme elle avait vu Trinity le faire des centaines de fois à l'écran.

— Cela restera entre nous, de toute façon, dit-elle. Nous essayons seulement de tout faire pour retrouver Trinity.

Il baissa les yeux sur les doigts de Josie qui s'attardaient sur les siens, les tapota de son autre main. Josie se força à ne pas afficher son dégoût.

— Bien sûr, dit-il, je comprends. Mais ça n'a rien à voir avec Trinity, de toute façon. C'était il y a longtemps. Un tueur en série sévissait, à l'époque. Je ne dirai pas lequel, parce que j'étais censé ne jamais en parler. Il m'a envoyé un courrier, à la chaîne. Il voulait que je joue à un horrible jeu avec lui à l'antenne. J'ai immédiatement donné la lettre au FBI, bien sûr.

— Oh, ça a dû vous faire très peur, dit Gretchen.

— Ça a été perturbant, oui. Quoi qu'il en soit, il y a eu toute une série de réunions et de choses comme ça, entre les dirigeants de la chaîne et le FBI.

— Et Codie Lash n'avait pas reçu de lettre ?

— Non. Elle l'aurait remise au FBI, sinon.

— Y avait-il des gens chargés d'ouvrir votre courrier pour vous ? demanda Gretchen.

— Non, répondit Keating. Nous l'ouvrions nous-mêmes. Les lettres et les paquets étaient rares, de toute façon. C'est toujours le cas. Aujourd'hui, tout passe par mail ou par les réseaux sociaux.

— Lash savait-elle que vous aviez reçu cette lettre ?

— Bien sûr. C'était ma coprésentatrice ! Nous étions ensemble tout le temps. Elle a participé à toutes ces réunions.

— Ces réunions ? répéta Gretchen.

— Eh bien, nous nous sommes posé la question d'accéder aux demandes du tueur. Quelques agents du FBI pensaient pouvoir l'attraper grâce à cela, sans trop de difficultés. En fin de compte, les représentants légaux de la chaîne et le mien ont jugé que c'était trop risqué pour moi. Faute de consensus, ça ne s'est pas fait.

— Et que pensait Codie Lash de tout ça ? demanda Josie. Elle aurait été à l'antenne avec vous si vous aviez joué le jeu du tueur pour le débusquer...

— Elle pensait qu'on ne risquait rien à essayer, et même que je devais le faire, parce que ça sauverait peut-être des vies.

— Et vous n'avez pas cru que vous pourriez sauver des vies ? demanda Gretchen.

— Je n'avais pas mon mot à dire. Ce sont les représentants légaux et la chaîne qui ont décidé. C'était une fumisterie, de toute façon. Le tueur a sévi de nouveau, peu de temps après. Ensuite, Codie est morte et... Bon, la vie a repris son cours, vous voyez ?

Josie dut se mordre la lèvre pour ravaler une réplique cinglante. Cet homme avait usé de toute son influence pour que la chaîne se débarrasse de Trinity, avait profité d'une toute petite erreur pour faire en sorte qu'elle soit virée et proposer sa petite amie, beaucoup plus jeune, à un poste qu'elle n'avait même pas mérité. Ses actions, par un effet de dominos, avaient fini par conduire Trinity à chercher désespérément un sujet qui lui permettrait de revenir au sommet. Un reportage sur l'Artiste aux ossements. Maintenant, elle avait disparu et Josie doutait de pouvoir la retrouver.

Pour lui et pour Mila Kates, la vie reprendrait assurément son cours. Mais pour Trinity ? Pour Josie, Shannon, Christian et Patrick ? Et pour Nicci Webb ? Pour sa fille, sa petite-fille ? L'Artiste avait-il kidnappé Nicci parce que Trinity l'avait fait sortir de sa tanière ? Josie revit les visages de Monica Webb et de la petite Annabelle. Elle avait un travail à accomplir, se dit-elle. Et sa colère envers Hayden Keating n'y changeait rien. Ravalant sa fureur, elle demanda :

— Nicci Webb. Est-ce que ce nom vous dit quelque chose ?

Il secoua la tête, la perplexité creusant les ridules au coin de ses yeux.

— Non, rien. Qui est-ce ?

Josie sortit son téléphone et lui montra la photo de Nicci. La presse n'avait pas encore été mise au courant de son meurtre. Elle ne parlait que de l'enlèvement de Trinity. Il était hors de question que Josie donne un tuyau à ce serpent. Elle ignora sa question.

— Vous reconnaissez cette femme ?

Il étudia la photo.

— Non, je suis désolé. Qui est-ce ? répéta-t-il.

Josie rangea son téléphone. Elle se leva, imitée par Gretchen.

— Merci de nous avoir accordé de votre temps, monsieur Keating. Nous vous recontacterons si nous avons d'autres questions.

Hayden Keating se leva si brusquement qu'il renversa sa chaise. Il lança les deux mains en avant.

— Attendez, attendez ! Qui est cette femme ? Est-elle liée à l'enlèvement de Trinity ?

Ce fut Gretchen qui répondit :

— Nous pensions que oui, mais ce n'est visiblement pas le cas. Nous vous l'avons dit, Trinity travaillait sur tout un tas de sujets avant son kidnapping, en cherchant matière à reportages, mais ça n'a pas toujours été fructueux.

— Ah, d'accord.

Keating fit précipitamment le tour de la table et les raccompagna à la porte.

— Mais prévenez-moi tout de suite si vous avez du nouveau,

les supplia-t-il. J'ai travaillé aux côtés de Trinity pendant trois ans. Tout ce que vous pourriez me dire me tranquilliserait.

Il leur sourit, et Josie nota qu'il arborait le même sourire à l'écran lorsqu'il annonçait une émission de cuisine à suivre.

42

Dans la voiture, Josie fulminait.

— Le salaud. Il a ruiné la vie de ma sœur.

— Je compatis, patronne, dit Gretchen en mettant le contact. Tu t'es remarquablement bien tenue.

— Il ne croit pas que Trinity va revenir, déclara Josie, poings serrés sur ses genoux, mâchoire contractée. C'est pour ça qu'il se fichait qu'on sache, pour lui et Mila Kates.

— Raison de plus pour la retrouver. Et vivante. Quand on l'aura récupérée, ça fera les gros titres. Et ça fera oublier Mila Kates.

Josie se tourna vers Gretchen et lui sourit, sa fureur refluant un peu.

— Oui, dit-elle en desserrant les dents. Raison de plus.

— Codie Lash a bien reçu une lettre de l'Artiste, avança Gretchen.

— Tout à fait, approuva Josie. Je ne pense pas qu'elle l'ait dit à Keating, ni à personne d'autre.

— Pourquoi ne l'a-t-elle pas donnée au FBI ?

— Elle a peut-être reçu la sienne plus tard, ou elle ne l'a ouverte que quand Keating a aussi reçu une lettre. Quand on regarde le dossier, on voit que les lettres aux présentateurs des autres chaînes ont été déposées la même semaine, mais pas le même jour, souligna Josie.

Gretchen quitta le parking de l'*Eudora* et prit la route de la maison de Josie.

— Le scénario le plus vraisemblable, c'est que Keating a signalé sa lettre dès qu'il l'a reçue. Les réunions avec le FBI ont commencé. Ils ont mis beaucoup de temps à décider quoi faire. Jouer le jeu de ce type et essayer de le débusquer, ou l'ignorer.

Josie but le fond de café qui restait dans le gobelet, heureuse de le trouver encore tiède. Cet entretien l'avait fatiguée bien plus qu'elle ne s'y attendait, ce qui l'inquiétait. Se retenir de balancer un coup de poing dans la figure bouffie de suffisance de Hayden Keating lui avait pompé beaucoup d'énergie.

— Codie Lash a compris, pendant ces réunions, que la chaîne ne les laisserait jamais négocier avec l'Artiste. Donc elle n'a pas pris la peine de signaler la lettre qu'elle avait reçue. Pour elle, ça n'avait aucune importance, puisque sa lettre et celle de Keating étaient exactement les mêmes.

— Mais la lettre était un indice matériel de l'enquête, objecta Gretchen. Elle aurait dû la remettre au FBI pour analyse, à tout le moins.

— Je suis d'accord. Codie Lash a été irresponsable en ne la signalant pas. Mais, à sa décharge, elle était journaliste de télévision, pas policière. Ou alors, elle a voulu jouer les héroïnes, et remettre sa lettre ou pas n'avait aucune importance.

— J'aurais tendance à croire qu'elle a effectivement essayé de jouer les justicières, dit Gretchen. Qu'elle espérait pouvoir contribuer à la résolution de l'affaire, ou faire sortir ce type de sa cachette – comme Trinity. Quoi qu'il en soit, on ne peut pas prouver qu'elle a reçu une lettre. Tu penses qu'elle aurait pu être dans les affaires de Lash que Trinity a demandé à son assistante de lui retrouver ?

— Non. Je crois que si un truc pareil avait traîné quelque

part après la mort de Codie Lash, on le saurait. Elle a dû la détruire. Mais ça ne change rien.

Gretchen quitta la route des yeux assez longtemps pour afficher sa perplexité.

— Ah bon ?

— Non, rien du tout. Tout ce qu'on veut savoir, c'est si elle a essayé de négocier avec le tueur ou pas. Et pour ça, il nous faut les images des journaux télévisés entre le moment où Keating a reçu sa lettre et celui où Lash a été assassinée. On pourra voir si elle dit ou fait quelque chose qui ressemble à un signal envoyé à l'Artiste. Quelque chose que Trinity a peut-être remarqué.

Quand elles arrivèrent chez Josie, Gretchen la suivit dans la maison pour saluer Lisette et caresser Trout. Shannon et Christian n'étaient toujours pas rentrés de la bibliothèque. Un nouveau mal de crâne enflait derrière les yeux de Josie. Elle avait désespérément envie de dormir, mais l'idée d'avancer un peu dans la recherche de Trinity l'en empêchait. Dans la cuisine, elle alluma son ordinateur portable et, en compagnie de Gretchen, chercha sur YouTube les journaux coprésentés par Codie Lash durant ces deux semaines de 2014. Lisette vint leur faire du café puis repartit regarder la télévision avec Trout.

Shannon et Christian finirent par rentrer, un dictionnaire de sténographie Gregg sous le bras. Patrick les accompagnait. Ils commandèrent des pizzas et allèrent tenir compagnie à Lisette au salon en faisant les cent pas, Shannon d'un côté de la pièce, Christian de l'autre. Patrick disparut à l'étage. Au bout de deux heures de visionnage, les yeux de Josie étaient secs, irrités, douloureux, des élancements lui martelaient le crâne et ses membres étaient lourds de fatigue. Sur l'écran de l'ordinateur, Codie Lash récitait son texte. Après un petit reportage sur une nouvelle technologie utilisée par la police pour dépister alcool et drogues chez les automobilistes, la caméra revenait sur Codie Lash et Hayden Keating, qui faisaient quelques commentaires sur le sujet, le sourire vissé aux lèvres.

— Je crois que c'est là, dit Gretchen.

— Quoi ?

Avec la souris, Gretchen remonta un peu en arrière. Le reportage se terminait, l'image revenait sur les présentateurs, et Hayden Keating déclarait :

« La technologie est vraiment incroyable, n'est-ce pas, Codie ?

— Absolument, Hayden, répondait Codie en souriant encore plus largement à la caméra. Et aux mains des représentants de la loi, voyez ce qu'elle permet de faire ! Pour la police, ça n'a rien d'un jeu, vous ne trouvez pas ? »

Keating lui jetait un très bref regard interloqué avant d'enchaîner.

« Oui, elle gagne en efficacité, reconnaissait-il. Et maintenant...

— Elle gagne en efficacité et les délinquants n'ont plus l'avantage, le coupait Codie. La police ne *joue* jamais avec les suspects, quelles que soient les circonstances. C'est impossible. »

L'expression de Keating était à mi-chemin entre incompréhension et horreur.

« Bien, reprenait-il sèchement. Comme je le disais, passons maintenant à une bien belle histoire qui nous vient de l'Iowa... »

Elles se repassèrent l'extrait six ou sept fois.

— Je crois que tu as raison, dit Josie. Ça a été le premier message. Elle lui indique que la police est au courant de ses lettres et qu'elle « ne joue jamais ». En d'autres termes, qu'ils refusent de rentrer dans son jeu.

Gretchen approuva d'un hochement de tête.

— Je suis certaine qu'elle ne parle pas que de la technologie du dépistage de produits illicites chez les automobilistes.

— C'est sûr. Ce qu'elle dit ne colle pas vraiment à la situation, d'ailleurs. C'est pourquoi Keating la regarde bizarrement. Et puis elle insiste un peu trop, non ?

Gretchen ajouta la vidéo dans les favoris du navigateur et nota la date du journal dans son bloc-notes.

— Si c'est à ce moment-là qu'elle lui a fait signe, c'était environ une semaine après que Keating a reçu la lettre, mais une semaine aussi avant qu'elle se fasse tuer...

— Et qu'on découvre les ossements de Robert Ingram, compléta Josie.

— Il l'a peut-être contactée une seconde fois.

— Et elle lui a peut-être envoyé un second signe, admit Josie.

— Mais quel genre de signe ? On n'a découvert celui-là que parce qu'on sait ce que contenait la lettre déposée par l'Artiste. S'il l'a contactée une seconde fois, et qu'elle lui a répondu, comment pourra-t-on le savoir ?

— On ne pourra sans doute pas. Mais ça vaut le coup de regarder les vidéos de la semaine qui suit. Quelque chose nous sautera peut-être aux yeux.

Elles visionnèrent d'autres vidéos, d'autres journaux télévisés. Josie luttait pour garder les yeux ouverts. En tant que coprésentatrice, Codie Lash était à l'antenne plusieurs heures par jour. Au bout de la troisième recette de cuisine – donc de la troisième émission –, Josie pensa au flacon d'ibuprofène qui l'attendait sur sa table de chevet. Elle se frotta les yeux, changea de position sur son siège pour essayer de rester éveillée. La vidéo continuait avec le dernier reportage du jour, qui parlait de lieux où les vacances ne coûtaient pas trop cher.

— Josie, dit Gretchen. Je peux faire ça toute seule, tu peux aller te reposer.

Le reportage sur les lieux de vacances s'acheva, et l'image revint sur Hayden Keating et Codie Lash, qui lançaient le journal en annonçant les principaux titres.

Josie réprima un bâillement.

— Non, je vais y arriver. Je dois voir ce qu'a vu Trinity, ce qui l'a aidée à faire le lien avec Codie Lash. On a déjà visionné les émissions des trois jours suivant le premier signal qu'elle a adressé au tueur. S'il y a autre chose, ça sera forcément...

Elle bondit en avant, tâtonna pour mettre la vidéo en pause.

— Bon Dieu, dit-elle. Là ! J'en suis sûre.

Le visage de Codie Lash occupait tout l'écran. Elle paraissait sérieuse, sombre. Dans ses cheveux bruns et courts, du côté droit, elle portait un petit peigne d'ornement, couleur ivoire.

Le cœur de Josie s'emballa quand elle pointa le doigt dessus.

— Là, dit-elle.

Elles fixèrent l'écran un long moment en silence. Puis Gretchen dit sobrement :

— Waouh.

Elle fit une capture d'écran et zooma sur l'image pour mieux voir le peigne. Plus elle l'agrandissait, plus la photo devenait pixélisée, mais le peigne ressemblait énormément à celui qu'on avait déposé dans la boîte aux lettres de Josie et Noah à l'intention de Trinity.

Gretchen nota la date dans son bloc-notes.

— Ça, c'était deux jours avant la découverte des ossements de Robert Ingram, et trois avant que Codie Lash et son mari se fassent tuer. Elle a joué son jeu, et il a quand même tué Ingram. Elle devait être anéantie.

— Oui, mais regarde la chronologie : Robert Ingram était sans doute déjà mort avant que l'Artiste ne dépose ses lettres. Il n'a jamais eu l'intention de relâcher quiconque, comme l'a dit Nally.

— Mais il s'est arrêté, ensuite, répondit Gretchen. Il a réussi à faire en sorte qu'une journaliste entre dans son jeu. Et même si elle n'a pas spécifiquement parlé de lui en direct, elle lui a fait passer un message. Il a obtenu ce qu'il voulait. Alors pourquoi s'est-il arrêté ?

— Il n'a pas eu ce qu'il voulait. Pas vraiment. Il recherchait l'attention, la notoriété et le seul moyen pour ça, c'était que la presse parle de lui. Codie Lash est entrée dans son jeu, mais pas comme il l'espérait. Lui et elle étaient les seuls à connaître l'existence de ce jeu. Et sans couverture médiatique, il ne pouvait pas étaler son intelligence aux yeux de tous.

— Ça aurait peut-être continué si elle ne s'était pas fait tuer, hasarda Gretchen.

— Peut-être. Ou alors il était tellement furieux qu'elle n'ait pas rendu leur jeu public qu'il s'est vengé.

Gretchen plissa le front.

— C'est un peu tiré par les cheveux, patronne. Codie Lash et son mari sont morts dans la rue à la suite d'un braquage.

— Mais on n'a jamais retrouvé leur agresseur, souligna Josie. Ça mérite qu'on s'y intéresse. Drake Nally pourrait peut-être nous faire parvenir le dossier de cette enquête. Est-ce que c'est si improbable que ça ? Une journaliste prend contact avec ce type, et elle meurt quelques jours plus tard. Ça n'augure rien de bon pour Trinity...

Gretchen donna un léger coup d'épaule à Josie.

— On va la retrouver, patronne. On ne lâchera rien.

Josie étudiait l'écran où Codie Lash était figée, de profil, le peigne bien planté dans les cheveux.

— Attends-moi ici, dit-elle à Gretchen.

Elle alla au pied de l'escalier et appela Patrick – ce qui attira tous les autres occupants de la maison. Il descendit l'escalier d'un pas léger, écarta les cheveux qui lui mangeaient la figure.

— Que se passe-t-il ?

— Tu peux venir dans la cuisine, s'il te plaît ? J'ai quelque chose à te montrer, dit Josie.

Il lui emboîta le pas, suivi par Lisette, Christian et Shannon. Même Trout les rejoignit en trottinant, curieux de savoir pourquoi les humains se regroupaient autour de la table de la cuisine. Gretchen repassa la vidéo où Codie Lash apparaissait et l'arrêta au moment où le peigne était bien visible dans ses cheveux.

— Patrick, c'est pour ça que le peigne te disait quelque chose ? demanda Josie. Parce que tu l'as déjà vu à la télévision ?

Tous les regards se tournèrent vers Patrick. Il scruta l'image figée un long moment.

— Patrick... commença Christian.

Mais Shannon serra le bras de son mari, l'empêchant de continuer.

Tout à coup, Patrick se raidit, pâlit, l'air horrifié.

— Oh mon Dieu, hoqueta-t-il.

— Quoi ? demanda Josie.

Il pointa le doigt vers l'écran.

— Non. Non, ce n'est pas à la télé !

— Où, alors ?

Il sortit son téléphone de sa poche et se mit à chercher quelque chose dessus.

— Fiston... reprit Christian.

Mais Shannon le fit de nouveau taire. Patrick finit par leur montrer son portable.

— C'est la page Facebook de Trinity, expliqua-t-il. Elle a tourné cette vidéo pour sa chaîne à son arrivée ici, il y a six semaines. Elle dormait chez vous, à ce moment-là. Son équipe technique était encore à Denton.

Ils se serrèrent autour du petit écran. Trinity se tenait devant le commissariat de police de Denton, un micro à la main, avec un air très professionnel, et débitait son texte : « Tout a commencé dans cette petite ville, il y a cinq ans, avec la disparition d'Isabelle Coleman, âgée de dix-sept ans à l'époque... »

Josie n'écoutait plus. Bouche bée, elle fixait l'écran, comprenant pourquoi Patrick paraissait si bouleversé. Dans les cheveux de Trinity, il y avait un peigne semblable à celui que Codie Lash portait six ans plus tôt, semblable aussi à celui que Hummel avait trouvé au fond de la valise de Trinity après son enlèvement.

— Tu as dit que cette vidéo datait de quand ? demanda Gretchen.

— D'il y a six semaines, répondit Patrick. Quelques jours après son arrivée en ville. La chaîne voulait qu'elle fasse un sujet pour les cinq ans de l'affaire des jeunes disparues et les répercussions qu'elle a eues à Denton. Vous ne l'avez pas vu ?

Josie le dévisagea. Puis elle dit doucement :

— Patrick, j'ai vécu cette affaire de l'intérieur. Ça a été un des pires moments de ma vie. Je sais que Trinity doit revisiter ce genre de choses pour son travail, mais, moi, je n'y arrive pas. Impossible. Alors je suis désolée mais non, je n'ai pas regardé ce reportage.

Gretchen intervint :

— Cette vidéo date de son arrivée à Denton, avant qu'elle s'installe au chalet. Josie, c'était *avant* qu'elle reçoive le peigne qu'on a trouvé dans sa valise.

— Alors où a-t-elle trouvé celui-là ? dit Shannon en désignant le téléphone de Patrick.

— Dans les affaires de Codie Lash, répondit Josie.

Elle prit son téléphone et envoya un SMS à Jaime Pestrak.

Vous vous souvenez d'avoir vu un peigne couleur ivoire dans le carton d'affaires de Codie Lash que vous avez envoyé à Trinity ?

Quelques minutes plus tard, la réponse de Jaime lui parvint :

Je crois que oui. Il y avait des trucs plutôt moches dans ce carton.

Josie regarda les autres.

— L'assistante de Trinity pense qu'il y avait bien un peigne dans le carton de Codie Lash.

— Allez, patronne, dit Gretchen. On va voir les autres au commissariat.

43

Deux heures plus tard, Josie était au commissariat, à son bureau, en train de feuilleter le dictionnaire de sténographie Gregg que les Payne lui avaient rapporté, et essayait de trouver le symbole aperçu sur la portière du pick-up de l'Artiste. Les mots s'alignaient en colonnes, avec en face leur équivalent en lignes brisées ou ondulées. Volutes, traits inclinés ou droits, cercles... Josie ne voyait pas comment on pouvait s'y retrouver dans tout ça. Pour elle, tous les mots en sténo se ressemblaient. Il lui faudrait demander à Lisette un cours accéléré en rentrant chez elle. En attendant, à l'aide d'un crayon, elle fit de légères croix à côté des symboles qui lui parurent familiers.

— Ça donne quelque chose ? demanda Noah en entrant dans la grande salle.

— Je crois que ça commence peut-être par un F. Ma grand-mère me dit que ce que j'ai dessiné paraissait commencer par cette lettre. Je continue à chercher.

Un instant plus tard, Drake Nally, Gretchen et Mettner firent leur entrée. Nally avait un ordinateur portable sous le bras.

— Il y a une vidéo de l'agression de Codie Lash et de son

mari, filmée par une caméra dans le sas d'un distributeur de billets de l'autre côté de la rue.

— Je sais, dit Josie. Je l'ai vue dans l'historique de recherches de Trinity.

— Peut-être, mais j'ai passé quelques coups de fil et j'ai pu obtenir la vidéo complète, avec des séquences qui n'ont pas été diffusées par la presse.

— Mais on suit la piste de Trinity, objecta Josie. Je cherche à voir ce qu'elle a vu, et j'essaie de savoir comment elle a pu partir de rien pour finir par contacter ce type.

Nally sourit.

— Qui vous dit qu'elle n'a pas vu la vidéo en entier ?

Josie lui rendit son sourire.

— Elle a réussi à convaincre quelqu'un du NYPD de lui montrer ? Qui ça ?

— Je ne peux rien dire, répondit Nally. Je ne voudrais pas attirer des ennuis à ce pauvre gars. En tout cas, Trinity n'a jamais possédé de copie de la vidéo. Elle l'a simplement vue une fois, sous son contrôle. Votre sœur peut être... persuasive.

— J'aurais plutôt dit « têtue », déclara Josie.

— J'allais dire « persévérante », intervint Gretchen.

— C'est une enquiquineuse, renchérit Noah.

Josie et Nally hochèrent la tête.

— Tout cela est vrai, dit Josie. Elle devait avoir un moyen de faire chanter ce policier new-yorkais pour avoir eu accès à cette vidéo.

— Je confirme, dit Nally. Il avait une liaison qu'il ne voulait pas rendre publique.

— Comment savez-vous ça ? demanda Gretchen.

Nally les regarda un à un.

— Trinity a ses méthodes, mais j'ai aussi les miennes.

Noah, Gretchen et Mettner s'approchèrent, Nally posa son ordinateur devant Josie, l'ouvrit et lança la lecture d'une vidéo en noir et blanc de l'agression.

La caméra était légèrement en hauteur, perpendiculaire à la petite rue. Des réverbères éclairaient le trottoir. Codie Lash s'avançait dans la rue, au bras de son mari. Sa jupe flottait autour d'elle, s'enroulant autour de ses bottes à hauts talons. Son mari portait un trench-coat par-dessus ce qui semblait être un costume. Alors qu'ils passaient devant une boutique fermée à la porte protégée par une grille, un homme arrivait de la direction opposée. Au début, ni Codie Lash ni son mari ne lui prêtaient attention. Ils discutaient, elle avait le visage levé vers son mari, à sa droite, qui lui souriait. L'homme qui s'approchait d'eux portait un jean, des bottes et un sweater foncé dont la capuche remontée couvrait une casquette de base-ball, ce qui dissimulait son visage. Levant les mains, il semblait leur dire quelque chose, car Codie Lash et son mari s'arrêtaient.

Josie compta les secondes qui s'égrenaient en haut à gauche de l'écran. Quatre secondes passaient avant que l'un d'entre eux fasse un mouvement. Elle se demanda s'ils avaient discuté. L'homme avait dû les interpeller mais, à cause de l'angle de la caméra, il était difficile de voir leurs visages. Ensuite, l'homme se rapprochait du couple. Le mari faisait un pas en avant, levait les deux mains. À ses gestes, au mouvement de sa tête, on pouvait penser qu'il parlait à l'homme. Il était difficile de savoir si celui-ci lui répondait. Le mari tentait de faire reculer sa femme, de se placer devant elle, mais elle s'accrochait à son bras. Puis l'agresseur tendait les deux bras vers le couple. Le mari de Codie pivotait, dos à la grille, et tirait sa femme à lui. Ils se collaient au rideau de fer, mais ne faisaient aucun geste pour s'enfuir. Le mari levait les mains, comme pour se rendre.

La vidéo rendue publique s'arrêtait là, Josie s'en souvenait, puisqu'elle l'avait vue récemment. Nally expliqua, à l'intention des autres :

— Et voici ce que le grand public n'a jamais vu.

L'agresseur était dos à la caméra, mais on le voyait relever la visière de sa casquette. Codie Lash le regardait droit dans les yeux puis avait un mouvement de recul, s'écartait de son mari mais, dos à la grille, ne faisait que s'y appuyer un peu plus, l'enfonçant légèrement. Son mari écarquillait les yeux avant de baisser la tête. L'agresseur devait leur parler car Codie Lash ne cessait de le dévisager, stupéfaite, la bouche tordue d'horreur.

— Je ne vois pas d'arme, dit Mettner. Que se passe-t-il ? Pourquoi ils ne s'enfuient pas ?

— Ils sont trop ébahis, dit Josie.

— C'est vrai, dans des situations comme ça, beaucoup de gens restent paralysés, dit Gretchen.

— Ce n'est pas ça, dit Josie. Il ne les menace pas encore. Il n'a pas d'arme. Et il est seul contre eux deux. Ils pourraient parfaitement s'enfuir. C'est sa figure. Regardez comment ils le fixent.

— Que voulez-vous dire ? demanda Nally.

— Rembobinez, pour voir ce qui se passe quand il relève la visière de sa casquette et qu'ils découvrent son visage. Ils sont terrorisés.

— Parce que son visage n'est pas normal, dit Noah. Il est défiguré.

Josie lui lança un coup d'œil.

— Oui. Je crois que oui.

Nally revint en arrière et ils revisionnèrent les images.

— Ça y est, je le vois aussi, dit Gretchen.

— Défiguré, comme le type qui vous est rentré dedans en voiture ? Vous pensez que ce mec est l'Artiste aux ossements ?

Josie le regarda droit dans les yeux.

— Oui, je pense que c'est lui. Je pense qu'il a contacté Codie Lash en même temps que Hayden Keating. Elle ne l'a pas signalé parce qu'elle savait que sa chaîne et le FBI ne donneraient pas suite. Elle a cru pouvoir entrer dans le jeu de ce type et sauver quelqu'un. On sait qu'elle n'a sauvé personne puisqu'on a retrouvé les ossements de Robert Ingram juste après ça. Probablement parce que le tueur n'a pas eu la couverture médiatique qu'il espérait. Il ne voulait pas que son petit jeu reste entre elle et lui. Il voulait que le monde entier sache qu'il était intelligent – plus que les journalistes, plus que la police.

À l'écran, le couple restait immobile, raide. Le mari de Codie relevait lentement la tête et fixait l'autre homme. Puis Codie se mettait à gesticuler, visiblement en colère, l'index tendu vers lui. L'agresseur reculait d'un pas.

— Qu'est-ce qu'elle lui dit ? demanda Mettner.

— Noah ? demanda Josie.

Il se pencha vers l'écran, et elle rembobina la vidéo.

— On dirait qu'elle dit : « Vous êtes un psycho... psychopathe et... » Reviens en arrière, s'il te plaît.

Après trois nouveaux essais, Noah finit par dire :

— Elle le traite de psychopathe et de menteur.

Nally tendit le bras pour revisionner une fois de plus la séquence.

— Comment faites-vous pour savoir ça ?

— Mon ex-petite amie était sourde. Elle lisait sur les lèvres et m'a appris à le faire.

— Il est assez bon, ajouta Josie.

Gretchen demanda :

— Et personne, au NYPD, n'a fait étudier cette vidéo ? On n'a pas fait appel à quelqu'un qui sait lire sur les lèvres ? C'était une grosse affaire, pourtant.

— Attendez, dit Nally.

Il s'éloigna, le téléphone collé à l'oreille.

— Voyons la suite, dit Mettner en cliquant sur l'icône de lecture.

Ils laissèrent la vidéo défiler. L'assaillant semblait parler, à en juger par l'air attentif de Codie Lash. Puis le visage de celle-ci se fermait, elle répondait quelque chose que Josie ne comprit pas.

— Que dit-elle ? « Police » ? « Quoi, la police » ? Quelque chose comme ça ?

Noah rejoua ce passage plusieurs fois avant de remettre sur pause.

— Non, je crois qu'elle dit : « Bobby ? Quoi, Bobby ? »

— Ça n'a pas de sens, dit Mettner.

— Ça en a un si elle connaissait déjà ce type, dit Gretchen. Elle l'a traité de menteur, ce qui veut dire qu'elle sait qui c'est.

— Mais si elle sait qui c'est, objecta Noah, pourquoi est-elle si choquée en voyant sa figure ?

— Parce qu'elle ne l'a encore jamais vu de près. C'est lui, l'Artiste, je vous dis. Il les a abordés, ils se sont reculés, il leur a montré son visage, ils ont été choqués. Puis il s'est mis à parler et elle a compris qui il était. On venait de trouver les restes de Robert Ingram. Donc elle le traite de menteur parce qu'il a dit qu'il libérerait une victime si elle entrait dans son jeu, ce qu'il n'a pas fait.

— Donc Bobby est Robert Ingram, c'est ça ? dit Mettner.

— Il semblerait que oui, dit Gretchen en relançant la lecture.

Ils virent Codie Lash s'affaler contre la grille et dire quelque chose qui fut clair pour tous : « Oh mon Dieu ! », avant de lever la main et de se frotter les tempes du pouce et de l'index.

Puis tout se passait très vite.

Le mari de Codie se jetait sur l'homme, le prenait à la gorge. Ils tombaient tous deux à terre, chacun essayant de prendre le dessus. Codie Lash hurlait, en répétant visiblement : « Non ! Non ! » Elle tentait d'intervenir mais, prise dans la lutte, tombait à son tour. Puis un des deux hommes cessait de lutter, inerte, et l'autre se relevait. C'était l'agresseur.

— C'est un couteau qu'il a à la main ? demanda Gretchen.

Noah arrêta la vidéo, agrandit l'image.

— Oui, je pense. Pas très grand, mais mortel quand même.

Il relança la lecture et ils virent l'agresseur s'approcher de Codie. Sur le dos, elle tentait de ramper pour lui échapper mais il était plus vif. Josie compta sept coups de couteau, donnés avec rapidité et efficacité. Ensuite, l'assaillant s'enfuyait, mais la vidéo se poursuivait. Seize secondes plus tard, ils comprirent pourquoi. L'homme revenait, tâtait les poches du mari, et lui prenait son portefeuille. Puis il arrachait du cadavre de Codie Lash le petit sac à main qu'elle portait en bandoulière, et repartait en courant.

— Ce n'était pas une simple agression, dit Mettner. Il est revenu leur voler le portefeuille et le sac pour que ça ait l'air d'un vol à l'arraché qui avait mal tourné.

— C'est pour ça qu'il s'est arrêté de tuer ensuite, dit Gretchen. Il avait été filmé. Une partie de la vidéo a été diffusée juste après la mort de Codie Lash. Toute la presse l'a reprise.

— Oui, renchérit Josie. Alors qu'il n'avait jamais été filmé jusque-là. C'était une de ses fiertés.

— Et ça l'a déstabilisé. Énormément. Mais on ne le voit même pas. Tout ce qu'on peut tirer de cette vidéo – en tout cas, de la partie rendue publique –, c'est une vague estimation de sa taille et de sa corpulence. Il n'y a rien qui permette de l'identifier.

— Ce n'est pas la question, dit Josie. C'est sa première erreur, et ça ne cadre pas avec...

Elle se tut. Cette seule idée lui retournait l'estomac.

— Ça ne cadre pas avec quoi ? la pressa Mettner.

— Avec son « œuvre », croassa Josie. Il se prend pour un artiste, il ne se voit sans doute pas comme un tueur.

— C'est évident, dit Gretchen. Puisqu'il a écrit aux journalistes pour leur dire expressément qu'il était « l'Artiste aux ossements », et non « le Tueur du cimetière ».

— Il ne voulait pas, il ne *veut* pas être relié à ce meurtre, reprit Josie. Celui-ci fait désordre, il n'obéit pas à ses exigences. Je crois que, cette fois-là, il a paniqué, tout simplement. Il a perdu la tête. Surtout quand le mari s'est jeté sur lui.

Ils revisionnèrent la vidéo en entier, sans interruption, en attendant le retour de Nally. Il les rejoignit quelques minutes plus tard, un carnet à la main, et leur lut ce qu'il avait noté.

— Le NYPD a bien fait venir un spécialiste de lecture labiale. Celui-ci a dit que Codie Lash avait accusé l'agresseur d'être un menteur, un mythomane, et l'avait appelé Bobby. Il a aussi pensé que l'agresseur connaissait les Lash. Le NYPD a interrogé tous les hommes que connaissaient M. et Mme Lash. Cinq d'entre eux se prénommaient Robert. Chacun avait un alibi pour ce soir-là. Ils n'ont recueilli aucun ADN sur la scène de crime, donc ils ont dû se contenter de la vidéo.

— Mais elle n'a pas dit « mythomane », elle a dit « psychopathe ». Et elle ne l'a pas appelé Bobby. Elle lui a parlé de quelqu'un qui s'appelait Bobby.

— Robert Ingram, précisa Mettner.

— Si le NYPD n'avait que cette vidéo, dit Josie, il est logique qu'ils aient cherché un Robert parmi les connaissances des Lash. J'aurais fait exactement la même chose. Mais maintenant, avec ce qu'on sait des contacts entre Codie Lash et l'Artiste, il nous faut voir les choses sous un autre angle.

Nally se gratta le crâne.

— OK, partons sur votre théorie. Codie Lash est entrée en contact avec le tueur et s'est fait assassiner. Trinity a compris tout cela, c'est pourquoi elle a demandé à se faire envoyer les effets personnels de Lash.

— Et elle a trouvé quelque chose, dit Josie. Le peigne. Elle s'en est servie pour le faire réagir. Elle l'a porté à son tour lors d'un reportage, et il lui a fait parvenir un second peigne.

— Mais comment a-t-elle réussi à l'obliger à se signaler, bon sang ? dit Noah. Ce type est resté inactif pendant six ans. Ce n'est pas comme s'il l'avait contactée, elle, pour lui demander de lui envoyer un signal à l'antenne. Alors comment a-t-elle fait pour attirer son attention ? Parce qu'elle a dû le faire avant de porter le peigne de Codie Lash, vous ne croyez pas ? Elle n'a fait qu'un seul reportage avec ce peigne dans les cheveux. Quelles sont les probabilités pour qu'il regarde cette séquence particulière, sur cette chaîne-là, à ce moment précis ?

— Elle a attiré son attention il y a plusieurs mois déjà. Nally, vous m'avez raconté que sa chaîne avait diffusé des reportages sur des affaires non résolues de tueurs en série, région par région. À un moment donné, en supposant que ce type regarde les infos du matin, supposition plus que plausible puisqu'il a contacté les présentateurs des journaux du matin de trois chaînes de télévision, en 2014, il a dû tomber sur un de ces reportages. Il devait même les regarder chaque semaine en espérant y être mentionné. Il se serait senti insulté de ne pas être cité dans l'émission sur les meurtres en série irrésolus du Nord-Est.

— Je suis d'accord, dit Nally. Ça correspond à sa psychologie, à sa soif de reconnaissance et à sa volonté d'être admiré, reconnu pour son intelligence et sa capacité à échapper à toute arrestation. Trinity a mis les pieds dans le plat lors de sa passe d'armes avec le correspondant local. Elle a même utilisé le mot « intelligent » pendant cet échange. Ça a dû immédiatement éveiller son attention.

— Au point de faire une fixation sur Trinity, ajouta Josie. Peu de temps après, Trinity s'est entièrement consacrée à cette affaire et a remonté la piste tortueuse jusqu'à Codie Lash et son peigne à cheveux.

— Elle a porté ce peigne à l'antenne, juste après son arrivée ici, dit Noah. Elle espérait sans doute capter son attention. Une semaine a passé, et il ne s'est rien produit. Rappelle-toi, elle a déjeuné avec Patrick et lui a dit qu'elle croyait être sur un gros coup mais que c'était tombé à l'eau.

— En fait, ça n'était pas tombé à l'eau. Parce qu'il a déposé, chez nous, un second peigne à son intention.

Nally reprit la parole :

— Donc elle découvre que Codie Lash a été impliquée dans tout ça. Par chance pour elle, Codie a laissé le macabre peigne du tueur en série à son bureau et quelqu'un l'a fourré dans un carton. Trinity porte le peigne et finit par se faire kidnapper. Dans l'intervalle, ce type enlève une femme au hasard en Pennsylvanie centrale, la tue et expose ses os à l'endroit où il a enlevé Trinity.

— Il fallait qu'il laisse sa signature, pour qu'on sache que c'était lui, dit Josie.

Nally hocha la tête.

— C'est une explication qui me va.

— Mais pourquoi a-t-il changé de mode opératoire, alors ? intervint Mettner. Nicci Webb n'avait disparu que depuis dix-sept jours quand on a retrouvé ses ossements derrière le bungalow de Trinity. Pourquoi n'a-t-il pas attendu trente jours ?

— Parce que la location du chalet touchait à sa fin, répondit Josie. Trinity l'avait loué pour un mois, et elle y est restée sept jours ; il ne restait plus assez de temps avant que le propriétaire ou le locataire suivant se pointe et découvre sa voiture abandonnée sur place pour qu'il attende trente jours.

— Mais il ne voulait pas qu'on retrouve simplement la voiture vide, compléta Noah. Il voulait que le monde entier sache que l'Artiste était passé par là.

— Oui. La mise en scène du squelette, c'était son moyen d'annoncer à tous qu'il était toujours là, qu'il sévissait toujours.

— Il se signalait lui-même.

— C'est ça, dit Josie. Mais il a enlevé Nicci Webb après Trinity. S'il avait attendu trente jours entre le kidnapping de Webb et la mise en scène de son squelette, la date de restitution du chalet par Trinity aurait été dépassée. La personne qui aurait retrouvé sa voiture abandonnée n'aurait pas pu voir son sinistre tableau.

— Mais l'Artiste ne savait sans doute pas que le chalet était loué, et encore moins pour combien de temps, objecta Gretchen.

— C'est vrai, dit Josie. Mais il a pu apprendre ce genre de détails sans trop d'efforts. Il a dû faire pas mal de recherches sur

Trinity avant de la contacter. Il sait beaucoup de choses sur elle – il sait que ses parents vivent à Callowhill, par exemple. Je suis sûre qu'il sait qu'elle habite New York. Il s'enorgueillit d'être intelligent, ne l'oubliez pas. Il est très organisé. Prudent. Il a dû reconnaître le terrain, se renseigner avant de monter au chalet. Il n'est pas bien difficile de savoir que les chalets de Whispering Oaks sont des locations de vacances.

— Donc il apprend, d'une manière ou d'une autre, que Trinity a loué ce chalet, résuma Noah. Il l'observe, s'assure qu'elle est seule là-haut. Il la kidnappe. Il sait déjà que la location ne doit durer qu'un mois, ou il l'apprend juste après l'avoir enlevée.

— Exactement, dit Josie. Donc il doit mettre en scène les os de Nicci Webb plus tôt que prévu, parce qu'il sait qu'il ne dispose pas de trente jours pleins.

Nally hocha la tête.

— Cette explication me convient aussi. OK, maintenant, on sait ce qui s'est passé, et pourquoi. Mais en quoi est-ce que ça nous aide à la retrouver et à attraper ce tueur ?

— Et pourquoi Trinity a-t-elle écrit « Vanessa » dans sa voiture ? ajouta Gretchen.

— Pourquoi veut-elle qu'on lise son journal ? dit Mettner. Ce doit être un journal datant de son adolescence, si on en croit les pistes que vous avez suivies jusqu'ici.

Josie referma l'ordinateur de Nally et se prit la tête à deux mains.

— Je n'en sais rien, reconnut-elle. Rien du tout.

44

Hanna était assise à côté d'Alex au tribunal. Sous la table devant laquelle ils patientaient en compagnie de leur avocat, elle lui prit la main, la serra. L'avocat s'approcha du juge pour discuter des détails de la peine. Hanna chuchota à l'oreille d'Alex :

— Tu es sûr de vouloir faire ça ?

Il hocha la tête.

— Tu vas devoir accomplir des travaux d'intérêt général. Je ne sais pas de quelle nature. L'avocat a dit qu'il essaierait de trouver quelque chose qui te convienne. Peut-être des travaux d'extérieur.

— Je comprends, marmonna Alex.

L'avocat revint à leur table, une feuille de papier à la main. Il demanda à Alex de se lever. Le juge s'adressa à lui depuis l'autre bout de la salle :

— Mon garçon, l'affaire est très sérieuse.

— Oui, monsieur, dit Alex.

— Ton père est gravement blessé et restera infirme toute sa vie. J'ai cru comprendre qu'il avait perdu presque toutes ses facultés à la suite du coup que tu lui as porté à la tête.

— Oui, monsieur, répéta Alex.

— Mais tu n'as que seize ans. Tu peux encore te racheter. Quand tu atteindras dix-huit ans, ton casier judiciaire sera effacé. Il redeviendra vierge. J'ai appris que ta situation familiale était loin d'être idéale.

— Oui, monsieur.

— On me dit aussi que tu es un fils très dévoué.

— Oui, monsieur.

— As-tu quelque chose à dire avant que je me prononce sur l'arrangement négocié entre la défense et le procureur ?

Alex avait appris par cœur ce que Hanna et lui avaient convenu qu'il dirait, quelques jours plus tôt. Il récita :

— Je ne voulais pas faire de mal à papa.

Ils avaient décidé qu'Alex appellerait Francis « papa », pas « mon père ». Pour donner l'impression qu'Alex l'aimait bien. Ce qui avait été le cas, longtemps auparavant. Avant qu'il ne découvre qui était vraiment Francis.

— Il était violent, expliqua Alex.

Le juge plissa le front.

— Oui. Ta mère a des cicatrices qui en attestent.

— Maman a voulu l'arrêter. J'ai cru qu'il allait lui faire du mal. J'aime ma mère. J'ai eu peur pour elle, et je suis intervenu. Je voulais seulement la protéger, pas faire du mal à papa. Si c'était à refaire, j'appellerais les secours. Mais j'ai paniqué. Tout est arrivé si vite. J'ai mal réagi, et j'en suis vraiment désolé.

Il sentit Hanna lui serrer le bras. Le juge le dévisagea un long moment, puis il soupira et dit :

— Très bien. Je valide la négociation de peine. Tu devras accomplir cent vingt heures de travaux d'intérêt général. Plutôt que de te placer dans un établissement pénitentiaire pour mineurs, je t'accorde la liberté conditionnelle, et tu rentreras chez toi pour aider ta mère à s'occuper de ton père. Elle aura besoin de ton aide, plus que jamais.

— Merci, monsieur.

45

Ils étaient dans l'impasse. Tout le corps de Josie lui criait d'aller se reposer, même si elle n'en avait aucune envie. Quand les vertiges et la douleur sourde qui martelait son crâne se firent insupportables, elle demanda à Noah de la ramener chez eux. Elle prit un bain chaud et se mit au lit. Trout grimpa près d'elle et se pelotonna contre son flanc. Caressant son dos soyeux, elle sombra dans un profond sommeil et ne s'éveilla que le lendemain, alors que le soleil inondait sa chambre de lumière. Elle s'étira. À ses côtés, Trout ronflait. Josie songea à se lever, mais elle n'était pas encore prête. Elle referma les yeux et se remémora tout ce que son équipe avait appris sur l'affaire, essaya de relier les éléments épars, de voir ce que Trinity avait vu. Elle avait suivi les pas de sa sœur jusque-là, de son obsession pour une affaire qu'on avait confiée à son petit ami au lien avec Codie Lash, et... et quoi ? Qu'est-ce qui lui échappait ?

« Elle avait une théorie », avait dit Nally.

Mais quelle théorie ? Et quel était le rapport avec son vieux journal des années collège ? Quel était le rapport avec son passé ? Le tueur avait-il fréquenté le même établissement qu'elle ? Josie rouvrit les yeux, prit son téléphone et envoya un message à Mettner pour lui demander de se pencher sur cette possibilité. Mais sans ce journal, Josie ne pouvait pas savoir dans quelle direction Trinity avait voulu l'aiguiller. Tandis qu'elle se rendormait à moitié, des éléments décousus défilèrent dans son esprit. Les notes sur les Post-it. « TOC ? » « Symétrie ? » « Meurtres en miroir ? » Les peignes, dans les cheveux de Codie Lash, puis dans ceux de Trinity. L'historique de recherche de son ordinateur : les meurtres de l'Alphabet. Codie Lash qui articulait « Bobby ? Quoi, Bobby ? » sur la vidéo. Les symboles. Masculin, féminin.

Meurtres en miroir. Symétrie. Masculin. Féminin. Bobby.

Non, pas Bobby. Bobbi.

Josie se redressa brusquement. Trout, surpris, jappa et lui lança un regard noir.

— Pardon, mon gars, dit Josie.

Elle sortit les pieds du lit mais, quand elle voulut se mettre debout, se mit à vaciller. Elle se rassit aussitôt. Trout sauta à bas du lit et s'étira à ses pieds. Il alla à la porte et la poussa avec sa truffe en attendant que Josie se lève. Quelques instants plus tard, on frappait légèrement à la porte entrouverte. La queue du chien frétilla. Patrick glissa la tête dans l'entrebâillement.

— Comment tu vas ?

— Bien, dit Josie. J'ai juste les jambes un peu faibles.

— Tu veux que je te monte quelque chose ? Café ? Jus de fruits ?

— Je veux bien mon ordinateur, s'il te plaît.

Il leva les yeux au ciel mais partit d'un rire chaleureux.

— Ah, c'est vrai, j'avais oublié. Tu es bien une Payne. Évidemment, tu veux ton ordinateur avant même de manger.

— Je pensais seulement...

Patrick l'interrompit.

— Je plaisantais, Josie. C'était une blague. Je peux t'apporter ton ordinateur *et* un café.

Elle lui sourit.

— Ce serait parfait.

Cinq minutes plus tard, Josie était adossée à sa tête de lit, son ordinateur sur les genoux, une tasse de café fumant sur la table de chevet. Patrick était allé promener Trout. Noah était au commissariat. Lisette, Shannon et Christian étaient en bas, à se « ronger les sangs », avait dit Patrick.

Il lui fallut explorer quatre bases de données et faire une recherche sur Google pour trouver ce qu'elle voulait. Elle téléchargea un article du *Pocono Record*, datant de deux semaines après la découverte des ossements de Robert Ingram. Le titre annonçait : « Toujours aucune piste dans l'affaire de la femme retrouvée en train d'errer sur la Route 209 après avoir disparu. » Elle vérifia ensuite le fichier NamUs, passa une heure de plus à dénicher les rapports qui confirmaient sa théorie. Elle lança l'impression du tout. Puis elle appela Noah.

— Il faut que quelqu'un passe me prendre. Tout le monde est là ?

— Je suis seul, dit-il. Mett et Gretchen sont rentrés chez eux dormir un peu. Nally est à son hôtel – il doit dormir aussi.

— Réveille-les, dit Josie. C'est important.

Une demi-heure plus tard, l'équipe, augmentée de Nally, se rassemblait dans la salle de conférences du commissariat. Nally jetait des regards noirs à Josie tandis que Mettner frottait ses yeux encore bouffis de sommeil. Gretchen sirotait calmement un café, en attendant d'entendre ce que Josie avait à leur annoncer. Noah s'était assis à côté de Josie, et il avait à la main la pile de copies des rapports qu'elle lui avait demandé de faire. Josie lui fit signe et il entreprit de les distribuer à la ronde, puis elle prit la parole :

— Je crois que je sais sur quelle théorie Trinity travaillait. On sait que ce tueur aime la symétrie. Il suit certains schémas, même si on ne les a pas tous identifiés. On sait maintenant que ses mises en scène reposent sur un mélange des symboles masculin et féminin. Les notes de Trinity – le peu que j'en ai aperçu avant qu'elle remballe tout, du moins – évoquaient des meurtres en miroir, ce que je ne comprenais pas du tout, au début. J'ai repensé à Codie Lash et à ce qu'elle a dit, le soir où elle s'est fait assassiner. Elle a dit : « Bobby ? Quoi, Bobby ? » Mais elle était déjà au courant du meurtre de Robert Ingram. Alors pourquoi a-t-elle paru si surprise ? Elle ne parlait pas peut-être pas d'un Bobby avec un Y, ce qui aurait pu être le surnom de Robert Ingram. Bobbi, avec un I, peut aussi être un prénom féminin.

— Tu crois qu'elle parlait d'une femme prénommée Bobbi ? dit Gretchen.

— Oui.

Josie leur montra un des rapports qu'elle avait imprimés.

— Roberta Ingram, assistante dentiste de Bloomsburg, âgée de vingt-sept ans, a disparu la veille de l'enlèvement de Robert Ingram à East Stroudsburg.

Mettner fixa la copie de l'extrait du NamUs qu'il avait devant lui et s'exclama :

— Nom de Dieu !

Josie leur montra alors l'article du *Pocono Record*.

— Trente jours plus tard, Roberta – alias Bobbi – Ingram a été retrouvée, errant sur la Route 209, qui traverse la forêt d'East Stroudsburg, nue, sévèrement déshydratée et complètement désorientée. « Sérieusement blessée », selon le journal, sans autre précision. Elle a déclaré avoir été enlevée par un homme qui avait « une cicatrice au visage ».

— Bon sang... fit Nally.

— On a appelé la police d'East Stroudsburg, ajouta Noah. Ils nous ont confirmé tout ça et dit qu'ils avaient mis beaucoup de moyens sur cette enquête, mais qu'ils n'avaient eu aucune piste sérieuse.

— Elle s'est remise de ses blessures ? demanda Gretchen.

— Physiquement, oui, dit Josie.

— Les flics d'East Stroudsburg nous ont donné son adresse. Ils pensent qu'elle acceptera de nous rencontrer et ont proposé de l'appeler pour la prévenir de notre visite.

Mettner se leva.

— Alors allons-y. Où vit-elle, maintenant ?

— Danville, dit Noah. À une quinzaine de kilomètres de Bloomsburg.

— Encore une chose, dit Josie. Tous les meurtres ont eu des « miroirs ».

Elle étala sur la table les rapports extraits du NamUs, le fichier des personnes disparues.

— En 2008, quelques jours avant le kidnapping de la première victime, Anthony Yanetti, dans la banlieue de Newton, en Pennsylvanie, une femme du nom d'Antonia « Toni » Yanetti a été enlevée à King of Prussia.

— King of Prussia : c'est là que l'Artiste a laissé les ossements d'Anthony Yanetti, dit Nally.

— Laisse-moi deviner, dit Mettner. À peu près au moment où Terri Abbott a disparu de Pittsburgh, un homme appelé Terry Abbott a disparu des environs de Pittsburgh ?

— Exact, répondit Josie.

— Et un ou deux jours avant ou après que Kenneth Darden a disparu de Paoli, une femme qui s'appelait... Kendra Darden a été kidnappée à Philadelphie, termina Gretchen en lisant le rapport.

— Oui, confirma Josie. Et aucun de ces miroirs, ni Antonia Yanetti, ni Terrence Abbott, ni Kendra Darden, n'a jamais été retrouvé. La seule que ce soi-disant Artiste a libérée, c'est Roberta « Bobbi » Ingram.

— Il l'a relâchée parce que Codie Lash était entrée dans son jeu. Elle avait porté son peigne à l'antenne, et c'est ce qu'il voulait, dit Noah.

— Mais il a quand même tué Lash, releva Nally.

— C'est le mari qui l'a provoqué, dit Josie. Il a perdu les pédales. Comme il avait tué le mari sous ses yeux, et qu'elle avait vu son visage, il ne pouvait pas vraiment se permettre de la laisser vivre.

— Et pour Nicci Webb, alors ? fit Mettner. Y a-t-il un Nicholas Webb qui aurait disparu, quelque part ? Et qui n'aurait pas encore été signalé ?

Josie fit non de la tête.

— J'y ai pensé. J'ai vérifié toutes les bases de données, tous les sites d'infos que je connaissais, je n'ai rien trouvé. Il y a trois Nicholas Webb en Pennsylvanie.

— Et aucun d'eux n'a disparu, expliqua Noah. Avant que vous n'arriviez, j'ai appelé les polices des trois villes où ils vivent, et je leur ai demandé d'aller vérifier.

— Donc Nicci Webb est la seule qui n'ait pas de miroir ? dit Nally. Pourquoi ferait-il ça ?

— Pour nous déstabiliser ? proposa Noah.

— On a déjà évoqué le fait que le meurtre de Webb semblait totalement illogique par rapport à ses habitudes. On a affaire à un tueur en série. Qu'est-ce qui peut bien pousser un type comme ça à changer sa manière de faire ?

— Un facteur de stress supplémentaire, peut-être ? dit Noah.

Nally hocha la tête.

— Ça pourrait être ça. Hé, et Trinity ? Elle non plus n'a pas de miroir. Il n'y a pas de pendant masculin à son enlèvement, si ?

Josie sentit un froid glacial l'envahir.

— Non, mais elle a quand même un double. Littéralement.

Nally rougit.

— C'est vrai... Bien sûr.

— C'est pour ça qu'il a essayé de te kidnapper, ajouta Noah

en fixant Josie. Ça ne correspond pas à ses habitudes temporelles parce qu'il a attendu très longtemps après l'enlèvement de Trinity pour s'en prendre à toi, mais il a quand même essayé.

— Ce qui rend Nicci Webb encore plus singulière, souligna Gretchen. Elle est la seule sans miroir.

— Elle a peut-être vu quelque chose qu'elle n'aurait pas dû voir, avança Mettner. Il faut se pencher de plus près sur son meurtre.

— J'ai lu le dossier de la police d'État, dit Noah. L'enquête sur Webb et sur ce qu'elle a fait dans les jours qui ont précédé son kidnapping a été menée sérieusement. Ça n'a rien donné.

Nally croisa le regard de Josie.

— Parfois, un œil neuf peut faire toute la différence. Je vais demander à quelqu'un du FBI de s'intéresser à Nicci Webb.

— Merci, dirent Josie et Mettner à l'unisson.

Gretchen but une gorgée de café avant de demander :

— Mais que fait-il des victimes miroirs qu'il ne met pas en scène ? Vous ne pensez pas qu'elles soient toujours vivantes, si ?

Josie secoua la tête.

— Non, je ne crois pas. Peut-être l'ADN des peignes correspondra-t-il à celui d'un ou deux de ces miroirs.

Un frisson visible parcourut Gretchen, qui reposa son café sur la table.

Mettner paraissait à deux doigts de vomir, mais il se reprit et inspira longuement.

— Bon. On ne peut pas tous aller interroger Bobbi Ingram. Si on sonne chez elle à cinq, on va lui flanquer la trouille de sa vie, à cette pauvre femme. Patronne, je t'emmène lui parler. Maintenant qu'on est au courant de ces meurtres en miroir, il faut revenir en arrière et s'intéresser de près aux circonstances de leur disparition, au cas où l'Artiste ait laissé un indice, un élément quelconque qui pourrait nous servir à l'identifier. Palmer et Fraley, vous pouvez vous y atteler ?

— Je vais rester ici et leur donner un coup de main, et m'occuper de Webb, aussi, dit Nally. Si le FBI appuie vos demandes aux différentes polices locales dont relèvent ces disparitions en miroir, ça ne peut pas faire de mal.

— Allez, au boulot, conclut Mettner.

46

Sur la route de Danville, Mettner reçut un appel de la police d'East Stroudsburg l'informant que Bobbi Ingram serait chez elle dans l'après-midi et qu'elle avait accepté de les recevoir. Ils arrivèrent une heure et demie plus tard. C'était dans cette petite ville, au bord du fleuve Susquehanna, que se trouvait le vaste hôpital Geisinger. Ingram vivait dans un immeuble non loin du collège-lycée de la ville. Des enfants jouaient et faisaient du vélo dans la rue, bordée d'un côté par des immeubles, de l'autre par des maisons individuelles. L'endroit était charmant, idyllique. Bobbi Ingram leur ouvrit la porte. Elle portait un uniforme médical et s'essuyait les mains sur un torchon. Elle était de la même taille que Josie, à peu près, mais plus ronde, avec des hanches larges et une poitrine imposante. Ses cheveux bruns étaient tirés en arrière, en natte qui lui descendait dans le dos.

— Entrez, dit-elle en les guidant le long d'un petit couloir.

Son appartement était impeccable, orné de boiseries. Un chat tigré observa, du haut du réfrigérateur, Josie et Mettner s'asseoir à la table de la cuisine. Bobbi leur offrit à boire, ce qu'ils déclinèrent poliment.

— La police m'a dit que vous vouliez me parler de ce qui m'est arrivé.

— C'est exact, répondit Mettner.

Bobbi se posta devant le réfrigérateur, chuchota quelque chose à son chat jusqu'à ce qu'il s'approche d'elle. Elle le prit dans ses bras et vint s'asseoir face à eux. Sur ses genoux, le matou se mit à ronronner bruyamment quand elle lui caressa la tête.

— La police d'East Stroudsburg m'a bien traitée, dit-elle, mais n'a jamais rien trouvé.

— C'est ce qu'on nous a dit, répondit Mettner. Nous en sommes désolés.

— Une autre femme a disparu, ajouta Josie. Et nous pensons que son enlèvement est peut-être lié au vôtre. Tout ce que vous pourriez nous dire sur ce qui vous est arrivé nous serait très utile.

Bobbi Ingram se décomposa. Elle enfouit le visage dans la fourrure de son chat. Celui-ci, imperturbable, remuait lentement la queue. Quand elle releva la tête, des larmes mouillaient ses joues. Elle ne fit aucun geste pour les essuyer. Le regard dans le vide, elle inspira par saccades et se mit à raconter :

— J'avais l'habitude de faire un tour à pied jusqu'au champ de foire de Bloomsburg tous les matins avant d'aller travailler. Quand il n'y a pas de fête foraine, l'endroit est désert. Quelques personnes viennent y faire courir leur chien. On était début mars. Il faisait très froid, ce jour-là. Au-dessous de zéro. J'ai failli ne pas sortir, mais j'essayais de perdre du poids. Je n'avais pas l'intention de rester longtemps dehors. Je me suis emmitouflée et je suis descendue.

— Il y avait d'autres gens dans les rues ? demanda Mettner.

Ingram eut un rire amer.

— Non. J'étais la seule andouille à être sortie. Je vivais à quelques rues du champ de foire et, le temps d'y arriver, j'ai compris que ce n'était pas une bonne idée. J'ai fait demi-tour, j'ai commencé à remonter la Route 11, tout près du pont qui conduit à la Route 42 et au centre commercial. Et là, il y avait un pick-up garé.

— Quel genre de pick-up ?

— Un Chevrolet, je crois. Enfin, je ne m'y suis pas intéressée, au début. Il était blanc. La police m'a montré une vingtaine de photos de véhicules, ensuite, et le Chevy est ce qui m'a paru le plus ressemblant, mais je n'en étais pas absolument sûre. Et non, je n'ai pas retenu son immatriculation. Je n'ai même pas regardé sa fichue plaque. Il ne m'est jamais venu à l'esprit que j'aurais besoin de me souvenir de ce foutu pick-up ou du conducteur.

— On ne devrait jamais être obligés de se rappeler ce genre de choses, dit Josie. Que s'est-il passé ensuite ?

— Eh bien, je me gelais les fesses, et je suis passée devant ce véhicule. J'ai vu le pot d'échappement fumer et je me suis dit que, bon sang, j'aimerais bien être au chaud là-dedans. Puis la vitre s'est abaissée, le type s'est penché et il m'a dit quelque chose du genre : « Je ne cherche pas à vous faire peur, mademoiselle. »

— Pourquoi vous aurait-il fait peur ?

— Il portait une cagoule de ski ; mais je n'ai pas trouvé ça bizarre. Beaucoup de chasseurs en portent, quand il fait froid. Les gens mettent souvent des cagoules en hiver, dans le coin où j'ai grandi. J'ai vu qu'il avait les yeux marron, et il avait une marque rouge qui allait de son front à son nez. Je ne l'ai pas vue tout de suite, seulement quand je me suis approchée. C'était comme une brûlure, ou une cicatrice, quelque chose comme ça. Il m'a dit qu'il s'était brûlé avec de l'huile bouillante quand il était petit, que c'était gênant et que c'était pour ça qu'il portait une cagoule, l'hiver. J'ai failli lui dire qu'il pouvait la cacher avec du maquillage, mais je me suis retenue.

Mettner prenait furieusement des notes dans son téléphone.

— Il vous a donné son nom, dit d'où il venait, ou quelque chose de cet ordre ?

Bobbi secoua la tête.

— Non. Seulement qu'il n'était pas du coin et qu'il cherchait l'hôpital. Qu'il allait rendre visite à une amie. Il y avait un bouquet de fleurs sur le siège près de lui. Je lui ai expliqué comment se rendre à l'hôpital et il m'a remerciée. Je suis repartie. Il s'est arrêté à côté de moi quelques secondes plus tard et m'a dit qu'il était confus de ne pas avoir proposé de me déposer alors que je l'avais aidé à trouver son chemin. S'il n'avait pas fait si froid, je lui aurais dit non.

Ses doigts s'enfoncèrent dans l'épais pelage du chat et son regard se perdit dans le vide.

— Mais j'ai accepté, dit-elle comme si elle ne parlait plus aux deux policiers mais qu'elle était la narratrice d'un film qui se déroulait dans sa tête. Je suis montée. Je lui ai indiqué où j'habitais. Il est passé devant chez moi sans s'arrêter. Quand j'ai commencé à paniquer, il m'a dit : « Calme-toi, Bobbi. » Et là, j'ai su que j'étais vraiment dans la mouise, parce que je ne lui avais jamais donné mon nom. Je me suis mise à hurler et il a planté une aiguille dans le gras de ma cuisse. J'ai essayé de rester éveillée ensuite, mais je n'ai pas pu.

— Une injection intramusculaire, dit Josie.

Bobbi Ingram acquiesça.

— Oui. J'ai dormi par intermittence, après. Il a conduit longtemps, longtemps. Il s'est garé au bout d'un long chemin gravillonné. Qui m'a paru infiniment long. Je lui ai posé plein de questions, mais il n'a répondu à rien. Il s'est garé devant un vieux conteneur.

— Un conteneur maritime ? demanda Mettner. Comme les conteneurs métalliques qu'on voit sur les quais ?

Elle hocha la tête.

— Oui. Ou comme ceux qu'on met sur les trains. Un gros, en métal en effet.

— Avec des fenêtres ? demanda Josie.

— Non. Mais ça n'était pas si inconfortable, à l'intérieur. Au moins, c'était chauffé. Il y avait un matelas, une couverture, de l'eau, une lampe torche et des toilettes portatives de camping, pour me soulager. Il m'a enfermée là-dedans. J'ai hurlé, j'ai cru hurler pendant plusieurs jours, mais il ne revenait pas. Personne n'est venu. Il m'a laissée là jusqu'à ce que je n'aie plus d'eau, et je mourais de faim.

— Que s'est-il passé quand il est revenu ?

— J'ai cru qu'il allait me frapper, ou me faire des choses, mais ça ne l'intéressait pas. Il m'a apporté à manger – des trucs préemballés, qu'on pouvait trouver à la supérette ou quelque chose comme ça – et de l'eau. Je lui ai posé des questions, mais il n'a pas ouvert la bouche. Et à un moment, la batterie de la lampe torche a lâché. Ça a été le pire moment.

Josie repoussa une vague de claustrophobie en imaginant l'obscurité absolue, la privation sensorielle qu'avait dû endurer Bobbi Ingram.

— Je compatis sincèrement, Bobbi, dit-elle.

— Merci.

— Vous a-t-il agressée ? demanda Mettner. Frappée, ou pire ?

— Non. Il m'a simplement repoussée la fois où je me suis jetée sur lui. J'étais très faible, ça lui a été facile. Il m'a écartée comme si je n'étais qu'un insecte.

— Il a recommencé à vous droguer ?

— Pas comme dans son pick-up. Mais un jour, vers la fin, il est venu et m'a dit qu'il devait m'emmener quelque part. J'ai dit que je voulais rentrer chez moi et il m'a répondu qu'il allait me libérer. Je ne l'ai pas vraiment cru. J'ai pensé que s'il m'emmenait quelque part, c'était pour me tuer, vous voyez ? Il m'a dit qu'il avait besoin de moi, avant de me relâcher. Il m'a mis un bandeau sur les yeux, m'a attaché les mains dans le dos, et m'a forcée à sortir dans le froid. On a marché, marché, marché.

J'étais tellement faible qu'il a dû me porter, une fois ou deux. Il m'a jetée sur son épaule comme si je ne pesais rien. Puis on est arrivés dans un endroit où il faisait chaud. Sous mon bandeau, j'ai vu que l'endroit était éclairé. Je crois qu'on était chez lui. J'ai entendu des portes s'ouvrir, se fermer, et il m'a déposée sur un lit, je crois, et m'a attaché les bras et les jambes.

Elle frissonna.

— Bobbi, on peut faire une pause, si vous voulez, dit Josie.

Bobbi Ingram fit non de la tête. Son chat se frotta à son menton, et elle se remit à le caresser.

— Non. Ça va aller. J'ai presque terminé. Il m'a posé une perfusion. Là, ajouta-t-elle en indiquant le creux de son bras gauche. Enfin, je crois que c'est lui. J'ai toujours eu la sensation qu'il y avait quelqu'un d'autre dans la pièce, mais je n'ai jamais entendu personne. Ça n'était qu'une... impression. Je pense que c'est bien lui qui m'a posé la perfusion. J'ai cru sentir les mêmes cals, sur ses paumes, que quand il m'avait attaché les mains, dans le conteneur. Et c'est la dernière chose dont je me souvienne. Ensuite, je me suis retrouvée complètement nue, errant dans la forêt. Il faisait froid, mais pas autant que le jour où il m'avait kidnappée, Dieu merci. Et j'avais horriblement mal...

Elle reposa à terre le chat qui s'éloigna avec nonchalance, en remuant la queue. Puis elle indiqua le côté gauche de son ventre, au bas de sa cage thoracique.

— Là, dit-elle. Une douleur atroce. Plus je marchais, plus j'avais mal. Le moindre mouvement était une torture. J'avais des points de suture à la Frankenstein, et la plaie saignait.

Josie déglutit en voyant Bobbi Ingram relever le haut de sa tunique pour leur montrer une grosse cicatrice irrégulière d'une quinzaine de centimètres. Mettner blêmit et se replongea dans ses notes. Bobbi rajusta sa chemise, mais Josie ne pouvait ôter cette image de sa tête.

— C'est passé, maintenant, reprit-elle. Je sais que c'est

horrible. Quand on m'a retrouvée et qu'on m'a conduite à l'hôpital, les médecins ont dit que celui qui avait fait ça n'y connaissait rien et que j'avais de la chance d'être encore en vie. J'ai contracté une septicémie. J'ai failli mourir. Il m'avait recousue avec du fil à coudre.

— Qu'est-ce qu'il voulait ? demanda Josie. Pourquoi a-t-il fait ça ?

— Une côte. Il a cassé et pris une de mes côtes. J'ai dû me faire réopérer pour réparer les dégâts qu'il avait faits à l'intérieur. Ils ont dit que c'était un miracle qu'il n'ait abîmé aucun des organes internes.

— Puis-je utiliser vos toilettes ? demanda Mettner.

— Bien sûr. À l'étage, deuxième porte à droite.

Elles le regardèrent s'éloigner.

— Les hommes sont plus sensibles à ce genre de choses, dit Bobbi. Les femmes semblent être plus résistantes.

— L'inspecteur Mettner va se remettre, dit Josie. Je suis absolument désolée de ce qui vous est arrivé, Bobbi. Dieu merci, vous avez survécu. Dites-moi, est-ce que vous vous rappelez autre chose, à propos de cet homme ? On vous a demandé de dresser un portrait-robot, à l'époque ?

— Non, je suis désolée. Il portait sa cagoule de ski à chaque fois. Je n'ai vu que ses yeux et une partie de son front.

Josie n'avait vu son visage que quelques instants. Pas assez longtemps pour enregistrer les détails nécessaires à l'établissement d'un portrait-robot. Même si elle pouvait affirmer que la cicatrice rouge aperçue par Bobbi Ingram partait du centre de son front et descendait du côté gauche de son nez jusqu'au coin de sa bouche.

— Les policiers pensaient qu'il vivait non loin de l'endroit où on m'a retrouvée. Ils ont inspecté toutes les propriétés des environs, mais n'ont jamais vu de conteneur. Beaucoup d'endroits à proximité de voies ferrées, aussi, mais ça n'a rien donné non plus.

— Pourquoi des voies ferrées ? À cause du conteneur ? Ou parce que vous avez entendu passer des trains quand vous étiez enfermée ?

— Des trains, non, mais j'entendais des bruits... Ça n'était pas des cloches, mais ça y ressemblait un peu. Et pas tout le temps. Par instants seulement. Il y en avait beaucoup pendant un moment, et puis plus rien pendant plusieurs jours. On aurait dit un bruit métallique, mais pas tout à fait. Je n'arrive pas à l'expliquer. Ça ressemblerait plus au bruit des cheminots qui fixent des traverses de rail à coups de marteau.

Mettner redescendit et revint s'asseoir en murmurant des excuses. Josie lui résuma ce qu'elles venaient de se dire, et il se remit à prendre des notes sur son téléphone. Quand il eut fini, il demanda :

— Et vous avez entendu d'autres genres de bruits, quand vous étiez enfermée dans ce conteneur ?

Le regard de Bobbi Ingram passa de Josie à Mettner, et se perdit de nouveau dans le vague.

— Des oiseaux, dit-elle. Beaucoup, beaucoup de cris d'oiseaux.

47

De la salive dégoulinait de la bouche de Francis sur son bavoir déjà trempé. Il était penché sur le côté, un bras pendant par-dessus l'accoudoir de son fauteuil roulant. Zandra l'avait installé face au mur du salon. Assise sur le canapé, elle feuille-tait un magazine tout en picorant du pop-corn dans un bol. Elle faisait comme si Alex n'était pas là. Mais Francis savait qu'il était là.

— Ahhhmmax, meugla-t-il. Ahhhmmaax.

Alex traversa le salon et saisit les poignées du fauteuil roulant.

— Ne le déplace pas, dit Zandra. Il aime bien regarder le mur. N'est-ce pas, Francis ? Tu aimes bien regarder un mur vide toute la journée, hein ? C'est divertissant, non ?

Francis émit un son qui annonçait qu'il allait se mettre à geindre – ce qu'il faisait souvent, à présent.

— Ahhhmmaax, essaya-t-il encore. M-m-max.

Zandra rit.

— Il essaie de dire « Alex », mais il dit toujours ça. « Max. » C'est comme ça que je vais t'appeler, à partir de maintenant. Max.

Hanna entra dans la pièce, les joues rougies par le froid du dehors, un large sourire aux lèvres. Elle avait une enveloppe à la main. Zandra l'appela :

— Maman ! dit-elle. Nous avons décidé qu'à partir de maintenant, Alex s'appellerait Max.

Francis lança de nouveau un « Ahhhmmaax » étranglé. Hanna et Zandra se mirent à rire, puis Hanna s'affala sur le canapé et tapota le coussin à côté d'elle.

— Allez, viens, *Max*. Viens nous rejoindre.

Alex s'assit près d'elle.

— Qu'est-ce que c'est que ça ?

Hanna sortit plusieurs feuilles de l'enveloppe.

— C'est l'acte de propriété du terrain de quarante hectares qui est derrière chez nous. Je l'ai payé comptant. Il est pour vous. Quand je serai morte, il vous reviendra.

Zandra plissa le nez.

— Je préférerais avoir l'argent. Qu'est-ce qu'on peut bien faire avec un terrain ?

— C'est un nouveau départ, Zandra.

Hanna caressa la joue d'Alex, le regarda intensément, droit dans les yeux, au bord des larmes.

— C'est une toile vierge, mon chéri. Pour toi.

48

De retour au commissariat, tous se réunirent de nouveau dans la salle de conférences. Ce fut Nally qui commença.

— Il n'y a pas eu de travaux sur les lignes de chemin de fer autour d'East Stroudsburg en mars 2014.

— On n'est pas certains que ces sons étaient liés à une voie ferrée. Ingram dit qu'elle n'a jamais entendu de train passer, répondit Josie.

— Qu'est-ce que ça pourrait être, alors ?

— Je n'en sais rien.

Noah intervint :

— On n'est pas sûrs non plus qu'elle était enfermée près d'East Stroudsburg. Seulement que c'est là qu'il l'a relâchée. Il l'a libérée là où il a kidnappé Robert Ingram. Ça, ça fait partie de son mode opératoire habituel. Mais ça ne veut pas dire qu'il vit dans une des villes où il a soit kidnappé des gens, soit exposé leurs ossements.

— C'est juste, dit Josie. Il faut élargir les recherches, si on veut s'intéresser à toutes les voies ferrées.

Drake Nally se prit la tête à deux mains.

— Vous avez idée du nombre de kilomètres de chemin de fer

qu'il y a dans cet État ? Ça va prendre des années, de tout couvrir.

— Commencez par l'Est de l'État, dit Mettner. C'est là que se concentrent la majorité de ses agissements. Où en est-on avec les victimes miroirs ? Vous avez quelque chose ?

Gretchen ouvrit son bloc-notes.

— Non, c'est toujours pareil. Chaque victime semble s'être évaporée en laissant tout derrière elle. Aucun indice. Aucune trace vidéo. Rien. En 2008, Antonia Yanetti, trente-cinq ans, est sortie faire son footing matinal dans un parc proche de son appartement de King of Prussia. Elle n'est jamais rentrée. Son petit ami, qui vivait avec elle, a signalé sa disparition. On a retrouvé son téléphone et sa carte d'identité dans des buissons du parc. Aucun témoin. On n'en a plus jamais entendu parler. En 2010, Terrence Abbott, cinquante-trois ans, a quitté son travail de serveur dans un restaurant du centre-ville à 23 h 30 pour rentrer à son appartement. Il n'est jamais arrivé chez lui. On a retrouvé son porte-monnaie, sa montre, son téléphone et son paquet de cigarettes dans la cour de son immeuble. Pas de caméras de vidéosurveillance. Il avait fait de la prison, seule sa mère avait gardé le contact avec lui. N'ayant pas de ses nouvelles, au bout d'une semaine, elle a fait un signalement. En 2012, Kendra Darden, vingt-six ans, qui travaillait dans une boutique de traiteur, est allée se balader dans Fairmount Park, et on ne l'a plus jamais revue. On a retrouvé son sac à main au bord du Wissahickon Creek, avec son téléphone à l'intérieur. Elle vivait chez sa grand-mère, qui a signalé sa disparition.

— C'est du bon boulot, mais ça ne nous aide pas à identifier ce type, grogna Mettner.

— C'est vrai, dit Josie. Mais on a percé pas mal de ses secrets. Il n'est pas aussi intelligent ou rusé qu'il le pense. Il faut exploiter ça, d'une manière ou d'une autre.

Elle se tourna vers Nally.

— J'ai étudié le dossier, pendant que j'étais à Callowhill. Il y a une note dans la marge qui dit : « Utiliser la stratégie du super-flic ? » Qu'est-ce que c'est ?

Nally soupira.

— C'est mon contact à l'unité d'analyse comportementale qui a suggéré ça. C'est une stratégie développée et mise en pratique par John Douglas et son unité dans les années 1980. Ils la pensaient efficace pour attraper certains criminels, et notamment des tueurs en série. L'idée est de désigner un représentant de la loi qui se présente devant les caméras pour s'adresser directement au tueur et entrer dans son jeu. Quelqu'un à qui le tueur puisse s'identifier, et qu'il prendrait comme interlocuteur principal. Ce « superflic » doit nouer un lien avec lui pour l'amener à le contacter, et donc à commettre une erreur.

— Nouer un lien ? répéta Noah. Mais comment noue-t-on un lien avec un tueur ? À la télévision, avec ça ?

— En lui faisant comprendre qu'on le croit intelligent – qu'on le *sait* intelligent, dit Josie. Mais aussi qu'on est aussi intelligent que lui. Et on lui laisse entendre qu'on a percé certains de ses secrets, qu'on est sur ses talons. Alors, il vous considère comme un adversaire à sa mesure. Il ne résiste pas à l'idée de jouer à son petit jeu. Il commet une erreur, et il se fait prendre.

— Mais ça n'a rien de garanti, objecta Mettner. Regardez ce qui est arrivé à Codie Lash. Et, je suis désolé, Josie, mais aussi à Trinity.

— Tu oublies une chose, Mett. Codie Lash était une personne seule, qui communiquait en secret avec ce type. Trinity a essayé de le débusquer toute seule, elle aussi. Mais on forme une équipe, et on a énormément de ressources à notre disposition. Plus on communiquera avec lui, plus on aura de chances de le pousser à la faute, de l'obliger à abattre ses cartes. Est-ce que quelqu'un a une meilleure idée ? Si oui, je suis preneuse, parce que c'est la vie de ma sœur qui est en jeu.

Tous se turent un bon moment. Puis Noah finit par parler.

— Tu es en train de suggérer qu'on se serve de toi comme appât ?

— Il a déjà essayé de me kidnapper une fois, répondit Josie. Je suis le miroir littéral de Trinity. Pourquoi voudrait-il m'enlever, sinon ? Je vous le dis : organisez une conférence de presse. Mettez-moi face aux caméras et laissez-moi parler à ce type.

— Pour lui dire quoi ? demanda Nally.

— Pour lui dire que j'en fais une affaire personnelle. Que je sais qu'il détient ma sœur et que je vais le débusquer, même si je dois y passer ma vie. Ça devrait parler à son ego boursouflé – le fait que je sois prête à consacrer ma vie à savoir qui il est et où il se cache, je veux dire. Mais mes paroles compteront moins que ce qu'il verra à l'écran.

— Des accessoires, dit Noah. Le peigne.

— Le peigne de Trinity est déjà parti au labo, objecta Gretchen. On ne peut pas le récupérer maintenant.

— On n'a pas forcément besoin du peigne, dit Josie. On fera en sorte que vous soyez tous derrière moi à la conférence de presse – pour qu'il voie que nous sommes plusieurs. Ça lui donnera le sentiment d'être important, reconnu. Et Bobbi Ingram sera parmi vous. Si elle accepte, bien sûr.

— Je proposerais aussi la présence de Hayden Keating, ajouta Nally. Qui pourrait même porter quelque chose pour rappeler Codie Lash.

— Oui, dit Josie même si l'idée d'être à proximité de Keating lui donnait envie de vomir. Il faut qu'il se dise qu'on en sait plus que ce qu'on laisse paraître. Les journalistes ne comprendront pas le sens de tout ça, mais lui, oui. Il verra qu'on le prend au sérieux. Qu'on se prête au jeu auquel il veut jouer depuis le début. Qu'on lui accorde l'attention qu'il recherche si désespérément.

— Et si on demandait à Monica Webb d'être présente aussi ? proposa Mettner.

— Bonne idée. Il va falloir la faire venir ici pour lui expliquer, mais je suis sûre qu'elle acceptera.

— Et ensuite ? demanda Noah.

— Ensuite, on attend, dit Nally. Ce type va sortir de son trou. Il nous contactera, d'une manière ou d'une autre.

— Je n'aime pas l'idée d'utiliser l'inspectrice Quinn comme appât, dit Noah. Je pense que ça ne plaît à personne ici.

Gretchen et Mettner hochèrent la tête à l'unisson.

— Je ne serai pas un *appât*, dit Josie. Je ne vais pas attendre sans rien faire qu'il essaie de me kidnapper encore. On cherche seulement à nouer le contact. Qu'il nous fasse parvenir quelque chose, une lettre ou un paquet.

— Je crois que plus personne n'a envie de recevoir un de ses sinistres paquets, commenta Gretchen.

— Oui, mais, pour l'instant, on n'a rien du tout, rétorqua Nally. Il faut lui forcer un peu la main.

Josie se tourna vers Mettner.

— C'est toi qui diriges l'enquête, Mett. Qu'en dis-tu ?

Mettner se frotta le menton.

— Il faut que j'en discute avec le chef. Il nous faut son aval pour un truc aussi gros que ça. Une fois qu'on aura révélé au monde entier que c'est l'Artiste aux ossements qui a enlevé Trinity, on ne pourra plus faire machine arrière. Il faudra être prêt à affronter la suite, quelle qu'elle soit.

— C'est juste, dit Josie.

Mettner les dévisagea un par un.

— Et maintenant, si vous alliez vous reposer, tous ? Noah, tu viendras me relever dans quatre heures. Et Gretchen prendra la suite. On va se relayer. Je vais en discuter avec Chitwood, et on en reparle demain matin.

49

Le lendemain, le commissariat bourdonnait d'une énergie fébrile. Des policiers allaient et venaient, installaient podium, micros et tout le matériel nécessaire à la conférence de presse qui devait se tenir en plein air, devant le commissariat. Mettner avait obtenu l'accord du chef Chitwood et avait prévenu la presse, un peu plus tôt dans la matinée, qu'il y avait du nouveau dans l'enquête sur la disparition de Trinity Payne. Il avait aussi appelé Bobbi Ingram, qui avait volontiers accepté d'apparaître face aux caméras, et envoyé quelqu'un la chercher. Josie avait longuement expliqué leur stratégie à Shannon, Christian et Patrick, la veille au soir. Eux aussi avaient accepté de faire de la figuration, derrière Josie, pendant qu'elle parlerait.

Josie, debout dans le bureau du chef au premier étage du commissariat, regardait par la fenêtre les journalistes se rassembler dans la rue, en contrebas. Elle avait des papillons plein le ventre. Elle entendit des pas dans son dos et s'apprêta à subir les foudres de Chitwood pour être entrée dans son espace privé. Mais c'était Noah.

— Tu seras bientôt prête ?

Josie parvint à sourire faiblement.

— Aussi prête que possible.

Il s'avança d'un pas.

— Il est presque l'heure.

Elle prit le bras qu'il lui offrait et ils descendirent ensemble à l'accueil. Le chef Chitwood, Mettner, Gretchen, Nally, Shannon, Christian et Bobbi Ingram les y attendaient. Hayden Keating, un peu à l'écart des autres, scrollait sur son téléphone. Il portait un costume gris discret et, au revers de sa veste, une épinglette brillante avec les initiales « CL ». Josie alla le saluer et observa l'épinglette de plus près. Keating la lui montra en disant :

— La chaîne en avait fait fabriquer après l'assassinat de Codie. Nous l'avons tous portée pendant un an. Ça suffira ?

— C'est parfait, répondit Josie. Merci.

Quelqu'un lui tapa sur l'épaule, et cette interruption la soulagea. Elle ne voulait pas parler avec Keating au-delà du strict nécessaire. Elle se retourna sur Monica Webb, élégamment habillée d'un pantalon noir impeccablement repassé, de chaussures à talons et d'un chemisier mauve près du corps. Josie devina qu'elle avait pleuré, parce que son mascara avait coulé et qu'elle avait essayé de le nettoyer. L'inspectrice Heather Loughlin, de la police d'État, l'avait amenée au commissariat quelques heures plus tôt, tandis qu'une de ses amies gardait la petite Annabelle. Josie et Gretchen avaient pris Monica à part pour lui apprendre qu'elles pensaient que c'était l'Artiste aux ossements qui avait tué sa mère. Comme elle l'avait fait chez elle à Keller Hollow, elle s'était excusée, était allée pleurer aux toilettes avant de revenir, l'air farouche et résolu. « Je ferai tout pour vous aider à choper ce fumier », leur avait-elle dit.

Là, face à Josie, elle paraissait bien plus que ses vingt et un ans.

— Ça va, vous tenez le choc ? demanda Josie.

Monica baissa la tête.

— Pas très bien, reconnut-elle. Mais je préfère quand même

être ici, ajouta-t-elle en faisant un geste pour désigner la pièce. Tout ce monde qui s'agite dans tous les sens, ça me donne le sentiment qu'on travaille à trouver l'assassin de ma mère.

Josie prit le bras de Monica.

— C'est le cas. Nous faisons tout notre possible, et votre présence nous sera très utile.

Monica releva les yeux. Elle tendit le poing et l'ouvrit, montrant à Josie une grosse broche au creux de sa main. C'était une pierre polie, ovale, bleu foncé, avec de nombreuses stries. La monture était un fil de cuivre tout en volutes. L'ensemble ressemblait à l'installation que Josie avait admirée dans le jardin de Nicci Webb.

— C'est ma mère qui l'a créée, dit Monica.

— Elle est magnifique, souffla Josie en se penchant pour l'observer de près.

— J'ai pensé que vous pourriez la porter, déclara Monica. Pendant la conférence de presse.

— Oh, dit Josie en se redressant et en portant une main à sa poitrine. J'en serais très honorée.

Monica épingla la broche à son revers. Noah les rejoignit.

— Où est Patrick ? demanda-t-il.

Josie parcourut la salle des yeux.

— Est-ce que quelqu'un a vu Patrick ? répéta-t-elle.

Tous fouillèrent à leur tour la pièce du regard.

— Il n'est pas encore là ? demanda Shannon.

— Je vais l'étrangler, ce gamin, asséna Christian en sortant son téléphone.

Il s'apprêtait à le déverrouiller quand la porte d'entrée s'ouvrit. Un courant d'air s'engouffra dans la salle en même temps que le brouhaha des journalistes qui attendaient impatiemment que Josie paraisse, et Patrick fit son entrée, en pantalon kaki et polo bleu marine à la place de ses sempiternels jean et t-shirt. Ses cheveux d'habitude ébouriffés étaient soigneusement peignés sur le côté. Josie imagina ce qu'aurait dit Trinity en le voyant ainsi. Elle se serait moquée de lui, sans doute. Et lui aurait demandé s'il avait rendez-vous avec un photographe scolaire, ou quelque chose de ce genre. Il tenait à la main une petite boîte de carton.

— Où étais-tu passé, bon sang ? cria presque Christian.

Ignorant son père, Patrick rejoignit Josie et lui tendit la boîte.

— J'ai fait ça pour toi. J'ai réfléchi à tout ce que tu nous as dit hier soir, à ta stratégie. Je me suis que ça pourrait t'aider.

Josie ouvrit la boîte, hoqueta et faillit la laisser tomber à terre en découvrant son contenu.

— Mon Dieu, Patrick, où as-tu trouvé ça ?

Noah lui prit le paquet des mains et fixa le peigne d'ornement couleur ivoire qui s'y trouvait.

Patrick eut un large sourire.

— Ce n'est pas un vrai, les gars ! Mais à votre tête, je constate que vous y avez cru. Désolé, j'aurais dû vous prévenir avant, mais je voulais voir votre réaction. Si de près vous avez pensé que c'était le vrai, je crois qu'à la télévision l'Artiste pensera aussi qu'il est authentique.

Noah fit circuler la boîte et chacun y jeta un coup d'œil.

Les mains de Shannon tremblaient quand elle fit passer la boîte à Nally.

— Pat, où as-tu déniché ce truc ?

— C'est moi qui l'ai fabriqué, dit-il fièrement.

Josie crut qu'elle allait vomir.

— Tu... tu as fait ça ?

Quand il se rendit compte que tous le regardaient avec horreur, Patrick leva les mains au ciel.

— Avec une imprimante 3D ! s'exclama-t-il. Regardez, je vais vous montrer.

Il sortit son téléphone et leur montra une vidéo qu'il avait prise. Josie devina qu'il l'avait montée pour n'en garder que les principaux moments. On le voyait devant son ordinateur, dessinant un peigne virtuel à l'aide d'un logiciel quelconque.

— Le logiciel que j'ai utilisé s'appelle Maya, expliqua-t-il. Il y a quelques étapes de plus entre les deux mais, là, vous pouvez voir les filaments de plastique qui permettent d'imprimer cet objet en 3D.

À l'écran, on vit en accéléré l'imprimante matérialiser le peigne, en couches successives. Les quelques filaments du début s'épaississaient peu à peu pour former le peigne.

— Voilà pourquoi je suis en retard, dit Patrick. L'imprimante met des heures à faire ça. Ensuite, j'ai dû demander à un de mes copains de le peindre pour qu'il ait l'air authentique, et pas en plastique. Et il a fallu que ça sèche.

À la fin de la vidéo, un autre étudiant apparaissait. Une nouvelle séquence en accéléré le montrait se servir de divers pinceaux et de plusieurs peintures pour donner au peigne sa couleur d'os.

Josie le serra dans ses bras.

— Patrick, c'est génial !

Elle le relâcha, reprit la boîte des mains de Mettner, en sortit le peigne pour l'admirer.

— Je vais le porter, côté droit. Comme ça, on pourra voir ma cicatrice. Une façon de plus de faire miroir.

Elle leva les yeux pour voir Christian qui fixait son fils d'un air d'admiration mêlée de respect. D'une voix éteinte, il dit :

— Bien joué, fiston.

Shannon étreignit Patrick, les larmes aux yeux. Gretchen aida Josie à fixer le peigne dans ses cheveux de manière à laisser voir sa cicatrice. À 15 heures précises, tous sortirent, se rassemblèrent au pied de l'estrade comme Josie et Mettner le leur avaient demandé, en rang, formant comme un mur de soutien pour Trinity. Quelques policiers en uniforme se placèrent derrière eux et sur les côtés, pour ajouter au décor. Famille, collègues et policiers. Seules Monica Webb et Bobbi Ingram n'étaient pas à leur place, mais on allait bientôt justifier la présence de Monica. Bobbi Ingram, quant à elle, dans son tailleur-pantalon chic couleur café, pouvait passer pour une productrice de la chaîne de Trinity. Ils l'avaient placée à côté de Hayden Keating pour cette raison. Elle aurait tout autant pu être une chargée de relations publiques d'une des polices présentes, ou même une stagiaire quelconque.

Josie était à peu près sûre qu'aucun journaliste ne s'intéresserait de près aux gens qui se tenaient autour d'elle. Pas après avoir entendu ce qu'elle avait à dire. La présentatrice d'un journal télévisé national kidnappée par un tueur en série, c'était la garantie d'une forte audience.

Josie monta sur la petite estrade et se pencha vers la rangée de micros installés par les représentants de la presse. Elle commença immédiatement à transpirer sous les projecteurs des caméras. Des journalistes lui lancèrent des questions avant même qu'elle commence, mais elle s'éclaircit la gorge et attendit que le silence se fasse.

— Je suis l'inspectrice Josie Quinn, de la police de Denton. Un peu plus tôt dans la semaine, on a découvert à Denton les ossements d'une enseignante de quarante-cinq ans domiciliée à Keller Hollow, Nicci Webb. Plus précisément, ils ont été découverts à proximité d'un chalet loué par ma sœur jumelle, Trinity Payne, que la plupart d'entre vous connaissent en tant que collègue et présentatrice d'un grand journal télévisé du matin. À peu près au moment de la découverte des ossements de Mme Webb, ma sœur a disparu. Comme nous l'avons déjà signalé, son véhicule, son sac à main et son téléphone ont été laissés au chalet qu'elle avait loué. Certains de ses effets personnels ont en revanche disparu. Nous pouvons maintenant vous révéler qu'il s'agit des notes et des dossiers que Trinity avait accumulés en travaillant sur un reportage ayant pour sujet l'Artiste aux ossements. Pour ceux qui ne s'en souviendraient pas ou qui l'ignoreraient, cet Artiste aux ossements est un tueur en série qui a sévi ici, en Pennsylvanie, entre 2008 et 2014. Il était inactif, de ce que nous savons, depuis six ans. Selon nous, le reportage que préparait Trinity l'a conduite à entrer en contact avec ce tueur.

Une vague de stupéfaction parcourut l'assistance. Josie ne baissa pas les yeux et regarda droit devant elle, fixant les caméras.

— Nous pensons également que les restes de Mme Webb ont été déposés derrière le chalet de Trinity par ce même Artiste, et qu'il est coupable de l'avoir assassinée. Notre enquête nous a permis de déterminer que c'est lui qui a kidnappé Trinity Payne. Voici ce que nous en savons : nous cherchons un homme, de type caucasien, âgé de trente à quarante ans, d'environ un mètre quatre-vingts, cheveux et yeux marron, avec une cicatrice rouge, verticale, sur le côté gauche du visage.

Lentement, Josie passa le doigt sur son front en descendant le long de son nez, côté gauche, jusqu'à sa joue et sa bouche.

— Il conduit sans doute un pick-up de marque Chevrolet, blanc, dont l'avant est endommagé. Nous pensons qu'il retient Trinity prisonnière, quelque part dans l'Est de la Pennsylvanie. Nous collaborons étroitement avec le FBI pour le localiser et l'appréhender.

Josie se tourna et fit signe à Drake Nally de la rejoindre. Elle le présenta et il dit quelques mots sur l'affaire avant de rendre la parole à Josie. Elle remonta sur l'estrade et se pencha vers les micros, les yeux plantés dans les objectifs des caméras, avec un air de farouche résolution.

— À celui qui se fait appeler « l'Artiste aux ossements », je voudrais dire ceci : même si je dois y consacrer le reste de mes jours, je vous retrouverai, et je sauverai ma sœur. Je n'aurai de repos que quand vous serez pris. Je ne m'arrêterai pas. Je suis prête à mettre ma vie en jeu, vous comprenez ? Je sauverai Trinity. Et je vous jetterai en prison.

Elle s'interrompit, pour accentuer son effet. Elle entendait presque les journalistes retenir collectivement leur souffle. Elle s'approcha encore un peu plus des micros, pour être sûre de bien se faire entendre, et déclara :

— Que la partie commence.

Puis elle tourna les talons et repartit vers le commissariat, suivie de son équipe, sous le feu des questions des journalistes dans leur dos.

50

Au sortir de la conférence de presse, Josie se sentait lessivée. Rentrée chez elle, elle avala trois comprimés d'ibuprofène et se pelotonna sur le canapé en compagnie de Trout. Elle ferma les yeux, écouta sa famille aller et venir dans la maison. Lisette, Shannon, Christian, Patrick. Le visage de Trinity lui traversa l'esprit. *Je t'en supplie, reste vivante... Pourvu que tu sois encore en vie. Je vais te ramener à la maison.*

— Josie ?

C'était Noah. Elle ouvrit les yeux et il s'assit près d'elle, appuya sur le bouton de la télécommande.

— L'interview de Hayden Keating est sur toutes les chaînes. Il fait exactement ce qu'on lui a demandé.

La télévision s'alluma et la figure de Hayden Keating apparut en gros plan. Arborant une expression des plus austères, il expliquait que la police avait beaucoup de pistes qu'elle ne pouvait pas divulguer, mais qu'il pensait que l'affaire de l'Artiste aux ossements était toute proche du dénouement. Son épinglette « CL » scintillait, et il entreprit de détailler les principales affaires résolues par Josie tout au long de sa carrière, en disant qu'elle était la personne la plus qualifiée pour s'occuper de celle-ci. Voir sa tête, entendre le nom de Trinity sortir de sa bouche après sa trahison, tout cela révulsait Josie, mais elle savait parfaitement que c'était dans le but louable de manipuler l'Artiste. Keating n'était qu'un instrument, se dit-elle, pour atteindre son objectif : récupérer sa sœur.

Un journaliste de CNN demandait à Keating :

« Le FBI ne pense-t-il pas que l'implication personnelle de l'inspectrice Quinn dans cette affaire puisse être un handicap pour l'enquête ?

— Eh bien, il est vrai qu'en principe un officier de police personnellement lié à l'affaire ne devrait pas être autorisé à y participer. Mais le FBI pense que la connaissance intime, unique qu'a l'inspectrice Quinn de sa sœur, ainsi que son expérience, puisqu'elle a résolu d'importantes affaires criminelles en Pennsylvanie, contrebalancent largement ses liens affectifs avec la victime, qui pourraient perturber l'enquête. »

C'était un tissu d'âneries, mais Keating le vendait très bien.

« La police pense-t-elle que Mme Payne est encore vivante ?

— Le sujet n'a pas été évoqué, répondait Keating. Mais nous l'espérons tous, nous prions pour qu'elle le soit. Et vous avez entendu l'inspectrice : elle n'aura de repos que quand ce tueur sera en prison. »

L'interview se poursuivait. Noah zappa d'une chaîne à l'autre, et constata que Keating était presque partout.

— Combien d'interviews a-t-il données en deux heures, d'après toi ? demanda Josie.

— Plus d'une dizaine. En tout cas, il fait ce qu'on lui a demandé de faire. Tu penses que ça va marcher ?

— Je n'en sais rien, mais c'est notre meilleure chance.

Trout releva la tête quand Lisette entra dans le salon, appuyée sur son déambulateur. Il sauta du canapé et courut vers elle, la renifla avec excitation. Elle le flatta quelques instants avant de venir s'asseoir sur le canapé à côté de Josie, elle aussi. De la pochette accrochée à son déambulateur, elle tira le dictionnaire de sténographie que Shannon et Christian avaient rapporté de la bibliothèque. Des Post-it jaunes marquaient plusieurs pages.

— Je crois que j'ai réussi à deviner ce que tu essayais de dessiner, chérie, dit Lisette.

Elle ouvrit le livre sur ses genoux et le feuilleta jusqu'à la lettre F, page 83. Le premier mot de la colonne était « frauduleux ». Lisette fit glisser son doigt, descendit jusqu'au mot « freak ».

— Là, dit-elle. « Freak. » Elle voulait peut-être te dire que c'était un monstre. Ou qu'il était défiguré, à cause de sa cicatrice ?

Josie étudia les transcriptions de chaque mot.

— Non, dit-elle. Ça n'est pas « freak ».

— Tu es sûre ? insista Lisette. Ce que tu as dessiné y ressemble, pourtant.

Josie réfléchissait. Certes, la ressemblance y était, mais elle n'avait fait qu'entrapercevoir le symbole, avant de subir une commotion cérébrale dans un accident de voiture et de manquer se faire enlever par un tueur en série. Son cerveau était inévitablement embrumé lorsqu'elle avait tenté de reproduire ce mot. Et puis pourquoi Trinity aurait-elle écrit le mot « freak » ? Elle n'avait pas besoin de dire à Josie que le tueur était un monstre, elle le savait déjà. Trinity n'avait sans doute disposé que d'une seconde pour tracer ce symbole sur la portière du pick-up. *Comment* elle avait fait, ça, c'était facile à deviner. Il lui avait suffi de faire semblant de perdre l'équilibre et de se raccrocher à la portière pour se redresser, au moment où le tueur l'avait fait descendre. Mais *pourquoi* l'avait-elle fait ? Voilà qui restait un mystère aux yeux de Josie. Comment pouvait-elle savoir que Josie verrait le signe ?

Parce qu'elle savait qu'il allait s'en prendre à Josie ensuite. Trinity savait, pour les meurtres en miroir. Elle en savait plus sur l'Artiste que quiconque. Josie ne savait pas si sa sœur était encore vivante, mais elle était certaine que Trinity userait de tout ce qu'elle savait sur le tueur pour le persuader de ne pas la tuer. Elle avait dû lui parler, le soûler de paroles, même, sans relâche. Faire tout son possible pour le faire sortir de sa réserve, nouer un lien avec lui, le faire parler.

— Elle savait qu'il allait tenter de me kidnapper, dit Josie. Que ce soit parce que j'étais son double physique, ou parce qu'il lui avait annoncé qu'il allait m'enlever, elle le savait. Donc soit il l'a emmenée ailleurs et elle a trouvé le moyen à cette occasion de tracer ce signe sur la portière du pick-up, soit elle l'a persuadé, pour un motif quelconque, de la ramener à la camionnette.

— Et le signe serait un avertissement, alors ?

— Je ne sais pas, dit Josie.

Noah se rapprocha et indiqua un autre mot dans la colonne, qui commençait par le même signe.

— « Fret » ? avança-t-il. Bobbi Ingram dit qu'elle était enfermée dans un conteneur. C'est peut-être ça, qu'elle essayait de te dire ? Qu'il fallait chercher un conteneur de marchandises ?

Josie secoua la tête.

— Non, ce n'est pas ça.

Elle parcourut les mots suivants dans la colonne du diction-naire : « frein », « fréquence », « frère »...

Son cœur s'emballa quand elle comprit et elle se releva d'un bond.

— Bon sang ! C'est ça ! Shannon ! cria-t-elle.

Lisette et Noah la dévisagèrent.

— Josie ? dit sa grand-mère.

Mais Josie était déjà dans le couloir.

— Maman ! Papa !

Shannon surgit de la cuisine, Christian dévala l'escalier quatre à quatre.

— Qu'y a-t-il, Josie, que se passe-t-il ?

— Je sais où est le journal de Trinity, dit-elle. Il faut qu'on retourne chez vous. À Callowhill. Il faut que je monte au grenier.

— Maintenant ? dit Shannon. Mais il est 17 heures, j'allais faire à dîner pour tout le monde.

— On prendra une pizza en route, ou quelque chose comme ça, répondit Josie. Mais il faut partir pour Callowhill tout de suite.

51

Deux heures plus tard, Josie, Noah, Shannon et Christian étaient au fond du grenier des Payne et rouvraient les cartons que Shannon avait si minutieusement rangés à peine quelques jours plus tôt.

Noah essuya du revers de la main la sueur qui perlait à son front en ouvrant un nouveau carton.

— Redis-moi ce qu'on cherche ?

— Un film, dit Josie. *Fréquence interdite*. Il faut retrouver la collection de cassettes de Trinity. Il doit être là-dedans.

— Je ne comprends pas pourquoi on doit chercher ce film, dit Christian, derrière une pile de vêtements et de sacs. Tu ne peux pas simplement le regarder ? Je suis sûr qu'il est disponible en streaming.

— Ce n'est pas ça. Le journal est à l'intérieur, j'en suis certaine.

— Mais comment peut-on mettre un journal dans une cassette vidéo ? rétorqua Christian, un peu agacé.

— Tais-toi et cherche, lui intima Shannon.

— Ne me parle pas sur ce ton, s'il te plaît, répliqua Christian. Je vais dire ce que personne n'ose dire ici : ceci est absurde. On est sur une fausse piste.

Shannon leva les yeux du carton qu'elle était en train de fouiller et fusilla son mari du regard.

— Tais-toi, Christian. Tais-toi, et fais ce qu'on te demande, c'est tout.

Il se figea, un sac de produits de toilette à la main, et lui rendit son regard mauvais.

— Shan, tout ça est ridicule. Ne le prends pas mal, Josie, mais je pense que ça ne nous mènera nulle part.

Josie n'avait jamais vu Christian ainsi, frustré au point de s'énerver, mais elle comprenait maintenant comment la tension entre lui et Patrick pouvait s'être développée. Et aussi d'où leur venait, à Trinity et à elle, leur côté pugnace.

— Tu n'es pas obligé de penser que ça nous mène quelque part. Je veux seulement que tu m'aides à chercher.

Shannon pressa la main contre sa poitrine.

— J'ai confiance en nos enfants, Christian. Si Josie dit qu'il lui faut cette cassette, il la lui faut.

Sans répondre, Christian baissa la tête et se remit à chercher. Cinq minutes plus tard, Noah glapit :

— Je l'ai !

Il tenait la cassette à bout de bras. Josie bondit, traversa le grenier en enjambant les différents tas qui jonchaient le plancher. Elle lui arracha le boîtier des mains et le retourna, pour pouvoir en extraire la cassette. Elle vit le rabat de plastique noir qui servait à protéger la bande magnétique, comme dans n'importe quelle cassette VHS, mais, quand elle essaya de faire glisser la cassette de son boîtier de carton, rien ne bougea. Elle passa l'ongle le long du boîtier, à l'intérieur et délogea le rabat de plastique. Il n'était pas rattaché à une cassette, mais simplement scotché à l'intérieur de l'étui. Josie le retira complètement. Dans le boîtier de carton, il y avait un petit carnet marron.

— Nom de Dieu ! s'exclama Noah.

Josie l'ouvrit et faillit le laisser tomber. Dans le carnet, les feuilles lignées étaient pleines de signes sténographiques, griffonnés par Trinity à l'encre noire. Josie les feuilleta.

— Waouh, lâcha-t-elle.

— Il va falloir une éternité pour tout déchiffrer, dit Noah.

Christian les rejoignit et ramassa le boîtier en carton abandonné, lut ce qui était écrit au dos puis leva les yeux vers Josie.

— Comment as-tu deviné ?

Josie serrait le carnet contre sa poitrine.

— Si tu avais l'occasion de revenir dans le passé et de changer quelque chose, le ferais-tu ?

Les yeux de Christian s'embuèrent. Il tendit la main et Shannon s'avança pour la prendre dans la sienne.

— Tu sais bien ce que nous changerions, Josie. Tu serais restée avec nous. Nous n'aurions jamais été séparés.

Josie comprit alors quelle était la pire chose qui était arrivée à sa sœur. Le journal de Trinity contre son cœur, elle dit :

— Il faut que je montre ça à ma grand-mère.

Ils repartirent pour Denton. Lisette avait fait du café et débarrassé la table de la cuisine. Elle et Josie étaient assises côte à côte, Josie avec un carnet vierge à la main, tandis que Lisette parcourait le journal de Trinity. De temps à autre, il lui fallait recourir au dictionnaire. Lentement, elle se mit à lire à haute voix.

Vanessa,

Papa et maman m'ont envoyée voir cette andouille de psy. Ils me croient folle, psycho, parce que j'ai dit à plusieurs filles de l'école que tu existais en vrai. Mais tu as existé en vrai. Simplement, maintenant, tu es morte, comme mamie. Mais ce n'est pas comme si tu n'avais jamais vécu. J'aime imaginer que tu es là quelque part, à veiller sur moi, exactement comme mamie m'a promis de le faire. Vous êtes peut-être ensemble, à présent. En tout cas, cette vieille psy idiote m'a demandé de t'écrire des lettres – et elle voulait les lire. Super, la violation de ma vie privée. Je les ai écrites, mais sans y mettre ce que je pensais vraiment, ni ce que je voulais vraiment te dire. Si tu étais ici avec moi, je te dirais tout. On veillerait tard, la nuit, et on discuterait de tout. On serait tout le temps ensemble. Tout serait mieux. C'est ça que maman, papa et la docteure Machin-bidule ne comprennent pas. Je sais qu'ils croient que je suis vraiment cinglée. Que je fais une fixation malsaine sur toi. Mais est-ce que ma vie serait aussi merdique si tu étais encore vivante ? Je ne crois pas. Si tu étais là, j'aurais au moins une amie. Parfois, j'ai besoin d'imaginer que tu es là, ou que ton esprit est présent, mais dans une autre dimension, quelque chose comme ça. Parfois, j'ai besoin de croire que tu peux m'entendre parce que, sinon, je vais devenir folle pour de bon. Personne ne sait ce que je vis. Ce que je vis vraiment. Je suis seule tout le temps. Moquée, méprisée constamment.

— Stop, hoqueta Josie.

Un sanglot lui bloquait la gorge. « J'étais là. Tout ce temps, j'étais là », aurait-elle voulu dire à sa petite sœur jumelle de quatorze ans.

Sur les joues de Shannon, debout dans l'embrasure de la porte, de grosses larmes roulèrent. Lisette rajusta ses lunettes sur son nez et tourna quelques pages.

— Laisse-moi regarder, je vais peut-être deviner quel passage elle voulait que tu lises.

— Non, dit Josie. Je veux tout entendre. S'il te plaît. Continue.

Shannon les rejoignit, s'assit à côté de Josie. Comme Lisette reprenait sa lecture, Shannon approcha un peu plus sa chaise de celle de Josie, jusqu'à la toucher. Josie se pencha contre elle, posa la tête sur son épaule. Lisette lut jusque tard dans la soirée. Les détails étaient déchirants. La période de collège de Trinity avait été bien pire que ce qu'en savaient Shannon et Christian. Trinity se faisait tellement harceler qu'elle s'était mise à prendre son déjeuner enfermée dans les toilettes. Son casier se faisait vandaliser, souiller presque quotidiennement – au point qu'elle transportait toute la journée des livres qui puaient l'urine ou les crottes de chien. Personne ne voulait se mettre avec elle quand leurs professeurs leur demandaient de former des groupes. Elle séchait les cours de biologie, où ils étaient censés travailler en binôme, parce qu'elle avait trop honte de se retrouver seule. À chaque nouvelle révélation, les flammes de la colère s'attisaient dans le cœur de Josie.

Et puis il y eut un passage moins désespéré.

Vanessa,

Je t'ai rencontrée, aujourd'hui. OK, ce n'était pas vraiment toi, mais si tu avais vécu, c'est comme ça que j'imagine que tu aurais été. Et d'ailleurs, cette fille que j'ai rencontrée me ressemblait beaucoup, sauf qu'elle portait une écharpe turquoise qui jurait un peu avec le reste de ses vêtements. Moi, je n'aurais jamais porté une écharpe turquoise avec un haut corail, mais l'important n'est pas là. L'important, c'est que je n'ai pas pu m'empêcher d'imaginer que c'était toi. Il y a des fois où j'aime inventer que tu n'es pas du tout morte dans l'incendie, mais qu'on a été séparées à la naissance. Si on avait été séparées à la naissance et que tu étais vivante, tu ressemblerais énormément à la fille que j'ai rencontrée aujourd'hui. Au fait, j'ai eu de gros ennuis, aussi, mais je m'en fiche. Je n'ai pas compris comment elle s'appelait mais ce n'est pas grave, parce que ça me plaît d'imaginer que c'était toi. On était partis faire cette maudite sortie scolaire dont je t'ai parlé. Celle où je ne voulais pas aller. On est allés visiter un élevage de cerfs et un champ de citrouilles. Complètement nul. On est au jardin d'enfants ou quoi ? Je me suis assise toute seule dans le bus, évidemment, et cette garce de Melanie n'a pas arrêté de m'embêter. Elle a même jeté un chewing-gum dans mes cheveux. Ça a fait rire tous les autres comme des bossus. Le trajet en bus le plus long du monde. On est arrivés à la ferme et on s'est éparpillés. Pour une fois, j'étais vraiment contente d'être toute seule. J'ai voulu me débarrasser du chewing-gum mais il n'y avait pas de vraies toilettes, que des toilettes mobiles. Beurk !

Enfin bref, d'autres écoles étaient là-bas. Et à la fin de la journée, en repartant vers le bus, j'ai entendu Melanie et ses saletés de copines discuter dans mon dos. Au début, j'ai cru qu'elles ne m'avaient pas repérée. Et puis, au moment où on croisait un groupe de filles qui venaient d'une autre école, Melanie m'a poussée pour que je leur rentre dedans. Je sais que c'était elle. Je me suis cognée à une des filles et je l'ai fait tomber. Elle s'est énervée. Vraiment fort. Elle s'est relevée et s'est mise à me crier dessus. Avant que j'aie pu m'expliquer, elle m'a poussée aussi. J'ai entendu Melanie et ses copines qui rigolaient. J'ai vu rouge. J'ai repoussé l'autre fille, on a commencé à se battre et on est tombées à terre. J'essayais de la frapper, elle me tirait les cheveux. J'ai eu super mal. Et puis la fille s'est retrouvée à cheval sur moi. Melanie, derrière elle, criait qu'elle m'avait vue la bousculer et qu'elle devait me mettre une bonne raclée. Ce que l'autre a commencé à faire. J'ai honte de le dire, mais « voir rouge » ne m'a pas menée très loin. Pour te dire la vérité

– et je ne la dirai qu'à toi, à personne d'autre –, je ne sais pas du tout me défendre. Le pire, ça a été quand je me suis mise à pleurer.

Et puis tu as surgi de nulle part. J'ai cru halluciner. OK, je sais, ce n'était pas toi. C'était cette fille dont je viens de parler, celle avec l'écharpe turquoise mal assortie. Je ne sais pas qui c'était, ni de quelle école elle venait, mais elle a mis un coup de pied à cette furie pour la faire tomber. Elle devait la connaître parce qu'elle a dit : « Beverly, lâche-la ! » Et puis elle a mis un coup de coude en plein dans la figure de Melanie. C'était génial. J'aurais bien aimé qu'elle lui casse le nez. Elle l'a fait saigner, mais elle ne lui a pas cassé, apparemment. Et puis elle a tiré cette Beverly par les cheveux pour l'obliger à se relever, et lui a ordonné de me foutre la paix. Beverly lui a dit de ne pas se mêler de ça mais elle a répondu : « Je me mêle de ce que je veux et tu vas la laisser tranquille sinon je vais te faire regretter de t'être levée ce matin. » Et puis elle a jeté un de ces regards à Beverly ! Impressionnant. Je n'avais jamais rien vu de tel. J'ai cru que Beverly allait se faire pipi dessus. Pendant ce temps-là, cette abrutie de Melanie faisait semblant de pleurer, et ça a attiré l'attention de plusieurs profs. Ils se sont précipités vers nous et j'ai compris que j'allais être punie mais je m'en fichais. Toi aussi, tu t'en fichais. Tu as repoussé Beverly et tu as brandi ton doigt sous le nez de Melanie. Elle a même sursauté. Tu lui as dit qu'elle aussi, elle allait le regretter et que si elle voulait garder toutes ses dents, elle avait intérêt à arrêter de m'embêter. Mais les profs arrivaient. Je t'ai dit de partir, si tu ne voulais pas avoir d'ennuis. Ça ne t'a fait ni chaud ni froid. Tu as regardé Beverly et Melanie d'un air menaçant et puis tu t'es éloignée, lentement, comme si tu savais que ni l'une ni l'autre ne te dénoncerait – d'ailleurs elles ne l'ont pas

fait. On a toutes les trois été punies, mais personne ne t'a
balancée. Et le mieux, c'est que Melanie m'a fichu la
paix pendant tout le trajet du retour. J'ai trop hâte de
voir sa tête demain matin au collège !

Le cœur de Josie était comme un train de marchandises qui avait déraillé et cherchait à jaillir de sa poitrine.

Quand Lisette cessa de lire, Shannon dit :

— Elle ne m'a jamais raconté ça. Tout ce qu'elle a dit, c'est qu'elle s'était battue avec une fille d'une autre école et qu'elle avait frappé Melanie involontairement.

— Et c'est pour ça qu'elle a dû effectuer des travaux d'intérêt général, chuchota Josie.

— Oui.

Josie sentit le regard de Lisette peser sur elle. Elle savait. D'une manière ou d'une autre, Lisette avait compris. Évidemment. Josie vivait chez Lisette quand elle avait fréquenté le collège.

— Josie... dit Lisette.

— Pas maintenant, mamie.

— Quoi ? demanda Shannon, son regard passant de l'une à l'autre.

— Rien, dit Josie. J'aurai quelque chose à dire à Trinity quand on l'aura retrouvée.

Lisette sourit. Elle tourna une page, reprit sa lecture, mais Noah vint les interrompre.

— Josie, dit-il depuis le seuil.

En voyant son visage empourpré, elle bondit.

— Qu'y a-t-il ?

— L'Artiste vient de nous contacter.

52

L'aube se levait en gerbes roses et mauves à l'horizon. Lisette et Shannon promirent de continuer à travailler sur le journal de Trinity, et Noah emmena Josie au commissariat. Gretchen, Mettner et Nally étaient déjà sur place, avec l'air de ne pas avoir dormi de la semaine, ce qui n'était pas très loin de la vérité. Ils se rassemblèrent dans la grande salle, autour des bureaux des inspecteurs. Le chef Chitwood était là aussi, bras croisés sur sa poitrine creuse.

— Alors ? demanda Josie.

— L'Artiste a laissé un paquet pour toi au parc de mobile homes de Moss Gardens, dit Gretchen.

Josie la dévisagea longuement, croyant qu'elle avait mal entendu.

— Il n'y a pas de caméras, là-bas, dit Nally. C'est l'idéal, pour lui, mais votre équipe me dit aussi que ce parc a une signification particulière pour vous.

Josie hocha lentement la tête tout en réfléchissant.

— C'est là que j'ai grandi. C'est là que Trinity et moi avons parlé pour la première fois du fait que nous étions sans doute sœurs.

— Si l'Artiste connaît l'importance de ce parc de mobile homes, il n'y a qu'une explication possible...

Mettner n'acheva pas. Personne ne voulait le dire. Comme si le prononcer à haute voix pouvait porter malheur. Mais Josie comprit ce qu'ils pensaient tous : ça voulait dire que Trinity était peut-être encore en vie.

— Conduisez-moi à Moss Gardens, dit Josie.

Ils partirent dans plusieurs voitures banalisées. En l'absence de circulation à cette heure matinale, les gyrophares étaient inutiles. Moss Gardens, niché sur une colline derrière le parc municipal, comprenait une bonne vingtaine de mobile homes. À l'entrée, une arche de fer forgé annonçait le nom du parc, en grosses lettres ornementées. Derrière, les mobile homes colorés étaient bien entretenus, entourés de jardinets gaiement décorés. L'endroit n'avait plus rien du parc sinistre que Josie avait connu, enfant. Les voitures passèrent devant le carré de terrain où elle avait grandi. Le mobile home où elle avait vécu avec ceux qu'elle croyait être ses parents avait été démonté, après avoir été à demi détruit dans un incendie. La dernière fois qu'elle était venue ici, il n'en restait que quelques tuyaux émergeant d'une herbe jaunie. Un nouveau mobile home au bardage beige et aux menuiseries rouge foncé occupait désormais son emplacement. L'allée qui y menait avait été récemment regoudronnée, et le petit bout de terrain sur le devant transformé en parterre de fleurs aux couleurs vives. Josie l'observa en passant devant tandis que les voitures se dirigeaient vers le fond du parc, où une route à une seule voie longeait le vallon boisé qui séparait le parc de mobile homes d'un des quartiers ouvriers de Denton. Ils se rangèrent en file indienne, du côté du bois, et sortirent de leurs véhicules.

— La famille Price habite toujours ici ? demanda Josie à Mettner.

Il hocha la tête et lui sourit tristement.

— Ce sont eux qui nous ont appelés.

Trois ans plus tôt, Maureen Price et ses deux garçons, Kyle et Troy, avaient grandement aidé Josie et son équipe à résoudre une enquête compliquée. La dernière fois qu'elle les avait vus, Kyle avait douze ans, et Troy onze. Elle s'avança vers leur mobile home et reconnut à peine Kyle, désormais âgé de quinze ans et plus grand qu'elle. Il était toujours aussi mince, avec d'épais cheveux bruns qui lui tombaient presque sur les yeux, mais faisait bien plus que son âge. Il ressemblait presque à un étudiant, se dit Josie. Il se tenait au bord de l'allée, en jean et t-shirt gris sur lequel on pouvait voir la table périodique des éléments et au-dessous la formule : « Je porte ce t-shirt périodi-quement. » Il sourit en la voyant.

— Inspectrice Quinn.

— Josie tout court, Kyle. Comment vas-tu ? Comment vont ta mère et ton frère ?

— Bien, bien, répondit-il.

Il indiqua une zone allant de leur jardin à la rue qu'il avait délimitée à l'aide de crosses de hockey. Au centre du rectangle, il y avait une boîte en carton, légèrement plus grande que celle que Trinity avait reçue quand elle était chez Josie. Sur le dessus, en grandes lettres majuscules, était inscrit le nom de Josie.

— Je vous ai vue aux infos hier soir, déclara Kyle. Je suis désolé, pour votre sœur.

— Merci, répondit Josie avant de se tourner vers Mettner. Appelle Hummel.

— C'est déjà fait. L'équipe d'identification est en route.

— Et la docteure Feist, ajouta Josie.

— Quoi ?

Josie se retourna. Les trois membres de son équipe et Nally la dévisageaient.

— Il ne peut y avoir qu'une seule chose dans cette boîte, dit-elle. Des os. Espérons que ce ne sont pas ceux de Trinity.

Personne ne répondit. Elle revint à Kyle.

— Tu as vu qui a déposé ça ?

Il secoua la tête.

— Non, je suis désolé. Ma chambre donne de ce côté du mobile home. Près de la route. Un bruit m'a réveillé. Une sorte de ronflement sourd. Il m'a fallu un moment pour comprendre que c'était un moteur qui tournait au ralenti. Une voiture – plutôt une grosse, d'après le bruit. Le temps que je me lève pour aller voir à la fenêtre, j'ai entendu ses pneus crisser, comme s'il patinait au démarrage pour filer le plus vite possible.

— On va passer le parc au peigne fin, dit Gretchen.

Noah, Nally et elle s'éloignèrent.

— J'ai vu ses feux arrière, reprit Kyle. Dans cette direction. Mais je n'ai pas pu voir de plaque ni rien. J'ai eu l'impression que c'était un pick-up blanc, mais il faisait vraiment noir. Je suis désolé.

— Tu n'as pas à t'en vouloir, dit Josie. Tu as fait ce qu'il fallait.

— J'ai attrapé une lampe torche et je suis sorti jeter un coup d'œil. Je suis allé voir si nos vélos étaient encore là. C'est ce que j'ai cru, au début. Que quelqu'un était venu piquer nos vélos. Mais ils n'avaient pas bougé. Et puis je suis allé voir la voiture de ma mère, en me disant que c'était peut-être du vandalisme. Ça arrive ici de temps en temps, malheureusement. Mais la voiture n'avait rien. C'est en faisant le tour avec ma lampe que j'ai vu la boîte. Et quand j'ai vu votre nom écrit dessus, j'ai eu un mauvais pressentiment. J'ai compris qu'il se passait quelque chose parce que, comme je vous le disais, je vous ai vue aux infos hier soir.

— Merci beaucoup de nous avoir appelés, répondit Josie. C'est toi qui as planté les crosses de hockey ?

— Oui, je ne voulais pas que d'autres gens passent et touchent à quelque chose, ou marchent sur quelque chose. Je suis resté ici tout le temps. Ma mère s'est levée et a fait le tour des environs en voiture, pour voir si la camionnette était dans le coin, mais elle n'y était plus. Et puis elle a dû conduire mon petit frère au collège et aller travailler. Je me suis dit que, pour un truc comme ça, je pouvais me permettre d'être en retard au lycée.

Josie sourit.

— Je suis sûre que je peux arranger le coup avec ton proviseur. Tu as été très intelligent.

Quand Hummel et son équipe arrivèrent, le soleil pointait au-dessus de l'horizon. Josie et Mettner discutèrent avec Noah, Gretchen et Nally, pendant que les autres se mettaient au travail. Hélas, personne d'autre dans le parc n'avait vu de pick-up blanc ni remarqué quelque chose d'inhabituel. L'Artiste s'était enfui dans la nuit comme un fantôme. Une fois de plus.

— Patronne, appela Hummel.

Josie s'approcha de lui. À genoux devant la zone que Kyle avait délimitée, il tenait la boîte en carton dans ses mains gantées, rabats ouverts. À l'intérieur, sur une sorte de litière de serviettes en papier, reposait un petit os incurvé d'environ huit centimètres de long. Josie sut immédiatement ce que c'était et la bile lui monta à la gorge. Elle pensa à l'horrible cicatrice de Bobbi Ingram, et pria pour que le morceau de côte qu'elle avait sous les yeux n'appartienne pas à Trinity.

— Je voudrais que la docteure Feist l'examine et voie si elle peut en tirer la moindre information. Ensuite, il faudra l'envoyer immédiatement au labo du FBI pour le faire analyser en urgence, dit Josie en essayant de garder son calme. Il n'y avait pas de mot, dans la boîte ?

— Seulement ça, répondit Hummel.

Il replia complètement un des rabats et désigna deux mots tracés au marqueur noir.

« À vous de jouer. »

Josie sentit les autres se presser derrière elle et s'écarta pour les laisser voir. Elle fit quelques pas vers la route. Jenny Chan, la dernière recrue de l'équipe d'identification criminelle, était agenouillée au bord de la chaussée.

— Inspectrice Quinn, dit-elle. On dirait que le tueur a laissé quelque chose.

Josie s'exhorta intérieurement au calme en s'approchant de Chan et scruta l'asphalte.

— Ici, dit Chan en indiquant une petite galette de boue sur la route par ailleurs en parfait état. Regardez cette forme.

Le cœur de Josie s'emballa.

— Une empreinte de pneu.

Chan opina.

— D'un utilitaire, à en juger par la taille. On va l'emporter au labo pour voir si cette terre peut nous apprendre d'où est venu ce type.

Josie savait que c'était peu probable, mais le tueur n'avait encore jamais laissé un tel indice derrière lui.

— Merci, Chan.

53

— Je crois que j'ai trouvé ce que Trinity voulait que tu lises, dit Lisette quand Josie et Noah rentrèrent à la maison. Assieds-toi.

Josie, épuisée, pouvait à peine penser mais elle fit ce que sa grand-mère lui demandait. Son mal de crâne était plus violent que jamais. Il fallait qu'elle se repose, mais pas avant de savoir ce que contenait le journal de Trinity. Noah refit du café. Shannon était allée se coucher, Christian et Patrick étaient restés au salon. Christian somnolait sur le canapé, son fils scrollait sur son téléphone. Quand Noah eut apporté une tasse de café à Josie et à Lisette, cette dernière reprit sa lecture.

Vanessa,

*Pour être punie, j'ai été punie. Et tout ça parce qu'on
m'a poussée et que j'ai renversé une fille qui m'a fichu
une raclée. C'est vraiment injuste, mais je m'en fiche.
La bonne nouvelle, c'est que Melanie a été punie elle
aussi. Et pas qu'un peu. On a toutes les deux été
exclues temporairement, en fait. Mais pour moi, c'est*

pire, parce qu'elle a raconté à tout le monde que c'était
moi qui lui avais mis un coup de coude dans le nez. Je
me suis juré que je ne te dénoncerai pas – enfin, pas toi
mais la fille qui l'a vraiment frappée –, donc c'est moi
qui prends. Sa mère a porté plainte contre moi. Tu y
crois ? Je me demande si elle sait que sa fille est une sale
vache manipulatrice, en réalité. Mais papa et maman
m'ont pris un avocat et il a passé une sorte d'accord
avec le juge, ou le procureur, ou je ne sais qui, donc je
ne serai condamnée qu'à des travaux d'intérêt général.
J'ai cru qu'on me ferait ramasser des ordures sur le bord
des routes, ou quelque chose de ce genre, mais non, je
dois aller dans une réserve naturelle et travailler là-bas.
Charger du fumier et aider à nettoyer les enclos des
animaux. Ça a l'air super comme ça – maman a même
dit : « Mais c'est passionnant ! » –, mais ça me dégoûte.
Je ne savais pas qu'il y avait autant de sortes de crottes
(beurk).

La bonne nouvelle, c'est qu'il y a jeunes là-bas qui ont à
peu près mon âge, et qui sont plutôt gentils. Des ados qui
ne me traitent pas comme de la m... Imagine un peu ! Je
ne pense pas qu'ils soient là parce qu'ils y sont obligés.
Ils ont l'air d'aimer la nature et tout ça. Ils peuvent faire
des trucs sympas, faire visiter la réserve à des gens, ou de
l'artisanat avec des groupes d'enfants qui viennent avec
leur école ou leur garderie. Il y en a un, Max, qui a l'air
d'être là pour des travaux d'intérêt général, comme moi.
Il me fiche un peu la trouille mais je crois que c'est
seulement à cause de sa tête. Il a une grosse cicatrice
rouge qui lui traverse la figure de haut en bas. Si les
élèves de son lycée ressemblent à ceux de mon collège, il
doit se faire pourrir en permanence.

— Bon sang ! s'exclama Josie.

— On sait comment s'appelle et où est cette réserve naturelle ? demanda Noah.

— Va chercher Christian et demande-lui s'il s'en souvient. Sinon, réveille Shannon et pose-lui la question.

Noah fila au salon.

— Continue, demanda Josie à Lisette.

— Le reste parle surtout du travail répugnant qu'elle a dû accomplir à la réserve. Elle parle de Max, mais seulement pour dire qu'il lui paraît mystérieux et qu'il ne parle à personne. Mais il y a un passage, là... Écoute ça.

Lisette recommença à lire à voix haute.

Vanessa,

J'ai finalement réussi à faire parler Max, aujourd'hui. Il se trouve qu'il a seize ans. Il prétend qu'il n'est pas là pour des travaux d'intérêt général. Il a ri en apprenant que c'était mon cas. Ça m'a un peu vexée, au début, et puis il a dit qu'il avait du mal à imaginer quelqu'un comme moi faire quelque chose d'assez grave pour mériter des travaux d'intérêt général. J'ai voulu lui demander ce qu'il voulait dire par « quelqu'un comme moi » mais je n'en ai pas eu l'occasion : on nous a envoyés nettoyer les cages où ils mettent les rapaces blessés qu'ils sont en train de soigner. Il y a une buse à queue rousse et deux chouettes, en ce moment. Je les trouve plutôt cool. Max ne les aime pas beaucoup mais il en sait beaucoup sur elles. Apparemment, son père est une sorte d'ornithologue professionnel, quelque chose comme ça. Il travaille dans un établissement d'enseignement supérieur. Ou il y travaillait. De ce que Max en a dit, je ne sais pas vraiment si son père est mort ou vivant. Et il est devenu très bizarre quand j'ai commencé à l'interroger sur sa famille, donc j'ai arrêté.

— Un ornithologue, murmura Josie. Ou un biologiste. Attends, je vais demander aux autres de chercher de ce côté.

Elle envoya un SMS au reste de l'équipe.

Shannon, Noah et Christian entrèrent dans la cuisine. Shannon se frotta les yeux en disant :

— Noah m'a expliqué. On ne se souvient pas du nom de la réserve, mais elle était à une heure de route de Callowhill.

— Elle existe encore ? demanda Josie.

— Je ne sais pas, dit Christian.

Josie ouvrit son ordinateur et le fit pivoter vers eux.

— Vous pourriez la trouver sur Google Maps ?

— On peut essayer.

Shannon et Christian s'assirent côte à côte face à l'écran, pendant que Lisette reprenait sa lecture.

Vanessa,

Il ne me reste plus beaucoup de temps à passer à la réserve. Et ça me déçoit, presque. C'est bizarre, non ? Je déteste le boulot, mais tout le monde est gentil avec moi et me fiche la paix. Même ce type bizarre, Max. Il ne m'a presque plus parlé, après que je l'ai interrogé sur son père. Mais j'ai trop envie de savoir comment il s'est fait cette cicatrice. J'ai entendu une fille lui poser la question, la semaine dernière. Comme ça, de but en blanc. Il a pris un air agacé et il a marmonné quelque chose, une histoire de cuisine et d'huile bouillante, un truc comme ça. D'où j'étais, je n'ai pas bien entendu. Quand il est parti, j'ai eu envie de demander à la fille ce qu'il lui avait dit, mais je n'ai pas voulu me montrer trop curieuse. J'ai essayé de reparler à Max, ensuite, mais il n'est jamais à l'endroit où je dois travailler. Ces derniers temps, il est presque toujours dans la forêt. Je ne sais même pas ce qu'il fabrique là-bas.

Lisette interrompit sa lecture et tourna quelques pages. Face à elle et à Josie, Noah se pencha par-dessus l'épaule des Payne pour observer l'écran de l'ordinateur.

— Il y a autre chose, mamie ?

— Une chose, peut-être, qui pourrait t'intéresser, dit Lisette en regardant Josie par-dessus ses lunettes avant de reposer les yeux sur le texte et de se remettre à lire.

Vanessa,

J'ai vu Max dans la forêt, aujourd'hui. Je ne sais pas si je dois en parler à la directrice de la réserve ou non. C'était très bizarre. Même s'il ne faisait rien de vraiment mal. J'étais dehors à charrier du fumier et je l'ai aperçu sur un des sentiers. Il jouait avec un animal mort. Bon, ça n'est pas inhabituel de trouver des animaux morts dans une forêt. J'en ai vu plus en travaillant dans cette fichue réserve que ce que tu pourrais imaginer. Mais bref. C'était un petit animal, un lapin, quelque chose de cette taille. Ce n'était déjà plus qu'un squelette, ce qui n'est pas rare non plus car les cadavres d'animaux dans la forêt se font manger par des charognards. En gros, d'autres animaux. Le cycle de la vie, la chaîne alimentaire, tout ça. Je vais devoir écrire là-dessus pour le juge quand j'aurai purgé mes travaux d'intérêt général. Max jouait avec ces os, il les disposait de différentes façons. Je l'ai observé longtemps. Je n'ai pas compris ce qu'il cherchait à faire, mais tout ça m'a donné envie de vomir. Je ne lui ai rien dit. À la fin, il a jeté les os au loin dans la forêt, en les dispersant, et puis il est revenu vers le bâtiment principal. Vraiment bizarre, non ? J'ai pensé à le dénoncer, mais pour dire quoi ? Que Max avait trouvé des os dans la forêt et qu'il avait joué avec ? Et alors ? Ce n'est pas lui qui avait tué cet animal, et il n'a pas gardé

*les os. Et puis c'est un garçon, et les garçons sont tordus.
Il y en a un, au lycée, qui prend les poupées Barbie de sa
petite sœur pour faire brûler leurs parties intimes et qui
s'en vante auprès de tout le monde, mais personne ne
s'intéresse à lui. Alors, qu'est-ce que ça peut faire si Max
s'amuse avec des os d'animaux ? Mais tout ça me donne
la chair de poule.*

Quand Lisette se tut, elle s'aperçut que Shannon, Christian et Noah la fixaient, bouche bée.

— Pas étonnant que cette affaire ait obsédé Trinity, dit Noah. Elle *connaissait* ce type !

— Elle ne le connaissait pas, objecta Josie. Pas vraiment. C'était un gamin bizarre qu'elle a rencontré alors qu'elle avait quatorze ans. Mais j'imagine que plus elle a avancé dans son enquête, plus elle s'est dit que l'adolescent bizarre avec qui elle avait travaillé à la réserve naturelle était peut-être cet Artiste.

— Elle a dû le reconnaître quand il a débarqué, au chalet. En voyant sa cicatrice.

— Mon Dieu... fit Christian.

Shannon lui prit le bras.

— Allez, il faut qu'on retrouve cette réserve. Continue à chercher. Lisette, continuez à lire, s'il vous plaît.

Lisette hocha la tête, tourna encore quelques pages. Puis elle reprit sa lecture.

Vanessa,

*Je n'ai rien écrit depuis plusieurs jours parce qu'il s'est
passé des choses dingues. J'ai enfin fini de travailler à la
réserve naturelle. Ça me faisait de la peine de partir
mais, la dernière semaine, j'ai vraiment eu la trouille.
J'ai trouvé des os humains ! Un cadavre ! C'était irréel, et
ça m'a fait un drôle d'effet. Aucune odeur, ni rien. Parce*

que le type était mort depuis longtemps, j'imagine. Il s'est avéré que c'était le chasseur qui avait disparu, l'année dernière. Un vieux monsieur. C'était très triste. Enfin bref. J'étais censée ramasser des déchets sur un des sentiers de randonnée mais, en réalité, je cherchais Max. Je n'arrêtais pas de penser à ce qu'il avait fait avec les os. Je me demandais s'il passait son temps à en chercher, dans la forêt. Et je pense que oui parce que je l'ai trouvé, penché sur le cadavre de ce chasseur, avec son crâne dans les mains. Tu y crois, toi ? Il a touché le crâne d'un mort !!! Répugnant, le mot est beaucoup trop faible. Il m'a vue, et je devais avoir l'air super choquée parce qu'il m'a expliqué qu'il était parti se promener et qu'il venait de tomber dessus. J'ai regardé d'un peu plus près : on aurait dit quelqu'un qui s'était recroquevillé sur le côté et qui s'était endormi. La police avait déjà dit qu'elle ne soupçonnait rien de louche. Que le chasseur s'était perdu et était mort de froid. En tout cas, j'ai demandé à Max pourquoi il prendrait le crâne d'un mort dans ses mains. Il m'a regardée et il a dit quelque chose comme : « Tu n'as jamais eu envie de voir quelqu'un sans sa peau ? » J'étais horrifiée. Je lui ai dit que j'allais chercher la directrice pour qu'elle appelle la police. Quand je suis revenue sur place, avec la directrice et la police, Max avait disparu. Et je ne l'ai plus jamais revu. Maman et papa ont décidé que je n'irais plus à la réserve après ça, mais ils m'ont laissée faire une interview à la télévision, pour parler de la découverte du mort.

— C'est là, dit soudain Shannon. Réserve naturelle de Quail Ridge. On dirait qu'elle est toujours en activité. À un peu plus d'une heure d'ici.

Noah dégaina son téléphone et regarda Josie.

— J'appelle Mettner. On fonce.

54

L'actuelle directrice de la réserve naturelle de Quail Ridge s'appelait Cheyenne Thomas. Elle n'avait pas trente ans, estima Josie, et n'était en poste que depuis deux ans. Elle ne se souvenait donc évidemment ni de Trinity, ni de Max, ni du chasseur retrouvé mort sur place presque vingt ans plus tôt. Mais elle se montra extrêmement serviable et autorisa l'équipe de Josie ainsi que les agents du FBI à inspecter la réserve sans mandat, pendant qu'elle consultait le registre des employés. Hélas, il ne remontait pas aussi loin et, parmi les employés actuels, aucun n'était déjà présent à l'époque de Trinity et de Max.

Mettner les ramena dans un SUV de la police municipale, tandis que Nally suivait avec quelques collègues du FBI. Josie, assise à l'avant, luttait contre la fatigue et la confusion.

— Les lycées, dit-elle. Il avait seize ans. Il devait être inscrit dans un des lycées des environs, à moins d'une heure de route de la réserve.

— Je m'occupe de ça, dit Gretchen depuis le siège arrière.

— Et combien de types de cet âge s'appellent Max, en Pennsylvanie ? ajouta Noah. On peut aussi chercher de ce côté.

Mettner prit la parole :

— Dès qu'on sera rentrés, quelqu'un va s'occuper de téléphoner à toutes les universités qui se trouvent à moins de deux heures de route de la réserve, pour essayer de retrouver un professeur en ornithologie ou en biologie ayant un fils prénommé Max.

Josie se laissa aller contre son dossier et ferma les yeux. Ils approchaient du but. Noah, Gretchen et Mettner continuèrent à discuter. Gretchen appela Nally sur son portable et passa sur haut-parleur, pour coordonner leurs actions. Il leur fallait agir dès leur retour à Denton. La voiture filait sur l'autoroute, et Josie céda à l'épuisement. Elle sombra dans le sommeil, tout en envoyant un message télépathique à Trinity : *On se rapproche. Tiens bon, encore un peu.*

Quand elle se réveilla, la nuit était tombée. L'horloge du tableau de bord indiquait 19 h 30, et ils venaient d'arriver devant chez elle. Noah lui secoua légèrement l'épaule et elle regarda autour d'elle, les yeux bouffis de sommeil.

— Non, dit-elle. Je viens au commissariat avec vous. Il faut que je vous aide.

Depuis le siège arrière, Gretchen lui répondit :

— Il faut dormir, patronne. Tu es commotionnée et tu manques de sommeil.

— À quand remonte ton dernier repas, d'ailleurs ? insista Noah.

— Et nous n'allons pas rentrer, nous, OK ? surenchérit Mettner. On ne s'arrêtera pas avant d'avoir retrouvé Trinity. Mais tu dois dormir un peu. Quand tu reviendras au commissariat, tu relèveras l'un d'entre nous. On va tous rester sur le pont, je peux te le promettre.

Josie les dévisagea l'un après l'autre. Elle comprit qu'elle avait atteint un nouveau palier de fatigue quand ses larmes se mirent à couler. Elle ne se souvenait pas d'avoir déjà pleuré devant son équipe.

— Merci.

Elle se laissa guider par Noah jusqu'à l'entrée.

Elle dormit douze heures et s'éveilla, totalement paniquée. Elle n'avait eu l'intention de dormir que deux ou trois heures au plus. Elle consulta son téléphone mais personne n'avait essayé de la joindre. Au rez-de-chaussée, sa famille allait et venait, ne sachant que faire, ou passait le temps en jouant avec Trout. Personne n'avait eu de nouvelles de Noah ni de son équipe. Josie fut prête en quinze minutes. Christian la déposa devant le commissariat. Dans la grande salle, Mettner s'était endormi sur son bureau en bavant sur une pile de rapports. Face à lui, Gretchen disparaissait presque derrière un tas de trombinoscopes de lycée qu'elle feuilletait un à un, tournant lentement les pages. Noah, à son poste de travail, était au téléphone.

— ... Il aurait été dans votre établissement autour de l'an 2000, ou peut-être un peu plus tôt ? Spécialisé en ornithologie, en zoologie ou même en biologie. Avec un intérêt particulier pour les rapaces...

Gretchen sourit à Josie.

— Je suis contente de te voir, même si je n'ai pas de nouvelles à te donner, j'en ai peur.

Le cœur de Josie se serra.

— Rien ? Rien du tout ?

Gretchen referma son trombinoscope.

— Désolée. Il ne figure dans aucun de ces albums. Il est possible qu'on l'ait scolarisé à domicile, à cause de sa cicatrice. Ses parents ne voulaient peut-être pas qu'il aille au lycée, ou bien il se faisait peut-être trop harceler.

Josie soupira et se laissa tomber sur son siège. Noah raccrocha.

— Chou blanc du côté des établissements du supérieur.

— Comment est-ce possible ? Il doit y avoir plus de

cinquante établissements de ce genre dans un rayon d'une heure autour de la réserve.

— Mais il n'y en a qu'une poignée proposant des cursus d'ornithologie ou de zoologie, répondit Noah. Nally a emmené une équipe sur place, pour ceux-là. Ça n'a rien donné. Ensuite, on a entrepris de vérifier les autres établissements de la liste, en commençant par ceux qui ont des départements de biologie. Le FBI en a pris la moitié, et nous l'autre. On ne trouve personne qui corresponde au profil.

— Parce qu'il est trop vague, dit Josie. Ce qu'on cherche est trop vague. Un enseignant en ornithologie ou en zoologie ou même en biologie, qui était chez eux dans les années 1990-2000, avec un fils adolescent arborant une cicatrice et prénommé Max ? Les départements ne gardent pas trace de la vie privée de leurs salariés, de toute façon.

— On a au moins un nom, objecta Gretchen. Un homme blanc de trente-cinq ans appelé Max, avec une cicatrice rouge qui lui balafre la figure. Tu devrais retourner devant les caméras de télévision.

— Non, dit Josie. Il repartirait se cacher. Je veux qu'il sache qu'on est sur ses talons, pas qu'on a du mal à progresser. Si je repasse à la télévision pour dire qu'il s'appelle Max mais qu'on ne sait rien d'autre, il va se dire qu'il a gagné. C'est à nous de jouer, il l'a dit. Et je ne suis pas encore prête à avancer mon pion. Il nous faut autre chose.

Noah jeta un coup d'œil à Mettner. Un mince filet de bave coulait sur la feuille au-dessous de sa joue.

— Mett ! cria Noah.

Mettner sursauta, faisant voler la pile de rapports un peu partout.

— Je suis là !

Ils lui laissèrent une minute pour se réveiller vraiment, puis Noah lui demanda :

— Les gens prénommés « Max » en Pennsylvanie, ça a donné quelque chose ?

Mettner passa quelques feuilles en revue.

— Il y a des Maxwell, des Maximus, des Maximillian. Ils sont nombreux dans cette tranche d'âge. J'ai examiné tous leurs permis de conduire. Aucun n'a de cicatrice au milieu de la figure.

Josie secoua la tête. Comment avaient-ils pu en apprendre autant sans être plus avancés pour le coincer ?

— Pas de tuyaux non plus après la conférence de presse ? demanda-t-elle. Personne n'a signalé un type avec cette cicatrice ? Elle est assez particulière.

— Désolé, patronne, dit Mettner. On n'a rien. L'équipe de Nally a suivi quelques pistes, mais qui ne menaient nulle part.

— On a dû louper quelque chose. Max est peut-être son deuxième prénom, ou bien son nom de famille est Maxwell. Bon sang. Il est là, sous notre nez. Et la camionnette, au fait ? Vous avez vérifié les pick-up Chevrolet blancs immatriculés au nom de quelqu'un avec « Max » quelque part dans son nom ?

— Je m'en charge, dit Gretchen.

Josie tendit la main vers Mettner.

— Je peux voir tes notes ? Je veux tout reprendre depuis le début.

Noah se leva.

— Je vais pister Nally et lui demander de revérifier tous les enseignants qu'on a déjà éliminés de la liste. Ou peut-être d'élargir le périmètre de recherche.

— Merci, dit Josie. Il est là, quelque part. Ce n'est pas un fantôme. Il est bien réel, et on doit le retrouver avant qu'il tue ma sœur – s'il ne l'a pas déjà fait.

En dehors d'Alex et de Zandra, personne n'assista aux funérailles de Hanna. Même après sa brillante carrière artistique, qui avait atteint de nouveaux sommets après l'accident de Francis, elle fut seule dans la mort. Ils l'enterrèrent un mardi, sous la pluie, dans le cimetière qu'elle avait choisi. Elle avait eu le temps de décider ce qu'ils devaient faire de son corps. Elle avait eu le temps de leur expliquer comment ils pouvaient continuer de vivre dans la vieille maison comme ils le faisaient depuis l'accident. Ils ne connaissaient pas grand-chose d'autre. Seul Alex avait eu quelques contacts avec le monde extérieur. Zandra n'était sortie que rarement du domaine. Elle avait affirmé vouloir le quitter mais, depuis la fois où Hanna l'avait emmenée au-dehors, elle n'avait finalement plus jamais voulu y retourner. Alex, lui, était fasciné par le monde extérieur. De nouvelles aventures l'attendaient, dans lesquelles il pouvait s'embarquer seul, sans avoir à subir les réprimandes constantes de Francis. Les gens ressemblaient beaucoup aux rapaces qu'adorait tant Francis. Pas tous, mais bon nombre d'entre eux.

Sans Hanna, ses vilaines pensées ressurgirent, comme des animaux qui cessent d'hiberner. Il n'avait plus besoin de surveiller Zandra, de l'empêcher de nuire. Il se sentit libre pour la première fois de sa vie, et comprit à quel point elle avait fait de lui un prisonnier, lorsqu'ils étaient enfants. Il avait passé toute sa vie à la garder sous contrôle, à la canaliser pour l'empêcher de faire souffrir sa mère, de la tuer peut-être. Il avait souffert à cause d'elle, il avait dû dormir dans le froid à cause d'elle. Elle avait sans doute senti sa colère monter car, après la mort de Hanna, Zandra restait enfermée, seule, la plupart du temps.

Elle vint cependant voir ses premières créations artistiques, qu'il avait disposées dans un coin isolé du grand domaine que Hanna leur avait légué. Les vestiges d'un ancien bâtiment s'y dressaient encore, sous le couvert d'un bosquet d'arbres. Il avait passé des mois à le rebâtir, petit à petit, jusqu'à pouvoir s'y abriter et s'atteler à ses créations. Il ne s'était même pas rendu compte que Zandra savait ce qu'il y faisait quand, un jour, elle apparut sans prévenir.

— J'ai presque fini, lui dit-il en étalant d'une main de la peinture sur le sol.

Elle regarda l'ensemble, observa chaque détail.

— C'est dégoûtant, finit-elle par dire.

Il cessa de peindre.

— Non, pas du tout. C'est de l'art. Notre mère nous a laissé une toile vierge.

— Tu te prends pour un artiste ? Comme elle ?

Il ne répondit pas et se remit à peindre.

— Tu sais que ce n'est pas de l'art, n'est-ce pas ? Personne ne considérera ça comme de l'art. Je suis même sûre que tu iras en prison pour ça. Mais qu'est-ce que tu peux être bête !

— Tu n'es pas obligée de rester, marmonna-t-il.

— Qu'est-ce que tu veux dire par là ?

— Tu peux partir.

— Impossible, répondit-elle. Tu as besoin de moi. Tu as toujours eu besoin de moi.

Il se mit à rire.

— Tu n'es qu'une égoïste.

— Salaud ! cracha-t-elle. C'est vraiment ce que tu penses ? Tu crois vraiment que c'est moi, l'égoïste ?

Il ne répondit pas. Il se remit à peindre de plus belle, de tout son corps, jusqu'à haleter sous l'effort. Quand il fut satisfait, il s'accroupit et s'essuya le front de son avant-bras. Zandra était restée.

— Je te tuerai, un jour, lui dit-il.

— Je sais.

56

La traque de Max dura encore une semaine. La police de Denton et l'équipe du FBI travaillèrent jour et nuit à le localiser. Ils passèrent des heures à scruter des écrans d'ordinateur, à éplucher des documents, à aller inspecter des résidences, des propriétés, à interroger des gens. Assise à son bureau, passant pour la centième fois en revue les photos des permis de conduire délivrés en Pennsylvanie à des hommes entre trente-cinq et quarante ans ayant « Max » dans leur prénom ou leur nom de famille, Josie ne pouvait s'empêcher de douter, de désespérer. Trinity lui échappait. Toute l'enquête menaçait de tomber en poussière. Elle commençait à croire qu'elle était folle. Ou peut-être qu'ils s'étaient complètement trompés avec ce journal. Ou que Trinity s'était complètement trompée.

Mais la cicatrice...

Ce qui la mena à une autre question : comment cet homme pouvait-il passer inaperçu, semblait-il, alors qu'il avait une cicatrice qui lui barrait la figure ? Comment était-ce possible, alors que le kidnapping de Trinity faisait quotidiennement les gros titres ? Elle se rappela les paroles de Bobbi Ingram. Il pouvait la cacher sous du maquillage. Josie n'avait aperçu son visage que très brièvement dans sa camionnette, le jour où il l'avait fait basculer dans le ravin. Ça n'avait duré qu'une, peut-être deux secondes, mais elle l'avait vu. Certes, le maquillage pouvait l'aider. Sans entièrement masquer la cicatrice, il pouvait beaucoup l'atténuer. Il devait lui être facile, quand il sortait, de cacher son pick-up et de mettre du fond de teint.

Mais où diable était-il ?

— Quinn !

Nally entra dans la salle à grandes enjambées, en agitant une feuille de papier, puis regarda autour de lui.

— Où sont les autres ?

— Gretchen et Noah sont rentrés. Mettner est en bas dans la salle de repos. Pourquoi ? Il y a du nouveau ?

Il sourit. Depuis deux semaines qu'elle le connaissait, elle ne l'avait jamais vu avec un sourire aussi franc. Jusqu'à maintenant. Son cœur se mit à battre plus vite.

— Ne souriez pas comme ça, sauf si vous avez une vraie piste. Une vraie bonne piste solide. S'il vous plaît.

Il posa la feuille de papier au beau milieu de son bureau et la tapota de l'index.

— Vous vous rappelez l'échantillon de boue séchée ramassé par votre équipe d'identification au parc de mobile homes ? Celui qui s'était décollé d'un pneu de sa camionnette ?

Josie se pencha, étudia le document. C'était l'analyse de la composition de l'échantillon relevé par Jenny Chan. Il avait été recueilli par la police de Denton, mais transmis au laboratoire du FBI pour analyse. Les résultats des tests ADN concernant les peignes et l'os de côte trouvé devant le mobile home des Price allaient demander encore des semaines, voire des mois, mais Josie savait que l'analyse d'un échantillon de sol pouvait être faite en une semaine, parfois. Elle suivit du doigt la liste des résultats et trouva ce qui faisait sourire Nally.

— De l'eastonite, dit-elle.

— C'est un minéral.

Josie vit qu'il tressautait d'un pied sur l'autre, comme prêt à bondir.

— Je sais, dit-elle. On n'en trouve que dans deux endroits au monde. Un petit village de Norvège et à Easton, en Pennsylvanie.

Il s'immobilisa et la contempla, bouche bée, l'air déçu.

— Comment savez-vous ça ?

Josie sourit.

— La sœur de Noah dirige plusieurs carrières en Pennsylvanie. Elle m'a appris une ou deux choses. Mais ça n'a aucune importance. Ce qui compte, c'est qu'on a un périmètre de recherches ! J'appelle les autres tout de suite.

Quatre heures plus tard, tous étaient assis à la table de la salle de conférences, leurs ordinateurs portables ouverts devant eux. Une demi-pizza gisait dans son carton au centre de la table, parmi des tasses de café et des bouteilles de soda vides. L'énergie dont ils avaient fait montre lorsqu'ils s'étaient réunis n'était plus qu'un lointain souvenir. Personne ne parlait. De temps à autre, l'un d'eux grognait, ou soupirait lourdement. Un mal de crâne aigu montait derrière les orbites de Josie tandis qu'elle scrutait le registre cadastral d'Easton et des environs, qu'elle avait pourtant déjà étudié une demi-douzaine de fois. Elle se frotta les yeux et s'étira.

— Je n'ai rien, dit-elle.

— Moi non plus, grommela Gretchen.

— Il y a des gens à Easton qui s'appellent Max, des propriétaires qui s'appellent Max, nom ou prénom, mais personne qui corresponde à l'âge ou à la photo du permis de conduire.

— Ça ne devrait pas être si difficile, dit Noah.

— Il nous manque quelque chose, reconnut Mettner. J'ai même refait la liste des établissements supérieurs – pour rien. Il y en a deux à Easton : Lafayette et Aubertine. Personne, dans leurs départements de biologie, ne se souvient de quelqu'un dans les années 1990-2000 qui aurait eu un fils prénommé Max, ou avec une cicatrice sur la figure. Ni d'un enseignant qui aurait eu un intérêt particulier pour les rapaces.

— Il faut peut-être arrêter de chercher ce Max, dit Noah. Et s'intéresser aux domaines privés, ceux avec beaucoup de terrain, suffisamment grands pour qu'un groupe de vingt ou trente vautours noirs puisse y vivre sans se faire trop remarquer.

— Et près d'une voie de chemin de fer ? suggéra Gretchen. Est-ce que quelqu'un a cherché sur les images satellite ? On arrivera peut-être à repérer un grand domaine avec un ou plusieurs conteneurs.

— Je l'ai fait, dit Mettner. Je n'ai rien vu, mais un conteneur pourrait être invisible sous des arbres. Ou alors les photos satellite sont trop anciennes. Bobbi Ingram a été enfermée il y a six ans.

— Mais Noah marque un point, dit Josie. On se focalise trop sur le nom. On cherche trop à assembler toutes les pièces ensemble. Il en suffit peut-être d'une pour nous indiquer la bonne direction.

— Mais laquelle ? souffla Nally.

Josie ferma le fichier du registre cadastral et ouvrit son moteur de recherche pour obtenir un plan aérien d'Easton et de ses environs.

— Je ne sais pas. On le saura en la voyant. Continuons à chercher.

— Tu es sur les images satellite ? demanda Noah.

Elle hocha la tête. Il fit rouler son fauteuil, contourna Mettner et la rejoignit. Ils étudièrent ensemble la vue aérienne, zoomant sur une partie de la carte après l'autre. Josie revint plusieurs fois sur une petite zone presque circulaire rocheuse, qui se détachait de la verdure alentour. Elle agrandit l'image. Il était impossible de déterminer la surface que les rochers occupaient, mais ils étaient proches les uns des autres, ne laissant pas de place à la végétation.

— Qu'est-ce que c'est ? demanda Noah.

— Des rochers.

Josie dézooma, notant que la zone qui les entourait était très verte. Il y avait beaucoup d'arbres et, un peu plus loin, ce qui ressemblait à une ferme ou à une grande propriété. Elle indiqua l'endroit.

— Qu'est-ce que c'est ?

— Attends, laisse-moi regarder...

Noah, en quelques clics, déplaça l'image et pointa un groupe de bâtiments imposants.

— Alors, ça, c'est l'université d'Aubertine. Donc c'est peut-être une partie du campus.

Josie revint à la position précédente.

— Mais il n'y a rien, que du terrain.

Noah fit reculer son siège pour faire de la place à Mettner. Josie lui montra la zone qu'ils observaient.

— Ça pourrait être un arboretum, dit Mettner. Gretchen, tu peux te renseigner ? Voir s'il y a un arboretum à l'université d'Aubertine ?

— C'est comme si c'était fait.

Elle se mit à taper sur son clavier. Au bout d'une minute, elle annonça :

— Il y en a un. L'arboretum Agnes-Hill. Il appartient à une fondation privée créée par une ancienne étudiante au dix-neuvième siècle, mais est géré par l'université d'Aubertine. Un domaine de vingt-deux hectares où vivent plusieurs espèces de rapaces endémiques de Pennsylvanie, que les étudiants en biologie ou en zoologie peuvent observer pour leurs recherches.

Josie dézooma une fois encore, l'œil fixé sur les rochers.

— Qu'y a-t-il ? demanda Noah.

— Une minute, dit-elle. Les pierres... À quoi est-ce qu'elles m'ont fait penser...

Nally et Gretchen s'approchèrent à leur tour.

— Il n'y a pas de voie ferrée à proximité, objecta Nally. Et Bobbi Ingram vous a dit...

Tout se mit en place. Josie se releva d'un bond, manquant envoyer Nally et Gretchen se cogner au mur.

— C'est ça ! Il est là-bas !

Ils la dévisagèrent tous.

— Patronne ? dit Mettner.

— Les bruits que Bobbi Ingram entendait. Ce n'étaient pas des cheminots qui fixaient des rails, mais de la phonolite.

— Il y a de la phonolite dans le comté de Bucks. Dans un parc national. C'est même une attraction touristique.

— Mais c'est quoi, la phonolite ? demanda Nally.

— Une roche particulière, expliqua Josie. Qui résonne comme une cloche quand on la frappe avec un marteau. Vous prenez votre marteau et vous vous promenez sur les rochers en tapant sur les pierres pour faire de la musique. Le son ressemble à celui des cloches. Ou des rails qui résonnent quand on les cloue sur les voies. On en trouve aussi en Angleterre et en Australie.

— Mais, patronne, en Pennsylvanie, on n'en trouve que dans le comté de Bucks, je crois, dit Mettner.

— Non. Pas du tout. Il y a d'autres sites, moins importants, sur des terrains qui appartiennent souvent à des particuliers. De la phonolite. C'est ça que Bobbi Ingram a entendu pendant sa captivité.

— Mais je ne vois pas de conteneur sur ce terrain, releva Nally en tendant le bras et en zoomant à son tour.

— Comme le disait Mettner, il pourrait être caché sous des arbres, ou avoir été transporté ailleurs depuis. Écoutez bien. Dans son journal, Trinity dit que le père de Max travaillait dans un établissement d'enseignement supérieur. Pas qu'il y était professeur. Non, qu'il y *travaillait*. Il était peut-être gardien, homme d'entretien. Ça expliquerait pas mal de choses. Il aurait été familier des rapaces de l'endroit. Il s'intéressait sans doute à l'ornithologie. Peut-être que ce Max a pris sa suite, ou même qu'il travaille là-bas avec son père.

— Ce qui expliquerait aussi pourquoi on ne retrouve pas le pick-up, dit Gretchen. Il n'est pas immatriculé au nom d'un Max quelconque, mais à celui de la fondation Agnes-Hill ou de l'université d'Aubertine.

Noah s'était écarté et cliquait sur sa propre souris.

— Et ils ont aussi un refuge pour animaux, avec du personnel vétérinaire, déclara-t-il.

— Ce qui veut dire qu'ils ont du matériel médical et un endroit pour pratiquer des opérations, ajouta Gretchen.

Mettner grimaça.

— Et sur vingt-deux hectares, il doit pouvoir trouver un endroit où laisser ses victimes aux vautours sans trop attirer l'attention.

Josie hocha la tête.

— Cette section, ici, du côté nord, est adjacente à de grandes parcelles. On dirait qu'il n'y a rien du tout, là. Ça ressemble à un affluent de la Lehigh, avec peut-être une cascade, ici.

— Le gardien doit habiter quelque part de ce côté.

— Oui, sur un terrain qui appartient officiellement soit à la fondation, soit à l'université d'Aubertine. Donc ça ne sert à rien de chercher quelqu'un qui s'appellerait Max dans le registre des titres de propriétés.

— À vos téléphones, dit Josie. On fait un peu de repérage, et on confirme.

Nally croisa son regard.

— Ensuite, on va chercher Trinity, acheva-t-il.

57

L'air semblait vibrer d'une énergie nouvelle. Tous étaient fébriles. Une heure plus tard, ils possédaient toutes les informations nécessaires. Le chef Chitwood, debout au centre de la grande salle, se fit tout expliquer.

— Le gardien de l'arboretum, entre 1980 et 1996, s'appelait Francis Thornberg. Il vivait dans un logement de fonction avec une femme appelée Hanna Cahill.

— Cahill, répéta Chitwood. Ce nom me dit quelque chose.

— C'est le nom de jeune fille de Nicci Webb.

— L'Artiste connaissait Nicci Webb ? fit Chitwood, incrédule.

— En 1975, Hanna Cahill a accouché, à Philadelphic, d'une fille, Nicolette Cahill. De père inconnu, selon l'acte de naissance, dit Gretchen.

— Et en 1985, elle a eu un fils, Alexander Thornberg. Elle lui a donné le nom de famille de Francis, mais il n'est pas indiqué comme père sur l'acte de naissance, poursuivit Noah.

— Hanna Cahill a été une artiste assez célèbre dans les années 1990, avant de retomber dans l'anonymat, pour une raison ou pour une autre, ajouta Mettner.

— Francis et Hanna n'étaient pas mariés ?

— Non, dit Gretchen. On n'a retrouvé aucun acte de mariage.

— Et ils ont eu d'autres enfants ?

Ce fut Mettner qui répondit :

— On n'a rien qui aille dans ce sens. Mais on sait que Hanna a dédicacé une de ses dernières expositions à... « Mes chéris Alex et Zandra », acheva-t-il en consultant ses notes.

— Qui est cette Zandra ?

— On n'en sait rien.

— C'est peut-être un diminutif d'Alexandra, dit Josie.

— Alexander et Alexandra, d'affreux jumeaux, peut-être ? intervint Nally. Mais on n'a aucun élément pour dire que Hanna Cahill a eu des jumeaux. Il n'y a pas d'Alexandra Thornberg ni d'Alexandra Cahill. Il n'y a eu que Nicolette et Alexander.

— J'ai interrogé Monica Webb sur l'enfance de sa mère. Nicci lui a dit que sa mère était morte quand elle avait quinze ans et qu'elle était partie de chez elle. Ça devait être en 1990.

— Mais Hanna Cahill n'est morte qu'en 2005, objecta Mettner.

— Ce qui signifie que Nicci a menti à sa fille sur les raisons de sa fugue. En tout cas, c'est ce qu'on imagine, dit Noah.

— Mais pourquoi Nicci Webb aurait-elle menti à propos de sa mère ? Pourquoi n'a-t-elle pas parlé à sa fille d'Alexander ? C'est l'oncle de Monica.

— On ne pourra jamais en être sûrs, dit Josie, mais on peut supposer des violences intrafamiliales. Nicci s'est enfuie, et son petit frère Alex est devenu un tueur en série.

Gretchen reprit la parole.

— Après le départ de Nicci, Alexander a été scolarisé à la maison, de toute évidence, et ensuite, pendant les années 1990, toute la famille a vécu recluse.

— Le père est toujours en vie ?

— On ne sait pas, reconnut Josie. Il n'y a pas d'acte de décès à son nom, et il est toujours salarié de l'université d'Aubertine, en tant que gardien. Alexander Thornberg est officiellement employé par la fondation depuis 1998, l'année de ses dix-huit ans. Comme gardien, lui aussi.

Chitwood tenta d'aplatir les cheveux qui flottaient au-dessus de son crâne.

— Quoi d'autre ?

— Mon équipe du FBI va intervenir, dit Nally. Il y a beaucoup de terrain à couvrir, un arboretum de vingt-deux hectares. Et cinq bâtiments.

— Et le terrain adjacent à l'arboretum, au nord, a été racheté par Hanna Cahill en 2001, ajouta Josie. Quarante hectares. Aucun bâtiment répertorié, mais énormément d'espace.

Chitwood secoua la tête.

— Vous êtes en train de me dire que ce type a disposé d'un terrain de jeu de quarante hectares pendant plus de vingt ans ?

— Bon, il devait avoir seize ans quand Hanna Cahill a acheté le terrain, dit Nally. Mais oui, le terrain lui est revenu à la mort de sa mère. Nicci Webb aurait dû en hériter pour moitié mais, comme elle n'était plus là, la question ne s'est pas posée. Et l'acte de propriété n'a jamais été modifié, de toute façon. Les impôts fonciers ont toujours été payés en temps et en heure, donc personne ne s'est occupé de savoir à qui appartenait le terrain. Ah, et un conteneur de marchandises a été retiré de l'endroit, trois ans après la libération de Bobbi Ingram.

— Il n'y a plus de conteneur sur place ?

— Non. Ce qui signifie qu'il doit détenir Trinity chez lui.

— Et ce type, cet Alexander Thornberg, il a un permis de conduire ? demanda Chitwood.

Noah prit une feuille de papier sur son bureau et la montra au chef de police. La photo faisait toujours frissonner Josie. C'était bien l'homme qu'elle avait vu dans le pick-up, celui qui avait essayé de la kidnapper. Sur son permis de conduire, la cicatrice était à peine visible. Il avait dû la maquiller avant de se faire photographier. Mais on la devinait quand même.

Chitwood étudia son portrait.

— Il a un casier judiciaire ?

— Non, répondit Josie. Pas depuis qu'il est majeur, en tout cas. Il est possible qu'il en ait eu un, plus jeune, mais on n'y aurait plus accès, maintenant. Il aura été effacé.

— OK, donc vous avez identifié ce type, qui détient sans doute Trinity quelque part dans son logement de fonction. Parmi ceux qui y habitaient toujours après la fuite de Nicolette Webb, la mère est décédée et on ne sait pas ce qui est arrivé au père ; ce qui veut dire qu'il est peut-être toujours sur place, résuma Chitwood.

— Tout à fait, dit Nally.

— Et il reste encore beaucoup à faire. Ce type peut se cacher n'importe où si vous ne le chopez pas tout de suite. Le FBI a dressé un plan d'action pour l'arrêter ?

— On y travaille, répondit Drake Nally.

58

La journaliste était une curieuse créature. Alex n'avait jamais vu, dans la vraie vie, de femme aussi belle. Mais elle était également insupportable avec ses demandes incessantes, son flot de parole ininterrompu. Il n'avait jamais rencontré quelqu'un d'aussi bavard. Pendant longtemps, il regretta de ne pas avoir pu l'enfermer dans un conteneur de marchandises. Ça lui aurait évité de l'entendre geindre qu'elle voulait rentrer chez elle ou appeler en pleurant sa sœur, la policière. Trinity ne le savait pas, mais il avait vu sa sœur jumelle à la télévision. Il avait vu les indices qu'elle avait laissés, le tableau qu'elle avait préparé spécialement à son intention. Il avait senti s'éveiller, au fond de lui, une chose qu'il n'avait pas ressentie depuis longtemps. Il aurait dû la kidnapper quand il en avait eu l'occasion. Il s'était montré trop prudent.

Il entendit du bruit venant de la salle de bains, en haut. On tapait sur des tuyaux. Trinity, une fois de plus. Alex monta lourdement l'escalier, écouta à la porte. Il sentit qu'elle se jetait contre le panneau de bois.

— Je sais que tu es là ! cria-t-elle.

— Tu as fait combien de pages, aujourd'hui ? demanda-t-il.

— Je n'ai plus de ruban, ou de bande, ou je ne sais quoi. S'il te plaît. Il me faut un ordinateur. Je ne peux pas y arriver avec une machine à écrire.

— Tu me prends pour un idiot, dit-il. Je sais bien qu'avec un ordinateur, tu vas te débrouiller pour accéder à internet.

— Non, je le jure ! Je ne ferais jamais ça.

Sa sœur, elle, ne lui aurait pas menti. Elle ne l'aurait pas pris pour un idiot. Elle savait combien il était intelligent. Elle était, sans doute, la première personne à avoir compris à quel point il l'était. Elle n'avait pas encore avancé son pion depuis son dernier message. Il commençait à s'inquiéter, à se demander si elle n'en savait pas plus que ce qu'elle avait laissé entendre. Elle en savait forcément plus. Elle n'avait pas étalé tout son jeu. Elle n'allait pas lui faciliter les choses. Il ne pouvait pas s'empêcher de bien l'aimer.

— Je vais te trouver un ruban neuf, promit-il à Trinity.

— Je ne veux pas de ruban, j'ai besoin d'un ordinateur !

— Non. Je peux te trouver du ruban, mais tu dois finir.

— Je ne peux pas finir sans avoir parlé à Zandra. Je veux sa version de l'histoire.

Il soupira.

— Tu ne peux pas la voir. Je te l'ai dit, elle est partie il y a longtemps.

Il n'y eut plus que le silence. Il attendit d'autres exigences, d'autres questions, d'autres plaintes, mais rien ne vint.

Il finit par dire :

— Je vais aller te chercher un ruban neuf maintenant, pour que tu puisses terminer. Il ne reste plus beaucoup de temps.

Elle répondit, d'une voix plus aiguë cette fois :

— Plus beaucoup de temps ? Comment ça ? Qu'est-ce qui va se passer ? Qu'est-ce que tu vas me faire ?

— Les rapaces arrivent, dit-il. Il faut que je sois prêt.

Si le trajet leur parut durer des jours entiers, il ne leur fallut en réalité que quelques heures pour arriver dans les environs d'Easton. Josie, Noah, Gretchen et Mettner avaient enfilé leur tenue d'intervention mais ne participèrent pas au raid sur le logement de fonction du gardien, au fond de l'arboretum. Ils restèrent à proximité des bâtiments de l'université d'Aubertine, en dehors du périmètre délimité par le FBI. Nally avait décidé de passer à l'action juste avant l'aube : en l'absence des autres employés et des étudiants qui fréquentaient d'habitude l'arboretum, ils pourraient se faufiler à la faveur de la nuit et approcher de la maison aux premières lueurs du jour. Josie bouillait de ne pas y participer mais savait qu'elle n'avait pas le choix. Elle et son équipe étaient restés près de leur véhicule et écoutaient les communications entre les agents du FBI qui menaient le raid.

Quand elle entendit les mots « Suspect maîtrisé », ses genoux faillirent céder sous elle. Elle attendit qu'on annonce avoir retrouvé Trinity, mais il n'y eut rien de tel. On signala un « homme inconnu dans une des chambres de l'étage, âgé, handicapé, et nécessitant des soins médicaux ». Et par la radio, elle entendit un horrible couinement, qui ressemblait à celui qu'aurait émis un lapin pris dans un piège à loup. « Aaahhmaaxx ! »

Elle se tourna vers Noah, Gretchen et Mettner, qui grimacèrent tous en même temps qu'elle.

— Qu'est-ce que c'est que ça ? fit Noah.

Le cri retentit de nouveau via la radio, plus bref cette fois : « Mmmaaxx ! »

Max.

Une des ambulances garées sur le parking le plus proche démarra, passa en trombe devant eux et emprunta l'étroit chemin qui traversait l'arboretum. Puis on entendit plusieurs agents annoncer qu'il n'y avait rien d'autre à signaler.

— Non ! dit Josie.

— Patronne, dit Gretchen en voulant lui prendre le bras.

Josie se dégagea et s'enfonça dans l'arboretum. Ils avaient bien étudié la carte avant le raid, donc Josie savait exactement où elle allait – et si elle ne l'avait pas su, il lui aurait suffi de suivre les véhicules du FBI. Quand elle arriva à l'autre bout du domaine, elle transpirait légèrement. Une grande maison, imposante avec ses colonnes à l'entrée, se dressait près d'un bosquet de grands arbres.

Le pick-up blanc était garé à proximité, en partie recouvert d'une bâche bleue. L'ambulance s'était arrêtée juste devant la porte d'entrée. Elle se fraya un chemin entre plusieurs agents du FBI lourdement armés et vit les ambulanciers qui sortaient de la maison en poussant un brancard. Un vieil homme décharné y était allongé, sur le côté. Il portait un t-shirt et une couche pour adulte. Ses bras et ses jambes étaient recroquevillés, déformés. Les yeux globuleux, la peau sur les os, il avait l'air d'un mort-vivant.

— Francis Thornberg, dit Josie en rejoignant Nally sur le seuil.

— C'est ce qu'on croit, oui.

— Où est ma sœur ?

Le masque de professionnalisme de Nally tomba et, en cet instant, Josie lut plusieurs émotions sur son visage : rage, frustration, panique, chagrin.

— Drake, dit doucement Josie. Dites-le-moi.

Il vaut mieux arracher un pansement d'un coup sec, se dit-elle. *Il est trop tard.*

Drake Nally tourna les yeux vers la grande entrée, dans son dos.

— Elle n'est pas ici.

Josie regarda autour d'elle.

— Elle n'est pas dans la maison, mais elle est forcément ici. Il suffit de chercher.

— J'ai déjà envoyé des équipes fouiller le reste de l'arboretum, et les quarante hectares de terrain au nom de Hanna Cahill, derrière nous.

Josie posa une main sur sa hanche.

— Où est-il ?

— Inspectrice Quinn...

— Où est-il ? répéta-t-elle en élevant la voix, criant presque.

Il s'écarta et elle entra dans la maison.

— On lui a déjà lu ses droits, dit Nally dans son dos.

Les agents du FBI le retenaient dans la cuisine, qui semblait n'avoir pas changé depuis les années 1980. Les murs étaient lambrissés de bois sombre, avec des placards presque identiques. Le carrelage imitation brique était usé, écaillé. Alexander Thornberg était assis sur une chaise, les mains menottées devant lui. Penché en avant, il avait les coudes sur les genoux et le menton sur les poings. Quand Josie entra dans la pièce, il se redressa. Elle crut voir un sourire, ou au moins l'esquisse d'un sourire, se dessiner sur ses lèvres. Elle dut se retenir de ne pas lui mettre son poing dans la figure.

Les trois agents qui entouraient Thornberg reculèrent en voyant l'expression résolue de Josie et lui cédèrent la place. Elle tira une autre chaise et l'avança aussi près de lui que possible. Il parut surpris de la voir s'asseoir, genoux entre les siens, leurs deux visages à quelques centimètres l'un de l'autre. Il n'eut pas d'autre choix que de reculer un peu, levant ses mains menottées entre eux.

Josie appuya dessus pour les faire redescendre.

— Ton père t'appelle « Max », dit-elle. Parce qu'il n'arrive pas à prononcer « Alex », c'est bien ça ?

La confusion se peignit sur son visage.

— Oui, murmura-t-il.

— Tu as déposé les ossements de ta sœur derrière le chalet de Trinity.

— Non, j-j'ai laissé une œuvre derrière le chalet. Il fallait que vous sachiez que c'était moi.

— Mais « l'œuvre » que tu as laissée au chalet était composée des ossements de ta sœur.

— C'est impossible.

Josie l'observa. Que cherchait-il à faire en niant que Nicci était sa sœur ? Ça n'avait pas de sens. Elle réessaya, en détachant chaque mot.

— Nicolette Webb était ta demi-sœur biologique.

Il eut un imperceptible mouvement de recul. Cligna des yeux. Puis se pencha vers elle et dit, d'une voix presque enfantine :

— On ne doit pas prononcer son nom. Jamais.

— Et celui de Zandra ? On peut le prononcer, lui ? Où est Zandra, Alex ? Ici ?

Son menton retomba sur sa poitrine.

— Elle est partie il y a longtemps. C'est moi qui l'ai fait partir. Elle faisait de vilaines choses. Pires que les miennes.

Dans son dos, la silhouette de Nally se découpa dans l'embrasure de la porte. Josie croisa son regard, le vit hausser les épaules et faire non de la tête. Son équipe avait fouillé toute la maison. Il n'y avait personne d'autre ici.

Josie reporta son attention sur Alex.

— C'est Zandra qui détient Trinity ?

Il ne répondit pas. Josie prenait soin de garder un visage neutre, alors même que son comportement la stupéfiait.

— Alex, dit-elle d'une voix plus forte, ferme.

Quand il releva la tête, elle eut juste le temps d'apercevoir quelque chose changer dans son regard sombre. Ce fut à peine perceptible, mais elle le vit. Le désespoir enfantin disparut, remplacé par l'intelligence vive qui était là quelques secondes plus tôt seulement. Elle répéta :

— C'est Zandra qui détient Trinity ?

Il soupira.

— Je vous l'ai dit, Zandra n'est plus là. Elle n'a rien à voir là-dedans.

— Alors où est Trinity ?

— Vous pensez que je vais vous le dire aussi facilement ?

— Ce que je pense, c'est que cette partie est terminée, et que j'ai gagné. Tu peux me dire où elle est, et je peux faire jouer mes relations pour te faciliter le processus judiciaire, peut-être même plaider contre une condamnation à mort. Ou bien tu peux ne pas me le dire, et aller pourrir en enfer, parce que, que je sache où elle est ou non, moi, je serai libre pendant que, toi, tu croupiras en prison. Et je passerai chaque jour de ma vie à faire en sorte que les gens comme toi ne puissent plus jamais faire de mal à des gens comme ma sœur. Je vais traquer cette Zandra et découvrir ce qu'elle savait de tes crimes et, s'il le faut, je la jetterai en prison aussi. Alors, qu'est-ce que tu choisis, *Max* ?

— La partie n'est pas finie, inspectrice Quinn.

Josie tapota les menottes qui lui enserraient les poignets.

— Je crois que si, Alex.

Il sourit.

— Non, la partie n'est pas finie. C'est à vous de jouer.

60

— Inspectrice Quinn, appela Nally. Là-haut !

Josie dut se refréner pour ne pas bondir et sprinter jusqu'au pied de l'escalier. Elle fit lentement glisser sa chaise, la repoussa sous la table et sortit sans se presser de la cuisine, la tête haute. Elle s'obligea à monter l'escalier d'un pas mesuré, pour que Thornberg ne l'entende pas se précipiter. Nally l'attendait devant la porte de la salle de bains.

— Il retenait Trinity prisonnière ici.

Josie, depuis le seuil, vit une grande baignoire à pattes de lion, avec une couverture jetée dedans. Par terre, il y avait une paire de hauts talons Louis Vuitton. Et une vieille machine à écrire était posée sur le lavabo, à côté d'un paquet de feuilles de papier. Josie enfila des gants et se mit à les parcourir.

— C'est son histoire, dit-elle. Il lui faisait écrire son histoire.

Nally se frotta le visage.

— Alors elle est peut-être encore vivante.

— Mais où ?

— On va faire venir des chiens. Si elle est ici, ils la trouveront. Et je vais aussi demander à mon équipe de fouiller le passé de tous ces cinglés – Hanna Cahill, Francis et Alex Thornberg –, pour voir s'ils trouvent la trace d'une Zandra. Pour ce qu'on en sait, elle pourrait être sa complice. Ou elle pourrait avoir enlevé Trinity. On ne peut rien croire de ce que nous dit ce psychopathe.

— Zandra pourrait aussi être une de ses victimes, fit remarquer Josie. Et vous allez devoir fouiller l'arboretum et la propriété de Cahill, pour chercher les restes des victimes miroirs.

On conduisit Alex Thornberg à Denton, où il fut placé en cellule, dans le petit bloc qui servait rarement, au sous-sol du commissariat. Les cellules accueillaient surtout des étudiants un peu trop excités ou des ivrognes qui avaient besoin de dessoûler. Ils ne pourraient y garder Alex qu'un jour ou deux, au maximum. Une fois qu'il serait mis en examen, on le transférerait à la prison du comté, à une soixantaine de kilomètres de Denton. Elle était bien plus sécurisée, gardée vingt-quatre heures sur vingt-quatre, et c'était le shérif qui s'occupait du transfert des prisonniers depuis et vers le tribunal. Thornberg y serait détenu jusqu'au moment de son procès.

Quand Drake Nally eut chargé une équipe de remonter la piste de la mystérieuse Zandra, Josie, Noah, Gretchen et Mettner joignirent leurs forces à celles du FBI, de la police d'État et de celle d'Easton pour passer au peigne fin l'arboretum et la propriété qui le jouxtait. Ils se relayèrent, en binômes. Josie et Noah participèrent aux recherches pendant six heures tandis que Gretchen et Mettner allaient dormir dans la voiture. Puis ils échangèrent. Noah s'endormit instantanément sur le siège passager dont il avait incliné le dossier. Malgré son épuisement extrême et un mal de crâne qui refusait de la lâcher, Josie renonça au sommeil pour lire les pages que Trinity avait tapées durant sa captivité. L'histoire était décousue, transcrite avec beaucoup de fautes d'orthographe, et parfois ne voulait rien dire du tout. Trinity avait dû taper au fur et à mesure qu'Alex parlait, en essayant de ne rien perdre en route. Il y avait quelques références à Zandra, mais Alex ne disait pas précisément qui elle était. Trinity avait même tapé entre parenthèses « sa sœur ??? », les premières fois qu'Alex l'avait citée. Il n'était fait mention nulle part de Nicolette.

De ce que Josie retira de l'embryon de biographie de l'Artiste rédigé par Trinity, Hanna avait été la plus aimante et la plus stable des deux parents de cette famille renfermée. Bien trop peu, cependant, puisqu'elle avait laissé Francis faire tout ce qu'il voulait, y compris obliger Alex à dormir dehors dans une cabane pendant plusieurs années, et ce à un très jeune âge. Selon Alex, Francis était froid, manipulateur, méchant. Mais il n'avait pas dit à Trinity qu'il avait subi d'autres violences physiques de sa part, en dehors de son visage brûlé. Il avait cependant indiqué que Zandra faisait souvent souffrir Hanna, et que c'était la source d'un grave conflit dans la famille. Après l'accident de Francis, Zandra semblait cependant s'être calmée. Alex ne parlait plus beaucoup d'elle ensuite, sauf pour dire qu'elle était la cause de tous ses malheurs.

Qui est donc cette Zandra ? se demanda Josie. *L'a-t-il tuée, elle aussi ?*

Elle n'eut pas le temps d'y réfléchir plus longtemps : Mettner et Gretchen revinrent et ce fut à son tour de participer aux recherches avec Noah. Ils passèrent six heures de plus à fouiller les deux domaines, en compagnie de dizaines d'autres policiers.

Mais Trinity n'était nulle part.

Les restes des victimes des meurtres en miroir non plus. Ils ne retrouvèrent les ossements d'aucun être humain.

Même la brigade canine, pourtant réputée infaillible, ne trouva rien. Les chiens de recherche et de sauvetage suivirent la piste de Trinity jusqu'au pick-up. Les chiens détecteurs de cadavres émirent plusieurs fois de petits jappements à différents endroits de la propriété de Hanna Cahill, derrière l'arboretum, mais on ne trouva aucun os humain aux endroits indiqués.

— Ça ne veut pas dire qu'il n'y a pas eu de corps à ces endroits, expliqua un des maîtres-chiens. Si des cadavres se trouvaient aux endroits signalés par les chiens, il peut y avoir des cellules ou d'autres matériaux en décomposition qui sont entrés dans le sol. Le plus vraisemblable, c'est que des cadavres ont été déposés là, et déplacés ensuite.

Josie revint à la maison du gardien, où Nally lui asséna un nouveau coup sur la tête.

— Il n'y a personne du nom de Zandra. Mes gars n'ont trouvé aucune preuve de son existence. Ils ont interrogé les employés et les enseignants de l'université d'Aubertine, et sont remontés trente ans en arrière. Plusieurs d'entre eux se souviennent de Francis et de Hanna. Ils se rappellent qu'ils avaient un petit garçon, mais c'est tout. Deux se souvenaient même de Nicolette, et ont confirmé qu'elle s'était enfuie un jour, pour ne plus jamais revenir. La seule possibilité, c'est que Hanna ait accouché de Zandra chez elle. Je ne vois pas d'autre façon d'expliquer pourquoi il n'y a aucune trace d'elle.

Josie s'essuya le front d'un revers de manche. Elle avait désespérément besoin d'une douche. Ils avaient *tous* besoin d'une douche.

— Peut-être, concéda-t-elle. Mais si c'est le cas, on n'a aucun moyen de savoir si elle est vivante ou morte. Quoi qu'il en soit, elle n'est pas ici. Il n'y a rien. Pas de cadavres, pas de Trinity. Drake, il l'a emmenée ailleurs. Il savait qu'il nous suffisait de faire venir les chiens pour la retrouver.

— D'accord, admettons, il a deviné qu'on était sur ses talons, ou il a simplement décidé de prendre ses précautions, au cas où on débarque chez lui, et donc il a déplacé Trinity.

— Il l'a emmenée ailleurs, mais il est revenu ici, alors même qu'il se doutait qu'on lui tomberait dessus, ajouta Josie.

— Pourquoi ?

— Parce que la partie, *sa* partie, n'est pas terminée. Et que c'est à moi de jouer.

— Mais pourquoi ? Pourquoi continuer, alors qu'on l'a arrêté ? Il n'a plus rien à gagner. Sauf si... sauf si elle est morte, je suppose. Ça lui donnerait la satisfaction de voir que vous avez compris son petit jeu sinistre, tout en sachant qu'à la fin, vous serez totalement anéantie. Ou bien il se contente de savoir que Zandra nous échappera toujours, parce qu'elle n'a aucune existence officielle.

Josie secoua la tête.

— Non, Zandra n'est pas mêlée à ce jeu.

— Qu'est-ce qui vous fait dire ça ?

— La façon dont il a parlé d'elle...

— On ne peut rien croire de ce que dit ce type, vous le savez, Quinn, la coupa Nally, secouant la tête à son tour.

— Je ne parle pas de la façon dont il a parlé d'elle quand je l'ai interrogé, insista Josie. Je parle de la façon dont il a parlé d'elle à Trinity quand elle tapait sa biographie. Zandra était dure avec Alexander. Elle ne croyait pas en lui. Ça le mettait en colère, tout le temps. Je ne sais pas ce qui lui est arrivé, mais elle n'est pas impliquée dans cette affaire. Il faut toujours que je retrouve ma sœur. On doit rester concentrés sur cet objectif.

Nally leva les bras au ciel.

— Mais qu'est-ce que vous croyez que je fais depuis quarante-huit heures, Quinn ? Vous croyez que je fouille presque quarante hectares de boue, couvert de merdes d'oiseaux, à la recherche d'ossements humains pour le plaisir ? Vous croyez que je suis venu ici en vacances, bon Dieu ?

— Calmez-vous...

Mais la façade de professionnalisme froid s'était effondrée. Nally tournoya et donna un violent coup de pied dans la porte. Ahanant, il en donna un second, puis un autre, et encore, jusqu'à faire voler le bois en éclats.

— Drake, dit Josie.

— Je me calmerai quand on l'aura retrouvée ! mugit-il.

Il se mit à marteler la porte à coups de poing, à une vitesse stupéfiante. La sueur dégoulinait de son front, les tendons de son cou saillaient, contractés. Du sang éclaboussa la porte. Il avait les phalanges rougies. Josie cria, cette fois :

— Drake !

Elle faillit se prendre un coup de coude dans la figure en tentant de l'arrêter. En fureur comme il l'était, elle n'avait pas l'ombre d'une chance. Il était trop musclé, trop fort.

Elle chercha du regard un autre agent du FBI, un autre policier, mais ils étaient seuls. Elle pensa à appeler ses propres collègues à la rescousse, mais il leur faudrait au moins dix minutes pour arriver, et le sang sur la porte commençait à dégouliner. Drake Nally allait sérieusement se blesser.

Elle lui sauta sur le dos.

Il se tortilla, une fois à gauche, une fois à droite, pour se dégager, mais Josie tint bon, lui fit une clé d'étranglement tout en lui parlant à l'oreille, en détachant ses mots :

— Agent Nally, stop. Arrêtez. Stop !

Il haletait toujours, mais cessa de cogner contre la porte. Il descendit les marches du perron en titubant, fit quelques pas sur l'herbe, devant la maison. Quand il s'immobilisa, Josie le lâcha et se laissa tomber au sol. Il se massa le cou, les jointures sanguinolentes.

— Je suis désolée, dit Josie. Pour l'étranglement. Mais vous étiez... Vous avez perdu la tête. Drake, vous ne pouvez pas...

Sans la regarder, les yeux toujours baissés, il l'interrompit :

— Je sais. C'est moi qui suis désolé. J'ai... J'ai pété les plombs.

Il contempla ses mains. Une grosse écharde jaillissait d'une phalange, à son majeur gauche. Il secoua la tête.

— Quinn. Je crois que je l'aime. Je suis tombé amoureux d'elle.

Josie faillit se laisser submerger par l'émotion mais elle se maîtrisa. Concentrée. Elle devait rester concentrée.

— Vous devez mettre ça de côté, Nally. Oubliez-le. Immédiatement.

Il finit par croiser son regard.

— C'est ce que vous faites ? C'est comme ça que vous résistez ?

— Je n'ai pas le choix.

— J'y arrivais, avant. Je n'ai jamais eu de problème jusqu'à...

Il leva ses mains en sang.

— Jusqu'à maintenant. Je suis désolé.

— Vous n'avez pas à vous excuser.

Il rit.

— Et pourtant c'est votre sœur ! Comment vous faites pour supporter ça mieux que moi ?

Josie posa la main sur sa hanche.

— J'ai dû apprendre à faire ça toute petite, avoua-t-elle. À compartimenter. À me concentrer sur une seule chose à la fois. Ça m'aide dans mon travail, maintenant, mais, avant, c'était une question de survie.

— Vous en avez bien bavé, remarqua Nally. D'après ce que Trinity m'a dit.

— Elle vous en a parlé ? De mon enfance ? Attendez qu'on la retrouve, elle va m'entendre. Je vais l'étrangler, cette... Bon sang !

Elle comprit en un éclair. Tous les poils de son corps se hérissèrent. Sa vision se brouilla un instant puis lui revint.

— Hé ? Ça va ? demanda Nally.

— Je sais comment retrouver Zandra, dit-elle.

61

Huit heures plus tard, Nally était avec Josie et son équipe au commissariat de Denton, dans la salle de vidéosurveillance attenante à celle où, deux semaines plus tôt, Gretchen et Mettner avaient interrogé Jaime Pestrak. Alex Thornberg était calmement assis à la table de la salle d'interrogatoire et attendait son avocate commise d'office.

— Quinn, si vous faites ça, vous allez ruiner toute l'enquête, dit Nally.

— C'est un peu exagéré, non ? dit Noah, un sourcil arqué.

Nally indiqua l'écran.

— Si vous faites ça, vous offrez à ce type une ligne de défense qui peut empêcher non seulement sa condamnation à mort, mais sa condamnation tout court. Dans le meilleur des cas, l'affaire va mettre des années à être jugée parce qu'il sera déclaré inapte à passer au tribunal.

Depuis son siège, Gretchen répliqua :

— Mais c'est pour ça qu'il y a des experts judiciaires – exactement pour ce genre de cas. La procureure va faire intervenir un expert psychiatrique pour étayer son dossier. Et après tout ce que ce type a fait, tout ce qu'il a déjà avoué, il n'a aucune chance de ressortir libre.

— Si la patronne a vu juste, ajouta Mettner, ça va finir par se savoir, de toute façon. Si j'étais son avocat et que j'avais le moindre soupçon que ce type a un problème psychologique aussi énorme que ça, je m'en servirais au maximum. Et si son avocate ne s'en aperçoit pas, mais que ça ressort au tribunal, le procès sera invalidé.

Josie fixait Nally.

— Ils ont raison. Je ne fais courir aucun risque à l'enquête. J'essaie de retrouver ma sœur tant qu'il y a une chance qu'elle soit encore vivante. Son avocate sera présente. Je ne ferai rien de louche. Rien d'interdit.

On frappa à la porte et le chef Chitwood passa la tête à l'intérieur.

— Les enfants, dit-il, l'avocate de Thornberg est arrivée. Éteignez les caméras et quittez la salle pendant qu'ils discutent.

Ils coupèrent la vidéosurveillance et sortirent en file indienne de la pièce au moment où l'avocate d'Alex entrait voir son client. Ils se rendirent dans la grande salle où ils attendirent dans un silence tendu qu'elle vienne les chercher.

— Mon client est d'accord pour parler à l'inspectrice Quinn, dit-elle quand elle revint. À l'inspectrice Quinn seulement.

— Merci.

Josie suivit l'avocate dans la salle d'interrogatoire. Elle attendit un long moment, jusqu'à ce qu'elle sache que ses collègues étaient revenus dans la salle de vidéosurveillance et enregistraient l'interrogatoire, grâce à la lumière rouge qui s'alluma sous la caméra. Elle déclina la date, l'heure et les noms des personnes présentes, avant de se tourner vers Alex.

— Je dois parler à Zandra.

L'avocate plissa le front.

— Excusez-moi, qui est Zandra ?

— Alex sait qui c'est. N'est-ce pas, Alex ?

Il la dévisagea sans rien dire. Son avocate lui demanda :

— Alexander ? Y a-t-il une chose dont nous devrions parler en privé ?

Il l'ignora et continua à fixer Josie.

— Je lui ai dit de ne plus revenir. Elle n'a causé que des ennuis.

— Je ne pense pas que ce soit vrai, rétorqua Josie.

Il se pencha en avant, les yeux écarquillés.

— Si, c'est vrai ! C'est elle qui faisait du mal à notre mère.

— Parce qu'elle était en colère contre ta mère, Alex. Ta mère qui laissait Francis vous faire du mal. Zandra savait qu'aucun de vous – ni toi, ni elle, ni votre mère – ne pouvait répondre à Francis. Alors elle se vengeait sur ta mère.

— Non, je... Ce n'est pas... Elle a fait du mal à maman, mais mon père n'a pas... Il n'a jamais...

— Il t'a fait du mal, Alex. Tu le sais très bien. D'où penses-tu que Zandra est venue ? Elle est arrivée après le départ de Nicolette, n'est-ce pas ? Nicolette était plus grande que toi, plus âgée. Elle a essayé de te protéger contre Francis, mais c'était un combat perdu d'avance, n'est-ce pas ?

Il prit un air buté. Josie poursuivit.

— Nicolette ne supportait plus ce qui se passait chez vous. Elle n'était elle-même qu'une gamine. Elle était impuissante. Votre propre mère ne vous protégeait pas de Francis. Elle ne pouvait se tourner vers personne, n'avait aucun moyen de l'empêcher de te faire du mal. Alors elle est partie. Du jour au lendemain. Et tu es resté seul avec un monstre. Tu étais vulnérable, impuissant, sans défense, et...

Alex baissa les yeux vers la table et une onde parcourut son visage. La peau de son front se relâcha, sa lèvre inférieure forma comme une moue. Josie baissa la tête pour voir ses yeux, qui brillaient de larmes.

— On n'a pas le droit de prononcer son nom, dit-il de la

même voix enfantine que Josie avait entendue la première fois, dans la maison du gardien.

— Alex ! dit durement Josie.

L'avocate sursauta.

— Inspectrice Quinn.

Il releva les yeux, le visage plus dur, l'air plus confiant.

— Ça ne fait pas partie du jeu, dit-il.

— Zandra ne fait pas partie du jeu ? C'est très injuste. Elle joue depuis le début.

L'avocate intervint :

— Nous devrions en rester là. Je crains de ne pas comprendre ce qui se passe. Alexander...

— Taisez-vous, la coupa Alex avant de se tourner vers Josie. Vous ne savez pas de quoi vous parlez.

— Tu crois ça ? Qui a tué Nicci, Alex ? Toi ?

— Bien sûr que non.

— Qui a tué Codie Lash et son mari ?

— Ce n'est pas moi. C'était une erreur.

— Ton erreur, ou celle de Zandra ?

Il se mit à grogner sourdement.

— Cette garce. J'ai passé toute ma vie à lui éviter d'avoir des ennuis. Elle pourrit tout.

— Non.

Josie repensa à l'échange entre Alex et le couple Lash. Avant que le mari ne se jette sur lui, Codie Lash l'avait houspillé. Elle l'avait poussé dans ses retranchements. Poussé à bout.

— Si, elle pourrit tout ! insista Alex.

— Non, c'est faux, rétorqua Josie. Elle a toujours dû te protéger, toi, parce que tu es un psychopathe.

— Ça suffit, inspectrice Quinn, protesta l'avocate.

Alex posa les mains sur ses oreilles.

— Mais taisez-vous !

Josie tendit le doigt vers lui, effectuant le même geste que Codie Lash sur la vidéo.

— C'est la vérité. Tu es un mythomane et un psychopathe. Tout le monde était au courant, n'est-ce pas ? Ta mère le savait, Francis le savait. C'est pour ça que tu n'as pas eu le droit d'aller à l'école. Parce que tu es mentalement...

L'avocate se leva.

— Ça suffit maintenant, inspectrice Quinn. Assez. Cet interrogatoire est terminé. Vous dépassez les bornes. Je ne suis pas venue ici pour que vous harceliez mon client et que vous l'insultiez.

Alex plongea par-dessus la table et saisit Josie à la gorge. L'avocate hurla. Josie tomba en arrière alors qu'Alex se jetait sur elle. Utilisant leur élan à son avantage, elle le fit rouler pour se retrouver à califourchon sur lui. Il relâcha sa gorge, elle écarta vivement ses mains et le retourna sur le ventre, lui tordant les bras dans le dos. Puis elle lui passa les menottes qu'elle portait à la ceinture. Elle haletait, mais fut soulagée de voir que son équipe lui avait obéi et n'était pas venue immédiatement à son secours.

— Allez, debout maintenant, lui ordonna-t-elle.

L'avocate aida Josie à le relever et à le faire asseoir sur la chaise la plus proche. Il secoua la tête comme s'il cherchait à écarter de longs cheveux de son visage. Ses yeux s'étrécirent et il fusilla Josie du regard. Quand il parla, ce fut d'une voix totalement différente, à la fois plus aiguë et pleine de rage.

— Il ne se rappelle rien de tout ça, espèce de conne.

Le cœur de Josie bondit. Elle essaya de masquer le tremblement de sa voix et répondit :

— Zandra ?

Alex leva les yeux au ciel.

— Qui d'autre, d'après vous ? Vous cherchiez à me voir, de toute façon, non ?

Josie jeta un coup d'œil à l'avocate, qui ne protesta pas et l'autorisa d'un signe de tête à continuer. C'était ce que redoutait

Nally. Un client atteint de trouble dissociatif de l'identité n'avait pas besoin d'une autre défense.

Josie s'adressa à Zandra :

— C'est toi qui commettais les meurtres, n'est-ce pas ?

— Bien sûr que c'est moi. Vous croyez que ce pauvre petit Alex en aurait été capable ? Vous croyez qu'Alex, l'artiste sensible, était capable de faire le sale boulot ?

Sa voix dégoulinait de mépris.

— Mais il devait savoir que c'était toi, dit Josie.

Alex haussa les épaules.

— Il sait ce qu'il veut savoir. Il entend ce qu'il veut entendre. Il m'écoute quand il a envie de m'écouter. Il peut dire ce qu'il veut sur moi, il peut me détester, mais il sait que je me suis occupée de lui. Il sait que j'ai toujours endossé les sales rôles, ceux qu'il ne pouvait pas supporter. Alors oui, c'est moi qui allais à chaque fois avec Francis dans cette chambre fermée à clé. J'y allais pour que ce bébé d'Alex n'y soit pas obligé. Et j'ai tué les gens qu'il kidnappait, les gens dont il voulait les os pour ses œuvres d'art et ses jeux. Il a essayé de me chasser très souvent. Ça fait longtemps qu'il veut me tuer. Vous saviez ça ?

— Oui, je le savais, dit Josie. Tu sais pourquoi il veut te tuer ?

— Il vous croit très intelligente, mais vous m'avez l'air plutôt débile, dit Zandra. Vous n'avez pas écouté ce que je viens de vous dire ? Je m'occupe du sale boulot, pour qu'il n'ait pas à le faire. S'il me tue, tous ces souvenirs mourront avec moi.

— Alors pourquoi es-tu encore là ?

— Parce que contrairement à cette connasse de Nicolette, je ne le laisserai jamais. Même si c'est la merde. Quoi qu'il arrive. Je ne l'abandonnerai jamais. C'est moi, sa vraie sœur. C'est moi qui l'ai toujours soutenu.

— Tu es son miroir, dit Josie. Ce n'est pas Alex qui choisit ses victimes, n'est-ce pas ? C'est toi.

— Vous avez trouvé ça toute seule ? Ha ! Je les choisis, et il les kidnappe. Je les tue, et il en fait des œuvres d'art.

— Et vous choisissez toujours deux personnes qui sont le reflet l'une de l'autre, d'une certaine façon. C'est pourquoi leurs noms se ressemblent. Terri et Terry, Kenneth et Kendra, Tony et Toni. Homme et femme.

— Il aime bien ça, expliqua Zandra. Comme ça, personne n'est jamais seul, même dans la mort. Il préfère qu'on fasse comme ça. Je vous l'ai dit, c'est un bébé. Il ne veut pas qu'on laisse quelqu'un tout seul, contrairement à cette enflure de Nicolette qui l'a abandonné. Je vous le dis, je suis une bien meilleure sœur qu'elle.

— Pourquoi n'en expose-t-il qu'une des deux, alors ?

Zandra remua la tête.

— Vous êtes vraiment abrutie, hein ? Parce qu'il sait que je suis censée rester un secret.

Josie se rappela la dédicace de Hanna lors d'une de ses expositions. « À mes chéris, Alex et Zandra. »

— Mais votre mère était au courant.

— Pourquoi nous gardait-elle dans cette horrible maison, d'après vous ? Elle ne pouvait pas nous laisser affronter le monde extérieur. Si elle avait envoyé ce petit bébé à l'école, j'aurais tout de suite pris sa place pour le protéger et raconté aux professeurs ce que Francis lui faisait. On nous aurait fait quitter la maison, et Francis aurait fini en prison. C'était hors de question, et pour l'un, et pour l'autre.

— Vos deux parents savaient qu'Alex avait des alters ?

Josie s'était renseignée sur le trouble dissociatif de l'identité avant l'interrogatoire. Elle savait que, parmi les psychologues, il n'y avait pas de consensus. Plusieurs écoles pensaient que ce type de trouble n'existait pas. Mais les experts qui l'avaient beaucoup étudié s'accordaient sur plusieurs points. C'était très souvent le résultat de traumatismes extrêmes subis dans l'enfance. Le sujet affecté développait alors ce qu'on appelait des alters, c'est-à-dire des personnalités très différentes, dans sa psyché fragmentée. Certains alters, comme Zandra, surgissaient pour permettre au sujet de supporter des violences intrafamiliales, par exemple. Il ne semblait y avoir aucune limite au nombre d'alters chez une personne atteinte de trouble dissociatif de l'identité, mais la plupart des spécialistes pensaient qu'il y avait toujours un alter principal, qui apparaissait plus souvent que les autres, qui jouait un plus grand rôle. Certains patients atteints de TDI voyaient parfois leurs alters dialoguer entre eux ; d'autres ne se souvenaient pas des moments où leurs alters surgissaient. Alex semblait relever de ces deux cas à la fois. Il savait très bien qui était Zandra et, à en juger par les pages tapées par Trinity, avait souvent engagé le dialogue avec elle, mais il ne se souvenait pas de tout ce qui se passait quand Zandra était aux commandes.

— Oui, les deux étaient au courant, dit Zandra. De mon existence, en tout cas. Il y en a un ou deux autres qu'ils n'ont jamais rencontrés. On n'avait pas beaucoup d'amis.

— Pourquoi as-tu tué Nicci ?

— Parce qu'il a kidnappé la journaliste, répondit Zandra. Mais il ne l'a pas enlevée pour ses os, vous savez. Il voulait qu'elle écrive sa biographie. Comme si c'était une grande épopée. Il se prend vraiment pour quelqu'un de très intelligent, avec son obsession pour l'art, là... Il est encore pire que notre mère. Elle pensait qu'elle était géniale, elle aussi. Mais bref. Il a enlevé la journaliste pour qu'elle raconte l'histoire de sa vie, mais son histoire n'était pas achevée tant que cette horrible femme était encore de ce monde, à mener une vie parfaitement normale, n'est-ce pas ? Donc elle devait mourir. Je devais lui prouver que j'étais bien plus importante pour lui qu'elle ne l'avait jamais été. Elle est morte, et pas moi. Comme je le lui avais dit.

— Qu'est-il arrivé à la journaliste ?

La tête de Josie lui tournait en attendant la réponse. Zandra sourit.

— Ha, vous croyez que je vais vous le dire comme ça ? Je ne suis pas Alex, espèce d'idiote ! C'est à lui qu'il faut demander ce qu'il en a fait.

— Je lui ai posé la question, dit Josie. Il n'a pas voulu me répondre.

— Et vous croyez que, moi, je vais le faire ? Non, ça ne marche pas comme ça. Vous devez jouer à son jeu, inspectrice.

62

Josie avait l'impression d'avoir couru un marathon. Revenue dans la grande salle, elle se rassit à son bureau sous les regards de Nally et de son équipe.

— Ça me rend malade, dit Nally. Vous savez que son avocate boit du petit-lait, en ce moment. C'est comme si elle venait de gagner à la loterie, et on n'est pas plus avancés pour retrouver Trinity.

— Ça suffit, le coupa Noah. Restons concentrés sur Trinity, d'accord ? Donc cette personne qui parlait... Zandra, ou je ne sais qui, ne nous a pas dit où elle était. Il faut essayer de l'apprendre par d'autres moyens.

— Mais est-ce que c'était vrai, seulement ? demanda Mettner. Et s'il avait fait semblant ?

— Il n'a pas fait semblant, affirma Josie.

— La patronne a raison, dit Gretchen. J'ai eu affaire à plusieurs criminels atteints de TDI, quand j'étais à Philadelphie. C'est une réalité. Complexe, compliquée, mais ça, ça ne nous regarde pas. C'est aux avocats et aux procureurs de s'en débrouiller avant le procès. Nous, ce qu'on a à faire pour l'instant, c'est de savoir ce qu'a dans la tête une seule personne : Alexander Thornberg. C'est lui, l'Artiste.

— C'est lui qui mène le jeu, renchérit Josie. Zandra l'a dit aussi.

— OK, dit Noah en se mettant à faire les cent pas. Alors que cherche-t-il ? Dans un jeu, il y a un gagnant et un perdant. Il veut gagner. Qu'est-ce qui le fait gagner ?

— Une couverture médiatique ? avança Mettner. C'est ce qu'il a toujours cherché. Pour que les gens sachent à quel point il est intelligent – même s'il est sûr d'avoir l'attention de tous les médias qu'il veut, maintenant qu'il s'est fait prendre.

— Il ne veut pas seulement montrer aux gens qu'il est intelligent, dit Josie. Il veut prouver quelque chose.

— Prouver quelque chose à qui ? dit Nally avec dédain.

Josie se balança sur son siège.

— À la seule personne qu'il a laissée vivre.

— Son père ?

— Oui. Vous avez lu ce que Trinity a tapé ?

— Bien sûr que je l'ai lu, rétorqua Nally en grimaçant.

— Son père pensait qu'Alex était idiot. Alex voulait être un artiste, comme Hanna, mais Francis réprimait cette envie.

— Et alors ? Quel est le rapport avec Trinity ? demanda Mettner.

— C'est son historienne, dit Gretchen. Zandra vient de nous le dire. Sa biographe. Elle savait tout de l'affaire avant qu'il la kidnappe.

— Y compris le fait que, pour chaque victime qu'il mettait en scène, il y en avait une seconde qu'on ne retrouvait jamais. On n'a toujours pas localisé les restes de ses autres victimes. Il a dû se servir de leurs squelettes. Il l'a forcément fait, puisqu'ils ne sont nulle part. Donc où qu'elle soit, Trinity est enfermée là où il a mis en scène sa dernière œuvre.

Nally prit un air perplexe.

— Son œuvre ?

— Son œuvre d'art ! Il se prend pour un artiste. Son œuvre ultime, si on peut dire, est quelque part en Pennsylvanie. Si on la trouve, on trouvera Trinity.

— Mais vous vous entendez parler ? Où est-ce que ce type pourrait créer une installation artistique d'ossements humains et détenir une journaliste célèbre sans ficher la trouille au monde entier ?

Josie les regarda tous à tour de rôle, tout en récapitulant mentalement ce qu'elle savait. Elle revenait sans cesse aux rapports entre Alex et Francis. Elle fit pivoter son siège et se trouva face au bureau du chef Chitwood, dont la porte était ouverte. Chitwood s'était rendu à une réunion avec la procureure générale. Josie se leva et alla dans son bureau se poster face à la fenêtre. Elle entendit Nally et son équipe la suivre.

— Patronne ? dit Gretchen.

Josie regarda par la fenêtre les arbres qui bordaient l'autre côté de la rue. Puis ses yeux s'élevèrent vers le ciel où planait un grand oiseau, buse ou balbuzard, elle n'aurait su le dire. Pas un charognard, en tout cas.

— Les rapaces, lâcha-t-elle soudain.

— Pardon ? dit Noah.

Elle se retourna vers les autres, serrés dans l'embrasure de la porte.

— Les rapaces tuent pour manger. Ils enlèvent des êtres vivants dans leur habitat naturel. Ils nichent très haut, n'est-ce pas ?

Nally secoua la tête.

— Vous devenez folle ? Vous êtes en train de péter les plombs, c'est ça ?

— Je suis sérieuse, dit Josie. Beaucoup de rapaces nichent au niveau de la cime des arbres, sur les toits des bâtiments ou sur des poteaux téléphoniques, non ?

— Mais comment voulez-vous que je le sache ? s'énerva Nally.

— Les rapaces étaient les oiseaux préférés de Francis, reprit-elle. Il en est fait état dans les pages que Trinity a tapées. Et Trinity a aussi écrit dans son journal qu'elle a parlé de rapaces avec Alex – enfin, Max – et que la conversation l'a mis mal à l'aise. Alex sait tout sur les rapaces grâce à son père, mais il ne les aime pas. Lui, il aime les oiseaux nécrophages.

— Il les aime ou il apprécie juste le fait qu'ils accélèrent la décomposition ? demanda Noah.

— Peu importe, dit Josie. Alex a passé toute sa vie à essayer de prouver à Francis qu'il était intelligent, qu'il était digne d'intérêt. Qu'il était un artiste aussi doué que sa mère.

— Je crois qu'Alex ne va plus pouvoir prouver grand-chose à Francis, vu son état maintenant, objecta Mettner.

— Certes. Mais on ne parle pas au sens littéral. On parle de l'œuvre d'Alex, en tant qu'artiste. C'est symbolique. Donc son œuvre ultime, son chef-d'œuvre, doit être en un lieu que Francis reconnaîtrait, symboliquement. Francis est un rapace.

— Et Alex, un charognard, dit Gretchen.

— Les rapaces ont une excellente vue, dit Nally en soupirant.

Il alla à la fenêtre, leva les yeux et repéra l'oiseau que Josie venait de voir, qui planait, immobile, sur des courants ascendants.

— Vous diriez que les rapaces passent plus de temps en vol qu'un charognard, par exemple ? Les nécrophages doivent passer beaucoup de temps au sol à manger, une fois qu'ils ont trouvé une source de nourriture, je suppose.

— Je dirais que oui, fit Josie. Drake, elle est sur un toit. Trinity est sur un toit quelque part. Un bâtiment haut, un clocher ou un beffroi. Un endroit haut perché.

— Mais où ?

— Il nous faut suivre sa logique. Les meurtres en miroir. J'étais censée être la victime miroir dans cette histoire.

— Mais les victimes miroirs étaient de sexe opposé, rappela

Mettner. Avec des prénoms identiques : Anthony et Antonia, Kenneth et Kendra, Terrence et Teresa, Robert et Roberta.

— Comme lui et sa sœur – enfin, son alter, ajouta Noah. Alexander et Alexandra.

— Pour lui, Zandra est sa sœur, de manière bien plus réelle que ne l'était Nicci, sa vraie sœur, dit Josie. Donc oui, lui et sa sœur. Je peux être le miroir, parce que je suis la sœur de Trinity. Et il laisse toujours les ossements d'une victime à l'endroit où il enlève son miroir.

— Mais il ne vous a pas enlevée, dit Nally.

— Non, mais il a essayé. Près de Callowhill, là où Trinity a grandi.

— Alors quoi ? Vous pensez qu'elle est sur le toit de la maison de vos parents, quelque chose comme ça ?

— Non.

Josie pensa à Callowhill. Elle était à près d'une heure de route de chez ses parents quand il lui avait foncé dessus.

— La réserve naturelle.

63

Ils arrivèrent à la réserve en moins d'une heure. Les voitures de police s'arrêtèrent devant le bâtiment principal. C'était la fin de l'après-midi, mais la lumière était encore vive. Cheyenne Thomas et quelques employés sortirent en courant, paniqués. Lorsque Josie lui eut expliqué ce qui se passait, elle dit :

— Je suis désolée, mais nous n'avons rien remarqué d'anormal. Comme vous le voyez, il n'y a que ce petit groupe de bâtiments ici, et aucun qui soit particulièrement haut. Nous avons des échelles, si vous voulez grimper jeter un coup d'œil.

Josie examina les environs. La déception l'accabla. Noah s'approcha.

— Elle n'est peut-être pas ici...

— Si, dit Josie. C'est le bon endroit, j'en suis certaine.

Mettner les rejoignit au petit trot.

— Je vais appeler l'unité canine du comté et voir si elle peut venir jusqu'ici. Il nous reste des objets trouvés dans la valise de Trinity qu'on pourra faire sentir aux chiens.

— Merci, Mett, dit Josie avant de se tourner vers Cheyenne Thomas. Vous auriez des vieilles cartes de la réserve ? Et par ailleurs, on a retrouvé les ossements d'un chasseur qui avait disparu dans la réserve, dans les années 2000. Vous savez s'il avait un mirador dans les environs ?

— Excusez-moi. Un quoi ?

— Un mirador de chasse. Une plateforme ou une cabane dans un arbre, où il pouvait s'installer pour chasser, expliqua Josie.

— Ah. Je ne sais pas, mais nous avons fait faire des relevés topographiques il y a peu, pour notre dernière demande de subventions. Il y aura peut-être quelque chose là-dedans.

Il leur fallut une demi-heure pour trouver ce qu'ils cherchaient. Sur les cartes dressées l'année précédente, le topographe avait indiqué une « plateforme d'origine inconnue, dans un arbre », à l'extrémité sud de la réserve. Ses notes indiquaient qu'il ne pouvait déterminer si elle était sur le territoire de la réserve ou sur le terrain privé adjacent.

Josie s'en fichait.

Il leur fallut une autre demi-heure pour arriver au mirador, qui n'était rien de plus qu'une cabane fixée en haut d'un grand arbre. Des échelons de bois étaient cloués au tronc, depuis le sol jusqu'à une petite trappe dans le plancher de la cabane. Avant qu'on puisse l'en empêcher, Josie se mit à grimper.

— Josie ! cria Noah. Attends qu'on t'apporte un harnais !

Elle était déjà à mi-chemin. Elle s'arrêta et baissa les yeux. De là où elle était, elle ne risquait ni de mourir, ni de se casser quelque chose si elle tombait. Mais depuis la cabane, la chute serait mortelle.

— Trop tard ! cria-t-elle.

Elle reprit son ascension et arriva à la trappe, qu'elle souleva. Elle regarda autour d'elle pour contempler la dernière création de l'Artiste, et faillit lâcher prise quand son cerveau décoda ce qu'elle voyait. Tout l'intérieur de la cabane était peint de tourbillons roses et rouges. Des centaines d'os avaient été fixés aux parois et au plancher et, sur la droite, emmaillotée dans une sorte de filet, ligotée à un poteau carré visiblement dressé là exprès, Trinity se tenait, inerte, la tête tombant sur sa poitrine. Ses cheveux noirs pendaient devant son visage. Des crochets avaient été vissés au plafond, et on y avait attaché du fil de pêche qui s'enroulait autour de ses poignets pour lui relever les bras de chaque côté. Derrière elle, on avait collé au mur des milliers de plumes.

Elle déployait ses ailes.

Les larmes roulèrent sur les joues de Josie quand elle se hissa par la petite trappe, en prenant soin de ne pas déranger les os sur le plancher. Elle entendit, au-dessous d'elle, quelqu'un grimper à sa suite. Baissant les yeux, elle vit que Nally était arrivé à mi-hauteur.

— Attendez, dit Josie.

— Elle est vivante ? cria-t-il.

— J'espère que oui, marmonna-t-elle.

Elle s'approcha de Trinity, terrorisée à l'idée de la toucher et de la sentir froide, totalement inerte.

— Trin, croassa-t-elle.

Trinity ne bougea pas.

Josie repoussa une mèche de cheveux derrière l'oreille de sa sœur d'une main tremblante. La froideur de sa joue la fit paniquer. Puis Trinity tressaillit, releva la tête et se mit à hurler. Josie fut tellement surprise qu'elle bascula en arrière, atterrit sur le dos, faisant voler des ossements dans tous les sens. Elle entendit le plancher sous elle craquer, et céder. Au moment où elle tombait, elle tendit les bras pour se raccrocher à ce qu'elle pouvait. Un morceau de bois déchiqueté entailla la paume de ses mains, mais elle tint bon.

— Josie ? cria Trinity.

Josie releva les yeux. Elle était passée à travers une planche pourrie, aux pieds de Trinity. Celle-ci avait cassé le fil de pêche qui maintenait un de ses poignets, et tirait violemment sur l'autre pour se libérer. Au bout de plusieurs essais, elle y parvint, mais le bas de son corps était toujours pris dans le filet qui l'immobilisait. Josie perçut des cris qui montaient du sol et entendit la voix de Nally, plus proche. Les jambes dans le vide, elle se tordit le cou pour regarder derrière elle, mais il était trop bas pour l'aider.

— Tu peux remonter ? dit Trinity. Prends ma main !

Josie s'agrippa à un pied de Trinity, se hissa suffisamment pour passer les deux bras autour de ses mollets et du poteau auquel elle était ligotée. Trinity tendit les mains, le plus bas possible, pour essayer de l'atteindre. Josie se hissa encore un peu plus haut, jusqu'à ce que Trinity puisse glisser les mains sous ses aisselles, en une étreinte malhabile. Dans la cacophonie qui leur parvenait d'en bas, Josie entendit Noah lui crier de tenir bon. Elle ferma les yeux, relâcha le haut de son corps quelques précieuses secondes, laissant Trinity supporter tout son poids. Puis elle acheva de se hisser, et se retrouva face à sa sœur.

— Accroche-toi à moi, dit Trinity.

Elles se serrèrent l'une contre l'autre. La joue de Trinity était gelée contre celle de Josie. Elle sentit le corps de sa sœur secoué de sanglots. Le sien l'imita et elles se mirent à pleurer.

D'en dessous, Nally cria :

— Quinn ! Ne bougez pas. La cabane est trop fragile. Ne bougez surtout pas ! On fait venir des échelles. Tenez bon !

À l'oreille de Trinity, Josie glissa :

— Je suis désolée qu'on en soit restées là le jour où tu es partie.

— Moi aussi.

— Je sais ce qui est arrivé de pire dans ta vie, maintenant. C'est mon kidnapping quand on était bébés.

Trinity resserra son étreinte.

— Oui, souffla-t-elle.

— Et je sais ce qui t'est arrivé de mieux. C'est nos retrouvailles.

Trinity rit :

— Faux.

Josie entendit une échelle d'aluminium cogner contre le tronc, faisant vibrer le plancher sous ses pieds.

— Ce qui est arrivé de mieux dans ma vie, c'est que tu m'as sauvée d'un tueur en série, dit Trinity.

64

UNE SEMAINE PLUS TARD

Trout courait après une balle de tennis dans le jardin de Josie et Noah. Il la rattrapa, se faufila entre les jambes des humains qui se pressaient sur la terrasse et la déposa sur les genoux de Patrick. En riant, Patrick la relança. Cette fois, après avoir ramassé la balle, le chien revint vers Josie, assise sur un fauteuil pliant à une des tables de camping que Noah avait installées dans le jardin. Il relâcha la balle à ses pieds et lui donna de petits coups de truffe dans la main. Josie le caressa entre les oreilles. Face à elle, Trinity fronça les sourcils.

— Je crois que Trout ne m'aime pas. Il ne m'a pas rapporté la balle une seule fois.

Josie rit.

— Il n'aime que les gens qui lui donnent à manger. Donne-lui un petit bout de ton hamburger, et il ne te lâchera plus d'une semelle.

Trinity découpa un petit morceau de viande et laissa sa main pendre sous la table. Trout accourut et avala le morceau tout rond. Elle rit et baissa les yeux vers lui.

— Tu as raison. Maintenant il me regarde comme s'il voulait m'épouser.

— Tu vois, je te l'avais dit.

Elles se turent, regardèrent autour d'elles leur famille, leurs amis, leurs collègues qui mangeaient et buvaient pour fêter le retour de Trinity, saine et sauve. La météo était de leur côté. Noah s'occupait du barbecue, distribuait la nourriture. À côté de lui, Gretchen et Mettner se taquinaient. Même Bob Chitwood était là. Il écoutait Lisette qui parlait. Dans un autre coin du jardin, Drake Nally était en pleine conversation avec Shannon et Christian.

— C'est chouette, dit Trinity.

— Oui, ça fait du bien.

— Je vais gâcher ce moment en te parlant de l'enquête, mais je dois savoir : est-ce que l'analyse ADN a montré que les peignes en os provenaient de certaines de ses victimes ?

Josie acquiesça :

— Oui. Les deux correspondent à des victimes miroirs. On a retrouvé les ossements de toutes les victimes dans le mirador où il t'avait ligotée.

Trinity resserra les bras sur sa poitrine.

— Il y en a eu d'autres dont on n'avait pas encore entendu parler ?

— Non. L'arboretum et les quarante hectares que Hanna Cahill avait légués à Alex ont été minutieusement fouillés. On ne pense pas qu'il y en ait eu d'autres. Les identités des victimes miroirs ont été confirmées. Et on pourra bientôt rendre leurs restes à leurs familles.

— C'est bien, chuchota Trinity. Je suis contente de savoir que les familles pourront enfin faire leur deuil.

— Tu étais au courant de l'existence de ces victimes miroirs quand il t'a kidnappée ?

— Oui, je l'avais deviné. J'avais écrit des notes là-dessus. Elles étaient dans les cartons. J'espérais qu'il les laisserait, pour que tu puisses suivre la piste qui menait jusqu'à lui, mais il a emporté tout ce que j'avais accumulé sur l'affaire.

— Quand as-tu compris que l'Artiste était le garçon que tu avais croisé à la réserve naturelle quand tu avais quatorze ans ?

— Je n'en ai été sûre qu'au moment où il est descendu de son pick-up, au chalet. Quand j'ai vu sa figure, sa cicatrice, j'ai tout de suite su que c'était Max.

— Mais tu t'en doutais déjà. C'est pour ça que cette affaire t'obsédait ?

Trinity détourna un instant les yeux, les posa sur Drake Nally et l'ombre d'un regret balaya son visage.

— Ça a été un pur hasard. Je m'étais accrochée à l'antenne avec un correspondant local à propos de l'Artiste aux ossements. Il disait qu'il était mort, et que c'était pour ça qu'il ne tuait plus. Je n'y croyais pas. Un peu plus tard, ce soir-là, je me suis défoulée en rapportant l'histoire à Drake. C'est là qu'il m'a dit qu'on lui avait confié l'affaire. Je n'ai pas eu beaucoup de mal à le faire parler. Et je l'ai vite persuadé de me montrer des photos de la scène de crime. Des photos qui n'avaient pas été rendues publiques.

— Et la façon dont les os étaient arrangés t'a fait penser à Max ? suggéra Josie.

Trinity reposa les yeux sur elle.

— Ça n'a pas été aussi simple. Pas tout à fait. Ce n'est pas comme si j'avais eu une révélation soudaine. Mais la façon dont ces squelettes étaient mis en scène me titillait, sans que je comprenne vraiment. J'avais l'impression de passer à côté de quelque chose d'important. Quelque chose dont j'aurais dû me souvenir. Mais sans savoir ce que c'était, ni pourquoi une affaire de tueur en série dont je ne savais presque rien me travaillait à ce point.

— Alors tu as commencé à fouiller dans les dossiers de Drake.

Trinity fronça les sourcils.

— Je sais. Je n'aurais jamais dû. C'était mal, pour plein de raisons. Ne serait-ce que parce que nous sortions ensemble, et que j'ai trahi sa confiance.

Son regard, empreint de tristesse, se posa de nouveau sur Drake. Il dut sentir ses yeux sur lui car il tourna la tête dans sa direction. Et lui adressa un sourire radieux.

— Je crois qu'il t'a pardonné, dit Josie.

— Il est trop bien pour moi, soupira Trinity.

Josie tendit le bras, effleura celui de sa sœur pour retrouver son attention.

— Ou peut-être qu'il est fait pour toi. Et quand tu as eu les dossiers, qu'as-tu fait, ensuite ?

— J'ai suivi la piste. Le besoin de symétrie du tueur. Les symboles masculin et féminin. Le lien avec Codie Lash. L'indice Bobbi et Robert Ingram. Et puis les meurtres en miroir. Quand j'ai lu le rapport sur les oiseaux nécrophages, j'ai compris. Ce jour-là, quand j'avais surpris Max dans la forêt en train de jouer avec des os, il essayait différentes façons de les disposer. Je l'avais vu composer ces symboles. Et j'ai compris qu'il était sans doute cet « Artiste ». D'un côté, ça paraissait vraiment tiré par les cheveux mais, de l'autre, si c'était vrai, c'était le plus grand coup de ma carrière de journaliste.

— Alors tu as voulu lui envoyer un signal en portant le peigne de Codie Lash. Comment savais-tu qu'il allait te voir ?

— Je n'en savais rien. J'ai tenté. Je ne pensais pas que ça marcherait. J'ai porté le peigne dans mon reportage sur les jeunes disparues de Denton et, au bout d'une semaine, il ne s'était toujours rien passé.

— C'est pour ça que tu as dit à Patrick que ta piste n'avait rien donné.

— Oui. Et puis le peigne est arrivé chez vous. Je ne pouvais pas rester. Je ne voulais pas vous mettre en danger, Noah et toi. Donc je suis partie et j'ai loué le chalet.

— Tu aurais pu nous en parler. On t'aurait aidée.

— Et vous auriez pris l'affaire en main. Vous ne m'auriez jamais laissée essayer de le recontacter.

— Pour te protéger, Trinity. Tu n'es pas obligée de risquer ta vie à chaque grand reportage, tu sais.

Avant que Trinity puisse protester, Josie poursuivit :

— Le peigne est arrivé chez nous. Tu es partie et tu as loué le chalet. Tu y es restée une semaine et tu as décidé de rentrer à New York. Pourquoi ?

— Je pensais qu'il ne saurait pas comment me trouver. Je me suis dit que si je rentrais à New York, il y arriverait. Mais au moment où j'allais partir, il a débouché sur le chemin. J'étais déjà au volant, prête à démarrer quand il a surgi. Dès qu'il est descendu de son pick-up, j'ai su que je ne m'étais pas trompée.

— Il t'a menacée ?

— Non. Il m'a dit qu'il voulait que j'écrive son histoire.

— Il ne t'a pas droguée ?

Trinity secoua la tête.

— Non. Ah, si, une seule fois. Je savais qu'il kidnappait toujours une autre personne, un miroir, et il me posait des questions sur toi pendant nos « séances ». Je me suis doutée qu'il projetait de t'enlever. J'ai essayé de m'enfuir...

— Comment ?

— J'ai fait semblant d'être très malade. Je lui ai dit qu'il me fallait des soins. Il m'a répondu qu'il y avait une petite clinique vétérinaire sur place, et qu'on y trouverait des médicaments. Il a voulu m'y emmener. Il fallait juste que j'arrive jusqu'à la voiture. J'ai fait semblant d'être trop faible, d'être obligée de m'appuyer sur lui pour marcher. Dès qu'on est sortis de la maison, je me suis mise à courir. Je suis allée droit au pick-up mais il m'a rattrapée. Il devait se douter que je faisais semblant parce qu'il avait une seringue dans la poche. Il me l'a enfoncée dans la jambe et ma tête s'est mise à tourner tout de suite. Je suis tombée. J'étais là, par terre, à côté de la camionnette, et même pas du côté conducteur. Il s'est mis à faire les cent pas en me disant qu'il avait besoin de moi pour écrire son histoire, que je n'avais pas le droit de m'enfuir parce qu'il ne m'avait rien fait de mal. Je savais que j'allais perdre conscience, j'ai levé les yeux et j'ai vu que quelqu'un avait écrit « À laver » sur la portière. Alors j'ai eu l'idée de tracer mon propre message.

— Mais tu ne pouvais pas écrire de mots entiers, il s'en serait aperçu tout de suite.

— Oui. Je devais écrire en sténo. Je t'avais déjà laissé le message pour que tu lises mon journal, parce que je pensais que si tu apprenais son nom et son âge, tu pourrais le retrouver, lui. Mais je n'étais pas certaine que tu découvres mon journal. J'allais tomber dans les pommes, alors j'ai écrit le nom du film sur la portière. J'espérais que, quand il viendrait pour t'enlever, tu verrais le signe. Je n'avais aucun moyen d'en être sûre, ni même de savoir si tu parviendrais ou non à lui échapper. Je suis vraiment désolée, Josie.

Josie lui sourit.

— C'était très intelligent. Tu t'en es bien sortie.

— J'ai été idiote, tu veux dire, rétorqua Trinity. J'ai beaucoup trop souvent agi bêtement, sans réfléchir. Je veux que tu saches que je suis vraiment désolée. Pour tout. Je n'aurais pas dû me lancer là-dedans toute seule. J'aurais dû vous demander de l'aide. Je...

— Arrête, la coupa Josie. Tu n'as pas à t'excuser.

Trinity parut interloquée.

— Vraiment ? Parce que ce que j'ai fait était crétin, dangereux, irresponsable et...

Josie tendit le bras et posa la main sur celle de Trinity pour la faire taire.

— Je viendrai toujours à ton secours. Tu comprends ?

Les yeux de Trinity s'embuèrent. Elles avaient beaucoup pleuré, depuis une semaine.

— Josie... chuchota-t-elle.

— Tu peux te fourrer dans n'importe quel pétrin, je viendrai te chercher, OK ?

Trinity hocha la tête en silence, se mordit la lèvre.

— Et j'ai quelque chose à te dire. J'ai lu ton journal...

— Je sais. Je voulais que tu le fasses. Il n'y a pas de mal.

Josie sourit.

— Oui, mais tu dois savoir une chose. Tu te souviens de la bagarre qui t'a valu des ennuis ? Celle pour laquelle tu as dû accomplir des travaux d'intérêt général ?

— Ah, oui, celle de la sortie scolaire ? Je sais, ça a dû te paraître fou que je dise que je t'avais rencontrée. Mais j'étais vraiment très mal. Ma mamie venait juste de mourir. Je me faisais harceler sans arrêt au collège. J'avais besoin de quelque chose à quoi me raccrocher. Me dire que c'était toi... ça m'a...

— C'*était* moi.

Trinity pâlit.

— Qu-quoi ?

— C'était bien moi. J'ai tiré Beverly par les cheveux pour te libérer et j'ai mis un coup de coude dans la figure de Melanie.

— Comment ça ?

— Il y avait des élèves venus d'un peu partout, souviens-toi. J'y étais, avec mon collège de Denton East, ce jour-là. Beverly était une emmerdeuse patentée. Crois-moi, ça n'a été ni la première ni la dernière fois que j'ai eu affaire à elle. Lisette peut te le garantir. Elle a déménagé juste après la troisième, Dieu merci. Ah, au fait...

Josie se leva et sortit de la poche de sa veste un long morceau de tissu, une écharpe turquoise qu'elle posa sur la table devant Trinity.

— Oh mon Dieu, Josie... dit Trinity en palpant l'écharpe avec précaution.

— Lisette me l'a offerte peu de temps après avoir obtenu ma garde. Je la portais tout le temps. Même quand elle n'était pas assortie au reste de mes vêtements. Au lycée, j'ai renversé quelque chose dessus, alors j'ai arrêté de la porter, pour ne pas la bousiller.

Trinity leva les yeux vers elle.

— Josie, c'est... Je n'y crois pas... Ça veut dire que...

Josie sourit.

— Tu m'as rencontrée pour de vrai, ce jour-là.

Trinity essuya les larmes qui roulaient sur ses joues.

— Tu étais là. Tu étais là quand j'ai eu besoin de toi.

— J'étais là.

UNE LETTRE DE LISA

Merci beaucoup d'avoir lu *Retrouvez-la vivante*. J'ai éprouvé beaucoup de plaisir à vous offrir cette aventure en compagnie de Josie, notamment parce qu'elle explore le passé de Trinity et leurs relations sororales. Si le livre vous a plu et que vous voulez être tenus au courant de mes dernières parutions, inscrivez-vous en suivant le lien ci-dessous. Votre adresse mail ne sera communiquée à personne et vous pouvez vous désinscrire à tout moment.

france.bookouture.com/subscribe/

Il m'a fallu prendre beaucoup de libertés avec la réalité, pour des raisons d'intrigue et de rythme. L'université d'Aubertine et son arboretum sont totalement fictifs. Denton est une ville inventée. Keller Hollow aussi. Mais sachez qu'une étude a vraiment été menée sur les oiseaux nécrophages, dans une « ferme à cadavres » du Texas, et a montré que les vautours noirs pouvaient réduire un corps à l'état de squelette en quelques heures. L'article qui en résulte, "Spatial Patterning of Vulture Scavenged Human Remains", a été rédigé par M. Katherine Spradley, Michelle D. Hamilton et Alberto Giordano. Il a été publié dans la revue *Forensic Science International* en 2012. La phonolite et l'eastonite existent aussi réellement.

J'aime avoir des retours de mes lectrices et lecteurs. Vous pouvez me contacter via les réseaux sociaux cités ci-dessous, mon site internet ou ma page Goodreads. Et si vous en avez envie, n'hésitez pas à chroniquer, ou à recommander peut-être, *Retrouvez-la vivante*. Les chroniques et le bouche à oreille sont utiles à beaucoup de gens pour découvrir mes livres. Comme toujours, un grand merci pour votre soutien, qui me touche énormément. J'ai hâte d'avoir de vos nouvelles, et j'espère vous retrouver au prochain livre !

Merci,
Lisa Regan

www.lisaregan.com

facebook.com/LisaReganCrimeAuthor

REMERCIEMENTS

Merveilleux lecteurs et lectrices, fans dévoués, je ne vous remercierai jamais assez ! Votre enthousiasme constant, votre envie de continuer à lire cette série sont les plus beaux cadeaux dont je puisse rêver. C'est un voyage merveilleux, et je suis très heureuse de le partager avec vous. Vous êtes vraiment fantastiques ! Merci, comme toujours, à mon mari, Fred, pour son soutien, sa patience, pour m'avoir nourrie, ravitaillée en caféine et pour avoir fait le nécessaire pour que je puisse terminer ce livre. Merci à ma fille, Morgan, d'avoir supporté de bonne grâce que mon attention soit ailleurs pendant de si nombreuses heures. Merci à mes premières lectrices : Dana Mason, Katie Mettner, Nancy S. Thompson, Maureen Downey et Torese Hummel. Merci aux lecteurs d'Entrada. Merci à Matty Dalrymple et à Jane Kelly de m'avoir aidée à régler de nombreux problèmes d'intrigues et d'avoir discuté du mode opératoire de l'Artiste aux ossements pendant un brunch, sans ciller ! Merci à mes grands-mères, Helen Conlen et Marylin House ; à ma famille : William Regan, Donna House, Joyce Regan, Rusty House, Julie House ; à mes beaux-frères et belles-sœurs : Sean et Cassie House, Kevin et Christine Brock, Andy Brock ; et à mes sœurs chéries : Ava et Melissia McKittrick. Merci aussi à mes complices de toujours pour leur soutien sans faille, leur affection et leurs efforts pour faire connaître mes œuvres : ils et elles se reconnaîtront. Je voudrais aussi remercier celles et ceux qui ont lu les sept premiers tomes des *Enquêtes de l'inspectrice Josie Quinn* (ou qui ont pris la série en route) et qui en ont parlé sur leurs blogs et dans leurs chroniques. Votre enthousiasme indéfectible me fait chaud au cœur !

Merci beaucoup au sergent Jason Jay d'avoir répondu à toutes mes questions en matière policière, avec patience, à toute heure du jour et de la nuit. Merci pour son soutien et sa bienveillance.

Merci à Oliver Rhodes, Noelle Holten, Kim Nash et à toute l'équipe de Bookouture d'avoir rendu ce fantastique voyage non seulement possible, mais aussi très amusant. Enfin, et surtout, merci à la merveilleuse Jessie Botterill d'avoir sauvé ce livre et de m'avoir aidée à en faire quelque chose dont je suis fière. Je ne vois personne qui soit capable de me faire travailler autant et aussi bien, comme elle le fait à chaque fois. Je suis émerveillée par son génie, et lui serai éternellement reconnaissante de sa vision et de son soutien – et de sa capacité à m'apaiser quand mon anxiété déborde ! Merci, merci, merci !